중국 고소설 **작가고증학** 원론

지은이 구양건(歐陽健, 1941~)

산서대학교(山西大學校) 문학원 교수

강소성 사회과학원 문학연구소 부소장, 학술잡지『명청소설연구(明淸小說硏究)』주편, 복건사범대학(福建師範大學) 중문과 교수 역임. 중국 명청소설의 대가, 대표적 홍학 연구가. 주요 저술에『수호신의(水滸新義)』,『명청소설채정(明淸小說采正)』,『명청소설신고(明淸小說新考)』,『고대소설과 역사古代小說與歷史』,『고대소설판본만화(古代小說版本漫話)』,『고대소설작가만화(古代小說作家漫話)』,『고대소설금서만화(古代小說禁書漫話)』,『양한계열소설(兩漢系列小說)』,『만청소설간사(晚淸小說簡史)』,『증박과 얼해화(曾樸與孽海花)』,『홍루신변(紅樓新辨)』,『홍학변위론(紅學辨僞論)』,『고소설연구론(古小說硏究論)』,『만청소설사(晚淸小說史)』,『중국신괴소설통사(中國神怪小說通史)』,『청쇄고의(靑瑣高議)』,『조설근(曹雪芹)』,『홍학백년풍운록(紅學百年風雲錄)』등이 있음.

옮긴이 김수연(金秀燕, Kim, Sooyoun)

한국학중앙연구원 연구교수

이화여자대학교에서 고전문학 연구로 박사학위 취득. 중국 산동이공대학교(山東理工大學校) 초빙교수, 북경대학교 방문학자(2011·2013년)를 지냄. 주요 저·역서에『조선 후기 소설개작과 서사의 소통』,『중국 고소설 목록학 원론』,『도연명을 그리다』,『금오신화 전등신화』(공역),『고전서사문학에 나타난 삶과 죽음』(공저),『고전서사문학에 나타난 이방인』(공저),『조선시대 여성의 차문화와 규방다례』(공저) 등이 있음.

중국 고소설 작가고증학 원론

초판 인쇄 2014년 10월 15일 **초판 발행** 2014년 10월 25일

지은이 구양건 **옮긴이** 김수연 **펴낸이** 박성모 **펴낸곳** 소명출판 **출판등록** 제13-522호

주소 서울시 서초구 서초중앙로6길 15(란빌딩 1층)

전화 02-585-7840 **팩스** 02-585-7848 **전자우편** somyong@korea.com **홈페이지** www.somyong.co.kr

값 21,000원   ⓒ 구양건, 2014

ISBN 979-11-85877-28-0 93820

中國 古小說 作家考證學 原論

A Textology of Ancient Chinese Writers

중국 고소설 작가고증학 원론

구양건 지음 | 김수연 옮김

소명출판

1991년 10월 27일, 상해에서 열린 '중국 근대문학 국제학술회의'에서 오순방(吳淳邦) 선생을 만났습니다. 그 만남이 인연이 되어 이후 많은 한국의 학인(學人)을 벗으로 사귀게 되었습니다. 이렇게 한·중 소설연구자 간의 학술교류가 시작된 것입니다. 오순방 선생의 주관하에 우리는 1995년부터 5권에 달하는 『중국통속소설총목제요(中國通俗小說總目提要)』 한국어판을 출간했습니다. 개인적으로는 한국의 『중국어문논역총간(中國語文論譯叢刊)』을 통해 '홍학(紅學)' 관련 논문인 「'진가경음상천향루' 설의 오류['秦可卿淫喪天香樓說'證謬]」와 「호적의 '구증'에서 지연재의 '증실'까지[從胡適的'求證'到脂硯齋的'證實']」를 발표하기도 했습니다. 이제 다시 나의 부족한 『고대소설작가간론(古代小說作家簡論)』이 이화여자대학교 김수연 선생의 사랑을 받아 한국어로 번역되고, 한국의 대표 출판사인 소명출판에서 출간을 맡아주어 대단히 기쁘게 생각합니다.

사실 『고대소설작가간론』이 그리 시의에 맞는 책은 아닐지도 모릅니다. 오늘날 소설연구자 중에는 '소설은 그저 소설일 뿐이다. 소설은 '독서'를 통해 독자들의 '재창조'가 이루어져야 비로소 그 가치를 실현할 수 있다. 때문에 텍스트가 누구의 손에서 나왔는가에 대한 문제제기는 그다지 의미가 없다'라고 주장하는 사람도 있습니다. 이에 대해 본서는 다음과 같이 말하고 싶습니다. 첫째, 작가의 생애를 모르고 작가가 처했던 시대도 모르고 심지어 그의 생활범위와 활동영역도 모른다면 고전소설에 대한 역사적 · 심미적 평가를 할 때 핵심을 찌르기 매우 어려울 것입니다. 둘째, 소설의 전개 상황을 고찰하고 소설사의 궤적을 그리려 할 때 무엇보다 중요한 것이 작가들에게 정확한 문학사적 위상을 정립해주는 일입니다. 따라서 한 작가를 이전 작가와 비교하여, 그가 제공한 새로움을 발견하고, 그가 후세 소설 창작에 끼친 영향도 찾아내며, 최종적으로 그의 소설사적 위상을 정립하는 것입니다. 때문에 한 명의 진지한 독자로서, 연구자에게 작가 고증은 소홀히 할 수 없는 분야입니다.

이 책은 작가 신분의 확인, 작가 생몰년의 확인, 작가 자호(字號)의 확인, 작가 생애의 확인 등 작가 고증과 관련한 여러 문제에 대해 약간의 구체적인 방법과 참고할 수 있는 단서를 제공하였습니다. 물론 연구가 심화되면서 몇몇 관점은 수정할 필요가 있을 것입니다. 예컨대 '연수산인(烟水散人)'이 가흥(嘉興)의 서진(徐震)인지 여부가 바로 그러한 예입니다. 이 책을 쓴 이후 문혁홍(文革紅)의 「천화장주인은 가흥의 서진이 아니다(天花藏主人非嘉興徐震考)」(『明淸小說硏究』, 2005, 제1기)와 구강녕(邱江寧)의 「천화장주인은 여성이다(天花藏主人爲女性考)」(『復旦學報』, 2006, 제1기) 등에서 새로운 견해를 제시하였습니다. 이러한 논쟁 가운데 어느 것이 맞고 어느 것이 틀렸는지에 대해 아직은 더 따져볼 필요가 있습니다. 그러나 나는 이 책의 기본적인 사고맥락이 틀리지 않다고 믿습니다. 그 맥락이란 바로 제7장 「고소설 작가 고증의 방향」에서 밝힌 위자운(魏子雲) 선생의 "역사를 바탕삼고, 사회를 근거하며, 훈고적 방법을 사용하는 3원칙과 그들의 상호관계를 유기적으로 통일시키는 것", 그리고 유동(劉冬) 선생의 "종합적 · 전체적 · 체계적 분석방법"입니다.

일례로『동악논총(東岳論叢)』2008년 제3기에 실린 유홍강(劉洪强)의 「『속금병매』 형성시기 신고찰『續金瓶梅』成書年代新考」에서, 논자는 '영고탑유인(寧古塔流人)'의 출현을 근거로『속금병매(續金瓶梅)』를 쓰기 시작한 것의 상한이 순치12년(1655)보다 이르지 않다고 증명했습니다. 조사에 따르면 '영고탑(寧古塔)'은『태상감응편(太上感應篇)』을 설명하는 의론에 등장한 바 있습니다. 그러므로 이 책의 제3장에서 "서문의 어기로 보건대,『속금병매』는 성천자가 반포한『감응편』과 거의 같은 시기에 쓰인 것이 분명하다"라는 서술은 조금 수정할 필요가 있습니다. 소설 한 편을 구상할 때, 추상적 설교서인『감응편』과 얽는 것은 대체로 불가능하다고 보아야 할 것입니다. 특히『속금병매』와 같이 진지하게 망국의 고통과 민족의 감흥을 토로하는 작품은 더욱 그러합니다. 이 문제에 대해서는 다음과 같이 상상해볼 가능성이 농후합니다. 정요항(丁耀亢)이 문학작품을 써놓고 간행할 때를 기다리는데 마침 "성천자께서『감응편』을 반포하며 친히 그것의 서문을 지어 신하들을 경계하고 깨우친" 사건을 만난 것입니다. 이때 그는『감응편』을 주해한다는 명분을 새로운 구실로 삼고, 속표지에 진지하게 다음과 같이 씁니다.

『금병매』라는 책은 세간의 일을 빌려 설법(說法)한 것이요, 원래가 음란함을 이끌려던 것은 아니다. 이는 중랑의 서문에서 상세히 밝혔다. 보는 자는 색근(色根)이 막히기 쉽고 미망의 깨침을 이끌기 어려운데, 지혜가 적고 많이 어리석으면 깊이 익힐수록 성(性)이 줄어들어 농담을 참된 낙으로 여기고 번뇌 가득한 속세를 보리(菩提)로 여긴다. 때문에 만약 천명(闡明)하지 않으면 오히려 사도(邪道)가 번성하게 되는 것이다. 오늘 '성명태상감응'의 글들을 반포함에 따라, 화엄(華嚴)과 재동(梓潼)의 경전으로 부연하고, 말권의 보응을 이어서 말세의 윤회를 가리키니 이는 색에 나아가 공을 말한 것이요, 원인을 소급하여 결과를 말함으로써 더러운 말로 정론(正論)을 대신한 것이다. 이를 위해 묵은 나무를 뒤집어 새로운 책을 만드니, 등에 냉수를 맞듯 음양의 규율을 드러내고, 뜨거운 불이 얼음에 쏟아지듯 이학을 해학으로 풀이함은 충격과 자극 속에서 분기 · 진작하도록 해서이다. 이름은 '공안'이라 하나 금침(金針)을 대신할 만하다.

『金甁梅』一書, 借世說法, 原非導淫, 中郎序之詳矣. 觀者色根易障, 棒喝難提, 智少愚多, 習深性減, 以打諢爲眞樂, 認火宅爲菩提, 如不闡明, 反滋邪道. 今遵頒行聖明太上感應諸篇, 演以華嚴梓潼經語, 接末卷之報應, 指末世之輪廻, 卽色談空, 溯因說果, 以褻言代正論. 翻舊木爲新書, 冷水澆背, 現陰陽之律章; 熱火澆氷, 卽理學之諧語. 名曰公案, 可代金針.

황제의 유지(諭旨)를 받들어 책을 쓴다 하였습니다. 이처럼 극히 정대한 명분을 세웠으니, 누가 함부로 이 책을 쓴 의도에 대해 의심할 수 있겠습니까? 그렇다면 이러한 정황에 대해 다음과 같이 판단할 수 있을 것입니다. 『속금병매』는 순치(順治) 5년부터 11년 사이(1648~1654) 작가가 북경에서 기관학(旗官學)을 역임할 때 핵심부분을 구상하여 쓰기 시작했고, 용성(容城)에서 교유(敎諭)를 지냈던 순치 11년부터 15년(1654~1658) 사이에 책이 완성되었으며, 순치 17년(1660)에 다시 『태상감응편』과 관련한 설교(說敎)를 추가하여 그것이 본문과 이어지도록 한 것입니다. 이것은 '증거'를 기계적으로 해석하면 안 된다는 사실을 알려줍니다. 정요항의 진술 가운데 "저는 순치 17년에 혼자서 글을 지었습니다小的于順治十七年

獨自撰寫"라는 내용이 있는데, 이에 근거하여 곧장 『속금병매』가 순치 17년(1660)에 지어졌다고 한다거나, '영고탑유인(寧古塔流人)'이 출현한 것을 가지고 바로 『속금병매』를 쓰기 시작한 것은 순치 12년(1655)보다 이르지 않다고 결론내리는 기계적 해석은 경계할 것입니다. 이것이 바로 "역사를 바탕삼고, 사회를 근거 삼으며, 훈고적 방법을 사용하는 3원칙과 그들의 상호관계를 유기적으로 통일시키는 태도"를 실천하고 "종합적·전체적·체계적인 분석방법"을 구현하는 것입니다.

중국 고소설 작가 고증과 관련하여 아직 해결하지 못한 많은 문제들이 있습니다. 심지어 어떤 문제는 갈수록 복잡해지며 논란만 더해집니다. 일례로 『금병매』의 '작가 후보군'은 끊임없이 확대되는 추세입니다. 왕세정(王世貞), 도융(屠隆), 서위(徐渭), 노남(盧楠), 이선방(李先芳), 왕치등(王稚登), 탕현조(湯顯祖), 풍몽룡(馮夢龍), 풍유민(馮惟敏), 가몽룡(賈夢龍), 정유령(丁維寧) 등을 『금병매』의 작가로 추정하는 견해에, 최근에 다시 백열(白悅)과 채영명(蔡榮名)을 작가로 주장하는 설이 첨가되었습니다. 이 때문에 일부 연구자는 '『금병매』의 작가연구를 중지하자'는 호소까지 하게 되었습니다. 이 문제에 대해, 나는 오감(吳敢) 선생의 견해에 찬성합니다. 오감 선생의 말을 한국의 독자여러분에게 전하며 이 글을 맺습니다.

『금병매』 작가연구는 '인일폐식(因噎廢食)' 즉 목이 멘다고 아예 먹기를 그만두거나 신구개하(信口開河), 입에서 나오는 대로 함부로 주장해서도 안 됩니다. 모름지기 학술 규범을 굳게 지켜야 하는바, 나는 『금병매』 작가에 대한 과학적 연구를 쉬지 말고 힘써 진행할 것을 주장합니다. 때로는 견강부회가 있을 수 있고 또 불가피하게 우회로를 취할 때도 있겠지만, 어지러운 세상을 바로잡아 정도(正道)로 돌아가서 맑은 근원을 근본삼고 티끌로 태산을 일구며 구불구불한 오솔길을 걸어가다 보면『금병매』작가가 머리에 쓰고 있는 면사포를 하나하나 벗겨낼 수 있을 것입니다. 그러면 필시『금병매』작가 연구에서 만족할 결과가 나올 것이라 생각합니다. 그 성과를 바탕으로 작가를 이해하고 그의 책을 논한다면, 분명『금병매』에 대해 보다 더 적절한 해석을 할 수 있을 것입니다.

— 제7회 청하(清河) 국제『금병매』학술연구회 폐막식 축사 중에서

2010년 10월 7일 복주(福州) 화향원(花香園)에서

구양건(歐陽健)

제1장

고소설 작가 고증의 의의

1. 고소설 작가 문제의 현황

    수천 년 동안 소설 작가들은 피와 땀을 다해『수호전』,『삼국연의』,『서유기』,『홍루몽』등 방대한 작품을 창작하여 중국 전통문화 발전에 지대한 공헌을 했다. 이런고로 그들이 후인의 존경과 사랑을 받는 것은 당연하다 할 것이다.

    그러나 우리가 존경하는 마음으로 그들에 대해 심도 깊은 연구를 하려 해도, 대다수의 고소설 작가는 본명조차 분명치 않으며 생애와 사상은 더욱 알 수 없는 실정이다.『중국통속소설총목제요』는 당대(唐代)에서 청 말(淸末)까지의 백화소설 1,164부를 수록하고 있는데, 그 가운데 작가의 성명을 명시한 것은 186부뿐이다. 이는 전체 분량의 15.98%에 불과하다. 나머지는 별호(別號)를 표시한 것이 606부 52.06%이며, 작가의 성명을 전혀 밝히지 않은 것도 372부 31.96%나 된다. 물론 어떤 별호들은 고증을 통해 작가를 밝힐 수 있다. '묵감재(墨憨齋)' 풍몽룡(馮夢龍)과 '각세패관(覺世稗官)' 이어(李漁), 그리고 '남정정장(南亭亭長)' 오견인(吳趼人) 등이 이에 해당한다. 그러나 다수의 소설들은 작가의 실명을 알 길이 없다. 오히려 위와 같이 작가를 알아내는 경우가 오히려 특이한 상황이라 하겠다. 실로 우리 앞에 이른바 '고소설 작가 미스터리'라는 난제가 해결을 기다리고 있는 것이다.

소설의 작가 문제가 하나의 미스터리가 된 가장 큰 이유는 중국 특유의 문화적 배경이다. '소설'이라는 말은 『장자(莊子)』 「외물편(外物篇)」에서 제일 먼저 보이는데, "소설을 꾸며 현령을 구한다고 해도 현달하기는 어렵다(飾小說以干縣令, 其于大達亦遠矣)"라고 했다. '소설(小說)'을 '현달(顯達)'과 대립시키면서, 소설이 천박하고 자질구레한 말이라고 가리킨 것이다. 후세에도 이를 이어 번잡스런 저작을 모두 '소설'이라 불렀다. 반고의 『한서(漢書)』 「예문지(藝文志)」는 "제자(諸子) 10가 중에 볼 만한 것은 9가 뿐이다(諸子十家, 其可觀者, 九家而已)"라고 했는데, 여기에서 배제당한 1가가 바로 소설이다. 그 중 장사치와 하급관노들이나 읽던 통속소설은 더욱 경시를 받았다. 그러나 호응린(胡應麟)은 『수호전』을 다음과 같이 높이 평가했다.

108인을 배열하고 경중에 따라 양을 나눈 것에 털끝만큼의 착오도 없고, 사이사이 사건은 기복을 가지면서도 서로 어울려 조화를 이루었다. 또 다루고 읊어대는 솜씨는 참으로 말로 표현할 수 있는 경지를 넘어선다.

排比一百八人, 分量輕重, 纖毫不爽, 而中間抑揚映帶, 回護詠嘆之工, 眞有超出語言之外者.

이로보면 호응린은 시내암(施耐庵)의 마음을 알아준 지우(知遇)라 하겠다. 그렇지만 이러한 고평 뒤에 그는 무척이나 애석해하는 어조로,

나는 늘 이 사람이 이 같은 마음을 가장 하급의 재주에 사용한 것에 대해 안타깝게 여겼다. 그러나 그와 같이 편벽된 솜씨로는 책을 읽고 글을 짓도록 한다 해도 반드시 문장을 이루리란 보장은 못할 것이다.

余每惜斯人, 以如是心, 用于至下之技, 然自是其偏長, 政使讀書執筆, 未必成章也.

——『소실산방필총(少室山房筆叢)』[1]

라는 말을 덧붙였다. 시내암이 문심(文心)을 '가장 하급의 재주'에 사용한 것에 깊은 유감을 나타낸 것이다. 심지어 호응린은 시내암의 재주가 단지 소설에만 편벽된 것이어서 그에게 위대한 '일가지설(一家之說)'을 이루도록 한다 해도 해낼 수 없을 것이라고 여겼다. 오경재(吳敬梓)의 가장 친한 벗인 정진방(程晉芳)도, "『외사(外史)』[2]는 유림(儒林)의 일을 기록하고 있는데 묘사가 참으로 공교롭다外史記儒林, 刻畫何工姸"라며 한껏 칭찬한 뒤에 "이 사람을 위해 슬퍼하노니, 결국 패설로 알려지게 될 것이다吾爲斯人悲, 竟以稗說傳"라고 덧붙이는 것을 잊지 않았다. 이 말에

---

1 고증적 필기(筆記)로 명대 호응린(胡應麟, 1551~1602)이 지었다. 총 48권이며 내용은 열두 부분으로 나누어져 있는데, 그 중 권41에 『삼국지연의』와 『수호전』에 관한 평설이 있다. 이하 모든 각주는 역자주이다.
2 청대 안휘성 사람 오경재(吳敬梓, 1701~1754)가 지은 장편 장회소설 『유림외사(儒林外史)』를 가리킨다. 총 56회로 이루어졌으며 분량은 대략 40만 자에 달한다. 명대를 배경으로 하고 있으나 실상은 청대 강희·건륭기 과거제도 하 독서인의 공명과 생활을 그렸다. 거의 200여 명의 인물을 다루고 있다.

는 벗이 소설작가가 된 것에 대한 안타까움이 가득하다. 당시 세상에
떠도는 말에 이런 것들이 있었다.

시내암이 『수호전』을 지어 세상에 전하자, 그의 자손 삼대가 모두 벙어리
가 되었다.

施耐庵著水滸書行世, 子孫三代皆啞.

― 석성금(石成金), 『천기광언(天基狂言)』[3]

이지(李贄)와 김성탄(金聖嘆)은 소설 비평을 좋아하여 "죽을 때까지 고생
하다 제명에 죽지 못하고[終身蹭蹬, 死于非命]", "결국 사형을 당해 자손을 두
지 못했다[卒陷大辟, 幷無子孫]."

― 양공진(梁恭辰), 『권계사록(勸戒四錄)』[4]

이어(李漁)는 소설 창작을 좋아하니 "분명 발설지옥(拔舌地獄)에[5] 떨어지
리라[當墮拔舌地獄]"

― 동함(董含), 『삼강지략(三岡識略)』[6]

---

3   석성금은 청대 강소성 양주 사람이며 의원이다. 자(字)가 천기(天基), 호는 성암우인(惺庵愚
    人)이나 생평은 자세하지 않다. 저서에 『천기광언』 외에 『양생경(養生鏡)』, 『장생비결(長生
    秘訣)』, 『석성금의서육종(石成金醫書六種)』 등이 있다.
4   『권계사록』은 청대 사람 양공진이 편찬한 것으로 소설 관련 일화가 수록되어 있다. 현재 6권
    2책의 광서 6년(1880) 간행본이 규장각에 소장되어 있다.
5   '발설지옥'은 말로 죄악을 저지른 사람이 죽어서 간다는 지옥으로, 혀를 뽑는 고통을 준다고
    한다.
6   동함(董含, 1624~1697)은 명말청초 송강 화정(松江華亭, 지금의 상해 금산(金山)) 사람으로
    자는 간석(閬石)·용성(榕城), 호는 창수(蒼水)이다. 저서로 『삼강지략(三岡識略)』(10권) 외
    에 『고악부(古樂府)』(2권), 『민리초(閩離草)』(4권), 『한거고(閑居稿)』(3권), 『북저초(北渚草)』
    (2권), 『임사(林史)』(1권), 『산유초(山遊草)』(2권) 등이 있다. 『삼강지략』은 필기체 저술로 순
    치 원년(1644)에서 강희 36년(1697)까지 54년간의 견문을 기록한 것이다.

음계에 들어온 자들은 하나같이 조설근이 지옥에서 매우 괴로워하고 있고, 아무도 그를 구휼하지 않는다고 전한다.

入陰界者, 每傳地獄治雪芹甚苦, 人亦不恤.

— 모일청(毛一淸), 『일정잡의(一亭雜議)』

이런 미신이나 황당한 이야기들은 소설작가를 경시하고 모멸하는 당시의 여론을 반영한다.

작가가 제 이름을 드러내지 않으려던 정치적 이유는 바로 봉건시대 통치자들이 소설금훼정책을 펼쳤던 데에 있다. 왕리기(王利器)[7]가 집록한 『원명청 삼대 금훼소설 희곡사료(元明淸三代禁毁小說戱曲史料)』에는 원·명·청대의 소설을 금훼하는 중앙법령 131조와 지방법령 80조를 수록하였는데 그 법률은 자못 엄격했다. 정덕(正德) 5년에 국자감 좨주(祭酒) 이시면(李時勉)은 『전등신화』를 두고,

이런 책들은 즉각 금지하여 없애버리고, 출판인과 매매인 및 소장자들은 법률에 따라 처단해야 한다.

凡遇此等書籍, 卽令禁毁, 有印賣習藏者, 問罪如律.

— 고염무(顧炎武), 『일지록지여(日知錄之餘)』

라는 금훼안을 제출했다. 이창기(李昌期)는 영락(永樂) 갑신(甲申)년 진사

---

7 왕리기(王利器, 1911~1998). 중국의 저명한 국학자로 북경대학 교수를 지냈다.

로서 『전등여화(剪燈餘話)』를 지었다는 이유로 경태(景泰) 연간 '향현(鄕賢)으로 학궁(學宮)에 배향되는 것'에서 제외되었다.[8] 청대의 규정은 더욱 명확하다.

무릇 서점에서 판매하는 음사소설은 안으로는 팔기도통(八旗都統), 도찰원(都察院), 순천부(順天府)에게, 밖으로는 독무(督撫) 등에게 맡겨 소속 관원에게 엄히 금지시키도록 하고, 판매된 책은 모두 수거하여 없애버리도록 하라. 그래도 출판하는 자가 있으면 관직 있는 자는 파직시키고, 군인이나 백성은 장 100대, 유배 3천 리에 처한다. 구매하는 자는 장 100대, 징역 3년이고, 빌려보는 자는 장 100대로 한다.

凡坊肆市買一應淫詞小說, 在內交與八旗都統, 都察院, 順天府, 在外交督撫等, 轉行所屬官弁嚴禁, 務搜板書, 盡行銷毀. 有仍行造作刻印者, 系官革職, 軍民杖一百, 流三千里, 市買者杖一百, 徒三年, 買看者杖一百.

—『권훼음서정신집(勸毀淫書征信集)』

작가가 제 이름을 드러내지 않으려던 데에는 도덕적인 이유도 있었다. 『금병매』의 경우, 집필과 출판의 전 과정에서 심한 여론의 압박을 받았는데 심덕부(沈德符)[9]의 『만력야획편(萬曆野獲編)』에 이와 관련한 일

---

8 이 말은 도목(都穆)의 『청우기담(聽雨紀談)』에 나온다. 도목(都穆, 1458~1525)은 명대 학자이자 장서가로 자는 현경(玄敬)이며 호현(吳縣, 지금의 강소성 소주) 사람이다. 홍치(弘治) 11년(1498)에 진사가 되어, 공부주사(工部主事), 예부낭중(禮部郎中) 등을 지냈다. 저서에 『청우기담』 외에 『주역고이(周易考異)』, 『사보류초(史補類抄)』, 『우의편(寓意編)』, 『철망산호(鐵網珊瑚)』 등이 있다.

9 심덕부(沈德符, 1578~1642) 명대 문학가. 자는 경천(景倩), 경백(景伯)·호신(虎臣)이고 호는 타자(他子)이다. 수수(秀水, 지금의 절강성 가흥) 사람으로, 어려서부터 조야(朝野)의 고사(故事)를 듣기 좋아했고, 당시 사대부 및 유로(遺老)와 훈척(勳戚) 등과도 널리 교류하여

화가 있다. 혹자가 심덕부에게 『금병매』를 출판해보라고 권하자 그는 걱정하며,

> 나중에 염라왕이 재앙을 지었노라 꾸짖으면, 무슨 말로 대답을 하겠는가? 내가 어찌 송곳으로 지옥을 넓힐 수 있겠는가.
>
> 他日閻羅窮詰始禍, 何辭置對? 吾豈以刀錐博泥犁哉.

라고 한 것이다. 출판도 사정이 이러한데 창작에 대해서야 더욱 알 만하다.

작품과의 관계를 숨기기 위해 수많은 작가들은 서명을 하지 않고 별호를 사용하기도 했다. 별호에는 대체로 두 가지 유형이 있는데, 첫째는 경사(經史)를 중시하거나 명교(名敎)를 제창한다는 전통 관념을 빌려 얹는 방식이다. 소설이 "경사에 도움이 되는[羽翼經史]" 패관야사(稗官野史)이며 "세도와 인심[世道人心]"에 보탬이 되는 권계(勸戒)의 작품임을 거듭 밝히는 것이 이에 해당한다. 대표적인 예가 "유양야사(酉陽野史)",[10] "강남구사(江南舊史)",[11] "각세패관(覺世稗官)",[12] "명교중인(名敎中人)" 등인데, 모두가 편의적으로 자신에게 정통의 외피를 걸친 이들이다. 기실 더 많은 경우는 세상을 희롱하거나 은둔하는 태도를 드러낸다. "제동야인(齊

견문을 넓혔으며, 특히 시사(時事)와 전고(典故)에 밝았는데, 이를 모아 만든 것이 『만력야획편』(30권)이다. 명조 만력 34~35년(1606~1607)에 처음 편찬되었다.

10 명대 『삼국지후전』, 『속삼국연의』의 작가이다.

11 청대 『무황서순기(武皇西巡記)』의 작가이다.

12 『십이루(十二樓)』의 작가. 청대 문인 이어(李漁, 1610~1680)이다. 이어는 전당 사람으로 자는 입옹(笠翁)이며 각세패관(覺世稗官), 신정객초(新亭客樵), 수암주인(隨庵主人) 등의 별호를 사용했다. 『십이루』는 『각세명언(覺世名言)』이라고도 한다.

東野人)", [13] "서령광자(西泠狂者)", [14] "안양주민(安陽酒民)", [15] "원호어수(鴛湖漁叟)"[16] 등이 그러하다. 그러나 작가의 실명과 생몰 연대를 고찰할 수 없다면 별호는 단지 의미 없는 기호가 될 뿐이니, 서명이 없는 것보다 나을 바가 없다.

2. 고소설 작가 고증의 필요성

소설은 그저 소설이며 오직 '독서'를 거쳐야만 그 가치를 실현할 수 있다는 입장이 최근에 널리 유행하고 있다. 그들은 언어문자로 구성된 '텍스트'를 중시하며, 독자가 독서 과정에서 그것을 '재창조'하는 것에 주목한다. 때문에 텍스트가 누구의 손에서 나왔느냐는 것은 그다지 중요한 문제가 되지 않는다. 기실 이런 견해는 결코 낯선 것이 아니다. 섭감노(聶紺弩)는 『중국고전소설논집(中國古典小說論集)』「자서(自序)」에서 이렇게 말하고 있다.

근래 이른바 '홍학(紅學)'은 고증학자들에게 충분히 유린당했다. 조설근이 '한 해 전에 죽었는가 아니면 그 다음 해에 죽었는가'라는 문제를 두고 수없이

---

13 명대 사람으로 『수양제염사(隋煬帝艶史)』의 작가이다.
14 명대 사람으로 『재화선(載花船)』의 작가이다.
15 청대 사람으로 『정몽탁(情夢柝)』의 작가이다.
16 청대 사람으로 『설당전전(說唐前傳)』의 교정자이다.

많은 논의가 백 년간 지속되었다. 지금은 또다시 『홍루몽』은 '석형(石兄)'이 지은 것이고 조설근은 단지 그것을 고친 사람일 뿐이라는 의견까지 나왔다. 『홍루몽』에 쓰인 방언들로부터 무언가를 증명할 수 있다는데 기실 무엇을 증명하고 싶은지 알 수가 없다. 이러한 논쟁에서 이기고, 증명할 필요가 있는 것을 모두 증명했다고 치자. 이것이 『홍루몽』이라는 책에 무슨 보탬이 되는 가? 조설근이 갑자년에 죽은 것이 이 책에 무슨 보탬이 되며, 을축년에 죽은 것이 이 책에 무슨 해가 되는가? 『홍루몽』 안에 남경 말, 강소 말, 광동 말, 복건 말이 있다는 것이라든지 그것이 석형(石兄)이 쓴 것인지 아니면 석형이 목형(木兄)의 원저를 근거로 가공한 것인지, 또는 목형이 수형(水兄)이 쓴 단편적인 소설을 근거로 편술한 것인지를 증명한다고 해서 『홍루몽』이라는 책에 무엇이 달라지는가?

이 말은 '『홍루몽』 작가고증방법론'에 대한 반감을 보여준다. 섭감노와 같은 시각을 지닌 연구자들에게 '고대소설 작가 미스터리'를 푸는 것은 가치 없는 일이다. 그러나 이러한 생각이 과연 옳은 것인가? 나는 이런 태도가 문학과 역사를 연구하는 데 온당하지 않다고 생각한다. 이유는 다음과 같다.

첫째, 맹자는 "그 시를 외우고, 그 책을 읽었는데도 그 사람을 모른다면 되겠는가? 그러므로 그가 살았던 세상을 논하는 것이다頌其詩, 讀其書, 不知其人, 可乎? 是以論其世也"(『맹자』 「만장(萬章)」)라고 했다. 작가는 자신이 사는 사회와 생활을 문학 속에 적극 반영한다. 즉 문학은 사회생활의 산물인 것이다. 작가의 생평과 사상을 알지 못하고 그가 살았던 시대를 이해하지 못하며, 그의 생활범위와 활동영역을 파악하지 못한

채로 고대소설의 창작이 지닌 역사적 · 심미적 가치를 논하려 한다면 핵심을 찌르기 어려울 것이다.

둘째, 소설사는 도도히 흘러가는 장강(長江)처럼 긴밀히 연결되어 있다. 그러므로 소설의 발전 상황과 흐름을 타당하게 서술하려면 작가에 대한 정확한 자리매김이 무엇보다 중요하다. 또한 그를 다른 작가들과 비교하여 그가 새롭게 제공한 것이 무엇인지 밝히고 후세의 소설 창작에 미친 영향을 분명히 하여 그가 지닌 소설사적 위상을 정립해야 한다.

한편 소설가는 역사적 인물이기도 하다. 때문에 그들의 생평을 고증하는 것은 일반 역사적 인물의 생평고증과 근본적으로 다를 것이 없다. 다만 앞서 말한바 중국의 특수한 문화적 사정으로 인해 소설가에 대한 명확한 고증이 쉽지 않은 것이다. 그렇기에 오히려 역사인물을 고증할 때보다 소설가의 생평을 고증할 때 더욱 노력을 기울여야 한다.

제2장

고소설 작가 신분의 확인

1. 제서(題署)와 서발(序跋)을 이용한 작가 고증[1]

작가 고증의 첫 번째 과제는 누가 어떤 소설을 지었는지 확정하는 일이다.

작품은 작가의 산물이다. 그렇기에 작품을 둘러싼 여러 가지 정황과 판본에 새겨진 기록을 근거로 작가를 확인할 수 있다. 특히 중요한 근거는 권단(卷端)에 있는 제서(題署)이다. 권단이란 매 권의 본문 앞부분을 말하고, 그곳에 쓰인 서명, 작가, 판각 상황을 표시한 몇 줄의 글을 제서라 한다. 일례로, 명대 가정 간본 『충의수호전』(잔본(殘本))의 권단을 보면 다음과 같은 제서가 있다.

---

[1] 원서에는 소제목이 없으나 내용의 이해를 돕기 위해 옮긴이가 소제목을 첨가했다.

『충의수호전』권11, 시내암 집찬, 나관중 찬수.

『忠義水滸傳』卷之十一, 施耐庵集撰, 羅貫中纂修.

　권단의 제서를 근거로『수호전』의 작가가 시내암과 나관중 두 사람임을 알 수 있다. 시내암이 한 일은 '집찬(集撰)'이고, 나관중이 한 일은 '찬수(纂修)'이다. '찬(撰)'에는 '취집(聚集)'과 '편집(編集)'의 의미가 있고 '저작(著作)'과 '저술(著述)'의 의미도 있다. 고소설은 대개 몇 가지 이야기를 이어 붙여 하나의 책을 이루는 경우가 많다. 이때 '집찬'의 방식으로 책을 이룬다. 노신은 "『수호전』은 구술로 전해지거나 작은 책자로 전해지는 '수호' 이야기를 집합하여 만들었다『水滸傳』是集合許多口傳或小本'水滸' 故事而成的"라고 말했다. 『수호전』은 작가의 재창작을 통해 이루어졌기에 '집찬'이란 말 표현이 매우 적실하다. '찬수'는 '수집하여 정리한다'는 뜻이다. 제서는『수호전』의 창작과정에서 시내암과 나관중이 갖는 지위와 역할을 또렷하게 밝히고 있다. 이것은 고유(高儒)가『백천서지(百川書誌)』에서『수호전』을 두고 "시내암 적본(施耐庵的本)", "나관중 편차(羅貫中編次)"라고 쓴 것과 일치한다. 만약 누군가 '『수호전』은 나관중 한 사람의 작품이며 시내암은 작가가 아니다'라고 말하고 싶어 한다면, 이는 판본의 제서를 거스르는 억측이 될 것이다.

　현존하는 명간본『삼국지연의』중 가정(嘉靖) 임오(壬午, 1522) 간본『삼국지통속연의』와 주왈교 간본(周曰校刊本)『삼국지통속연의』의 권단에는 "진 평양후 진수 사전, 후학 나본관중 편차(晉平陽侯陳壽史傳, 後學羅本貫中編次)"라고 쓰였고, 만력 양미생 간본(楊美生刊本)『삼국영웅지전(三國英雄志傳)』권단에는 "진 평양후 진수 지전, 원 동원 나관중 연의(晉平陽侯陳壽

志傳, 元東原羅貫中演義)"라고 쓰여 있다. 걸출한 역사가 진수의 『삼국지』는 일찍이 고대의 훌륭한 사서로 칭송받았다. 나관중은 그『삼국지』를 '편차'하고 '연의'하여 장편소설로 만든 것이다. 그가『삼국지연의』의 작가라는 사실은 제서에 충분히 드러나 있다. 전자의 제서에서 나관중의 이름을 '본(本)'(어떤 판본은 '도본(道本)'이라고 되어 있다), 자는 '관중'이라 밝혔는데, 이는『수호전』의 제서보다 더 많은 정보를 제공한다. 후자의 제서에서도 작가의 조대(朝代)와 관적(貫籍, 地望)을 드러내었다. 즉 나관중이 원대(元代) 동원(東原) 사람임을 밝혀놓은 것이다. 물론 나관중은 원말명초 사람이므로 그를 '명인(明人)'이라고 하는 것도 틀리지 않는다.

어떤 학자는 황정보 간본(黃正甫刊本)『삼국지전(三國志傳)』이『삼국연의』의 "가장 이른 간본"으로 "그 판본에는 처음부터 끝까지 작가 이름이 쓰여 있지 않다"면서, 이에 근거하여 나관중이 작가라는 것을 부정했다. 그는 황정보본이 가장 이른 간본임을 주장하기 위한 근거로 책 중에 "황권(黃權)"이 "왕권(王權)"으로 잘못 쓰인 예를 들었다. '황'과 '왕'은 발음이 같아서 혼동한 것이며, 이러한 착오는 작가가 남방 사람이기에 발생했다고 본 것이다. 즉 북방 사람인 나관중은 작가가 될 수 없다는 주장이다. 글자의 오류를 가지고 판본의 선후를 판단하는 것은 판본 고증학의 범주에 속하는 방법론이라 하겠다.

고소설은 일반적으로 먼저 나온 번본(繁本)의 질이 좋고, 뒤에 나온 간본(簡本)은 엉성하다. 황정보본은 건양서림(建陽書林) 간본으로, '황권'은 처음에만 잘못 쓰였고 뒤에는 모두 정확하게 되어 있는데, 이점은 오히려 이 책이 후대본임을 알려준다. 진상화(陳翔華)는『칙건담계서원 황씨

종보(敕建潭溪書院黃氏宗譜)』를 근거로 황정보가 명대 만력·천계 연간에 활동했던 인물이라고 하며, 만력 39년(1611)의 "서림황정보수재(書林黃正甫繡梓)"라고 제서 되어있는『계편몽이십사효 일기고사(鍥便蒙二十四孝日記故事)』를 증거로 삼았다. 명대 복건서포(福建書鋪)에서 간행한 남경(南京), 북경(北京)의 책은 모두 '경본(京本)'이라는 두 글자를 앞에 덧붙였다. 황정보본에는 "신각경본 근감고정 통속연의 전상삼국지전(新刻京本近鑒考訂通俗演義全像三國志傳)"이라고 되어있으니, "만약 이보다 앞서는 '경본'이 존재했다면 황정보본은 가장 이른 간본이 될 수 없다"(「三國志演義原編撰者及有關問題」, 『中華文化論壇』, 2003년 제1기). 중천유(中川諭)는 일본 내각문고에 소장되어 있는『흥현일기고사(興賢日記故事)』권1의 제서 "홍도첨응용죽 교정(洪都詹應用竹校正), 서림황정보 수재(書林黃正甫繡梓)"와 "만력 신해(1611) 맹하월(萬曆辛亥孟夏月) / 서림 황정보 수재(書林黃正甫繡梓)"라는 목기(木記)를 근거로 황정보본『삼국지』의 서문에 쓰인 '계해'가 천계 3년(1623)임을 고증했다(「『三國演義』版本研究 : 『三國演義』諸本三系統與黃正甫本三國志傳的性質」). 따라서 이 책에 작가의 이름이 쓰여 있지 않다는 것을 근거로 나관중 창작설을 부정할 수는 없는 것이다.

『오삼계연의(吳三桂演義)』의 판본 중 선통(宣統) 신해(1911) 맹동(孟冬) 상해서국 석인본은 본문이 단면 20행, 1행 40자이며, 상해 화명서국(華明書局) 석인본은 본문이 단면 18행, 1행 42자인데 모두 찬자가 표기되어 있지 않다. 필자는 1996년『만청소설사』에서 이것을 "만청 최후의 역사소설"이라 했다. 아울러 "내가 근 10년 동안 설부(說部)에 즐겨 힘썼는데, 특히 역사이야기를 좋아했다(余近十年來喜從事于說部, 尤喜從事于歷史說部)"는 자서를 근거로 "다작의 소설가인 듯하나 누구인지 짐작할 수 없다"고 추측했다.

2001년 8월에 열린 '홍콩 황세중(黃世仲) 국제학술 심포지엄'에서 양국웅(楊國雄)은 「홍콩·대만 및 해외 도서관 소장 황세중 저작에 대한 시론(香臺及海外圖書館所藏黃世仲著作初探)」을 통해 홍콩에서 1888년에 실시한 서적등록법례를 소개하였다.

출판업자나 인쇄업자는 책을 만들 때마다 바로 그들의 책을 홍콩 정부에 보내 등록해야 한다. 등기 후, 홍콩정부는 모든 간행물 1부를 영국박물관(현 영국도서관)에 보내어 소장한다. (…중략…) 홍콩 정부는 매분기마다 이 등록자료들을『홍콩정부헌보(香港政府憲報)』(혹은『홍콩원문보(香港轅門報)』)에 공포한다. (…중략…) 모든 간행물에는 서명, 사용 언어, 저자 / 번역자 / 편자, 내용, 인쇄업자 / 출판업자의 주소와 성명, 출판일, 면수, 크기, 판차(版次), 인쇄 부수, 배판(排版) / 석인, 가격, 판권자 성명 및 주소 등의 항목을 표기한다. 중문도서는 서명을 광주어(廣州語)로 음역(音譯)하고 의역(意譯)을 덧붙이며, 때로는 중문서명을 부기한다. 저자의 이름은 광주어를 사용하여 음역하고 기타 자료는 영어로 설명한다.

1911년 3분기 등록서에 기록되어 있는『오삼계연의』는,

저자 : 소배(小配), 별명 : 세차랑(世次郎), 출판 :『순배일보(循环日報)』, 출판일 : 1911년 8월 15일, 분량 : 전 2책, 면수 : 547면, 인쇄 부수 : 2,000부, 가격 : 6각(角)

이라고 되어 있다. 필자는 이메일을 통해 영국도서관에 의뢰하여 이 책이 서적등록법에 따라 영국도서관에 소장되어 있음을 확인했다(「黃世仲與辛亥革命」, 2001.8). 양국웅은 심포지엄에서 영국에서 복사해온 책의 일부를 전시했는데 표지에,

선통 신해 계하, 오삼계연의, 홍콩『순배일보』활판.

宣統辛亥季夏, 吳三桂演義, 香港循环日報活版.

이라 되어 있고 목록 1면 권단에는,

역사소설 오삼계연의, 소배세차랑 찬.

歷史小說吳三桂演義, 小配世次郎撰.

이라고 쓰여 있었다. 이 제서에 의해 황소배가 작가라는 사실이 확인되었다.

　판본의 속표지, 목록, 서발 중에도 작가의 명호(名號)가 있을 수 있지만 권단이 가장 신뢰할 만하다. 권단은 매 권의 처음에 있기에 글을 쓸 때 비교적 신중을 기하는 부분이고, 더욱이 본문과 밀접한 관련이 있어 떼어놓고 볼 수 없다. 또한 표지나 목차는 쉽게 찢어져 떨어지거나 위조할 가능성이 있지만 권단은 그렇지 않다. 강희 을해(1695) 재자당간본(在玆堂刊本)『제일기서(第一奇書)』(즉『금병매』)의 경우, 표지에 "이립옹 선생 저(李笠翁先生著)"라고 쓰여 있다. 이어(李漁)는 만력 39년(1611)에 태어났는데,『금병매』초본(抄本)의 출현 기록으로 가장 빠른 것이 만력 24년

(1596)이므로 그때는 이어가 아직 태어나기 전이 된다. 이어를『금병매』의 작가로 써넣은 것은 분명 서상(書商)의 가탁이다.

서발(序跋)도 작가 신분을 확정하는 중요 근거이다.『봉신연의』서재양(舒載陽) 간행 100회본은 권2 권단에 "종산일수 허중림 편집(鍾山逸叟許仲琳編輯)"이라 쓰여 있고 그 나머지 권에는 작가가 기록되어 있지 않다. 이것을 가지고『봉신연의』의 작가가 허중림이라고 판정하는 것은 근거가 빈약하다. 어떤 학자는『전기휘고(傳奇彙考)』권7「순천시(順天時)」해제에 나온

『봉신전』은 원대의 도사 육장경이 지은 것이나 확실한 것은 알 수 없다.
封神傳系元時道士陸長庚所作, 未知的否.

라는 내용을 근거로 육서성(陸西星)을 작가라고 하였다. 육서성(1520~1601?)은 강소 흥화(興化) 사람으로 자(字)는 장경(長庚)이고 자호는 참불제자(參佛弟子), 온공거사(蘊空居士)이다. 나면서부터 특출한 재능을 보였고 글재주가 뛰어났으며 특히 시와 그림에 소질을 보여 이름난 제생(諸生)이 되었다. 그러나 과거에 아홉 번 낙방한 뒤 성명학(性命學)을 이야기하고 선선(仙禪)에 귀의했다. 그 후 벼슬길에 나갈 뜻을 접고 산에 들어가 책을 썼다. 저서에『노자현람(老子玄覽)』,『음부경측소(陰符經測疏)』,『남화경부묵(南華經副墨)』,『방호외사(方壺外史)』등이 있다. 이러한 육서성의 사상 경력으로 볼 때『봉신연의』를 지었을 가능성은 있으나 반드시 그렇다고는 말할 수 없다.『봉신연의』속표지의 금창서방(金閶書坊) 서충보(舒冲甫)의 지어(識語)에는 다음의 기록이 있다.

이 책은 오랫동안 전설로만 전해졌던바, 선본이 없었던 것을 아쉬워했었다. 표현은 대부분 속되고 보잘것없으며 사건은 거의 황당한 것들뿐이다. (…중략…) 이 책은 □□선생이 고증하고 비평한 뒤 자기 집안에 소장해온 것이다. 내가 중가를 아끼지 않고 구매하여 간행하니, 이는 세상 사람들이 볼 수 있게 제공하려 함이다.

此書久系傳說, 苦無善本, 語多俚穢, 事半荒唐 (…중략…) 兹集乃□□先生考訂批評, 家藏秘冊, 余不惜重貨, 購求鋟行, 以供海內奇賞.

이운상(李雲翔)은『봉신연의』서문에서, 서충보가 많은 돈을 주고『봉신전』을 사서는 자신에게 마무리하도록 부탁했기에 바로,

황당하고 잘못된 부분을 산삭하고 속된 부분을 없앤 뒤, 매 회 끝에 정사(正詞)나 반설(反說) 혹은 조롱이나 해학의 말로 '충정이 있고 의협의 품격이 있다', '간사하고 완악한 태도가 보인다'라고 썼으니 세도나 인심에 환기시키는 바가 없지는 않을 것이다.

刪其荒謬, 去其鄙俚, 而于每回之後, 或正詞, 或反說, 或以嘲謔之語以寫其忠貞俠烈之品, 奸邪頑頓之態, 于世道人心不無喚醒耳.

라고 했다. 이로 보면 이운상이 이 책의 최종 찬자가 된다.

또『명월대(明月臺)』초본의 경우, "연수산인 저(烟水散人著)"라고 쓰여 있고 자서에는,

함풍 6년 초복에 동정 동산에서 연수산인 응향 옹계가 소현의 초야 서헌 남

쪽 창 아래에서 짓다.

咸豐六年初伏日, 洞庭東山, 烟水散人凝香翁桂著于蕭縣草野書軒之南窓下.

라고 되어 있다. '연수산인'의 성은 옹(翁), 이름은 계(桂), 자는 응향(凝香)
이며, 동정(洞庭) 동산 사람으로 소현(蕭縣)에서 살았음을 알 수 있다. 이
자서(自序)와 친구들이 써준 제사(題詞)에서 볼 수 있듯, 옹계는 성질이
모질고 불효하는 아들에게 크게 상심한 나머지 『소부(笑府)·봉황수(鳳
凰壽)』의 모티브를 빌려다가, 길짐승도 날짐승도 아닌 박쥐로 충성스럽
지도 효성스럽지도 않으며, 어질지도 의롭지도 않은 역자(逆子)를 빗대
었다. 상심이 지나쳤던 탓에, 소설 형식을 빌렸지만 자신의 처지와 삶
을 드러내고 말았던 것이다.

속표지와 서발에 쓰인 작가의 명호는 때때로 일치하지 않는 경우가 있
어 분석이 필요하다. 『아녀영웅전(兒女英雄傳)』 광서(光緒) 4년(1878) 취진
당(聚珍堂) 파인본(擺印本)의 경우 본문과 목록 권단에는 작가명이 없고 속
표지에만,

연북한인 원본, 오료옹 중정   燕北閑人原本, 吾了翁重訂.

이라고 되어 있다. 광서 무인년(1878) 마종선(馬從善)이 쓴 서문은 이렇
게 시작한다.

『아녀영웅전』은 철선선생 문강이 지었다.
『兒女英雄傳』一書 文鐵仙先生康所作也.

그래서 연구자들은 모두 이 책을 문강(文康)이 지은 것으로 여겼다. 그러나 동일 판본에 있는 옹정 알봉섭제격(閼逢攝提格)(갑인, 1734) 관감아재(觀鑒我齋)의 「아녀영웅전평화원재서문(兒女英雄傳評話原載序文)」에는 이렇게 되어 있다.

근래 연북한인이『정법안장오십삼참(正法眼藏五十三參)』을 지었다.
近有燕北閑人所撰『正法眼藏五十三參』一書.

건륭 갑인(甲寅, 1794)에 쓴 동해(東海) 오료옹(吾了翁)의 서문에는,

이 책은 내가 춘명(春明) 시장에서 구한 것으로, 권단에『정법안장오십삼참』이라고 쓰여 있다. 처음에는 불교적인 이야기인 줄 여겼고 패사(稗史)라고 생각하지 않았다. 그런데 책을 펼쳐 읽어보니, 연북한인이 찬하고, 신안필공이 동참하며, 관감아재가 서문을 썼다고 되어 있었다. (…중략…) 원본의 반이 결락하고 순서를 잃은 것이 안타까워 고루함을 무릅쓰고 빠진 부분을 덧대고 기워서 책을 만들고는『아녀영웅평화』라고 이름 붙였다. 그리고 책 머리에 몇 마디를 적는다.
是書吾得之春明市上, 其卷端顔曰『正法眼藏五十三參』. 初以爲釋家言, 而不謂稗史也. 展而讀之, 見爲燕北閑人撰, 爲新安畢公同參, 爲觀鑒我齋序, (…중략…) 惜原稿半殘闕失次, 爰不辭固陋, 爲之点金以鐵, 補綴成書, 易其名曰『兒女英雄平話』, 且弁數言于卷首云.

라고 되어 있다. 본문 첫 회에는,

이 평화는 (…중략…) 이후 동해 오료옹이 중정하여 제목을 『아녀영웅전』이라 하였다. 태평성세에 연북한인이 지은 것이라고 전한다.

這部評話, (…중략…) 後來東海吾了翁重訂, 題曰『兒女英雄傳』. 相傳是太平盛世一個燕北閑人所作.

라고 했다. 그 내용이 모두 속표지에 쓰인 것과 일치하므로 사실임을 알 수 있다. 마종선의 서문은 오히려 문강의 저작 경위를 설명하고 있지 않으며 그저,

내가 선생의 집에 묵은 지 아주 오래이나 이곳저곳으로 벼슬살이를 하다 보니 서로 소식이 끊겼었다. 어제 도문(都門)에 와서야 선생이 이미 도산(道山)으로 돌아갔음을 알았다. 옛집을 찾아가보니 주인이 바뀐 지 오래였다. 선생이 평소에 지은 것을 수습할 수 없다가 겨우 친구의 집에서 이 책을 구했기에 얼른 인쇄하여 선생의 저작을 보존하고자 한다.

余館于先生家最久, 宦游南北, 遂不相聞. 昨來都門, 知先生已歸道山, 訪其故宅, 久已易主. 生平所著, 無從收拾, 僅于友人處得此一編, 亟付剞劂, 以存先生著作.

라고만 했다. 그런데 이상한 것은 그가

책이 원래 53회이고 한 회가 1권인데, 벌레들이 갉아먹어 겨우 40권만 읽을 수 있었다. 나머지 13권은 결락되어 수습할 길이 없고, 필묵도 바래서 그 사람이 이은 것이 아닌가 의심스러워 마침내 빼고 간행했다.

書故五十三回, 回爲一卷, 蠹蝕之餘, 僅四十卷可讀. 其餘十三卷, 殘缺零落,不能綴輯, 且筆墨弇陋, 疑爲夫己氏所續, 故竟從刊削.

라고 말한 점이다. 원본을 '간삭(刊削)'하여 40회로 만든 것이 그 자신이라면 문강이 어떻게 『아녀영웅전』의 작가가 될 수 있겠는가?

2. 사서(史書)와 지방지(地方志)를 이용한 작가 고증

초기 문언소설은 연대가 오랜데다 수차례 초록되고 인간하는 사이에 원본에서 많이 멀어지게 되었다. 게다가 원서는 이미 사라지고 유통본은 대개 후인이 집일(輯佚)하여 만든 것이어서 고서 목록에는 일반적으로 "구제□□찬(舊題□□撰)"이라고 기록되어 있다. 대부분 판본 자체의 정보에만 의지해서 작가를 확정하기에는 부족한 상황이라, 다른 근거가 필요하다. 근거로 이용할 만한 자료 중 가장 중요한 것이 역대로 전해 내려오는 문헌들이다.

국가에서 편찬한 '정사(正史)'는 소설가를 입전(立傳)하지 않는다. 때문에 사람들에 의해 위대한 작가로 추숭되는 시내암(施耐庵), 나관중(羅貫中), 오승은(吳承恩), 오경재(吳敬梓), 조설근(曹雪芹)조차 역사서에서는 아무런 기록을 발견할 수 없다. 이에 반해 문언소설 작가는 상대적으로 '대우'가 조금 나은 편이다. 이를테면 『박물지』를 쓴 장화(張華, 232~300)나 『수신기』를 쓴 간보(干寶, 286?~336)는 『진서(晉書)』에 전기가 있다. 「장화전(張華傳)」은 편폭이 매우 길며, 그의 "넓은 견문과 비할 데 없이 박학함[博物洽聞, 世無與比]"을 묘사한 부분은 매우 구체적이고 자못 소설적 색채를 띠기까지 한다. 전의 끝에는 "장화가『박물지』10편을 지었고 문장도 세상에 알려졌다[華著『博物志』十篇, 及文章幷行于世]"고 적고 있다. 「간보전(干寶傳)」은 더욱 신이한 일을 기록하고 있다.

간보의 아버지가 일찍이 시비를 사랑했는데, 어머니가 이를 심하게 질투했다. 아버지가 돌아가시자 어머니는 그 시비를 무덤에 산 채로 넣었다. 간보의 형제는 어렸기에 그것에 대해 잘 몰랐다. 10년 후 어머니가 돌아가시어 묘를 열자 시비가 관 위에 엎드려 있었는데 살아있는 듯하였다. 그녀를 데리고 돌아오니 며칠 지나자 되살아났다. 그녀의 말에 따르면 '부친이 항상 음식을 가져다주며 살아있을 때와 마찬가지로 사랑해주었다'는 것이다. 집안의 길흉사에 대해 물으면 모두 말하고 징험해주었으며, 땅속의 일도 꺼려하지 않았다. 이윽고 시집가서 아들을 낳았다. 또 한번은 간보의 형이 병으로 숨이 끊어졌는데, 며칠이 되어도 몸이 식지 않았다. 드디어 의식이 깨어나서는 '천지간 귀신의 일을 보았다'고 하였다. 마치 꿈에서 깨어난 듯했으며, 자신이 죽었던 일은 알지 못했다. 간보가 이로 인해 마침내 고금의 신령스런 인물의 변화를 모아서 『수신기』라 이름붙이니, 모두 30권이다.

寶父先有所寵侍婢, 母甚妒忌, 及父亡, 母乃生推婢于墓中. 寶兄弟年小, 不之審也. 後十餘年, 母喪, 開墓, 而婢伏棺如生, 載還, 經日乃蘇. 言其父常取飮食與之, 恩情如生. 在家中吉凶輒語之, 考校悉驗, 地中亦不覺爲惡. 旣而嫁之, 生子. 又寶兄嘗病氣絶, 積日不冷, 後遂悟, 云見天地間鬼神事, 如夢覺, 不自知死. 寶以此遂撰集古今神祇靈異人物變化, 名爲『搜神記』, 凡三十卷.

이 일이 사실인지 확인할 수는 없으나, 간보가 『수신기』를 지었다는 것만은 의심할 여지가 없다.

『수서(隋書)』, 『구당서(舊唐書)』, 『신당서(新唐書)』의 「경적지(經籍志)」도 소설에 대해 기록하고 있다. 『수서』의 경우, "『박물지』10권, 장화 찬(『博物志』十卷, 張華撰)", 『구당서』는 "『수신기』30권, 간보 찬(『搜神記』三十卷 干寶撰)", 『신당서』는 "간보 『수신기』30권(干寶 『搜神記』三十卷)"이라 기록했다. 모두 『진서』 본전의 내용과 일치한다.

『수서 · 경적지』에는 "『세설』8권, 송 임천왕 유의경 찬(『世說』八卷, 宋臨川王劉義慶撰)"이라는 기록이 있고 또 "『세설』10권, 유효표 주(『世說』十卷, 劉孝標注)"라는 기록도 있다. 유의경(劉義慶, 403~444)은 송 무제(武帝)의 동생 장사(長沙) 경왕(景王) 유도련(劉道憐)의 둘째 아들인데, 임천왕 유도규(劉道規)의 후사로 입양되었다. 영초(永初) 원년(420) 그는 임천왕직을 세습했으며 평서장군, 형주자사, 남곤주자사를 역임했다. 『송서(宋書)』는 그를 이렇게 묘사한다.

성품이 간소하고 욕심이 적으며 문장을 좋아했다. 재주는 많지 않으나 종실의 대표가 될 만하다. 외직을 맡아서도 분수에 어긋남이 없었으나 만년에 승려를 모시느라 제법 비용이 많이 들었다. 어려서 말을 잘 탔는데, 장성해서 세상사의 어려움을 겪자 더 이상 말을 타지 않았다. 문학하는 사람들을 불러 모으자 멀거나 가깝거나 다들 찾아왔다.

爲性簡素, 寡嗜慾, 愛好文義, 才詞雖不多, 然足爲宗室之表. 受任歷藩, 無浮淫之過, 唯晚節奉養沙門, 頗致費損, 少善騎乘, 及長, 以世路艱難, 不復跨馬. 招聚文學之士, 近遠必至.

그는 문인 학사를 불러 모았는데, 원숙(袁淑), 육전(陸展), 하장유(何長瑜), 포조(鮑照) 등이 모두 그의 문하에 있었다. 그가 『세설신어(世說新語)』와 불교를 선양하는 소설 『유명록(幽明錄)』, 『선험기(宣驗記)』를 지었다는 말은 신빙성이 있다.

『수지(隋志)』 「경적지」에는 "『소설』 10권, 양무제의 칙령으로 안우장사 은운이 짓다. 양나라 목록, 30권[『小說』十卷, 梁武帝敕安右長史殷蕓撰. 梁目, 三十卷]"이라는 기록이 있다. 유지기(劉知幾)는 『사통(史通)』 「잡설(雜說)」에서, 양무제가 『통사(通史)』를 지었을 때 "유경숙의 『이원(異苑)』에서, '진무제(晉武帝) 때 창고에 불이 났다', '한고조가 뱀을 베자 지붕을 뚫고 날아갔다'고 거론한 것이 불경하다"고 하여 마침내 은운에게 『소설』을 짓게 했다고 하였다. 유경숙(劉敬叔, 390?~470?)은 팽성(彭城, 지금의 강소성 서주) 사람으로 동진(東晋) 의희(義熙) 연간에 유의(劉毅)로부터 남평국(南平國) 낭중령(郞中令)을 제수 받았고, 의희 13년(417)에는 장사 경왕 유도령의 표기참군(驃騎參軍)이 되었다. 송나라 초에는 정서장사(征西長史)가 되었으며, 원가(元嘉) 3년(426)에는 급사황문랑(給事黃門郞)이 되었다. 저서에 『이원』과 『술이기(述異記)』가 있다.

은운(殷蕓, 471~529)의 『소설』은 양무제(梁武帝)의 명을 받아 지은 것으로, 정사가 기록하지 않은 "불경한 말[不經之說]"을 수록하였다. 조재지(晁載之)는 『속담조(續談助)』 「은운 『소설』 발(殷蕓『小說』跋)」에서 이렇게 말했다.

사서들과 간혹 다른 부분이 있지만 내용이 모두 자세한 것으로 보아 사관이 빠뜨린 것임에 틀림없다.

雖與諸史時有異同, 然皆細事, 史官所宜略.

　은운의『소설』은 중국소설사상 최초로 '소설'을 제목으로 삼은 책이다. 일반적 의미의 소설과 구별하기 위하여 후대 사람들은 그것을『은운소설』이라 불렀다. 그 안에는 유경숙의『이원』에서 유래한 글도 있지만 은운이『소설』의 작가임은 부정할 수 없다.

　사서(史書)의 기록에 대해 의문을 나타내는 사람도 있다.『신이경(神異經)』의 경우,『수서』「경적지」에는 사부(史部) 지리류(地理類)에 수록되어 있으며, "동방삭 찬(東方朔撰)"이라고 적혀있고,『신당서』에는 "동방삭『신이경』2권, 장화 주(東方朔『神異經』二卷, 張華注)"라고 기록되어 있다. 그러나 이에 대해,『한서(漢書)』「동방삭전」에서는 동방삭의 저작을 열거하면서『신이경』을 거론하지 않았으니 "유향이 기록한 동방삭의 책은 이것이 전부이며, 세상에 전해지는 다른 책은 모두 그의 것이 아니다凡(劉)向所錄朔書具是矣, 世所傳他事皆非也"라는 회의적인 주장도 있다. 「동방삭전」 뒤에 붙은 찬어(贊語)에는 이런 말이 있다.

　　동방삭의 익살, 봉점(逢點)과 사복(射覆), 경박한 행실은 일반 백성사이에 유행하여 더벅머리 아이들도 따라하였고, 후세 호사가는 이상하거나 기이한 이야기를 가져다 동방삭이 지었다고 했다. 그래서 상세히 기록한 것이다.
　　朔之詼諧, 逢點射覆, 其事浮淺, 行于衆庶, 童兒牧竪莫不炫耀, 而後世好事者因取奇言怪語附著之朔, 故詳錄焉.

　이 말은 누군가 동방삭의 이름을 빌려 책을 지었다는 점을 시사한다.

때문에 『신이경』이 그의 것인지에 대하여 의문을 갖지 않을 수 없다. 또 『사고전서총목(四庫全書總目)』은 아예 동방삭을 『신이경』의 작가로 삼은 것이 후인의 위탁이라 단정하면서,

> 말이 화려하고 격식이 제(齊)와 양(梁)에 가까운 것을 보니 육조(六朝)풍의 문사가 지은 것이다.
>
> 觀其詞華縟麗, 格近齊梁, 當由六朝文士影撰而成.

라고 하였다. 한편, 동한(東漢) 복건(服虔)의 『좌전(左傳)』 문공(文公) 18년 주(注)는 이렇다.

> 『신이경』에 '도올(檮杌)은 생김새가 범과 같고 털의 길이는 2척이다. 사람 얼굴에 호랑이 다리, 돼지의 이빨을 하고 있으며 꼬리는 1장 8척이나 된다. 싸울 때는 물러나지 않는다'라고 하였다.
>
> 『神異經』云, 檮杌狀似虎, 毫長二尺, 人面虎足猪牙, 尾長丈八尺, 能鬪不退.

이에 대해 단옥재(段玉裁)는 『고문상서찬이(古文尚書撰異)』권1에서,

> 『신이경』은 위작이 아닌가 한다. 동방삭이 짓고 장화가 주를 단 것이 아닐 수도 있다. 그러나 복씨가 『좌전』에 주를 붙이면서, '도올(檮杌)' '도철(饕餮)' 항목에 『신이경』을 인용하고 있으니, 이 책이 한(漢)나라 때부터 있었던 것은 맞다. 배우는 자들은 의문점을 잠시 놓아두고 넘어가는 것이 좋겠다.
>
> 『神異經』疑是僞作, 未必東方朔所爲‧張華所注也. 而服氏注『左氏』檮杌‧

饕餮亦引『神異經』, 則自漢有之矣, 學者闕疑可也.

라고 했다. 또『수경주(水經注)』와『삼국지』 배송지(裵松之)의 주에서도
『신이경』을 인용할 때 모두 동방삭이 지었다고 하였다. 이로 보면, 상
당히 이른 시기부터 이 책을 동방삭에 가탁했음을 알 수 있다.『해내십
주기(海內十洲記)』,『십주삼도기(十洲三島記)』,『해내십주삼도기(海內十洲
三島記)』라고도 부르는『십주기(十洲記)』도 사서(史書)에서는 동방삭이
지었다고 하였다. 그러나 이 책도 후대 사람이 동방삭에 가탁한 것이라
고 한다. 조재지는『속담조(續談助)』에서 이렇게 말한다.

동방삭이 허탄하고 속이기를 잘했지만 이 정도로 허망하게 말하지는 않았
다. 필경 후인이 그의 이름을 빌려 신뢰를 얻고자 했을 것이다. 또한 이선(李
善)의『문선(文選)』 주(注)와 곽경순(郭景純)의『유선시(遊仙詩)』에서 동방
삭의『십주기』 말이라고 인용한, '신은 일부러 재주를 감추고 왕의 조정에 나
아갔고, 양생을 감추면서 권문을 대하였습니다[臣故韜而赴王庭, 藏養生而待
朱門]'라는 구절이 또한 요사이 전한다.

朔雖愧誕詆欺, 然不至于著書妄言若此之甚, 疑後人借朔以求信耳. 然李善
注『文選』, 郭景純『遊仙詩』已云東方朔『十洲記』曰, 臣故韜而赴王庭, 藏養生而
待朱門. 則亦近古所傳也.

책을 읽으면서 그 내용에 의문을 품는 것은 소중한 일이다. 그러나 확
실한 증거가 뒷받침되지 않는다 해도 역사서의 기록은 믿어야 할 것이
다.『열이전(列異傳)』의 경우를 보자.『수서』「경적지」 사부(史部) 잡전류

(雜傳類)는『열이전』3권을 기록하면서 "위 문제 찬(魏文帝撰)"이라고 썼다. '소서(小序)'에서는 "위문제가 또『열이』를 지어, 귀물의 일과 기괴한 이야기를 적었다[魏文帝又作『列異』, 以序鬼物奇怪之事]"라고 했다. 초당(初唐) 우세남(虞世南)의『북당서초(北堂書鈔)』와 이현(李賢)의『후한서(後漢書)』주(注) 그리고 서견(徐堅)의『초학기(初學記)』는『열이전』을 인용하면서 또한 모두 위문제가 지었다고 하였다. 중당(中唐) 이후에야 서진(西晉)의 장화가 지었다는 말이 나오는데, 이에 대해 노신은『중국소설사략』에서 "내용에 감로(甘露) 연간의 일이 있다. 문제 이후에 후인이 덧붙였거나 가탁한 것일 텐데, 어느 것이 옳은지 알 수 없다[文中有甘露年間事, 在文帝後, 或後人有增益, 或撰人是假托, 皆不可知]"라고 했다.

청대 요진종(姚振宗)은『수서경적지 고증(隋書經籍志考證)』에서 이 두 설을 절충하여 "장화가 위문제의 책을 이어 썼고, 후인이 그것을 합했다[張華續文帝書, 而後人合之]"라고 하였다. 위문제 조비(曹丕, 187~226)는 평소 "문학을 좋아하고 저술에 힘썼으며[好文學, 以著述爲務]"(『삼국지』), "견문을 널리 하여 사물에 대해 동이 닿지 않는 바가 없다고 자부했다[窮覽洽聞, 自呼于物無所不綜]"(갈홍(葛洪),『포박자내편(抱朴子內篇)』「논선편(論仙篇)」). 그는 신선과 방술(方術)을 즐겨 말하던 시대에 나서 자신 또한 신선을 앙모하였다. 아래는 그의「유선시」이다.

서산은 하 얼마나 높던가   西山一何高,

높고 높아 참말 끝이 없네.   高高殊無極.

산 위에 선동 두 사람   上有兩仙童,

먹지도 마시지도 않았지.   不飲亦不食.

나에게 환약을 주었는데	與我一丸藥,
광채가 오색을 띠었네.	光耀有五色.
약을 먹은 지 너댓새 되자	服藥四五日,
몸에서 날개가 돋는구나.	身體生羽翼.
훌쩍 뜬구름 타고 오르자	輕擧乘浮雲,
순식간에 만 리 억 리라.	倏忽行萬億.
흐르며 사방을 보노라니	流覽觀四海,
아득할사 알고 있던 곳이 아니네.	茫茫非所識.

이로보면 귀물기사(鬼物奇事)를 적은『열이전』의 작가가 조비일 가능성도 배제할 수 없다. '정시(正始)'와 '감로(甘露)' 사이의 일이 들어가 있는 것은 고소설 판본에서는 정상적인 현상으로, 이 때문에 조비 저작설을 부정할 수는 없다.

다른 예로『수신후기(搜神後記)』는 본래 진(晉)의 도잠(陶潛, 352~427)이 지었다고 되어 있다. 이에 대해 심사룡(沈士龍)은 발(跋)에서 "도잠은 원가(元嘉) 4년에 죽었는데, 여기에 원가 14년과 16년의 일이 있으니[潛卒于元嘉四年, 而此有十四ㆍ十六兩年事]" 단언컨대 "그것이 거짓으로 가탁한 것임은 따져볼 필요도 없다[其爲僞托, 固不待辨]"고 말했다. 그러나 지괴류 책들이 수없이 찬술되는 과정에서 간혹 후인의 작품이 섞여 들어가는 것은 전혀 이상한 일이 아니다. 노신 또한『중국소설사략』에서 "도잠은 광달(曠達)하여 반드시 귀신의 일에 아등바등하였을 리가 없다. 이는 위탁한 것이다[陶潛曠達, 未必拳拳于鬼神, 盖僞托也]"라고 했다. 성격이 광달한 사람이라고 꼭 신이함과 인연을 끊지는 않는 법이다. 도잠은『산해경』을

좋아하여 「독산해경(讀山海經)」 13수를 지었다. 그 안에

『주왕전(周王傳)』을 열람하고	泛覽周王傳,
『산해도(山海圖)』를 두루 보네.	流觀山海圖.
굽어보고 우러르는 사이 우주를 겪었으니	俯仰終宇宙,
즐겁지 않으면 또 어찌하겠는가.	不樂復何如.

라 하여 우주만물에 대해 강렬한 관심을 드러낸 바 있다. 그는 자신이 갈망하고 그리워하는 고대로 가서 주 목왕(周穆王)의 수레를 타고 아름다운 현포(玄圃)를 노닐지 못함을 한스러워 했다恨不及周穆, 琢乘一來遊. 심지어 청조(靑鳥) 편에 서왕모에게 편지를 보내 자신은 "세상에 다른 것 필요 없네, 그저 술과 더불어 오래오래 살고플 뿐在世無所須, 唯酒與長年"이라는 마음을 하소연하기도 했다. 도잠은 기이한 일을 마음으로 원하고 좋아한 것이다.

혹자는 도잠의 시에서 귀신의 응보를 부정하는 말을 찾아내었다. 이를테면 다음과 같은 것이다.

선을 쌓으면 복이 있다더니	積善云有報,
백이와 숙제는 서산에서 죽었구나.	夷叔在西山.
선악은 진실로 응보하지 않는데	善惡苟不應,
어찌하여 부질없이 말하였던가?	何事空立言.

—「음주 2(飲酒二)」

태어나면 분명코 사라지는 법	運生會歸盡,
예부터 그렇다고 말해왔었지.	終古謂之然.
세상에 적송자 왕교 있다지만	世間有松喬,
지금은 정녕 어디서 소식 들을까.	于今定何聞.

— 「연우독음(連雨獨飲)」

천도는 깊고도 아득하여라	天道幽且遠,
귀신은 망망하고 컴컴하구나.	鬼神茫昧然.

— 「원시초조시방주부등치중(怨詩楚調示龐主簿鄧治中)」

그런데 『후수신기』 권6 「호무회(胡茂回)」에서는 불법을 찬양했고, 권
9 「양자(羊炙)」에서는 인과응보를 선양했으니 도잠은 그 작가가 아니라
는 것이다. 이 추론의 전제는 귀신의 이야기를 쓴 사람이라면 필경 귀
신을 믿는다는 것인데, 이는 인간의 행위가 지닌 복잡성을 고려하지 않
은 것이다. 도잠과 동시대에 살았던 범엽(范曄, 398~445)은 무귀론자(無
鬼論者)로, 일찍이 「귀신론(鬼神論)」을 써서 "천하에 결코 귀신이 없음[天
下決無神鬼]"을 논증하고자 했다(『송서』 「범엽전(范曄傳)」). 그러나 그가 편
찬한 『후한서』에는 오히려 신이한 일이 많이 서술되어 있으니, 유지기
(劉知幾)가 이런 말까지 할 정도이다.

범엽이 동한의 역사를 덧보태고 덜어낸 것은 스스로 정직함에 부끄러움이
없다 하겠으나[2] 왕교가 오리 신발을 신고 날아온 일은[3] 『풍속지』에 나오고,
좌자가 양의 울음소리를 낸 일은[4] 『포박자』에도 전한다. 어느 것이 진짜이고

가짜인지 알 수 없으니, 참으로 잡스럽다 하겠다.

至范曄增損東漢一代, 自謂無慚良直, 而王喬鳧履, 出于『風俗通』, 左慈鳴羊,

傳于『抱朴子』, 朱紫不別, 穢莫大焉.

—『사통(史通)』「채찬(采撰)」

범엽도 이와 같은데, 도잠이 감흥을 드러내어『후수신기』를 지었다 한
들 뭐가 이상하겠는가? 석(釋) 혜교(慧皎)의『고승전(高僧傳)』서문에는,

송 임천 강왕 의경의『선험기』와『유명록』, 태원 왕염의『명상기』, 팽성 유
준의『익도사기』, 사문 담종의『경사사기』, 태원 왕연수의『감응전』, 주군대
의『징응전』, 도연명의『수신록』등은 모두 승려들의 이야기를 내어서 그 풍
모를 서술했는데, 다들 견강부회요 지나치게 소활하다.

宋臨川康王義慶『宣驗記』及『幽明錄』, 太原王琰『冥祥記』, 彭城劉俊『益都寺
記』, 沙門曇宗『京師寺記』, 太原王延秀『感應傳』, 朱君臺『徵應傳』, 陶淵明『搜
神錄』, 幷傍出諸僧, 叙其風素, 而皆是附見, 亦多疏闊.

2　"直謂無慚良直"이라 되어 있는 것을『사통』에 근거해 바로잡았다.

3　후한(後漢) 명제(明帝) 때 하동(河東) 사람 왕교(王喬)가 섭현(葉縣)의 현령으로 있었는데,
　그는 신선술을 익혀 매월 초하루와 보름이면 항상 섭현에서 조정으로 날아가 명제를 알현했
　다. 명제는 그가 자주 오는데도 수레가 보이지 않는 것을 이상하게 여겨 몰래 태사(太史)를
　시켜 엿보게 했더니, "그가 올 때마다 한 쌍의 들오리가 동남쪽에서 날아왔습니다. 그래서 다
　시 날아오기를 기다려 그물로 잡았는데 한 켤레의 신발만 얻었습니다" 하였다. 그래서 기물
　(器物)을 제조하는 부서인 상방(尚方)의 관원에게 감별하도록 시켰더니, 그 신발은 영평(永
　平) 4년에 상서(尚書)의 관원에게 하사했던 신발이라 했다.『후한서(後漢書)』권82 상「방술
　열전(方術列傳)」'왕교(王喬)' 조에 보인다.

4　좌자(左慈)는 자가 원방(元放)이고 동한(東漢) 말기 여강(盧江) 사람이다. 기괴한 도술로 조
　조를 농락하다가 조조의 군사에게 쫓겨 양떼에 숨었다. 조조의 군사들이 양들을 모두 베고
　돌아간 후 좌자가 양머리를 붙이자 모두 살아났다고 한다.

라고 했으니, 이로 보면 양대(梁代) 이전부터 도잠을 이 책의 작가로 인정하고 있었음을 알 수 있다.

지방지(地方志)는 소설 작가를 확정하는 데 중요한 역할을 한다. 『수호후전』은 일반적으로 "고송유민 저(古宋遺民著)", "안탕산초 평(雁宕山樵評)"이라고 쓰여 있는데, 강희(康熙) 갑진(甲辰, 1664) 간본 속표지 윗부분에는 가로로 "원인유본(元人遺本)"이라는 네 글자가 새겨있다. 그리고 '지어(識語)'에는

송의 유민인데 누구인지 알 수 없다. 대개 시내암·나관중 등과 동시대 사람인 듯하나 이름이 전하지 않는다. 그래서 그 책도 인몰되어 드러나지 않은 것이다.

宋遺民, 不知何許人, 大約與施羅同時, 特姓名弗傳, 故其書亦湮沒不彰耳.

라고 했다. 학자들은 『남심진지(南潯鎭志)』, 『호주부지(湖州府志)』, 『오정현지(烏程縣志)』 등을 근거로 안탕산초(雁宕山樵)는 진침(陳忱)이며 자(字)는 하심(遐心), 절강 오정(烏程) 남심진(南潯鎭) 사람임을 알아냈다. 명나라가 망하자 그는 유민(遺民)으로 자처하며 벼슬길에 대한 뜻을 접고 은둔생활을 하다가 끝내 굶어죽었다. 그는 일찍이 고염무(顧炎武)·귀장(歸莊) 등과 경은시사(驚隱詩社)를 결성하여 명의 후예로 서로를 격려했다. 경은시사는 도사(逃社), 도지맹(逃之盟)으로도 불리는데, 순치(順治) 7년(1650) 오강(吳江) 당호(唐湖) 북쪽 물가의 고풍장(古風莊)에서 성립되었다. 시사를 주관한 사람은 섭계무(葉繼武)와 하종잠(何宗潛) 형제이고 사우(社友)는 50여 인이 넘는다. 그중 이름난 사람으로 고염무(顧炎武, 1613~1682),

귀장(歸莊, 1613~1673), 주학령(朱鶴齡, 1606~1683), 대립(戴笠, 1614~1682), 고유효(顧有孝, 1619~1689), 오염(吳炎, 1623~1663), 반정장(潘檉章, 1623~1663), 왕석천(王錫闡, 1628~1682) 등이 있다.

이들은 망한 나라의 유민으로 벼슬길에 대한 뜻을 접고 함께 강호에 자취를 숨기고 한가로이 시문을 즐겼다. 각건(角巾)에 방폭(方幅) 차림으로 때때로 오호(五湖)와 삼묘(三泖) 사이를 오갔다.

諸君以故國遺民, 絶意仕進, 相與遁迹林川, 优游詩文, 角巾方幅, 時往來于五湖三泖之間.

— 『진택현지(震澤縣志)』

진침은 "경사(經史)에 마음을 쏟아 공부하고 야승(野乘)을 편찬했는데 무엇 하나 꿰뚫지 않음이 없었다[窮心經史, 稗編野乘, 無不貫穿]." 그가 "고송유민(古宋遺民)"이라 가탁하고 『수호후전』을 쓴 것은, 마음속에 "가득한 울분과 불평[郁郁無聊, 肮脏不平之氣]"을 풀기 위해서였다.

지방지를 이용해 작가를 고증할 때는 동명이인(同名異人)에 주의해야 한다. 『오정현지』는 진침을 소개하면서 특별히 명대와 청초에 살았던 세 사람의 진침을 거론하였다. 첫 번째 진침은 호가 안탕산초(雁宕山樵)로서, "명 말에 태어났고 그 선조 대에 장흥(長興)에서 남심진으로 옮겨 살다가, 진침 때에 다시 군성(郡城)으로 옮겨가 오정(烏程)에서 수대를 살았다[生于明季, 其先自長興遷南潯鎭, 忱又遷郡城, 居烏程已數世]." 두 번째 진침은 명대 성화(成化)·홍치(弘治) 연간 사람으로, 자는 극성(克誠), 호가 취월(醉月)인 귀안(歸安) 사람이다. 세 번째 진침은 청대 순치(順治) 갑오(甲

午) 때의 부공(副貢)으로, 자가 용단(用亶)인 수수(秀水) 사람이다. '진침'이란 이름은 같지만 동일인이 아닌 것이다.

풍몽룡(馮夢龍)의 경우에는 동명이인이 넷이나 된다. 건륭(乾隆) 연간에 나온 『강남통지(江南通志)』권165 「인물지(人物志)」, 「문원(文苑)」, 「소주부(蘇州府)」는,

풍몽룡, 자 유룡(猶龍), 오현(吳縣) 사람. 재치 있고 자유분방하며 시문이 화려하고 경학에 뛰어났다. 그가 지은 『춘추지월(春秋指月)』과 『형고(衡庫)』는 과거보는 사람들이 많이 읽었다. 숭정(崇禎) 때 공선(貢選)으로 수령현 지현을 지냈다.

馮夢龍, 字猶龍, 吳縣人, 才情跌宕, 時文麗藻, 尤工經學, 所著『春秋指月』, 『衡庫』二書, 爲擧業家所重. 崇禎時貢選壽寧知縣.

라고 적고 있다. 이 사람이 바로 '삼언(三言)'과 『신열국지(新列國志)』를 쓴 소설가 풍몽룡이다.

그런데 동치(同治) 때 나온 『소주부지(蘇州府志)』권92를 보면, 풍곤(馮琨)의 "아들은 몽룡으로, 자가 상보(翔甫)이다. 세천(歲荐)으로[5] 응천부 훈도(天府府訓導)에 뽑혔고 영상 교유(穎上敎諭)·곡주 학정(谷州學正) 등을 지냈다[子夢龍, 字翔甫, 以歲荐選應天府訓導, 遷穎上敎諭, 谷州學正]"라는 기록이 나타난다. 또, 광서(光緒) 연간의 『무진양호현지(武進陽湖縣志)』권21에는 "풍몽룡, 자 중전(仲田), 세공생(歲貢生), 만력 연간에 광동 신흥현

---

5 세천(歲荐)은 하급관리가 상급관리에게 추천하는 것이다. 매년 행한다.

지현(新興縣知縣)을 지냈다"고 했으며, 광서(光緒) 『통주직예주지(通州直隷州志)』권13에는 "풍몽계(馮夢桂), 자는 효원(孝原), 풍몽룡, 자는 한순(漢旬). (…중략…) 풍몽계는 세공(歲貢)으로 세상물정에 어두웠지만 행실이 반듯했고, 고서를 좋아하여 해마다 몸가짐을 이끌 책을 기록했는데, 특히 향리의 문헌을 많이 알았다. 풍몽룡도 이름난 제생(諸生)이었기에 사람들은 둘을 두고 '이난(二難)'이라 불렀다[馮夢桂, 字孝原, 馮夢龍, 字漢旬. (…중략…) 桂歲貢, 性迂行正, 好汲古, 年錄書可導身, 尤多識里(裏)中文獻. 龍亦名諸生, 人稱二難]"고 했다.

이 세 명의 풍몽룡 중 두 명은 명대 사람이고, 원적(原籍) 또한 각각 곤산(昆山)과 무진(武進)으로 원적이 오현(吳縣)인 풍몽룡과 시기적으로나 거리적으로 그다지 멀지 않다. 그렇기에 이름이 같은 경우 자칫 혼돈하기 쉬운 것이다. 때문에 동명이인이 있는 작가를 고증할 때는 더욱 주위를 기울여야 한다.

어떤 소설은 작가의 이름을 명시하지는 않았지만 남다른 인기(印記)를 남겨 작가를 확정하는 데 도움을 주기도 한다. 『양가통속연의(梁家通俗演義)』의 경우, "진회문객 교열(秦淮墨客校閱)"이라는 제(題)와 만력 병오(丙午, 1606)에 진회문객이 쓴 서문이 있다. 바로 그 서문 뒤에 "기진륜(紀振倫)"이라는 인장이 찍혀 있는데, 이것을 통해 작가가 기진륜임을 알 수 있는 것이다. 이를 실마리 삼아, 기진륜에 대해 고증할 수 있었다. 그는 자가 춘화(春華)요 남경 사람으로서 전기(傳奇)『규화기(葵花記)』・『삼계기(三桂記)』・『칠승기(七勝記)』및 『도진선재악부홍산집(陶眞選梓樂府紅珊集)』등을 편찬한 인물이다.

『수사유문(隋史遺文)』도 찬자가 적혀있지 않았다. 단 숭정 계유(癸酉, 1633)에 쓴 자서에 "길의주인이 서호 야원에서 쓰다吉衣主人題于西湖冶園"라고 되어 있고, 서문 뒤에 "영소씨(令昭氏)" "길의주인(吉衣主人)"이라 도장이 찍혀 있었다. '영소(令昭)'는 바로 명말청초 원우령(袁于令, 1599~1674)의 자이다. 그는 이름이 온옥(韞玉) / 진(晉)으로, 그의 생평과 관련된 자료는 매우 많아 『수사유문』의 작가가 그임을 확정하는 데 별다른 문제가 없었다.

이밖에 "연수산인(烟水散人)"도 도장에 의해 이름을 고증한 경우이다. 『여재자서(女才子書)』는 일명 『미인서(美人書)』라고도 하는데, "원호 연수산인 저(鴛湖烟水散人著)"라고 쓰여 있고 자서에 "연수산인이 묘상 신각에서 쓰다烟水散人漫題于泖上之蜃閣"라고 적었다. 서문 뒤에 "서진지인(徐震之印)", "연수산인(烟水散人)"이라는 두 개의 도장이 찍혀 있다. 종비(鍾斐)가 쓴 서문에는 이런 내용이 있다.

기해년 봄, 바람을 따라 수주(秀州)에 이르러 성 남쪽 호숫가에 정박하여 (…중략…) 홀로 술을 마시고 있었다. 사공이 "술은 있는데 손이 없으니 어찌 된 일입니까?"라고 하기에, 내가 웃으며 말했다. "여기에 서추도(徐秋濤)라는 사람이 있는데 나의 막역한 벗이라우. 그가 필시 안개를 뚫고 비를 무릅쓰고 올 터이니 어찌 손이 없음을 걱정하겠소?" 잠시 후 갈밭 속에서 노랫소리가 들리더니 과연 서추도가 조각배에 삿갓을 쓰고 나타나 소매에서 책을 꺼내 보여주며 말하였다. "이것은 제가 지은 『명원집(名媛集)』입니다. 부디 그대가 서문을 써주시기 바랍니다."

己亥春, 隨風而抵秀州, 泊于城南湖畔, (…중략…) 乃呼酒獨酌. 舟子曰, 有酒

無客, 奈何? 余笑曰, 此地有徐子秋濤者, 余莫逆友也, 彼必冲烟冒雨而至, 奚患

無客? 俄聞歌咏之聲出自蘆荻中, 則徐子果以扁舟荷笠而來, 袖出一編示余曰,

此余所作『名媛集』也, 惟子有以序之.

자서의 도장에 근거하면 "연수산인"은 서진(徐震)이고, 종비의 서문에
의하면 그의 자가 추도(秋濤)요 수주(秀州, 절강 가흥) 사람임을 알 수 있다.
또 『새화령(賽花鈴)』에는 "오□백운도인 편차(吳□白雲道人編次)", "남호
연수산인 교열(南湖烟水散人校閱)"이라 제하고, 「새화령 제사(賽花鈴題辭)」
에 "때는 강희 임인년 중추 하루 전날, 취이 연수산인이 문기당에서 쓰다
[時康熙壬寅歲仲秋前一日樵李烟水散人漫書于問奇堂中]"라고 했다. 뒤에는 두
개의 도장이 찍혀있는데, 하나는 "서진(徐震)"이고 다른 하나는 "연수산
인"이다. 제사에 또 "내가 『미인서(美人書)』를 지은 이후 다시는 한 글자
도 쓰지 않겠노라 다짐했는데, 갑자기 이번 중추에 서림씨(書林氏)가 『새
화령』의 교열을 부탁했다[予自傳『美人書』以後, 誓不再拈一字, 忽今歲仲秋, 書
林氏以『賽花鈴』囑予點閱]"는 내용이 나온다. 남호(南湖)는 가흥 남쪽에 있는
데 호수 두 개가 이어져 있어서 원호(鴛湖)라고도 한다. "취이(樵李)"는 "취
이(醉李)"라고도 쓴다. 가흥에서 서남쪽으로 70리 되는 곳인데, 그 이름
이 가흥의 별칭으로 사용되었다. 이로써 '연수산인'이 바로 『여재자
서』를 지은 서진임을 확인할 수 있다.

왕청평(王靑平)은 「서진 및 그의 『여재자서』 관련 사료에 관하여[關于徐
震及其『女才子書』的史料]」에서 두 개의 자료를 소개한 바 있다. 하나는 『단
기총서(檀幾叢書)』 권30 「미인보(美人譜)」에 쓰인 "수수 서진 추도 저(秀水徐
震秋濤著)"라는 기록이다. 「미인보」는 바로 『여재자서』 1권을 절록한 것

이다. 다른 하나는 『소대총서별집(昭代叢書別集)』 제6책 「모란정투보(牡丹亭殷譜)」의 "수수 서추도록(秀水徐秋濤錄)"이라는 제명과 "원호 연수산인"이란 지어(識語), 그리고 "예전에 내가 『여재자서』를 짓고 맨 앞에 소청(小靑)을 배치했는데, 아주 작은 구절이라도 빠짐없이 수록했다. 간행한 지 20년이 넘는다[往余輯『女才子書』, 首列小靑, 只句單詞, 無不具載, 棗梨二十餘年矣]"라는 내용이었다. 이것은 연수산인이 수수(秀水)의 서진이라는 새로운 증거가 된다. 이에 따라 "원호 연수산인 저(鴛湖烟水散人著)"라고 제한 『진주박(珍珠舶)』과, "취이 연수산인 편차(檇李烟水散人編次)"라고 제한 『합포주(合浦珠)』·『등월연(燈月緣)』·『몽월루정사(夢月樓情史)』·『원앙매(鴛鴦媒)』 등이 모두 서진의 작품임이 밝혀졌다. 또 "연수산인 편(烟水散人編)"이라고 제한 『도화영(桃花影)』 역시 서진의 작품인 것이다.

『참귀전(斬鬼傳)』에는 "양직 초운산인 편차(陽直樵雲山人編次)"라는 제(題)가 붙어 있다. 왕청평은 「유장과 그의 재자가인소설 고[劉璋及其才子佳人小說考]」에서 『진양학간(晉陽學刊)』에 실린 〈청록산수화(靑綠山水畵)〉 축(軸)에 있는 제관(題款, 낙관) "태원 유장(太原劉璋)"과 주문인장(朱文印章) "초운산인(樵雲山人)"을 근거로 '양직'이 옛 지명이며, 당대(唐代)에는 양곡(陽曲)으로 불리다가 명청 시기에 와서 산서성에 속하게 된 것과 "양직 초운산인"이 "태원 유장"과 동일인임을 고증했다. 다시 『심택현지(深澤縣志)』 「명환전(名宦傳)」을 살피면, 유장은 자가 우당(于堂), 호는 초운산인이며 강희 35년(1696)의 거인(擧人)으로 옹정 원년(1723)에 직예(直隷) 심택현 지현(知縣)으로 4년간 재직했고, 관직을 그만 둔 뒤 옹정 8년(1730)까지 줄곧 심택현에 머물렀는데 생활이 곤궁하여 "마을 사람들이 때때로 땔감과 곡식을 가져다주었으며[邑民時供其薪米]", 생계를 위하여 소설을 지었음이 확인된다. "초운산인 편차"라고 제한『비화염상(飛花艶想)』은『옥교리 (玉嬌梨)』를 그대로 베낀 것인데, 위의 고증 내용을 근거로 할 때 이는 유장이 돈을 벌기 위해 지은 것이 분명하다.

야사나 필기, 편지에 쓰인 기록도 종종 작가를 고증하는 데 유용한 자료를 제공한다. 그 대표적 사례를 들어보면 다음과 같다.

> 나는 우연히 어떤 소설의 서문을 보았다. 거기에 적힌 바에 따르면 일찍이 시(施) 아무개가 저자에서 옛 책들을 읽다가 낡은 책갈피 사이에서 송대 장숙 야가 도적들에게 항복을 권하는 글 하나를 발견했는데, 그 글에 108명의 사람들이 봉기하게 된 유래가 자세히 적혀 있기에 그것을 윤색하여 책을 지었다고 한다. 그 문인 나본(羅本)도 이를 본받아『삼국지연의』를 지었다고 하니 참으로 천박하고 가소롭다.
>
> 余偶閱一小說序, 稱施某嘗入市肆, 紬閣故書, 于敝楮中得宋張叔夜擒賊招語一通, 備悉其一百八人所由起, 因潤飾成此編. 其門人羅本亦效之爲『三國志演義』, 絶淺陋可嗤也.
>
> ― 호응린(胡應麟),『소실산방필총(少室山房筆叢)』(『수호전』을 두고서)

> 옛날 어떤 선비가 가산을 털어서 큰딸을 시집보냈다. 둘째 딸이 원망하자 선비는 '가난을 걱정하지 말라'며 위로하고는『상서』「무성편」의 '그대 신들이여, 부디 나를 도와라'라는 말을 실마리삼아『봉신전』을 지어 딸에게 주었다. 후에 둘째 사위는 그것을 간행하여 마침내 큰돈을 벌었다.
>
> 昔有士人罄家所有嫁其長女者, 次女有怨色. 士人慰之曰, '無優貧也'. 乃因『尚書·武成篇』'惟爾有神, 尚克相予'語, 演爲『封神傳』, 以稿授女, 後其婿梓行之,

竟獲大利.

　　　　— 양장거(梁章鉅),[6]『귀전쇄기(歸田鎖記)』[7](임월정(林樾亭)의 말)

　　(가정 10년에) 무정후 곽훈이 공적을 세운 조상 곽영을 태묘에 배향하려고 『삼국지』속설(俗說)과『수호전』을 본떠『국조영렬기』를 지어서, 장사성을 사로잡은 것과 진우량을 쏘아 죽인 것이 모두 곽영의 공적이라며 궁중에 말을 퍼뜨리고 사람들을 움직인 뒤 드디어 소를 올려 곽영을 태묘에 배향하도록 청하였다.

　　武定侯郭勛, 欲進其立功之祖英于太廟, 乃仿『三國志』俗說及『水滸傳』爲『國祖英烈記』, 言生擒士誠, 射死友諒, 皆英之功, 傳說宮禁, 動人聽聞, 己乃疏乞祀英廟廡.

　　　　　　　　　　— 심국원(沈國元),『황명종신록皇明從信錄』

　　세상 사람들은『사부서』가 엄주 선생의 평생 저작인 줄만 알지,『금병매』도 선생이 지은 것인 줄은 알지 못한다. 설령 그것을 아는 자들도 소문에 혹하여 그 문객이 지은 것이라고 하니, 문객에게 어찌 이러한 재주가 있다는 말인가? 엄주는 부친이 재상 엄숭 부자에게 배척을 당하고 중간에 금의위 육병이 죄를 얽어서 처벌된 것을 억울하고 분하게 여긴 나머지 이 책을 지었다.

　　世知『四部稿』爲弇州先生平生著作, 而不知『金瓶梅』一書亦先生筆也. 卽有知之, 又惑于傳聞謂其門客所爲書, 門客豈能才力若是耶? 弇州痛父爲嚴相夫子所

6　양장거(梁章鉅, 1775~1849)의 자는 굉중(閎中)·채림(茝林)이며 호는 채린(茝鄰)·퇴암(退庵)이다. 복건성 사람으로 건륭 59년(1794)에 거인(擧人), 가경(嘉慶) 7년(1802)에 진사가 된 후 평생 관직에 있었으며 저술활동도 쉬지 않아 70여 종의 저술을 남겼다.

7　청대 양장거(梁章鉅)가 지은 필기이다. 도광 25년(1845)에 간행된 8권 4책의 목판본이 규장각에 소장되어 있다. 양장거 만년의 저작으로 도광 23~24년(1843~1844)에 이루어졌으며, 권7에 소설, 술과 음식, 수수께끼 등에 관한 내용이 있다.

排陷, 中間錦衣衛陸炳陰謀葬之置于法, 夆州憤懣懟廢, 乃成此書.

— 송기봉(宋起鳳),[8]『패설稗說』

박산선생(博山先生) 장소(張劭)는[9] 호가 회암(悔庵)이며 가흥 사람이다. 성산(聲山) 사궁첨(査宮詹)과[10]는 동서지간이다. 어려서 총명하고 민첩했는데, 14, 15세 때 몰래 소설을 짓다가 채 끝내기도 전에 스승에게 발각되어 회초리를 맞았다. 그 부친 집모(執某)가 두둔하면서 '이 아이는 남다른 재주가 있습니다. 그런데 글을 다 짓지 못했으니 그 마음이 끝내 식지 않을 것입니다. 제가 마무리하겠습니다'라고 했다. 그것이 바로 지금 사람들이『평산냉연』이라 부르는 작품이다.

張博山先生劭, 號悔庵, 嘉興人, 與査聲山宮詹, 僚婿也. 幼聰敏, 十四五時, 私撰小說未畢, 父師見之, 加以夏楚. 其父執某, 爲之解紛曰, '此子有異才, 但書未畢, 其心終不死, 我爲適成之.' 卽今所謂『平山冷燕』也.

— 성백이(盛百二),『유당속필담(柚堂續筆談)』

이런 자료들은 서술이 자못 구체적이나 대부분 소문에 근거한 것으로 진위가 섞여있으니 자세히 살펴봐야 한다.

---

8 송기봉은 청대 창주(滄州) 사람으로 자는 불상(不詳), 호는 자정(紫庭)이다. 생애는 자세하지 않고 대략 청 세조(世祖) 순치(順治) 연간에 활동한 것으로 알려져 있다. 저서로『대무산방합고(大茂山房合稿)』가 세상에 전한다.

9 장소(張劭, 약1681년 전후)의 자는 박산(博山), 호는 적안산인(荻岸散人)이다. 생몰년은 정확하지 않으나, 대략 청대 강희(康熙) 20년 전후에 활동하였다. 그가 지었다는『평산냉연』은 모두 20회로, 일명 사재자서(四才子書) 혹은 칠재자서(七才子書)라고 한다.

10 사승(査升, 1650~1707)의 자는 중위(仲韋), 호는 성산(聲山)이며, 해령(海寧) 원화(袁花) 사람이다. 청대 강희(康熙) 27년(1688)에 진사가 된 후 한림원편수(翰林院編修)로, 강희제의 독서방인 남서방(南書房)에 수년간 입직하며 황제를 보필했다. 서법(書法)이 뛰어나 이름을 얻었다.

3. 『수호전』의 작가 고증

'어떤 사람을 어떤 책의 작가로 인정한다'는 말이 결코 그 사람 자체에 대한 정보를 정확하게 파악했다는 것을 의미하지는 않는다. 예를 들어, '시내암이 『수호전』의 작가다'라고 말하는 것이 반드시 시내암 개인과 관련한 사항을 모조리 확인했다는 뜻은 아니라는 말이다. 시내암은 누구인가? 이에 대해 수많은 설이 있다. 그중 한 가지 견해가 『정강패사(靖康稗史)』[11]의 편자(編者) '내암'을 시내암으로 보는 것이다. 왕리기는 「『수호전전』은 어떻게 만들어졌는가?[『水滸全傳』是怎樣纂修的]」에서 "『정강패사』 일곱 종에 서문을 쓴 내암이 바로 시내암이라고들 하는데, 이것이 완전히 황당무계한 말은 아니다"라고 했고, 황림(黃霖)은 「송말원초 사람 시내암과 '시내암의 책'[宋末元初人施耐庵及'施耐庵的本]」에서 "『정강패사』의 편자 내암이 시내암이다"라고 주장했다.

『정강패사』 권1의 서문은 세 부분으로 나누어진다. 다음은 그 전문(全文)이다.

---

11 『정강패사』는 『정강패사전증(靖康稗史箋證)』이라고도 한다. 남송 때의 확암(確庵)과 내암(耐庵)이 편찬(編纂)했으나, 작자의 생평이나 저술 목적은 분명하지 않다. 내용은 '정강지난(靖康之難)'에 대한 기록이나, 정사에는 나오지 않는 소설류의 이야기가 많다. 송인(宋人) 종방직(鍾邦直)의 『선화을사 봉사금국 행정록(宣和乙巳奉使金國行程錄)』과 작자미상의 『옹중인어(甕中人語)』·『개봉부상(開封府狀)』·『신음어(呻吟語)』, 금인(金人) 이천민(李天民)의 『남정록휘(南征錄彙)』와 왕성체(王成棣)의 『청궁역어(青宮譯語)』, 가공(可恭)의 『송부기(宋俘記)』 등 모두 7종의 패사를 모은 것이기에 『정강패사칠종(靖康稗史七種)』이라고도 한다.

『개봉부상(開封府狀)』·『남정록휘(南征錄彙)』·『송부기(宋俘記)』·『청궁역어(青宮譯語)』·『신음어(呻吟語)』는 각각 한 권으로 되어 있다. 표지에 "『동분록』, 하질, 갑신 중오 확암 정(『同憤錄』, 下帙, 甲申重午確庵訂)"이라는 열두 글자가 쓰여 있고, 임안(臨安) 고씨(顧氏) 집안에서 3대째 소장해 왔다. 갑신은 융흥(隆興) 2년이다. 상책은 이미 유실되었다. 확암의 성씨는 알 수 없다. 채록된 내용은 모두 포로로 사로잡혀있을 때의 글로서, 재궁(梓宮)[12]이 남으로 돌아온 데서 끝을 맺고 있다. 아마도 봉영(奉迎)하던 사람이 직접 쓴 듯하다.

『開封府狀』·『南征錄彙』·『宋俘記』·『青宮譯語』·『呻吟語』各一卷, 封題 '『同憤錄』, 下帙, 甲申重午確庵訂'十二字, 藏臨安顧氏已三世. 甲申當是隆興二年. 上冊已佚. 確庵姓氏亦無考. 所采皆虜中書, 絕筆于梓宮南返, 當是奉迎諸老手筆.

고종조(高宗朝)에는 사가(私家)에서 기술하는 것을 금했는데, 『남정록휘』가 간혹 전해지는 판본이 있어서 그나마 내가 볼 수 있었다. 상질(上帙)은 정강(靖康, 宋欽宗) 원년(1126) 윤월(閏月) 이전의 일이다. 『선화봉사록(宣和奉使錄)』과 『옹중인어(瓮中人語)』 각 1권을 보충하여, 정강 때 화란(禍亂)의 시말을 갖추었다. 함순(咸淳) 정묘(丁卯, 1267)에 내암(耐庵)이 쓰다.

高宗朝搜禁私家記述, 『南征錄彙』間有傳本, 余僅見. 上帙當是靖康元年閏月前事. 補以『宣和奉使錄』, 『瓮中人語』各一卷. 靖康禍亂始末備矣. 成淳丁卯耐庵書.

---

12 재궁은 황제나 황후, 중신(重臣)의 관재(棺材)를 말한다.

중원의 혼란이 송 휘종(徽宗)과 흠종(欽宗) 때 절정에 달해, 자손이 번성하나 치욕 또한 커서 이전 역사에서 찾아볼 수 없는 정도였다. 이 책은 오랫동안 대장(大藏)에 보존되어왔다. 짐은 왕위에 오르기 전 동년(同年)의 집에서 초본을 본바 있는데 구두도 뗄 수 없었다. 왕위에 오른 후 모든 고부(故府)를 조사하여 이 책을 얻으니, 선대 충렬왕(忠烈王)의 인장이 찍혀 있었다. 아마도 백 년 전에 전사한 것인 듯하다. 사변(事變)을 살펴보니 시종이 모두 갖추어져 있어서 송·금의 행위가 나라를 다스리는 자에게 거울이 될 만하였다. 정사(正史)는 두 왕조 사이를 떨어뜨려 놓고 내용 또한 번잡하여 꿰뚫어 이해하기 어렵다. 틈이 날 적마다 고증하고 기워서 유신(儒臣) 유(游)에게 한 권으로 만들게 해 자손만대에 경계로 삼고자한다. 신사(辛巳) 3월 상사(上巳)에 유덕(遺德)이 쓰다.

中土禍患至宋徽欽而極, 子孫蕃衍, 恥辱亦大, 前史未有也. 是編久存大藏, 朕微時見轉鈔本于同年家, 差脫不可句讀. 踐阼後檢諸故府, 得此, 有先忠烈王圖印, 是百年前傳寫來, 披覽事變, 終始咸悉. 宋金所爲, 皆有國者金鑒. 正史隔越兩朝, 卷帙繁博, 無此融會貫通, 暇當考征芟補, 命儒臣游爲一書, 爲萬世子孫戒. 辛巳三月上巳遺德筆.

서문의 세 번째 단락은 고려(高麗) 정성왕(定聖王) 유덕(遺德)이[13] 건문(建文) 3년 신사(辛巳, 1401)에 쓴 것이니, 분명히 내암과는 무관하다. 첫째 단락은 확암(確庵)이 융흥(隆興, 남송효종) 2년 갑신(甲申, 1164)에 『동분록』을 편찬한 일을 서술하고 있는바, 역시 내암이 쓰지 않았다. 두 번째 단락만

---

13 조선 3대 임금 태종 이방원을 가리킨다. 유덕(遺德)은 태종의 자이다. 1400년 11월에 왕위에 올랐다.

이 내암이 함순(咸淳, 송도종) 3년 정묘(丁卯, 1267)에 쓴 것이다. 겨우 61자밖에 안되니 '서문'이라고 하기보다는 '지어'라고 하는 편이 적절하다. 이 부분의 내용을 근거로 다음의 두 가지를 확인할 수 있다.

첫째, 『정강패사』의 편자는 '내암'이라고 서명했다(애석하게도 '시(施)'자가 없다).

둘째, 내암이 살았던 시대는 송대 말(혹은 원대 초)이다.

이 두 가지 사항에 『정강패사』가 "휘종과 흠종 두 황제의 일을 기록하고 있다"는 내용을 보태면[14] 『수호전』이 반영하고 있는 시대와 매우 근접해진다.

그러나 『정강패사』는 당시의 '사가기술(私家記述)', 즉 개인적 기록이며 거기에 수록된 7종 중에 『선화봉사록』, 『옹중인어』, 『신음어』 3종은 송대 사람이 기술한 것이고, 『남정록휘』, 『청궁역어』, 『송부기』 3종은 금대 사람이 기술한 것이다. 두 가지 부류는 그 기술자들의 입장이 확연히 다르다. 예를 들어, 작자미상의 『신음어』는 어떤 사람이 '북수(北狩) 때 직접 보고 들은 일'로 비교적 침통한 감정을 드러내고 있다. 그러나 가공(可恭)이 지은 『송부기』는 "대금(大金)이 천리에 응하고 인심에 따라 사방을 정복하며 변경(汴京, 개봉)을 함락시키고 고금 역사를 진동시켰다(大金應天順人, 鞭撻四方, 汴京一役, 震古爍今)"고 선양하고 있다. 때문에 『정강패사』와 『수호전』이 '내용상 서로 상통하고 근접한 부분이 있다'는 주장을

---

14 정강(靖康)은 북송 흠종의 연호이다. 정강 2년에 금나라 군대가 남하하여 수도인 변경(汴京)을 함락시키고 휘종과 흠종을 인질로 잡아갔다.

수긍하기가 어려운 것이다.

『정강패사』는 원래부터 있던 자료를 가지고 모아 만든 것이며, 확암이 주 편정자(編訂者)이다. 110년 후 '내암'이 한 일은 단지 '『선화봉사록』과 『옹중인어』 각 1권씩을 보충한 것'일 뿐이다. 그런데 공교롭게도 『정강패사』 7종에서 내암이 보충하여 집어넣은 두 종은 민족 정서가 매우 옅고 간략한 것이었다. 내암은 보충 의도를 그저 "정강 연간에 있었던 화란의 시말을 갖추는[靖康禍亂始末備矣]" 것이라며 주로 사료(史料)의 완비를 위했다고 할 뿐이니, 그에게 또 다른 의도가 있는가를 증명하기도 쉽지 않다. 내암은 확암이 지은 『동분록』의 서명을 『정강패사』라고 고쳤는데, 이는 사실상 민족적 적대감을 희석시킨 것이다. 내암이 당시 볼 수 있었던 사료와 이야기 및 전설을 이어 붙여 『수호전』을 만들었다고 말하거나 심지어 『정강패사』와 『수호전』은 창작 정신이 일치한다고 주장하는 것은, 모두 문학창작과 사료 휘편(彙編)의 본질적 경계를 구분하지 못하는 것이다.

황림(黃霖)은 또 오종선(吳從先)의 『소창자기(小窓自紀)』 「독 『수호전』론(讀 『水滸傳』論)」을 근거로 "오독본(吳讀本) 『수호전』은 시내암과 밀접한 관계가 있으며, 아마도 이 『수호전』 고본이 이후 나관중이 가공한 '시내암적본(施耐庵的本)'일 것이다"라고 추론하였다. 그러나 오독본 『수호전』을 곧장 『정강패사』의 편자 내암이 송말원초에 편집한 '시내암적본'이라 보면 그것과 『선화유사(宣和遺事)』 사이에 선후 문제가 발생한다. 노신은 『수호전』의 생성 시기에 대해 이렇게 말했다.

생각건대 이런 이야기로 당시 사람들의 입에 오르내린 것이 매우 많았는데, 혹여 여러 종의 책이 있었다 해도 내용이 간략하거나 조리가 어그러졌을 것이다. 그래서 누군가 다시 발췌하여 거질로 엮고 비교적 조리 있고 볼 만하게 만들었으니, 그것이 뒷날의 대작 『수호전』이다.

意者此種故事, 當時載在人口者必甚多, 雖或已有種種書本, 而失之簡略, 或多舛迕, 于是又復有人起而薈萃取捨之, 綴爲巨帙, 使較有條理, 可觀覽, 是爲後來之大部『水滸傳』.

『선화유사』는 당시에 유행한 간략한 '소본(小本) 수호(水滸)'의 하나이다. 만일 『선화유사』보다 앞서는 '시내암적본'이 있었다 해도 그것이 어느 정도로 '간략해졌는지'는 알 수 없다. 기실 이런 '간략본'의 작가와 '거질을 엮어낸' 『수호전』의 작가는 전연 별개의 사람이다.

왕리기는 또 종사성(鍾嗣成)의 『녹귀부(錄鬼簿)』를 인용하여 자가 군미(君美)인 시혜(施惠)가 시내암이라고 하였다. 그가 지은 『고금시화(古今詩話)』가 '『수호전』 시내암적본의 원명(原名)'이라는 주장이다. 그 이유인즉 "시화는 또한 화본의 일종인데, 지금 전해지는 것에 『대당삼장취경시화(大唐三藏取經詩話)』가 있고 『수호전』도 '사화(詞話)'라고 불린다"는 것이다. 화본에 본래 시화라는 양식이 있지만, 모든 시화가 다 화본이라고는 할 수 없다. 종사성은 이렇게 말하고 있다.

시혜(施惠)는 자가 군미(君美)이다. 눈이 크고 구레나룻이 아름다우며 담소(談笑)를 좋아했다. 내가 일찍이 조경(趙卿), 진언실(陳彦實), 안상(顏常) 등과 함께 그의 집에 가곤 했는데 매번 융숭하게 대접을 받았다. 고담준론을 나누면서 시를 읊고 술을 마시는 틈틈이 전사(塡詞)[15]와 화곡(和曲)[16]을 일삼아『고금시화』를 집성하였다. 그 호사(好事)가 이와 같다.

施惠字君美, 巨目美髥, 好談笑. 余嘗與趙君卿, 陳彦實, 顏君常至其家, 每承接款, 多有高論, 詩酒之暇, 以塡詞和曲爲事, 有『古今詩話』亦成一集, 其好事也如此.

이 글로 보면,『고금시화』는 '전사(塡詞)와 화곡(和曲)'으로 이루어진 것으로 소설 화본과는 무관하다. 백번 양보하여 그것을 화본으로 인정한다 해도 역시『수호전』과는 관계가 없다. 왜냐하면『수호전』의 내용은 당시 상황에서 보면 기껏해야 '새로운 이야기'일 뿐, '고금의 시화'로 불리거나 '또한 집성하였다'고 말할 수는 없기 때문이다.

사실, '시내암적본'에서 '적(的)'은 적확하다는 뜻으로 풀어야 한다. '적본(的本)'은 확실한 판본으로서, 진본이다. '적본'은 '별본(別本)'이 난무하는 즈음에 서점에서 시내암의 진본이라고 하여 독자들을 유인하려던 데서 기인한 것이다. 그러므로 '적본'은 결코 원본이란 말이 아니다. 고유(高儒)는『백천서지(百川書志)』에서 "『충의수호전』100권, 전당(錢塘) 시내암 적본, 나관중 편차『忠義水滸傳』一百卷, 錢塘施耐庵的本, 羅貫中編次"라고 하였다. 그의 설명은 분명하다. '시내암 적본'의 이름은『충의수호전』이며 분량은 총 100권짜리이다. 그것이 바로 온전한『수호전』의 텍스트인 것이다. 그것은『수호전전』이 '편찬'의 저본으로 삼았던 책이 아니며,『선화유사』보다 간략한 초기 화본은 더욱 아니다.

---

15 전사(塡詞)는 송대에 유행하던 한시의 격식 중 하나이다. 일정한 평측(平仄)으로 장단구를 만들고 각 구에 적당한 문자를 채워넣어(塡) 시 짓는 시이다. 이백(李白)의「억진아(憶秦娥)」,「보살만(菩薩蠻)」이 그 시초라 한다.

16 화곡(和曲)은 가곡(歌曲) 가운데 합창 부분을 말한다.

4. 지방지(地方志)를 이용한 『서유기』의 작가 고증

『서유기』의 작가 확정은 더욱 곡절이 많았다. 현존 명간본(明刊本) 『서유기』 20권 100회본에는 "화양 동천주인 교(華陽洞天主人校)"라고 제했다 (이밖에 10권본 『당삼장서유석액전(唐三藏西游釋厄傳)』에는 '주정신 편집(朱鼎臣編輯)'이라는 제가 있고, 『사유기(四游記)』 안의 『서유기』 4권본에는 '양치화 편(楊致和編)' 이라고 제했다). 청초 간본 『서유정도서(西游征道書)』 앞부분에 원대 사람 우집(虞集)의 서문과 「구장춘진군전(丘長春眞君傳)」이 실려 있다. 그래서 이 책을 원초(元初)의 도사(道士) 구처기(丘處機)[17]가 지었다고 믿는 사람이 많았다. 그러나 지금 우리의 상식으로는 『서유기』의 작가가 오승은(吳承恩)이라고 알고 있다. 그렇다면 이것은 도대체 어찌된 일인가?

원래, 오승은을 『서유기』의 작가로 보는 견해는 노신이 회안(淮安)의 '향방문헌(鄕邦文獻)'이라고 부른 지방지에 근거한 것이다. 명대 천계(天啓) 연간 『회안부지(淮安府志)』 권16 「인물지(人物志)」에 오승은의 소전(小傳)이 실려 있다.

오승은. 성품이 민첩하고 지혜로웠다. 책을 많이 읽었으며 시문을 잘 지어 붓을 대면 곧장 이루어내었고, 청아하고 유려하여 진소유(秦少游)의 기풍이 있었다. 또 우스갯말을 잘하여 그가 지은 잡기(雜記) 몇 종은 당시 뜨르르했다. 운수가 얄궂더니, 결국 명경(明經)으로 현이(縣貳)[18]를 제수 받았지만 오

---

17 구처기(丘處機, 1148~1227) 일명 장춘진인(長春眞人)으로 도교 전진파(全眞派)의 창시자이다. 저서에 『대단직지(大丹直指)』, 『섭생소식론(攝生消息論)』, 『계집(溪集)』 등이 있다.

래지않아 남에게 허리 굽히는 것을 수치로 여겨 벼슬을 버리고 고향으로 돌아와 방랑하며 시주(詩酒)로 일삼다 졸했다. 문집이 집에 전하는데, 구(丘)소사도(少司徒)가 거두어 간행했다.

吳承恩, 性敏而多慧, 博極群書, 爲詩文下筆立成, 淸雅流麗, 有秦少游之風. 復善諧劇, 所著雜記幾種, 名震一時. 數奇, 竟以明經授縣貳, 未久, 恥折腰, 遂拂袖而歸, 放浪詩酒, 卒. 有文集存于家, 丘少司徒匯而刻之.

『회안부지』권19「예문지1(藝文志一)」「회현문목(淮賢文目)」에는 또 이렇게 적혀있다.

오승은 :『사양집(射陽集)』4책 □권,『춘추열전서(春秋列傳序)』,『서유기』.
吳承恩『射陽集』四冊□卷,『春秋列傳序』,『西遊記』.

그 후, 회안 사람 오옥진(吳玉搢)[19]이 건륭 10년(1746)에『산양지유(山陽志遺)』를 찬수(纂修)하면서, 천계(天啓) 연간 옛 지지(地誌)에 오승은이 '잡기'를 지었다는 기록에 주의하며 이렇게 말했다.

처음에는 잡기가 어떤 책인지 몰랐다. 그러다「회현문목」에서『서유기』가 선생의 저작이란 말을 듣게 되었는데,『서유기』가 옛날 '증도서(證道書)'라는 것을 확인하고서 그것이 금단(金丹)을 만드는 비결과 같은 것이라고 생각하

---

18 현승(縣丞)이다. 현령이나 현장 다음가는 벼슬이라 하여 현이(縣貳)라고 불렀다.
19 오옥진(吳玉搢, 1698~1773)의 자는 자오(藉五), 호는 산부(山夫). 산양(山陽, 지금의 강소성 회안)사람으로 봉양부(鳳陽府) 훈도(訓導)를 지냈다.

였다. 원대 우도원(虞道園, 우집(虞集))의 서문에 이 책이 원초 구장춘(丘長春) 진인(眞人)이 지었다고 했는데, 군지(郡志)에서는 선생이 지었다고 하였다. '천계'는 선생이 살았던 때와 멀지 않으니 그 말은 필시 근거가 있을 것이다. 내 생각에 장춘진인이 처음 이것을 기록했고 선생이 그것을 통속연의로 만든 것이 아닌가 한다. 이는 마치 『삼국지』는 본래 진수가 썼지만, 연의본은 나관중이 지었다고 하는 것과 같다. 책 안에 우리 지역의 방언이 많으니, 그 것이 회안 사람의 손에서 나왔다는 것은 의심할 바 없다.

初不知雜記爲何等書, 及聞「淮賢文目」載『西遊記』爲先生著. 考『西遊記』舊稱爲'證道書', 謂其合于金丹大旨. 元虞道園有序, 稱此書系國初丘長春眞人所撰, 而『郡志』謂出先生手. 天啓時去先生未遠, 其言必有所本. 意長春初有此記, 至先生乃爲之通俗演義, 如『三國志』本陳壽, 而演義則稱羅貫中也. 書中多吾鄉方言, 其出淮人手無疑.

완규생(阮葵生)은 건륭 36년(1771)에 『다여객화(茶餘客話)』를 편찬하면서 더욱 확신에 찬 목소리로 이렇게 말했다.

명대 『군지(郡志)』에는 (『서유기』를) 사양(射陽)이 지었다고 하였다. 사양은 군지의 편찬 시기와 멀지 않은데 (자기가 짓지 않았다면) 어떻게 세속에서 유행하는 원대 사람의 소설을 가로채 자신의 이름을 넣을 수 있겠는가? 혹은 구장춘이 처음에 이것을 쓰고 사양이 그것을 연의로 만들며 온갖 환상과 속임수를 지극히 했다고도 한다. 마치 『좌전』에 『열국지』가 있고 『삼국지』에 『삼국지연의』가 있는 것과 같다는 것이다. 작품 안의 방언과 속어를 보면 모두 회수(淮水) 지역의 말과 이야기들로서, 그곳 사람이라면 골목과 저자의 아낙이나 애들도 모두 알아듣지만 타지 사람들은 읽어도 잘 모른다. 따라서 회수 사람이 지은 것임은 의심할 바 없다.

> 明『郡志』謂出射陽手, 射陽去修志時未遠, 豈能以世俗通行之元人小說攘列己名. 或長春初有此記, 射陽因而衍義, 極誕幻詭變之觀耳. 亦如『左氏』之有『列國志』, 『三國』之有『演義』. 觀其中方言俚語, 皆淮上之鄕音街談, 巷弄市井婦孺皆解, 而他方人讀之不盡然, 是則出淮人之手無疑.

오옥진과 완규생은 모두 청초에 유행했던 '『서유기』는 구장춘이 지었다는 설'을 받아들이고 '사양산인'을 호로 쓴 오승은이 그것을 통속소설로 꾸몄다고 생각했다. 1920년대가 되어서야 노신은 강희 『회안부지』 권11 「문원전(文苑傳)」과 권12 「예문지」에 실린 오승은의 사적과 저작이 천계 연간 『회안부지』의 내용과 같다는 사실을 밝혀내었다.(『소설구문초(小說舊聞鈔)』) 그러나 동치(同治) 연간 『산양현지(山陽縣志)』를 찬수한 사람이 「인물지」에서 '우스갯말을 잘하고, 잡기를 지었다'라는 말을 빼버렸고, 「예문지」에서도 『서유기』를 기록하지 않았다. 이 때문에 오승은의 성품과 행적의 실상이 사라지고, 그가 『서유기』를 지었다는 사실도 더욱 아는 이가 적게 된 것이다(『중국소설사략(中國小說史略)』). 노신과 호적(胡適)이 오승은의 『서유기』 작가설을 강력 주장함으로써 이젠 널리 공인받게 되었다.

장배항(章培恒)은 1984년에 발표한 「100회본 『서유기』는 오승은이 지었는가(百回本 『西遊記』 是否吳承恩所作」에서 다음과 같이 지적하였다.

천계 연간 『회안부지』에는 오승은의 『서유기』가 몇 권 몇 회본인지, 어떤 성격의 작품인지 밝히지 않았다. 따라서 오승은의『서유기』가 소설 100회본 『서유기』인지, 아니면 동명의 또 다른 책인지 어떻게 단정할 수 있겠는가?

그는 청초 황우직(黃虞稷)의『천경당서목(千傾堂書目)』권8 '사부지리 류(史部地理類)'에 다음과 같은 기록이 있음을 찾아냈다.

당학정(唐鶴征)『남유기(南遊記)』3권
오승은(吳承恩)『서유기(西遊記)』
심명신(沈明臣)『사명산유적(四明山游籍)』1권

그는 "『천경당서목』의 기록이 맞다면, 오승은의『서유기』는 아마 일 반적인 유기(游記)의 일종으로서, 당학정·심명신의 것과 같은 성격의 책일 것이다. 즉 그것은 소설『서유기』와는 이름만 같은 다른 책이 분 명하다"라고 분석했다. 또한 "황우직은 대단히 학문이 있는 목록학자 로서, 그가 오승은의『서유기』가 통속소설이라는 것을 알았다면 결코 지리류에 넣지 않았을 것이다." 따라서 "100회본『서유기』가 오승은의 작품임을 확언하려면『회안부지』에 수록된『서유기』가 소설이라는 것 이외에『천경당서목』이 이 책을 잘못 분류했음을 충분히 증명해야 한 다"고 지적했다. 이것은 목록학의 일반적 원리에 부합하는 의문이다.

소흥(蘇興)은「100회본『서유기』는 오승은이 지었는가也談百回本『西遊記』是否吳承恩所作」에서 "『천경당서목』은『명사』「예문지」의 예비 서목 이지 개인 장서 목록은 아니며 (…중략…) 황우직도 오승은의『서유 기』를 수록하면서 눈으로 확인하지 않은 채 서명만 보고 잘못 기록한 것이다"라고 말했다. 사외(謝巍)는 「100회본『서유기』작가 연구(百回本『西遊記』作家硏究)」에서『천경당서목』에 대해 자세히 검토한 뒤, 서목의 "분류가 타당하지 않고 서명과 권수의 기록에 착오가 있음"을 밝혔다. 이를테면 권6 '사부여지류(史部輿地類)'에 수록된 담약수(湛若水)의『옹어(雍語)』를, 황우직은 이 책의 원본을 확인하지 않은 채 서명에 의거해 여지류(輿地類)에 넣어두었음을 다음과 같이 증명한 것이다.

첫째,『옹어』의 권수를 몰라서 기록하지 않았고, 둘째, 서명의 '옹(雍)'자를 근거로 옹주(雍州)와 관련한 지리서로 생각했다. (…중략…) (사실) 이 책은 담약수가 남옹(南雍)에 있을 때 제자들의 의문점에 대하여 의혹을 풀어준 내용으로 이학(理學)에 해당한다.

此書內容系記載湛若水在南雍時, 其弟子聞學解惑之語, 屬于理學.

아울러 그는 수많은 예증을 들어 황우직이 '결코 원서(原書)를 보지 않았거나 혹은 대충 훑어보고 제목에 의거해 수록한' 정황이 있었음을 밝혀냈다.『천경당서목』이 오승은의『서유기』를 '사부지리류'에 넣어 기록하고 권수를 기록하지 않은 것은 이러한 예에 속한다. 다시 말해, 오승은이 분명히 비소설『서유기』를 썼다면 명·청대 방지(方志) 서목에 잇따라 수록되었을 것이고, 금서(禁書)에 저촉되는 책도 아니기에 인몰되어 전해지지 않는 일도 없었을 것이다. 그렇기 때문에 오승은의 지리서『서유기』를 찾아내지 않는 한 소설『서유기』가 그의 작품임을 인정해야 한다. 이것도 마찬가지로 목록학의 일반 원리에 따른 것이다.

오승은의 소설『서유기』저작설은 그의 기호와 성격 그리고 생활환경 등을 통에서도 증명할 수 있다. 그는 『우정지(禹鼎志)』 서문에서 "어렸을 때 기이한 이야기를 좋아했고[幼年卽好奇聞]", '야언패사(野言稗事)'와 당대 전기(傳奇)를 애독했다고 말하였다. 그가 지은 지괴소설 『우정지』도 그 창작 의도나 제재의 성격 및 작품의 풍격 등이 모두 『서유기』와 유사하다. 오승은은 또 「이랑수산도가(二郎搜山圖歌)」를 지었는데, 『서유기』에도 이랑신(二郎神)에 대해 묘사하고 있어,[20] 두 작품 사이에 내재적 연관이 있음을 알 수 있다. 회안부에 운대산(雲臺山)이 있고 그 산에 수렴동(水簾洞)이 있는데, 전하는 말에 오승은이 운대산에서 갖가지 재료를 모아 왔다고 한다.[21] 오승은이 소설 『서유기』를 쓴 것은 응당 확언할 수 있다.

오승은과 관련한 고증으로 거론할 만한 일이 하나 더 있다. 즉 오승은의 유골이 발견된 것이다. 중국과학원 고척추동물·고인류연구소는 두개골을 복원하여 오승은의 흉상을 만들었는데, 이것은 오승은의 고거(故居) 사양이(射陽簃)에 진열되어 있다. 그 모습은 제법 정확하며 살아있는 듯하다. 아마 고대소설 작가 가운데 이러한 조각상이 있는 경우는 거의 없을 것이다.

『서유기』 작가에 대한 자료가 실제로 너무 적기에 종종 희한한 일이 발생하기도 한다. 지난 2002년 5월 10일, 인터넷 매체 중광망(中廣網)은 『오승은의 실전 저술이 하남성 신야현에서 나타나다[吳承恩佚著驚現河南

---

20 『서유기』 6회 「관음이 잔치에 와 소동의 원인을 묻고, 소성 이랑신이 대성 손오공을 제압하다[觀音赴會問原因, 小聖施威降大聖]」에서 손오공과 이랑신의 추격전이 나온다. 작품에서 이랑신은 옥황상제의 조카로 등장하는데, 상제의 명을 받아 천궁에서 소동을 일으킨 손오공과 각축전을 벌이며 다양한 변신술 대결을 펼치는 것이다.

21 수렴동은 『서유기』에서 손오공이 원숭이 무리를 이끌고 거처로 삼았던 동굴이다.

新野』라는 제목하에 "최근 하남성 신야현 문물부문(文物部門)은 민간에서 청조 강희 때의 『신야현지(新野縣志)』를 발견했다. 이 책은 『서유기』 작가 오승은이 쓴 『수리의(水利議)』에 대해 자세하게 싣고 있다. 이 문헌은 그 지역 문학계에 대단한 관심을 불러일으켰으며, 중국내 오승은 문학예술 연구에도 새로운 자료를 제공했다"라고 하였다. 2002년 6월 11일, 남양문화망(南陽文化網)도 『오승은의 실전 수리서가 옛 도시 신야에서 나타나다(吳承恩水利佚著驚現古城新野)』란 제하에 "최근 하남성 신야현 문사연구원(文史研究員) 장성립(張成立)은 고서점에서 뜻밖에 청조 강희 때의 『신야현지』를 발견했다. 이 책은 『서유기』 작가 오승은이 지은 『수리의』에 대해 상세히 기록하고 있다. 해당 문건의 발견은 그 지역 문학계에 지대한 관심을 불러일으켰고 중국내 오승은 문학예술 연구에도 새로운 자료를 제공하였다"라고 했다. 그 후, 2004년 2월 3일 『인민일보(人民日報)』 해외판에서 정건충(丁建忠)은 「오승은의 실전 저술 『수리의』[吳承恩佚著『水利議』]」를 발표했다.

하남성 신야현이 2002년 민간에서 오승은의 실전 저술 『수리의』 잔본(殘本)을 발견한 이래, 역사계와 문학계 인사들의 크나큰 관심을 불러일으켰다. 요사이 신야현 문사연구원 장성립은 뜻하지 않게 청대 강희 『신야현지』에서 진귀한 실전 기록 전문을 발견했다. 사서(史書)에 따르면 오승은은 명 가정 35년에서 36년(1556~1557)까지 신야현 지현을 맡았다. 임직했던 2년 동안, 오승은은 신야현의 구석구석을 실제 두루 다니면서 풍토와 민심을 이해하고 하류(河流)와 수리에 대해 잘 알았으며 토목사업을 벌여 재해를 막고 이익을 도모하여 백성을 행복하게 하려 했다. 그리하여 이 『수리의』를 쓴 것이다.

수리부(水利部) 인터넷망 2004년 2월 27일 기사, 중신사(中新社) 남양(南陽) 2004년 3월 2일 기사, 중신망(中新網) 2004년 3월 3일 기사, 혜총망(慧聰網) 2004년 3월 3일 기사 등이 모두 이 소식을 전했다. 한편 이 오승은이 바로 『서유기』의 작가인 오승은인가에 대해서도 논증이 진행되었다. 일례로 남양문화망(南陽文化網)은 이렇게 전했다.

『서유기』 작가 오승은이 신야현 지현을 했었는지 여부에 대하여 현존하는 청조 강희 51년 『신야현지』와 건륭 19년 『신야현지』에 모두 기록이 있다. 신야현 연구진은 다음 네 가지 방면에서 고증을 하였다.

첫째, 이름. 『고금동성명대사전(古今同姓名大辭典)』을 살펴보면 이 책에 수록된 민국시기 이전 1만 6천여 개의 이름과 6만여 명의 인물 가운데 또 다른 오승은은 찾을 수 없다.

둘째, 학력. 『중국문학사』를 살펴보면 오승은은 1544년 세공생(歲貢生)으로서, 공생 출신이라는 점이 『신야현지』의 내용과 일치한다.

셋째, 임직. 『사해(辭海)』를 보면 오승은은 가정 말 융경 초 절강 장흥(長興) 현승에 부임했다. 때는 1558년에서 1564년 전후이다. 신야현 임직 기간이 1556년에서 1557년임을 볼 때 두 시기가 선후로 들어맞는다.

넷째, 『서유기』 소설 창작은 신야에서 기원한다. 신야는 원숭이 곡예의 고장으로서 오승은은 신야의 지현으로 있으면서 원숭이 곡예를 자주 보았고, 그 때문에 손오공의 형상을 실제에 가깝게 만들어내었다. 그리고 소설 중의 수많은 속어는 신야의 방언을 차용한 것이다.

앞서 거론했듯이 『서유기』 판본 가운데 '오승은 찬(吳承恩撰)'이라고 쓰인 것은 하나도 없다. 오승은이 작가라는 사실은 회안의 '향토문헌'에 의해 비정되었던 바, 만일 『서유기』의 작가가 오승은이라는 것을 인정한다면 회안의 오승은이 유일한 후보자가 된다. 하지만 『서유기』의 작가가 오승은이 아니라고 여긴다면 어느 지방 사람이든 모두 고려할 수 있는 것이다. 신야 지현 오승은이 『서유기』의 작가인가, 아닌가? 관건은 그의 관적(貫籍)을 분명히 밝히는 데 있다. 절대 '오승은' 세 글자를 보고 흥분해서는 안 된다. 먼저 건륭 19년(1754) 『신야현지』의 기록을 보자.

권3 「질관(秩官)」 「지현(知縣)」 : 오승은, 동성(桐城) 공사(貢士), 가정 연간에 재직, 「명환」에 나옴[吳承恩, 桐城貢士, 嘉靖年任, 見名宦].

권4 「명환(名宦)」 : 오승은, 지현. 동성 공사. 천성이 총명하고 민첩함. 청 □□□, □□□, 유민(遊民)을 금하고 학교를 수리했음. 정절을 드러냈으며 형벌을 분명히 하고 정치를 일으켜 관리들이 외경하고 백성이 흠모함. 특히 수리(水利)의 본말을 잘 알아, 물가에 제방을 세워 백성이 혜택을 입음. 추천으로 노안통판(潞安通判)으로 승진함. 떠나는 날 백성들이 길을 막고 눈물 흘리며 전송함. 명환사(名宦祠)에 배향함.

吳承恩, 知縣. 桐城貢士. 賦性明敏, 淸□□□, □□□, 禁游民, 修理學校, 表揚貞節, 刑淸政擧, 吏畏民懷. 尤洞悉水利原委, 興築陂堰, 民被其澤. 以荐升潞安通判. 去之日, 民塞道垂泣送之, 令祀名宦祠.

이 오승은은 안휘성 동성(桐城) 사람이다. 『서유기』의 작가가 아님은 의심할 나위 없다.

좀 더 덧붙이자면, 이 '동성 오승은'이 또다른 오승은의 처음은 아니다. 일찍이 1985년 하남성 형양현(滎陽縣)에서「중수로의묘기(重修盧醫廟記)」라는 석비(石碑)가 발견됐다. 이 석비는 '명대 가정 28년 여름 4월[明嘉靖二十八年夏四月]'에 세워졌는데, "지하음현 사문임랑 고동향 평천 오승은 찬(知河陰縣事文林郎古桐鄉平川吳承恩撰)"이라는 기록이 있었다. 석비가 발견되자 연구자들도 주목했고, 근금(靳今)은『허창사전학보(許昌師專學報)』(1985년 제3기)에「오승은은 하음 지현을 하였다(吳承恩曾當過河陰知縣)」라는 글을 발표했다. 이 글에서 비문 작가 오승은과『서유기』작가 오승은 사이에 '성명 일치', '활동연대 일치', '관리 재직 연대 일치', '관직의 등급도 기본적으로 일치', '취미 일치' 및 '시대의 폐단을 아파하고, 백성을 동정하는 사상의 일치' 등 여섯 가지 일치점을 찾아내어, 석비를 '오승은 사적의 새로운 자료'라고 주장했다. 그러나 비문의 '고동향 평천'이 어디인지는 확인하지 못하여 '당시 산음현 오승은 고향에 있는 작은 지역 이름일 것이다'라고 추측했다. 사실, 강희 20년(1681)『하음현지(河陰縣志)』권3「직관(職官)」「지현(知縣)」에 이와 관련된 분명한 내용이 실려 있다.

오승은, 자는 공사(公賜), 호는 평천(平川), 동성(桐城) 선공(選貢). 부로들이 □□ 장절부(張節婦)의 소식을 전해주어 진습훈(陳習訓)의 상을 돕도록 하자, '공을 보답할 곳이 없는 처지의 사람에게 은혜를 베푸니 은혜로운 사람이다'라고들 말하였다. 향학의 제생들이 부로들에게 읍하고 나와 '우리 고장에 난해한 옥사 13건이 있는데 공이 아니고서는 해결할 수 없습니다'라고 하자, 무고한 사람 11인을 풀어주었는데 명쾌하고 단호했다. 이 어찌 강개하고 베풀기만 좋아하는 사람이겠는가? 대중승(大中丞) 갈공(葛公)이 공을 순량

(循良) 제일로 뽑았다. 조모상을 당하여 벼슬을 버리고 떠나가니 마을 사람들이 돌에 새겨 잊지 않고자 하였다.

吳承恩, 字公賜, 號平川, 桐城選貢. 父老傳□□張節婦墓, 助陳瞀訓喪, 謂公施恩不報之地, 惠人也. 庠弟子員揖父老而進曰, '吾邑疑獄十三案, 微公不決.' 釋無辜者十一人, 明且斷矣, 此豈徒慷慨好施予哉. 大中丞萬公擢循良第一. 丁祖母艱, 解綬去, 邑人勒去思于石.

'고동향'은 바로 안경부(安慶府) 동성(桐城)이고, '평천'은 오승은의 호임을 알 수 있다. 또 강희 12년(1673) 『동성현지(桐城縣志)』 권4 「인물(人物)·사적(仕績)」에 실린 「오승은전(吳承恩傳)」에 따르면, 그가 분명 동성 사람이고 가정 연간에 선공(選貢)되었으며 하음 지현(河陰知縣)과 노남 별가(潞南別駕)를 차례로 역임했음을 알 수 있다. 사실 그와 하음지현 오승은이 오히려 동일인으로서, 그는 가정 28년(1549) 하음 지현이 된 후 다시 이어 신야지현과 노남 별가가 된 인물이다. 산양(山陽, 회안) 출신의 자는 여충(汝忠), 호가 사양산인(射陽山人)이고 후에 장흥(長興) 현승(縣丞)과 형부기선(荊府紀善)을 역임한 오승은과는 전혀 다른 별개의 사람으로, 결코 『서유기』의 작가가 아닌 것이다. 이점을 분명히 한다면 '두 명의 오승은'을 같은 사람이라고 증명하려는 노력이 모두 헛수고임을 알 수 있다.

5. 수사적 추리를 이용한 『금병매』의 작가 고증

『금병매사화(金瓶梅詞話)』만력 45년(1617) 각본에는 찬자가 기록되어 있지 않고 서두에 흔흔자(欣欣子)의 서문이 있는데 이렇게 적혀있다.

> 난릉(蘭陵) 소소생(笑笑生)이 『금병매』를 지었다. 시속의 일에 뜻을 기탁하였는데, 아마도 무언가 말하는 것이 있는 듯하다.
>
> 竊謂蘭陵笑笑生作『金瓶梅』, 寄意于時俗, 盖有謂也.

'난릉 소소생'은 누구인가? 그가 누구인지는 생각하는 사람마다 대답이 달라서, 저 유명한 '『금병매』 작가 수수께끼'가 만들어졌다. 그 후보에 이미 60여 명의 이름이 올라있는데, 왕세정(王世貞), 가삼근(賈三近), 도륭(屠隆), 이개선(李開先), 왕치등(王稚登), 탕현조(湯顯祖), 풍몽룡(馮夢龍), 이선방(李先芳), 심덕부(沈德符), 이어(李漁), 조남성(趙南星), 노남(盧楠), 이지(李贄), 풍유민(馮惟敏), 사진(謝榛), 가몽룡(賈夢龍), 설응기(薛應旗), 장진숙(臧晉叔), 김성탄(金聖嘆), 전예형(田藝蘅), 왕채(王采), 당인(唐寅), 이반룡(李攀龍),[22] 소명봉(蕭鳴鳳), 호충(胡忠), 정유녕(丁惟寧), 서위(徐渭) 등이 거론되고 있다. 여기에 더하여 새로운 후보자가 나타난다고 해도 그리 놀랄 일은 아니다.

『금병매』 작가에 대한 의혹이 이토록 많은 것은 자료가 부족하다는

---

[22] 자는 우린(于麟), 호는 창명(滄溟). 명 가정 연간의 저명한 문인으로 왕세정과 함께 '이왕(李王)'으로 불린다.

이유 외에도 연구자의 관점이 어떠한가가 긴밀히 관련되어 있다. 『금병매 의혹(金甁梅之謎)』(書目文獻出版社, 1989년판)에서는 이 수수께끼에 대해 이렇게 말한다.

"『금병매』의 작가는 어떤 사람이어야 하는가?' '『금병매』는 소설이다. 당연히 작가가 '있어야 한다.' 그러나 '어떠한' 작가가 '있어야 한다'는 것은 연구자의 관점과 떼려야 뗄 수 없는 문제이다. 만약 문인 작가의 개인 창작이라고 주장한다면 문인들 가운데에서 찾아야 할 것이다. 하지만 집단 창작을 주장한다면 반드시 설서(說書) 예인(藝人)을 물색해야 할 것이다. 또한 가정 연간에 창작되었다고 주장한다면 시선이 만력으로까지 내려가지 않을 것이다. 만력 연간에 창작되었다고 한다면 마찬가지로 가정 연간에 사망한 사람을 살펴보지는 않을 것이다. 작가가 '명사' 가운데 한 사람이라고 생각한다면 분명 명사의 명단에서 살펴볼 것이다. 하층 문인에게서 나온 것이라고 한다면 아마 사료로부터 작가를 찾을 가능성을 배제할 것이다.'

『금병매 의혹』은 또 이렇게 평한다.

약 400여 년이 연기처럼 흘러갔다. 시대를 이어가며 문인 묵객들은 『금병매』의 작가 탐색을 결코 포기하지 않았다. 찾고 또 찾고, 높고 위엄 있는 모자를 가지고 그것에 맞는 머리를 찾았다. 가상의 작가가 제출되고 논증되었는데, 그 가운데 어떤 이들은 매우 빨리 잊혀졌다. 명대 가정, 만력 연간의 저 혐의자들도 주마등처럼 무대에 모습을 드러냈다가 사라졌다. 저 휘황한 업적과 찬란한 문체를 보아라. 그리고 또 그 우연한 부주의와 방종의 습성을 보아

라. 이들은 모두『금병매』의 작가를 고증하기 위한 것이다.

이 글은『금병매』작가 고증에 대한 풍자적이고 해학적인 묘사로, 그 표현이 매우 시니컬하다. '혐의자', 확실히 다른 소설의 작가 고증과 달리『금병매』의 작가 고증은 형사가 수많은 혐의자에 대해 수사를 하는 것과 같았다. 그 시비곡직을 분명히 하기 위해 수사 용어를 사용하여 분석하는 것도 괜찮은 듯하다.

『금병매』의 작가를 확인하는 첫 번째 방법은 '증거 채취'이다. 법률상의 증거는 사건의 경위를 확정하는 데 근거가 되는 자료를 가리킨다. 『금병매』의 작가를 확정할 수 있는 물증은, 이를테면『금병매』수고본(手稿本)이나 최초의 전초본(傳抄本) 등이다. 그러나 이것들은 일찍부터 하나도 남지 않고 완전히 없어졌기에, 물증에서 시작하는 것은 전혀 가망이 없는 일이다. 인적 증거의 경우도『금병매』작가와 동시대 혹은 약간 후대의 사람은 모두 작고한 상황이다. 다행히도 그중 몇몇 사람이 『금병매』와 유관한 언급을 남겼다. 당연히 그것이 작가 문제에 대한 '증언'이 되었고 사람들의 주목을 한껏 받았다. 증언은 시대적으로 명대와 청초로 나뉜다. 먼저 명대의 증언을 들어보자.

① 도본준(屠本畯),『산림경제적(山林經濟籍)』: 전하는 말에 가정 때 어떤 사람이 도독 육병의 무고를 받았는데 조정에서 그 집을 적몰하자, 그 사람이 원한에 사무친 나머지『금병매』를 가탁하여 지었다고 한다.

相傳嘉靖時, 有人爲陸都督炳誣奏, 朝廷籍其家, 其人沉冤, 托之『金瓶梅』.

②사조제(謝肇淛), 『금병매』 발(跋) : 『금병매』는 작가와 연대가 기록되어 있지 않다. 전하는 말에, 영릉(永陵) 때 금오척리(金吾戚里)가 있었는데 그 아버지를 믿고 사치하며 끝없이 방종했다. 그래서 문객이 그것을 책망하며 매일의 행위를 가려 뽑아서 책을 만들고 서문경의 일로 가탁했다고 한다.

『金瓶梅』一書, 不著作者年代. 相傳永陵中有金吾戚里, 凭怙奢汰, 淫縱無度. 而其門客病之, 採摭日逐行事, 彙以成編, 而托之徐門慶也.

③원중랑(袁中郞),²³ 『유거시록(游居柿錄)』 : 옛날 경사(京師)에 서문(西門) 천호(千戶)가 소흥의 노유(老儒) 한 사람을 집으로 모셔왔다. 노유는 일이 없자 매일 그 집안의 음탕한 일들을 기록하고 그 집 주인을 서문경에 비유하며, 나머지로 여러 여인들을 견주었다.

舊時京師, 有一西門千戶, 延一紹興老儒于家. 老儒無事, 逐日記其家淫蕩風月之事, 以徐門慶影其主人, 以餘影其諸姬.

④심덕부(沈德符), 『만력야획편(萬曆野獲編)』 : 들으니 이것은 가정 연간 대명사(大名士)가 지은 것으로 당시 일을 지적하여 비판한 것인데, 이를 테면 채경(蔡京) 부자는 분의(分宜), 임령소(林靈素)는 도중문(陶仲文), 주면(朱勔)은 육병(陸炳)을 가리키고 나머지도 각각 비판한 대상이 있다고 한다.

聞此爲嘉靖間大名士手筆, 指斥時事, 如蔡京父子則指分宜, 林靈素則指陶仲文, 朱勔則指陸炳, 其他各有所屬云.

---

23 명나라의 시인 원굉도(袁宏道, 1598~1610)이다. 자는 중랑(中郞), 호는 석공(石公)이다. 형 종도(宗道), 아우 중도(中道)와 함께 삼원(三袁)으로 불린다.

⑤ 흔흔자(欣欣子), 『금병매사화(金甁梅詞話)』 서(序) : 난릉(蘭陵) 소소생(笑笑生)이 『금병매』를 지었다. 시속의 일에 뜻을 기탁했는데, 아마도 무언가 말하는 것이 있는 듯하다.

竊謂蘭陵笑笑生作『金甁梅』, 寄意于時俗, 盖有謂也.

⑥ 입공(卄公), 『금병매(金甁梅)』 발(跋) : 『금병매전』은 세묘(世廟)[24] 때 어느 거공(巨公)이 지은 우언이다.

『金甁梅傳』, 爲世廟一巨公寓言.

명대의 증인들은 모두 책이 간행되기 전의 초본(抄本)을 보았던 사람들이다. 그러나 작가와는 직접적으로든 간접적으로든 관련이 없다. 그들이 전하는 말은 모순되고 엇갈리는데, 누구의 말을 따라야 할지 모르겠다. 원중랑이 말한 '옛날', '소흥의 노유'는 매우 모호하고 광범위한 개념이고, '서문 천호'는 서문경과 동성이지만 누구라고 정확히 지적할 수 없다. 명 세종 주후총(朱厚熜)은 연호가 가정(嘉靖)이고 영릉(永陵)에 묻혔다. 사조제가 말한 '영릉중'과 심덕부와 도본준이 말한 '가정간'과 '가정시', 입공이 말한 '세묘'는 동일한 뜻으로 작가가 가정 연간 사람이라는 것이다. 그러나 작가의 신분에 관해서는 4명이 일치하지 않는다. 사조제는 '금오척리'의 문객이라고 했는데, '금오'는 한대(漢代)에 설치된 관명으로 서울 수비를 관장했다. 작가가 금오 '척리'의 문객이라면 그 사회적 지위는 소흥의 노유와 비슷하지만, 심덕부가 말한 '대명사'나 입

---

24 명 세종(世宗) 가정제(嘉靖帝) 즉 주후총(朱厚熜)을 가리킨다.

공이 말한 '거공'과는 차이가 있다. 또 심덕부의 말에는 믿을 수 없는 요소도 있다. '분의(分宜)'는 엄숭(嚴嵩)을 가리킨다. 왜냐하면 그가 강서(江西) 분의(分宜) 사람이기 때문이다. 채경이 엄숭을 빗댄 것이라면 그런대로 괜찮다. 그러나 주면이 육병을 빗댄 것이라고 한 것은 견강부회이다. 게다가 임령소는 소설에 등장하지 않으니 도중문과 어떤 관계가 있다고 말할 수 없다.

이제 청대의 증언을 들어보자.

① 송기봉(宋起鳳), 『패설(稗說)』: 세상 사람들은 『사부고(四部稿)』가 엄주(弇州) 선생 평생의 저작인 것은 알고 『금병매』가 선생 중년의 작품인 것은 알지 못한다. 설령 그것을 아는 자라도 소문에 미혹되어 그 문객이 지은 것이라 한다. 문객에게 어찌 이런 재주가 있겠는가? 엄주는 부친이 엄승상 부자에게 배척과 모함을 당하고, 중간에 있던 금의위 육병의 음모로 죄에 얽혀서 처벌 받았던 것을 원통하게 여겼다. 엄주는 분을 참을 수 없어서 이 책을 지었다. 육병의 집은 운간군의 서문이니, 이른바 서문경은 육병을 가리킨다. 채경 부자는 엄숭 부자를, 여러 측근들은 엄승상의 측근을 빗대었다. 육병은 당시 여러 첩을 두었는데 너무 많아 단속하지 못했다. 그래서 책 중에 여러 여인들을 빌려 일일이 그것을 풍자한 것이다.

世知『四部稿』爲弇州先生平生著作, 而不知『金瓶梅』一書, 亦先生中年筆也. 卽有知之, 又惑于傳聞, 謂其門客所書, 門客詎能才力若是耶? 弇州痛父爲嚴相嵩夫子所排陷, 中間錦衣衛陸炳陰謀蘖之置于法. 弇州憤懣慼廢, 乃成此書. 陸居雲間郡之西門, 所謂徐門慶者, 指陸也. 以蔡京父子比嚴嵩父子, 諸狎昵比相嵩羽翼. 陸當日蓄群妾, 多不檢, 故書中借諸婦一一刺之.

② 사이(謝頤),『제일기언금병매(第一奇言金甁梅)』서(序) :『금병매』는 봉주(鳳洲) 문인의 저작이라 전해진다. 혹은 바로 봉주의 작품이라고도 한다. 그러나 거침없이 써내려간 100회의 내용이 섬세하고 치밀하며 주도면밀하여 매번 보는 사람으로 하여금 감탄을 자아내게 하니 (…중략…) 분명『염이(艶異)』를 지을 때의 솜씨를 발휘한 봉주의 작품임에 틀림없다.

『金甁梅』一書, 傳爲鳳洲門人之作也, 或云卽鳳洲手. 然絪緼洋洋一百回內, 其細針密線, 每令觀者望洋而嘆 (…중략…) 的是渾『艶異』舊手而出之者, 信乎爲鳳洲作無疑也.

③『금병매(金甁梅)』만문(滿文) 역본(譯本) 서(序) : 이 책은 명조에 벼슬하지 않던 유생(儒生) 노남(盧楠)이 엄숭·엄세번 부자를 꾸짖고자 썼다는 말이 있는데 확실한지는 모르겠다.

此書乃明朝閑散儒生盧楠斥嚴嵩嚴世蕃父子所著之說, 不知確否.

④ 궁위류(宮偉鏐),『속정문주세설(續庭聞州世說)』:『금병매』는 설방산(薛方山) 선생의 작품이라 전한다. 아마도 그가 초(楚)의 학정(學政)을 지낼 때에 이것으로 풍속을 유지하고 인심을 바루었을 것이다. 또 이르기를 조제학(趙儕學) 공이 지었다고도 하는데, 금의 육병이 경사 서화문에 살며 사치를 일삼기에 서문으로 그 성을 삼았다고 한다.

『金甁梅』相傳爲薛方山先生筆, 盖爲楚學政時, 以此維風俗, 正人心. 又云, 趙儕鶴公所爲, 陸錦衣炳住京師西華門, 豪奢素著, 故以西門爲姓.

청대의 증언을 통해 찾아낼 수 있었던 작가 혐의자들은 노남(盧楠),

설응기(薛應旂), 조남성(趙南星) 등이나 증거가 명확하게 제시되지는 않았다. 대다수 사람들은 왕세정(王世貞, 호는 봉주(鳳洲)·엄주산인(弇州山人))을 『금병매』의 작가로 확신하고 있다. 이자명(李慈銘)의 『도화성해암일기(桃花聖解盦日記)』, 고공섭(顧公燮)의 『쇄하한기(鎖夏閑記)』, 양장거(梁章鉅)의 『낭적속담(浪迹續談)』 등은 왕세정의 부친이 〈청명상하도(淸明上河圖)〉로 인해 엄세번과 원수가 되었고 이에 왕세정이 아버지의 원수를 갚고자 이 책을 지었다고 그 '창작동기'와 '경위'를 서술했다. 이러한 주장을 믿는 자가 많다. 그러나 명대에 비해 청대는 『금병매』와 시대적으로 멀어 증언의 권위가 부족한 데다 여러 가지 결함도 있다. 그러니 그것에 기대어 입안하고 결정할 수는 없는 노릇이다.

『금병매』 작가를 확정하는 두 번째 방법은 '추적법'이다. 아무리 수법이 뛰어난 범인이라도 범죄행위를 하는 과정에서 단서를 남기기 마련인데, 추적법은 그러한 단서를 추적하는 것으로 수사에서 흔히 사용하는 방법이다. 『금병매』는 산속에 숨겨두거나 상자 속에 깊이 감춰두기 위한 것이 아니라 사람들에게 볼거리를 제공하려고 지어졌다. 『금병매』의 최초 초본(抄本)의 유래와 전승과정을 추적하고, 『금병매』의 최초 판본이 간행된 상황을 추적하는 것은 학자들의 지대한 관심을 불러일으켰다.

먼저 『금병매』가 세상에 전해진 최초의 정보를 보자.

만력 24년 병신(丙申, 1596)에 원중랑은 동기창(董其昌, 思白)에게 편지 한 통을 보냈다.

한 달 전 석궤(石簣)가 찾아와 한껏 이야기를 나누며 닷새를 지냈습니다.

이윽고 오호(五湖)에 배를 띄우고 일흔 두 봉우리 절경을 구경했습니다. 유
람을 마치고 다시 관아의 서재로 돌아와 하늘에서 땅끝까지 말하지 않은 것
이 없었습니다. 병마(病魔)가 이 때문에 조금 물러갔지요. 다만 아쉬운 것은
그 자리에 사백(思白) 형이 없었던 것입니다. 『금병매』는 어디서 얻었습니
까? 베갯머리에 누워서 눈길따라 보니 화려하기가 한가득이라 매생(枚生)의
『칠발(七發)』보다 훨씬 낫더군요. 후편은 어디에 있습니까? 옮겨 적고 난 뒤
어디에서 교환해야 하는지 알려주시오.

　一月前, 石簣見過, 劇譚五日. 已乃放舟五湖, 觀七十二峰絶勝處. 游竟復返衙
齋, 摩霄極地, 無所不談, 病魔爲之少却, 獨恨坐無思白兄耳. 『金甁梅』從何得
來? 伏枕略觀, 雲霞滿紙, 勝于枚生『七發』多矣. 後段在何處? 抄竟當于何處倒
換? 幸一的是.

—『금범집(錦帆集)』「동사백(董思白)」

　서신에서 언급한 석궤는 도망령(陶望齡)이다. 그는 만력 24년 9월 24일
소주에 왔다.『유동정산기(游洞庭山記)』서문이 그 증거이다. 혹자는『유
동정산기』에 원중랑과 함께 동정산을 유람했다는 언급이 없다고 하지
만, 원중랑의 편지에 "도망령과 함께 동정을 유람하니 더욱 즐겁다陪陶
氏同遊了洞庭, 而且興致極高"라고 했으니 석궤가 두 번 동정에 갔음은 분명
하다.[25] 원중랑의 편지에서 말한 것은 만력 23년으로『금병매』가 세상

25　여기서 '동정'은 강소성 오현(吳縣) 즉 소주(蘇州)에 있는 산 이름이다. 동정산(洞庭山)은 태
　　호(太湖)의 동남쪽에 자리하고 있으며, 동정동산(洞庭東山)과 동정서산(洞庭西山)으로 이
　　루어져있다. 동산(東山)은 태호 가운데로 뻗어 들어간 반도(半島)이고 윗부분에 동산(洞山)
　　과 정산(庭山)이 있어 동정동산(洞庭東山)이라 부르는 것이다. 서산(西山)은 태호에서 가장 큰
　　도서(島嶼)로 동산(東山)의 서쪽에 위치했다 하여 서산(西山)이라 부른다. 전체를 일컬을 때
　　는 동정서산(洞庭西山)이라 한다. 동산(東山)과 서산(西山)은 호숫물을 사이에 두고 마주하

에 전해진 것보다 1년 앞이다. 비록 1년이란 기간이 그닥 길지 않은 시간이기에 따질 필요가 없다는 주장도 있으나, 황림은『금병매고론(金瓶梅考論)』(遼寧人民出版社, 1989년판)에서 이에 대한 해석을 시도했다.

원중랑은「동사백」에서 도석궤와 동정을 '함께 유람했다'고 말한 적이 전혀 없다. 이 편지의 서두는 '석궤'를 주어로 시작하고 있으며 '말하지 않은 바가 없다'라는 구절까지 원중랑을 거론하지 않았다. 원중랑은 당시 집에서 병치레를 하고 있었다. 서신의 내용인즉슨, 앞에서는 도석궤가 오땅에 와서 '한껏 이야기를 하며 닷새를 보냈고', 도석궤 등이 유람을 마치고 다시 와서 '말하지 않은 바가 없었으며', 원중랑은 그제야 '병마가 이 때문에 조금 물러갔다'고 한 것이다.

袁中郎的「董思白」根本沒有說過與陶石簣'同游'洞庭. 此函開頭以'石簣'爲主語, 一直貫到'無所不談'句, 幷未夾帶中郎. 中郎此時害病在家, 先聽陶來吳'劇譚五日', 陶等游竟後又來'無所不談', 袁乃'病魔爲之少却'.

이로 보면 만력 24년설이 옳은 듯이 보인다.

어쨌든『금병매』초본은 늦어도 만력 24년에는 완성되었다. 원중랑의 편지 어투로 보면 이『금병매』는 장편 거질이 아니고, 운치 있는 풍유(諷喩) 소설인 듯하다. 그는『금병매』를「칠발」과 비교하며 "매생의「칠발」보다 훨씬 낫다[勝于枚生「七發」多矣]"라고 했다.「칠발」은 서한(西漢)의 매승(枚乘)이 쓴 문답체 산부(散賦)이다. 오객(吳客)과 초 태자(楚太子)의

___

는데 거리가 매우 가깝고 교량으로 연결되어 있다. 이 둘을 통칭하여 동정산(洞庭山)이라 부르는 것이다. 호남성 악양현(岳陽縣)에 있는 동정호와는 별개이다.

문답을 통해 은유적으로 왕가 귀족의 교만과 사치, 음란을 비판한 것인데, "출입할 때 타는 수레와 가마는 다리를 못 쓰게 만드는 기계요, 화려한 방 좋은 집은 질병이 들게 하는 곳이요, 곱고 예쁜 여인은 생명을 해치는 도끼요, 맛있는 음식 기름진 고기는 창자를 썩게 하는 독약이다[出興入輦, 名曰蹶痿之機, 洞房淸宮, 名曰寒熱之媒, 皓齒蛾眉, 名曰伐性之斧, 甘脆肥膿, 名曰腐腸之藥]"[26]라고 하는 등, 문채가 화려하고 내용도 깊이가 있다. 일반 사람들은 『금병매』를 '더러운 음란서'로 여기지만, 원중랑은 오히려 그것을 "화려하기가 한가득이라[雲霞滿紙]"고 하였다. 그렇다면 그가 본 『금병매』는 「칠발」보다 전아하고 우아한 작품이란 말인가? 「칠발」은 분량이 모두 3천 자에 불과하여, 장편소설 『금병매』와는 비교할 바가 못 된다. 편지 가운데 "후편은 어디에 있는가[後段在何處]"라고 했는데, '단(段)'이라 하고 '부(部)'라고 하지 않은 것을 보면 아마도 『금병매사화』이전에 나온, 편폭이 짧은 「칠발」류의 풍유소설 『금병매』인 듯하다. 원중랑은 자신이 본 『금병매』를 동기창에게서 얻었다고 하였다. 그러나 동기창이 "어디서 얻었는지[從何得來]"는 그도 알지 못한다. 단지 그는 이것이 동기창의 작품이 아니며, 동기창의 손에도 오직 '전편'만 있다는 것을 알고 있을 뿐이었다. 그렇지 않다면 "후편은 어디 있는가? 옮겨 적고 난 뒤 어디에서 교환해야 하는지 알려주시오[後段在何處, 抄竟當于何處倒換, 幸一的是]"라고 묻고 청하지 않았을 것이다. 동기창까지 추적했지만 그 뒤는 종적이 묘연해졌다.

---

26 매승(枚乘, ?~B.C.141) 자는 숙(叔), 회음(淮陰) 사람이며, 한대 초기의 저명한 시인이자 사부(辭賦) 작가이다. 『한서(漢書)』 「예문지」에 그가 지은 부(賦)가 수록되어 있다. 「칠발」은 부의 문체 발전에 중요한 의의를 지니는바, 문자의 기교와 풍자의 방식을 잘 드러낸 것으로 규간(規諫)의 성격을 담고 있어 후대인이 이를 많이 모방하였다.

명대 사람의 기록에 따르면 『금병매』 전본(全本)을 가지고 있는 것은 단 두 사람뿐이다. 유승희(劉承禧)가 그 가운데 한 사람이다. 심덕부는 『만력야획편』에 이렇게 썼다.

> 병오년(丙午年), 원중랑을 서울 집에서 만났다. '전질이 있습니까?'라고 물으니 '단지 몇 권만 봤는데 아주 훌륭합니다. 지금은 마성(麻城)의 연백(延白) 유승희 집에만 전본(全本)이 있는데, 아마 그 처가의 서문정(徐文貞)이 기록한 것을 얻은 듯합니다'라고 답했다.
>
> 丙午, 遇中郎京邸, 問, 曾有全帙否? 曰, 第睹數卷, 甚奇快. 今惟麻城劉延白承禧家有全本, 盖從其妻家徐文貞錄得者.

병오(丙午)는 만력 34년(1606)이니 앞의 편지에서 이미 10년이 지났는데도, 원중랑은 여전히 몇 권만 본 상태이다. 그러나 그는 유승희 집에 전본이 있고, 그 책이 유승희의 처가인 서문정 집에서 초록해 온 것임을 알고 있었다. 또 다른 한 사람은 왕세정이다. 도본준(屠本畯)은 『산림경제적』에서, "대사구(大司寇) 왕 봉주(鳳洲) 집에 전서(全書)가 소장되어 있는데, 지금은 이미 없어졌다王大司寇鳳洲家藏全書, 今已失散"라고 했고, 사조제는 「금병매 발(金瓶梅跋)」에서, "이 책은 판각되지 않고 필사본으로만 유통되어 거의 산실되었고 오직 엄주 선생의 집에 소장된 것이 가장 완전하다此書向無鏤版, 鈔寫流傳, 參差散失, 唯弇州家藏者最爲完好"라고 하였다. 도본준, 사조제가 모두 왕세정의 집에 전본이 있다고 말했지만, 더 이상의 단서는 남기지 않아 이제는 전본의 추적이 불가능한 상태이다. 이러한 상황에서 현재까지의 결론은 다음의 두 가지로 정리될 수 있다.

첫째, 왕세정이 『금병매』의 작가이다. 이 견해의 가장 중요한 근거
는 초본의 발원지를 왕세정에게서만 추적할 수 있다는 점이다.

둘째, 왕세정은 『금병매』의 작가가 아니다. 이는 유승희를 추적하여
좀 더 새로운 논의를 편 입장인데, 마태래(馬泰來)의 「마성 유씨 집안과
『금병매』[麻城劉家與『金瓶梅』]」가 대표적이다. 그는 『금병매』가 마성 유
승희 집에서 나왔다고 추론한다. 유승희와 그 아버지 유수유(劉守有)는
금의위를 지냈고, 유씨 집안의 중표(中表)와 딸의 인친인 매국정(梅國楨)[27]
이 사조제가 말한 "아버지를 믿고 사치가 심하며 한없이 음란한" "금오척
리(金吾戚里)"일 가능성이 크다는 것이다. 황림은 「금병매 작가 도융 고(金
瓶梅作者屠隆考)」에서, 도융과 유씨 집안이 "보통 친한 정도일 뿐 아니라
도융이 일생 중 가장 심각한 타격을 당해 곤란한 상황이었을 때 유씨 집
안의 전적인 도움을 받았다[不但是一般的交密, 得到了劉的全力資助]"는 것에
서 추정하여 "도융은 이 소설을 써서 유승희에게 주었는데, 하나는 보은
을 위해서이고 다른 하나는 권계하기 위해서이다. 그러니 유승희는 『금
병매』 최초본의 획득자이다[屠隆寫這小說與劉承禧, 一是爲了報恩, 二是爲了勸
戒. 而劉承禧正是『金瓶梅』最初稿本的獲得者]"라고 판단했다.

고소설은 유전(流傳)과 판각 과정에서, 작가 본인이나 다른 사람이 종
종 개수하고 산삭하기 때문에 최초 각본이 전해진 상황을 추적하는 것
은 흥미로운 주제이다. 『만력야획편』에 이런 내용이 있다.

---

27 매국정(梅國楨, 1542~1605), 명대 관리로서 자는 극생(克生), 호는 형상(衡湘)으로 호북(湖
北) 마성(麻城) 사람이다. 만력 20년에 영하(寧夏)의 몽고 타타르족 발배(哱拜, 1526~1592)
부자가 반란을 일으키자 감군어사(監軍禦史)가 되어 위학증(魏學曾, 1525~1596)과 함께 그
들을 토벌했다. 이 과정에서 위학증을 탄핵하고 이여송을 추천했으며, 토벌한 공로로 태복소
경(太僕少卿)에 올랐다. 『명사(明史)』에 전기가 있다. 이지(李贄)와 우정이 돈독하여, 이지
의 『장서(藏書)』에 서문을 쓰기도 했다.

원중랑은 「상정(觴政)」에서 『금병매』와 『수호전』을 외전이라 했는데, 내가 그것을 보지 못한 것이 안타깝다. 병오년(丙午年), 원중랑을 서울 집에서 만났다. '전질이 있습니까?'라고 물으니 '단지 몇 권만 봤는데, 아주 훌륭합니다. 지금은 마성(麻城)의 연백(涎白) 유승희 집에만 전본(全本)이 있는데, 아마 그 처가의 서문정(徐文貞)이 기록한 것을 얻었을 것입니다'라고 하였다. 3년 후, 원소수(袁小修)가 공거에 올랐을 때는 이미 그 책을 갖고 있었다. 그래서 빌려 필사해서 가지고 돌아왔다. 오(吳) 땅에 사는 벗 풍유룡이 그것을 보더니 놀라 기뻐하며, 서방(書坊)을 종용하여 비싼 값으로 사서 판각하자고 하였다. 마중량(馬仲良)이 이때 오관(吳關)을 독점하고 있었는데 그도 또한 나에게 판각해야 가난을 면할 수 있다고 부추겼다. 내가 '이 책은 필경 누군가가 판각하여 유통시킬 것입니다. 그러나 한번 판각되면 집집마다 퍼져서 사람들의 마음에 나쁜 영향을 미칠 것이니, 나중에 염라왕이 재앙을 지었다고 꾸짖으면 무슨 말로 대답을 한단 말입니까? 내가 어찌 칼끝으로 지옥을 넓히겠습니까?'라고 하자, 원중랑도 수긍했다. 결국 그것을 상자에 단단히 넣어두었다. 그러나 얼마 후 『금병매』가 오 땅 성문 일대에서 나돌았다.

袁中郎 『觴政』 以 『金瓶梅』 配 『水滸傳』 爲外典, 予恨未得見. 丙午, 遇中郎京邸, 問, 曾有全帙否? 曰, 第睹數卷, 甚奇快. 今惟麻城劉涎白承禧家有全本, 盖從其妻家徐文貞錄得者. 又三年, 小修上公車, 已携有其書, 因予借抄挈歸, 吳友馮猶龍見之驚喜, 慫慂書坊以重價購刻. 馬仲良時権吳關, 亦勸予應梓人之術, 可以療饑. 予曰, 此等書必遂有人板行, 但一刻則家傳戶到, 壞人心術, 他日閻羅窮詰始禍, 何辭置對? 吾豈以刀錐博泥犁哉? 仲良大以爲然, 遂固篋之. 未幾時, 而吳中懸之國門矣.

병오(丙午)는 만력 34년(1606)이고 그 3년 후는 만력 37년(1609)이다. 원소수(袁小修)[28]가 '공거에 오른 것' 즉 서울에 올라와 과거에 응시한 것은 만력 38년 경술(庚戌, 1610)이고, 심덕부가 원소수의 처소에서 『금병매』를 빌려 베껴서 돌아오고 '얼마 후' 누군가 각인하였다. 그래서 노신은 『금병매』가 만력 38년에 비로소 판각본이 나왔다고 판단했다. 위자운(魏子雲)의 고정(考定)에 따르면, 마중량이 '당시 오관을 독점하고 있었다[時權吳關]'는 것은 만력 41년(1613)이다. 이제 '얼마 후'라는 것은 모호한 개념으로서 간단한 덧셈으로는 해결할 수 없는 문제가 되었다.

그러나 문제는 여기에서 끝나지 않는다. 심덕부가 분명히 말한 것처럼, 그가 빌려 베껴서 가지고 돌아온 책은 이미 '상자에 단단히 넣어두었으니' 오 땅에서 판각된 『금병매』는 그의 책을 저본으로 한 것이 아니다. 만력 43년 11월 5일 그의 조카 심백원(沈伯遠)이 이 소장본을 가지고 와서 이일화(李日華)에게 보여주었다는 것이(『미수헌일기(味水軒日記)』) 이를 증명한다. 판각 상황을 해명하는 관건은 사조제에 달려 있다. 그는 만력 44년(1616)에 쓴 「금병매 발」에서 이렇게 말했다.

이 책은 이전에는 판각되지 않고 필사로만 전해져 거의 다 산실되었고, 오직 엄주선생의 집에 보관되어 있는 것만이 온전하다. 내가 원중랑에게서 십분지삼을 얻었고, 구제성에게 십분지오를 얻어 조금 바로잡고 부족한 부분은 그대로 놔둔다.

此書向無鏤版, 鈔寫流傳, 參差散失, 唯弇州家藏者最爲完好. 余于袁中郎得其十三, 于丘諸城得其十五, 稍爲厘正, 而闕所未備.

---

[28] 원굉도의 아우 원중도(袁中道)이다.

사조제는 유승희 집안에서 전해오는 전본(全本)이나 왕세정 집안의 전본을 얻은 적이 없다. 그가 얻은 것은 원중랑에게서 얻은 십분지삼과 구제성에게 얻은 십분지오이다. 만약 원중랑과 구제성 두 사람의 책이 중복되지 않는다 해도 그가 가진 것은 전체의 십분지팔일 뿐이다. 그는 이것을 기본으로 '조금 바로잡았을' 뿐 책의 부족한 부분은 결코 보완하지 않았다. 사조제가 쓴 「금병매 발」은 이치상 『금병매』 뒤에 붙어야 한다. 그러나 만력 정사(丁巳, 1617) 동오(東吳) 농주객(弄珠客)의 서문이 붙어있는 『금병매사화』에는 사조제의 발문이 보이지 않는다. 도리어 농주객의 서문 앞에는 입공(廿公)이 쓴 「금병매 발」이 붙어있다. 입공의 발문은 매우 짧다. 그 안에는 "『금병매전』은 세종 때 한 거공(鉅公, 거장)의 우언(寓言)이다[『金甁梅傳』爲世廟時一鉅公寓言]", "그러나 인간의 추악한 행태를 곡진하게 묘사하였으니 정(鄭)·위(魏)의 노래를 산삭하지 않았던 뜻이 아니겠는가[然曲盡人間醜態, 其亦不刪鄭衛之旨乎]?", "알지 못하는 자들은 필경 음서(淫書)라고 지목하고 작가의 뜻을 이해하지 못할 뿐 아니라 퍼뜨리는 사람의 마음을 원망할 것이다[不知者竟目爲淫書, 不惟不知作者之旨, 幷亦寃却流行者之心矣]"는 등의 구절이 있는데, 사조제의 발문에 있는 "전하는 말에 영릉 연간에 금오척리가 있었는데[相傳永陵中有金吾戚里]" "그러나 진유(溱洧)[29]의 음란한 소리를 성인이 삭제하지 않았다[然溱洧之音, 聖人不刪]." "나보고 음탕함을 가르친다고 비웃는 자들을 나는 알지 못하겠다[有嗤余誨淫者, 余不敢知]"는 구절과 뜻이 통하고 표현까지도 닮았다. 이처럼 '발문을 서문 앞에 두는' 비정상적인 태도는 사람들에게 입공의 발문이 어쩌

---

29 『서경』, 「국풍」 「정풍」에 있는 작품으로 진수와 유수 물가를 배경으로 남녀의 사랑을 노래한 것이다.

면 사조제의 발문을 개작하여 쓴 것이 아닌가 의심하도록 하고 있다.

추적하다보면 유용한 단서를 많이 발견한 것 같지만 마지막에 이것을 근거로 안건을 확정하려면, 언제나 확실한 증거가 부족하다고 느끼게 된다. 게다가 누구도 당시의 사실이 모두 정확하고 제 때에 기록된 것이며, 또한 그것이 완전무결하게 보존되어 내려왔다고 보장할 수 없다.

『금병매』의 작가를 확정하는 세 번째 방법은 '배사법(排査法)'이다. 이른바 '배사'란 범죄를 저지른 장소와 시간, 용의자(범인)의 여러 가지 특징을 늘어놓고 점차 그 범위를 축소시켜 결국에는 일거에 문제를 해결하는 방식이다. 난릉 소소생은 누구인가? 사람들은 당연히 '난릉'이라는 지역부터 조사하고 싶어질 것이다. 산동성 역현(嶧縣)의 옛 이름이 '난릉'으로, 『금병매』에 나온 금화주(金華酒)는 절강성의 금화주가 아니라 난릉(역현)의 술(酒)이다. 또 『금병매』에 사용된 방언은 대부분 역현에서 온 것으로 어떤 단어들은 이웃 현 사람들조차 알아들을 수 없다. 『금병매』는 역현 사람만이 쓸 수 있는 것이다. 범위가 한 개의 현으로 좁혀졌으니 순조로운 출발이다. 이 때문에 역현 사람 가삼근(賈三近)이 뽑혔다. 가삼근은 가정(嘉靖) 37년 산동성 시험에서 1등을 했고, 융경(隆慶) 2년에 진사가 되었으니, 가정 연간의 대명사(大名士)로 불리기에 완전한 자격을 가지고 있다. 그리고 관직이 병부(兵部) 우시랑(右侍郎)에 이르렀으니, 그의 경력과 식견, 그리고 경험은 분명 『금병매』를 쓰기에 족하다. 그러나 절강성 무진(武進)의 옛 이름도 남난릉(南蘭陵)이니, 무진 사람이 『금병매』를 썼다는 가능성을 배제할 수 있겠는가? 이 때문에 왕치등(王稚登)이 뽑혔는데, 왕치등은 남난릉 사람일 뿐 아니라 도본준(屠本畯)이 그의 집에서 초본(抄本)『금병매』를 본 적도 있다.

다른 요인을 강조하는 연구자도 '난릉'을 무시하지 못한다. 『금병매』작가로 사진(謝榛)을 거론하는 이유도 그의 조적(祖籍)이 동해(東海) 즉 난릉이라는 것이다. 또 도융(屠隆) 설도 그의 조상이 일찍이 남쪽 구오(句吳)로 내려왔는데, 구오가 바로 난릉임을 주목한다. 조남성(趙南星) 설도 순자(荀子)가 조나라 사람으로서 난릉 현령을 지냈고 후에 난릉에서 죽어 그곳에 묻혔기에 '난릉'은 순자와 유관한 바, '난릉'은 '조(趙)'자를 암시하는 것이니 작가는 이것을 빌려 자기의 성이 조(趙)씨임을 밝힌 것이라고 하였다. 어떤 이는 '난릉'을 도통 이해하지 못하여서 회간(淮間)이나 하북(河北), 혹은 남방(南方) 사람을 작가로 보기도 한다. 이제 지역을 하나하나 열거하며 조사하는 것은 밑도 끝도 없게 되었다.

이것을 거울삼아, 어떤 사람은 여러 가지 요인을 고려한 '종합배사법(綜合排査法)'을 제출했다. 오효령은 '작가 문제를 해결하려면 여섯 가지 단서에서 시작해야한다'라고 하면서 다음과 같이 정리했다.

첫째, 작가는 명대 가정(嘉靖, 1522~1567) 연간의 사람이다.

둘째, 작가는 산동사람이다.

셋째, 작가는 가정 연간의 북경 상황을 잘 알고 있다.

넷째, 작가는 북경에서 관직을 지냈다.

다섯째, 작가는 북경에서 관직에 있을 때 수보(首輔)와 불화하여 파직하고 고향으로 돌아왔다.

여섯째, 작가는 비정통 문학에 정통하고 조예가 있다.

그런데 이 여섯 가지 단서는 즉각 이렇게 비난을 받았다.

첫째, 『금병매』의 성립 연대를 대부분 학자들은 만력 중엽으로 보니, 가정 연간으로 올려 잡을 수 없다.

둘째, 『금병매』의 작가는 절대로 '대명사'가 아니라 문묵(文墨)을 조금 아는 사회 하층의 낙척불우한 문인이다.

이 두 가지 입장이 팽팽하게 맞서고 있어 다른 견해는 꺼내지도 못하고 있다. 사람들이 저마다 자신만의 '난릉 소소생'에 대한 기준을 갖고 있고, 그 기준대로 조사하니 문제를 해결하기란 난망한 일이다.

따라서 자료를 종합적으로 바라보면서 소설 안에서 증거를 찾는 데 주력해야 한다. 이런 방법을 사용하여 거론된 작가로 이개선(李開先)과 도융(屠隆)이 있다. 이개선은 '가정 연간의 대명사'로 산동성 장구(章丘)에 살며 호부(戶部) 주사(主事)와 이부(吏部) 문선사(文選司) 낭중(郎中), 태상시(太常寺) 소경(少卿) 등을 지냈고 『보검기(寶劍記)』와 『단발기(斷髮記)』 등의 희곡작품을 썼다. 『금병매』 61회, 67회, 68회, 70회, 74회, 79회, 92회에는 『보검기』의 대사 9곳이 인용되고 있다. 서삭방(徐朔方)의 「『금병매』의 작가는 이개선이다(『金瓶梅』的寫定者是李開先)」에 따르면 "횟수가 많고 문장도 길다. 그러나 그의 극명(劇名)과 작가 성명에 대해서는 회피하고 언급하지 않았다. 『보검기』는 고대 명가의 작품이 아니고 인용한 부분들도 극중에서 특별히 훌륭한 대목이 아니다. 이것은 일반적인 모방이나 인용과 현저히 다르다[次數之多, 文字之長, 而又避而不提他的劇名和作者姓名, 『寶劍記』不是古代名家作品, 這幾个片斷也不是劇中的精彩折子, 這同一般的摹擬引用顯然不同]."

황림의 「금병매작가 도융고[金瓶梅作者屠隆考]」에 따르면, 도융은 절강성 은현(鄞縣) 사람으로 조상이 무진에 살았다. 만력 5년에 진사가 되고, 청포령(靑浦令)과 예부(禮部) 낭중(郎中) 등의 관직을 지냈는데 어떤 일로 파직되어 돌아왔다. 그도 세상에 전해지는 희곡 작품을 남긴 '대명사'였다. 『금병매』 56회에, "응백작이 추천한 수수재[應伯爵擧薦水秀才]"가 「애두건시(哀頭巾詩)」와 「제두건문(祭頭巾文)」을 읊었는데 "이 시와 문은 바로 『개권일소(開卷一笑)』(후에 『산중일석화(山中一夕話)』라 부름)에 나온 것이다[這一詩一文卽出自『開卷一笑』(後稱『山中一夕話』)]" 이 책은 권1에 "탁오선생 편차, 소소선생 증정, 합합도사 교열(卓吾先生編次, 笑笑先生增訂, 哈哈道士校閱)", 권3에는 "탁오선생 편차, 일납도인 도융 참열(卓吾先生編次, 一衲道人屠隆參閱)"이라는 말이 쓰여 있다. 권5의 「별두건문(別頭巾文)」에 직접 '일납도인'이라 서명을 한 것으로 보아 "소소선생, 합합도사, 일납도인, 도융은 모두 동일인"이라고 추정할 수 있다.

이개선과 도융이 『금병매』와 관련이 있다는 것을 찾아내었다 해도 고대소설은 대개 전해지는 여러 이야기를 엮어 이루어진다는 것을 고려해야 한다. 소설 사이에도 서로 베끼는 판국에 시문과 희곡은 더욱 말할 것이 없다. 채돈용(蔡敦勇)이 「『금병매』가 당시의 희곡 내용을 다수 인용한 것에 대하여[『金瓶梅』大量采引當時戲曲文字之謎]」라는 글에서 밝힌 통계에 따르면, "『금병매』에는 산곡(散曲)[30] 27편이 수록되어 있는데, 그중 곡(曲)이 비교적 온전하게 다 실린 것이 14편이고 단지 곡패(曲牌)[31]

---

30 중국 원·명대에 성행하던 운문체의 일종이다. 형식은 사(詞)에 가깝고 장단구(長短句)를 사용했으며 노래로 부를 수 있다. 빈백(賓白, 대사)과 과개(科介, 동작)가 없고, 소령(小令)과 투수(套數)의 2종류가 있다. 소령은 대부분 한 곡조이며 중복할 수 있고, 각 수(首)마다 운(韻)은 서로 다를 수 있다. 투수는 비슷한 궁조(宮調)의 짧은 곡 2개 이상을 이어서 만들며, 길든 짧든 1가지 운만을 사용한다.
31 곡(曲)의 악보를 말한다.

첫 구만 수록한 것이 13편이다." "『금병매』가 수록하거나 부분적으로 채용한 극곡(劇曲)은 21편인데, 전문을 다 수록한 것이 7편, 곡패나 첫 구만 수록한 것이 10편, 2개의 곡자(曲子)[32]를 수록한 것이 3편이다. 산곡과 극곡의 작가는 원대 사람뿐 아니라 명대 사람도 있다." 이 때문에 단지 몇 단락의 곡문(曲文)이나 시 한 편, 문 한 편에 의거하여 작가를 확정하는 것은 불안하다.

지금까지 우리는 이미 몇 십 명의 『금병매』 작가를 찾았으나, 앞으로 또 다른 '용의자'가 발견될 것이다. 『금병매』를 쓴 사람은 나일강 유람선이나 오리엔탈 특급열차를 탄 여행객이 아니다. 시기적으로는 가정 연간에서 만력 연간의 수십 년 사이, 지역적으로는 북경에서 산동·하북·하남·강소·절강까지에 살았던, 계층적으로는 대명사에서부터 설서(說書) 예인의 인물군 중에서 새로운 후보자가 나타날 수 있는 것이다. 그러나 작가를 확정하는 일은 이론적 탐색과는 달리, 이것도 좋고 저것도 타당하다는 식으로 절충할 수 없다. 천여 명의 작가 중에 단 한 사람만이 정답이다. 열거된 이름들을 보면, 어떤 것이 잘된 고증이고 어떤 것이 주관적 억측에 불과한지 느낄 수 있다. 심지어 그들 가운데서 난릉 소소생이 될 만한 사람을 확인할 수도 있다. 그러나 분명한 것은 감상에 의지하고 파편적 자료에 의지해 '혐의'가 짙어지는 사람이 오히려 진짜 작가가 아닐 가능성이 크다는 점이다.

---

32 곡자는 당대(唐代)에 유행한 음악의 한 형태이다. 근대의 소곡(小曲)이 당대의 곡자라고 한다.

6. 『도올한평』의 작가 고증

어떤 소설 판본들은 아예 찬인(撰人)을 쓰지 않고 있어서 그것의 작가를 확정하는 데 어려움이 더욱 크다. 『도올한평(檮杌閑評)』[33]의 경우 이제까지 작가의 성명을 쓰지 않았는데, 근대의 무전손(繆荃孫)과 등지성(鄧之誠) 등은 작가가 이청(李淸)일 것이라고 추측했다. 이청이 홍광(弘光)[34] 조에서 공과급사중(工科給事中)을 맡고 있을 때 일찍이 그의 조부 이사성(李思誠)을 위해 신원(伸寃)하였는데, 『도올한평』도 이 사건에 대해 쓰고 있다는 것이다. 또 등지성은 『골동속기(骨董續記)』에서, 소설 내용 가운데 이청이 쓴 『삼원필기(三垣筆記)』와 서로 사건을 보완하는 부분이 있는데 그 일에 직접 참여한 사람이 아니면 쓸 수 없다고 하였다. 무전손과 등지성 두 사람의 고증이 비록 충분하지는 않지만 그들의 의견은 일리가 있다.

먼저 이청의 생평을 보자. 이청(李淸, 1602~1683)의 자는 영벽(映碧), 심수(心水)이고 만년의 호는 천일거사(天一居士)이다. 남 직예(直隷) 흥화(興化) 사람이다. 천계(天啓)[35] 원년(1621)에 거인, 숭정(崇禎)[36] 4년(1631)에 진사가 되었으며 명의 숭정과 남명(南明)의 홍광(弘光) 두 왕조에 걸쳐 벼슬

---

33 일명 『명주연(明珠緣)』이라고 한다. 『도올한평』은 모두 50권 50회로, 전반 20회까지는 위충현(魏忠賢)이 입궁하기 전의 일을 썼고 후반부에서는 입궁 후의 사건에 대해 서술했다. 전체적으로 명대 환관 위충현과 명 희종(熹宗)의 유모 객인월(客印月)이 결탁하여 정사를 어지럽히고 권력을 찬탈한 역사적 사실을 다룬 작품이다.

34 남명(南明) 제1대 안종(安宗) 주유송(朱由崧, 1607~1646)의 연호(1644~1645)이다.

35 명 제15대 희종(熹宗, 1621~1627 재위) 주유교(朱由校)의 연호이다.

36 명 제16대 사종(思宗, 1610~1644 재위) 주유검(朱由檢)의 연호로, 의종(毅宗)이라고도 한다.

을 했고, 관직은 형부·이부·공과급사중과 대리시승(大理寺丞)을 역임했다. 명이 망하자, 자신의 고집을 지켜 은거하고 나가지 않았으니 강직한 민족적 절개가 있다 하겠다. 이청은 벼슬을 하면서 당시 조야(朝野)의 실상을 듣고 보았으며, 또 일을 하면서 상당량의 1차 문서자료를 접했다. 예를 들면 숭정 11년(1638) 형부 기록에서 그는 태감(太監) 유약우(劉若愚)[37]가 옥중에서 쓴 『작중지략(酌中志略)』(일명 『작중지(酌中志)』) 수고(手稿)를 직접 보고는, 이 원고는 "궁중 제도를 차례로 질서정연하게 서술했고, 객씨(客氏)와 위충현(魏忠賢)[38]의 거만한 모습을 서술한 것 또한 통쾌하기 그지없으니 역사가가 채용한 것이 틀림없다(叙次大內規制井井, 而所叙客氏·魏忠賢驕傲狀亦淋漓盡致, 其爲史家必采無疑)"라고 하여 이런 류의 자료에 대한 중시와 흥미를 표현했다. 『삼원필기』에 "내가 형원(刑垣)에 들어갈 때부터 창위(廠衛)[39] 및 형부가 날마다 가혹하게 죽임을 일삼는 것을 보았다(予自入刑垣, 見廠衛暨刑部日事苛殺)" 등의 말이 자주 보이는데, 이는 환관 창위의 횡행과 무고한 사람을 함부로 죽이는 죄악을 폭로하고 있는 것이다.

이제 다시 『도올한평』의 내용을 보자. 권두의 시에서,

---

37 명 천계 때의 환관으로, 천계 초 이영정(李永貞)에 의해 내직방(內直房)에 들어가 필찰(筆札)을 맡았다. 위충현이 패하자 어사 양유원의 탄핵을 받아 이릉정군(李陵淨軍)에 충원되었다. 이영정의 음모를 알고도 발설하지 않은 일로 형을 당했는데, 옥중에서 자신의 원한을 애통하게 여겨 『작중지략』를 써서 해명하였다.

38 위충현(魏忠賢, ?~1627)은 하북성(河北省) 숙녕현(肅寧縣) 출신으로 본명은 이진충(李進忠)이다. 천계(天啓) 연간 엄당(閹黨)과 동창(東廠)의 수괴로 조정을 장악했으며, 백성들을 가혹하게 착취하고 관료계급을 공포에 떨게 했다. 특히 청류인 동림당을 가혹히 처단하여 명의 멸망을 재촉했다.

39 명 조정의 정찰기구(偵察機構)로, 창(廠)은 동창(東廠)·서창(西廠)·내행창(內行廠)을 가리키고, 위(衛)는 금의위(錦衣衛)를 지칭한다. 합하여 창위(廠衛)라 한다. 창위는 명대 특수한 정치적 임무를 담당했고 황제의 눈귀, 손발의 역할을 하며 명대 일대(一代) 동안 존속되었다.

여러 책을 널리 읽고 옛 전적을 찾으며   博覽群書尋故典,

야사를 두루 찾고 새로 들은 일 기록했지.   旁搜野史錄新聞.

라고 했으니, 이 책을 지은 시기가 위충현이 권력을 휘두를 때와 멀지 않음을 알 수 있다. 작중에서 명대를 '본조(本朝)'라 하고, 청나라 사람을 칭할 때는 업신여기는 말투로 '전구(氈裘)'니, '노추(奴酋)'니 라고 했다. 그 어기에 민족적 감정이 강렬히 드러나는 것으로 보아, 명이 망하기 전에 이루어진 작품이라 판단할 수 있다. 『도올한평』에서는 핵심적 사실(史實)을 다룰 때 사료에 근거했다. 정사와 비교해도 손색이 없을 만큼 세부적이고 사소한 내용까지 상당히 정확하여, "그 일에 참여하지 않은 사람이라면 지을 수 없다"라고 생각할 정도이다.

물론, 당시 이와 같은 경력과 사상을 지닌 이가 이청 한 사람만 있는 것은 아니다. 위충현의 전횡을 소설의 소재로 삼을 수 있는 사람 또한 적지 않았다. 그러니 이청이 『도올한평』의 작가임을 증명하려면, 이 소설이 지닌 특성, 즉 당쟁(黨爭)을 바라보는 독자적 태도에 착목해야 한다. 명 말의 동림당(東林黨)[40]은 "왕왕 국가정책을 풍자하고 인물을 품평했다. 조정 인사 가운데 그들의 기풍을 사모하는 자가 다수 있어 멀리서 서로 호응하였다. 이로 인해 동림의 명성이 크게 드러났으나 시기하는 자 역시 많았다(往往諷議朝政, 裁量人物, 朝士慕其風者, 多遙相應和, 由是東

---

40 명대 말기에 학자와 관리들이 조직한 정치단체이다. 만력 초기 재상이었던 장거정(張居正)의 전횡에 반대하고 도전했던 청의파(淸議派) 관료인 고헌성(顧憲成), 추원표(鄒元標), 조남성(趙南星) 등에 의해 시작되었다. 강소성(江蘇省) 무석(無錫)에 있는 동림서원(東林書院)을 거점으로 삼고 명성을 얻어 1620~1623년 많은 동림학자들이 조정의 관리로 나서게 되었으나, 1624년 동림당의 지도자인 양련(楊漣)이 환관 위충현을 공격한 일로 위충현의 엄당 세력에 의해 대부분 관직에서 쫓겨나거나 처형당했다.

林名大著, 而忌者亦多]." 여러 개의 붕당이 분분히 일어나 서로 공격하여 공존할 수 없는 형세가 되었다. 당쟁이 점점 더 심해지는 형국에 대한 이청의 주장은 비교적 분명하다. 그는 『삼원필기』에서 '공평할 것'과 '당파적이거나 치우치지 않는 의견을 제시할 것'을 주장했다. 이러한 그의 정치적 입장은 『도올한평』 전반에 드러난다.

『도올한평』은 전반적으로 동림당을 찬미하며, 고반룡(高攀龍)・양련(楊漣)・좌광두(左光斗)와 같은 동림당의 현인들을 열렬히 칭송한다. 그러나 한편으로 동림당이 중시하는 왕문언(汪文言)에 대해서는 오히려 부정적 태도를 취한다. 작품은 왕문언을 "사악한 소인"이라 치부하는데, 이는 이 작품의 작가가 동림당의 시비(是非) 기준을 맹목적으로 따르고 있지 않다는 사실을 말해준다. 즉 동림당과 관련 있는 인물이라 하여 무조건 모두를 긍정하지는 않는 것이다. 동시에 동림당이 아닌 정파의 인물에 대해서는 그들의 잘못과 결점을 지적한 후 다시 '인자하게 용서하는' 태도를 보인다.

왕영광(王永光)[41]을 예로 들어보자. 그는 위충현이 정권을 잡았을 때, 태자태보와 병부상서를 지내며 자못 권력의 중심부에 있었다. 또 위충현 사후에는 수시로 번안(翻案)을 꾀하였다. 그러나 그는 일찍이 위충현이 수차 대옥사를 일으키며 청류(淸流)를 학살하고, 전권(專權)으로 정치를 어지럽히는 것에 반대하는 상소를 올린바 있다. 이청은 『삼원필기』에서, "총재(冢宰) 왕영광은 위충현이 전권을 휘두를 때, 표의(票擬)[42]

---

[41] 위충현 일당인 엄당의 잔당으로, 숭정제 때 이부상서로 있으면서 온체인(溫體仁)과 주도하여 충신 원숭환(袁崇煥)을 모함하여 죽게 한 인물이다. 이로써 명은 자멸의 길로 들어서게 된다.
[42] 대신들이 올린 상주문에 내각이 의견을 써서 붙이는 표전으로, 후에 내각이나 환관이 황제를 대신해 결제하는 것으로 관례화 된다.

를 정부에 돌려줄 것을 청하였다. 사람으로서 하기 어려운 바를 말했다고 하겠다[王家宰尤光, 當魏忠賢專權時, 請以票擬還之政府, 可謂言人所難]"라고 하였다. 왕영광을 긍정적으로 평가한 것이다. 『도올한평』에서도 왕영광이 자연재해를 이유로 상소하며 "표의를 정부에 돌려주는 것이 좋겠습니다[不如票擬歸之政府]"라는 주장을 폈다고 했으니, 『삼원필기』의 내용과 부합한다. 또한 『도올한평』은 가계춘(賈繼春), 양유원(楊維垣), 곽유화(霍維華) 등 역모죄에 걸린 사람들에 대해서도 악행은 감추고 선행을 드러내며, 동정하고 포용하는 태도를 나타낸다. 이러한 '어질고 용서하는 마음[宅心仁恕]'은 『도올한평(檮杌閑評)』특유의 개성과 풍모라 할 것이다. 이청을 제외하고, 파벌 간 갈등과 대립이 극심했던 시대에 이러한 정신을 구현하는 『도올한평』의 작가를 찾는 것은 쉽지 않을 것이다.

조금 더 범위를 좁혀 작중인물 이사성(李思誠)을 중심으로 살펴보자. 무전손과 등지성은 같은 해에 나란히 이청이 『도올한평』의 작가라고 추정하며, 핵심 근거로 이청이 일찍이 이사성을 위해 신원한 적이 있다는 것을 들었다. 역사적으로 이사성은 위충현의 역모죄에 연루되기는 했지만 기실 어떠한 악행도 저지른 적이 없는 인물이다. 당시는 각지에서 경쟁적으로 위충현의 '생사당(生祠堂)'을 세우려는 분위기인지라, 이사성도 "올곧은 충심으로 나라를 다스리고, 위대한 공업으로 시폐를 바로잡다[純忠体國, 大業匡時]"라고 그를 칭송한 바 있지만 결코 위충현의 일당은 아니었다. 『도올한평』이 이사성을 용서하고 이해하는 입장에 서 있는 것은 작품이 지닌 취지, 즉 너그럽고 인자한 정신의 구현이라는 측면에서 볼 때 이해하기 어려운 일은 아니다. 그러나 주목할 것은 이사성처럼 매우 부차적인 인물에 대해 작품이 네 차례에 걸쳐 특별한 관심을 보이고 있는 점이다. 특히 제39회 「난신적자가 공명을 훔쳐서 봉지를 획득하다[攘功名賊子分茅]」는 주목할 만하다.

　　당보(塘報)[43]에 따르면, 원숭환(袁崇煥)[44]이 광령(廣寧)을 지키며 훌륭한 공적을 세웠는데, 밀차인(密差人)이 병부에 이 사실을 몰래 알려 결국에는 위량경(魏良卿)[45]에게 그 공이 돌아갔다. 각부는 관례에 따라 제청(題請)을 하고, 찰부는 제본(題本)[46]을 올려 이를 허락하는 문서를 청하였다. 이에 어명을 받들어 공부는 은 1만 9,000량을 내주었고, 호부도 전토 100경을 위량경에게 주었다. 위량경은 또 숙령백(肅寧伯)으로 진봉(晋封)되어 해마다 봉록이 더해졌으나, 조정인사 중에 누가 감히 그것에 반대하고 꺾는 자가 있겠는가? 오직 찰부상서 이사성만 이렇게 말했다. "지금은 국가에 어려운 일이 많은 때입니다. 그런데, 목숨을 걸고 전쟁을 치르는 사람에게 벼슬을 봉하지 않고, 큰 공을 세운 사람에게 상을 주지 않습니다. 원숭환이 성을 지킨 것이 위량경과 무슨 상관입니까? 어째서 그를 숙령백에 봉한단 말입니까. 만약 이처럼 한다면 어찌 천하 후세의 비난을 받지 않겠습니까?" 사관(司官)이 여러 차례 설득하니 이공마저도 주장하던 바를 멈추고 병을 핑계로 몸을 뺐다. 이 일로 위충

---

43 명대에 시작된 일종의 관보이다.

44 원숭환(袁崇煥, 1584~1630)의 자는 원소(元素)·자여(自如)이다. 조적(祖籍)은 광동(廣東) 동완(東莞)이고 광서(廣西) 등현(藤縣)에서 태어났다. 일설에는 광동 동완에서 태어나 14세에 부친을 따라 광서 등현으로 갔다고 한다. 만력 47년(1619)에 진사가 된 후 소무지현(邵武知縣), 직방주사(職方主事), 병부첨사(兵部僉事)를 거쳤다. 영원(寧遠, 요령성 흥성) 전투에서 누르하치를 대파하는 등 수많은 무공을 세웠으나 홍타이지의 이간책과 엄당의 모함을 받아 명 조정에 의해 처형당했다.

45 위량경(魏良卿, ?~1627), 하간(河間) 숙령(肅寧, 지금의 하북) 사람으로 위충현의 조카이다. 위량경은 일찍이 농사를 짓다가, 천계 6년 논공(論功)하여 양경(良卿) 숙령백(肅寧伯)에 봉해지고, 이후 영국공(寧國公)과 태사(太師)가 더해졌다. 숭정제가 즉위하고 위충현이 자살하자, 위량경도 참수당했다.

46 명청 시기 주소문(奏疏文) 중의 하나이다.

현은 이사성에게 좋지 않은 마음을 갖게 되었는데, 마침 비(妃)를 뽑는 문제로 이사성에게 원한을 갖고 있던 허현순(許顯純)[47]이 이 기회를 틈타 위충현에게 아첨하며 그를 모함했다. "창(廠)에서 마침 말썽이 생겼는데 도원(道員) 구지충(邱志充)이 집사 구덕(邱德)을 보내 은을 가지고 서울에 들어가 내전(內轉)을 꾀하려다, 숙직 관리에게 체포당했습니다. 구덕은 지금 최 이가(崔二哥)를 찾아가려 했다는 이유로 감금당한 상태입니다. 숙직 관리에게 명하여 구덕에게 조사받을 때 이사성이 시킨 일이라고 말하게 하면 최 이가의 죄를 벗게 해줄 수 있을 뿐만 아니라 이사성을 내쫓을 수 있으니 어찌 일거양득이 아니겠습니까?" 이 말을 듣고 위충현도 기뻐하며 허락했다. (…중략…) 이사성은 마침내 삭탈관직 당하고 쫓겨났다.

只見門上傳進塘報來道, 袁崇煥保守廣寧, 建立奇功, 遂密差人吹風兵部, 歸功于他. 各部也只得循例題請, 札部題本請撰給券文, 工部題本奉旨發銀一萬九千兩造第, 戶部題本奉旨着給田土百頃. 魏良卿又晋封肅寧伯, 歲加祿米. 擧朝誰敢違拗? 唯有札部尙書李思誠道, "目今國家多事之秋, 有死戎事而不封, 立大功而不賞者. 袁崇煥守城, 與他何干? 怎麼便要封伯! 若畫了題, 豈不被天下後世唾罵?" 司官屢次說堂, 李公都按住不行, 意圖引病抽身. 忠賢懷恨, 許顯純亦以選妃宿怨乘機獻媚, 謀陷思誠, 說道, "廠中正有生事, 系道員邱志充差家人邱德帶銀入京謀內轉的, 被番役緝獲, 因他是求崔二哥的, 所以至今停擱監禁. 只消吩咐能事的番役, 暗囑邱德, 叫他審時, 咬定是投李思誠的, 旣爲崔哥洗脫, 又可把思誠逐去, 豈不是一擧兩得麼?" 忠賢喜允. (…중략…) 李思誠竟行削奪而去.

---

47 허현순(許顯純)은 하북 정흥(定興) 사람이다. 무과 진사 출신으로 금의위에 뽑혀 검사(僉事)를 지휘했다. 위충현 측근 무인 세력인 오표(五彪)의 하나로, 전이경(田爾耕)·손운학(孫雲鶴)·양환(楊寰)·최응원(崔應元)과 더불어 살육을 일삼았다.

환관 유약우(劉若愚)가 쓴 『작중지(酌中志)』에 해당 사건에 관한 기록
이 있다.

하남 우포정사 구지충(邱志充)[48]은 3,000금을 날라 최정수(崔呈秀)[49]에게
주며, 경경(京卿)에 오르기를 도모하다가 순찰을 돌던 군졸에게 붙잡혔다.
이사성은 최정수의 이웃에 살았는데, 이에 (최정수는) 이사성에게 죄를 지워
벼슬에서 물러나게 했다.

河南右布政司邱志充輦三千金饋崔呈秀, 謀升京卿, 爲邏卒所獲. 思誠寓呈秀
比鄰, 乃卸罪于思誠, 因之革職.

비록 이사성이 위충현을 찬미한 바 있고 위충현 일당이 조작한 『삼
조요전(三朝要典)』에 서명한 적도 있지만, 구지충이 뇌물을 쓴 일이 드
러나자 위충현 일당은 최정수를 비호하기 위해 주저 없이 이사성을 희
생시켰다. 이러한 점에서 본다면 이사성은 무고한 인물이라 하겠다.
그러나 또한 이러한 사실이 곧 이사성의 영웅성을 담보하지 않는다. 즉
그를 일당백의 영웅으로 묘사할 역사적 근거는 어디에도 없는 것이다.
만일 소설 내용상 이사성을 영웅적 인물로 묘사할 수밖에 없다하더라

---

48 구지충(邱志充, 1585~?) 또 다른 이름은 미보(美甫), 자는 개자(介子), 호는 육구(六區), 산
동 제성(諸城) 시촌(柴村) 사람이다. 만력 38년(1621)진사로, 공부도수사주사(工部都水司主
事)를 제수받고, 후에 하남성 여녕지부(汝寧知府)로 부임했다가 산서 회래도 도원(懷來道道
員)으로 승진했다. 사천지방의 반란을 평정하여 큰 공을 세웠으나 위충현의 모함으로 8년간
옥살이를 하다가 억울한 죽임을 당한다. 저서에 『호연정집(浩然亭集)』, 『투주평구(渝州平
寇)』가 있다. 『금병매』가 세상에 전해지도록 힘썼다고 한다.
49 최정수(崔呈秀, ?~1627) 계주(薊州, 지금의 천진시 계현) 사람이다. 명 신종(神宗) 만력 41
년 진사로, 희종(熹宗) 천계 초년에 어사로 발탁되어 회안(淮安)과 양주(揚州) 등지를 순안
(巡按)하던 중 뇌물을 수수한 일로 고반룡(高攀龍)에게 고발당해 혁직(革職)되자 엄당에 들
어 위충현을 위해 만행을 자행한다. 숭정제 즉위 후 엄당이 역모죄로 처형될 때 자결한다.

도, 다음의 세 가지는 고의로 첨가한 것이 분명하다.

① 제48회 양유원이 최정수에게 가담한 죄목을 나열하며 그 첫 번째로 '황금을 실어다 아첨하기 위해 구지충을 끌어들였을 뿐 아니라 그 죄를 이사성에게 덮어씌웠음'을 지목한 것.

② 제49회 형부에서 최정수의 아들 최탁(崔鐸)을 심문하며 최정수의 3대 죄악을 다음처럼 나열한 것. ① 고반룡을 살해할 계획을 세움 ② 소계구(蘇繼歐)를 원망하고 협박하여 자진하게 함 ③ 구지충이 은자로 뇌물 쓴 것을 이사성에게 뒤집어 씌워 해를 가함.

③ 제50회 이부(吏部)가 기용하려 한 20여 명의 명단을 나열하며, 단지 원숭환, 문진맹(文震孟), 왕영광, 곽유화, 이사성 5인만 거론한 것.

이상 이사성과 관련한 세심한 배려에서 그에 대한 작가의 특별한 관심을 알 수 있다. 작가는 분명 이사성을 신원하기 위해 고심하고 있을 뿐 아니라 이사성을 위충현에 반대하는 영웅으로 묘사하고 있는 것이다. 이사성과 긴밀한 관계에 있던 이청 외에 또 누가 이러한 작품을 쓸 수 있겠는가?

이청은 강소성 흥화(興化) 사람이다. 그에게는 염(閻)씨 성을 가진 표고모(表姑母)가 있는데, 양주(揚州)에 산다. 『도올한평』에 드러나는 민속풍정(民俗風情)과 방언의 특징은 이청이 작가라는 것을 방증한다. 소설 제1회 「주공부가 제방 쌓아 사혈을 불태우고, 벽하군이 나타나 신의를 점치다(朱工部築堤焚蛇穴, 碧霞君顯聖降靈籤)」를 보면, 회독(淮瀆)의 물귀신 지기련(支祁連)이 나온다. 작가는 이에 대해 다음과 같이 묘사하고 있다.

생김새를 볼짝이면 용머리에 원숭이 몸통을 하고 있으며, 온 몸에 4만 8천 개의 털구멍이 있는데, 그곳에서 모두 물이 뿜어 나와 백성들에게 큰 해가 된다.

生得龍首猿身, 渾身有四萬八千毛竅, 皆放出水來, 爲民生大害.

『고악독경(古岳瀆經)』과『철경록(輟耕錄)』등에서도 회하(淮河)의 물귀신 '지기련'의 전설을 언급하고 있으나『도올한평』과 그 내용이 다르다. 내용 중에 보응현(寶應縣) 성 북쪽 태산묘(泰山廟)의 천신옥녀 벽하원군(碧霞元君)을 언급하며, "옥제의 칙지를 받들어 회하에 와서 물귀신을 물리치고 제방을 지켰으며 황하 하류를 다스려 백성을 위해 복을 지었다[奉玉帝勑旨來淮收伏水怪, 保護漕堤, 永鎭黃河下流, 爲民造福]"라고 했는데, 물론 이는 다 허구이다.『보응현지(寶應縣志)』에 다음과 같은 기록이 있다.

태산전(泰山殿) : 안공(晏公)의 옛 사당 터. 명 가정 40년 건립. 일명 벽하궁(碧霞宮). 만력 연간 치수 공사가 이루어지자 관리를 보내어 제를 지내고, 태후가 중관(中官, 내관)을 보내어 도포를 걸게 함.

泰山殿 : 晏公廟舊址. 明嘉靖四十年建, 一曰碧霞宮. 萬曆間河工成, 遣官祭告, 太后遣中官掛袍.

작가가 만약 그 지역 풍토와 민정에 익숙지 않다면 이처럼 정확하게 쓰지 못했을 것이다.『도올한평』이 묘사한 소주(蘇州) 북쪽의 지리는 방위, 주요 건물의 위치, 하천의 방향 할 것 없이 모두가 정확하며 오류가 없다. 대표적 예가 제1회에서 주공부(朱工部)가 우이산(盱眙山)에 올라 수세(水勢)를 바라보는 장면이다.

회하와 황하가 합류하는 곳에서는 양 쪽 물이 섞이는데 중간에서 한 줄이 갈라진다. 이는 원래 (두 물줄기가) 섞이지 않아서이다. 지금은 회수의 물세가 커서 황화의 탁수를 흔드는 바람에 물결이 서로 부딪친다.

淮黃合流之際, 兩邊渾水, 中間一線分開, 原不相雜, 如今淮水勢大, 衝動黃河濁水, 故衝起浪來相擊.

조사해 보니, 회하와 황하가 나누어지는 부분에 원래 고가언(高家堰)이라는 큰 둑이 있었다. (이 둑은) 회안(淮安) 양가묘(楊家廟)에서 사주(泗州)까지 이르는데 그 길이가 총 570리나 되었다. 그런데 송·원(宋元)의 옛 길이 오랫동안 닦이지 않아 마침내 엄몰(淹沒)되었다.

查得淮黃分處, 原有大堤, 名高家堰, 由淮安楊家廟起直接泗州, 共有五百七十里, 乃宋元故道, 久不修理, 遂致淹沒.

외지인이라면 이처럼 상세하고 정연하게 쓰기 어렵다. 소설에서는 또 회하의 수해 원인과 치수 방법에 대해서도 말하고 있는데 모두가 정확하고 타당하다. 이청은 그 지방 사람으로 일찍이 공과급사중(工科給事中)을 지냈고, 여러 차례 황명으로 회안과 유양(維揚) 등지를 돌아본바 있다. 때문에 이런 자료를 자유자재로 다룰 수 있었던 것이다.

또한『도올한평』에는 그 지역에 대한 애착이 강하게 배어있다. 예를 들어 회수의 범람을 다루며는, "고우(高郵), 보응(寶應), 홍화(興化), 태주(泰州)의 백성이 겪게 된 재난이 마음 아플 뿐이다只是苦了高·寶·興·泰的百姓遭殃"라고 하였다. 그 말에 담긴 마음이 간절하다. 여기서 언급한 네 개 현의 방위를 보면, 보응이 가장 북쪽이고 고우는 남쪽이다. 고우 동쪽이 흥화, 흥화 남쪽이 태주인데, 순서에 따라 '고우, 보응, 흥화, 태주'라 했다. 기실 그 지역 사람은 이들 지역을 흔히 '고보흥태(高寶興泰)'라 부른다. 작품의 곳곳에 등장하는 삽입 시구에서도 이에 대해, "회수 물결 다스리니 그 은혜 가이 없다(永鎭淮流蔭大千]", "만년불의 위력으로 회수 동쪽 다스리네[萬年佛力鎭淮東]", "큰 은혜 영원히 회수 동쪽에 있도다[洪恩千載在淮東]"라고 읊으며, 흥화가 회하 동쪽에 위치하고 있음을 누차 언급하고 있다.

또 다른 예로 제39회에서 위충현이 양주로 내관을 보내 전량(錢糧)을 철저히 조사하는 장면에서는, "그처럼 번화하던 양주가 폐허가 되다니, 애석하도다[可憐把个揚州繁華之地, 直弄做个瓦礫場]"라는 말이 나온다. 또 지부(知府) 허기진(許其進)은 몸을 뺄 궁리를 하면서 "이일로 강도, 태흥, 흥화 3개 현이 추비(追比)[50]당할 것이다[將此事交江都 · 泰興 · 興化三縣追比]"라고 했다. 이밖에도 흥화를 언급하는 부분을 보면 그 표현과 행간의 느낌이 코끝을 시큰하게 만든다. 이런 류의 표현과 설명은 우연히 그렇게 된 것이 아니다. 작품에서는 양주를 칭송하는 말도 수없이 많다. 단적인 예로 양주를 묘사할 적이면, "금수강산[花錦地方]", "인물은 번화하고 노래 소리 화려하다[人物繁華, 笙歌聒耳]", "강북은 집집마다 문장이 훌륭하고, 양주는 나무마다 연월 아래 꽃이 피네[文章江北家家盛, 烟月揚州樹樹花]", "(양주의 국수는) 냄새마저 향기롭다[氣味馨香]", "(밑반찬도) 무척이나 정결하다[十分精潔]" 등의 표현을 사용하며 자랑스럽게 여기는 어기를 흥미롭게 드러낸다. 제15회에서는 위진충(魏進忠, 위충현의 본명)이 계주(薊

---

50 봉건시대 관부는 관리의 업무에 기한을 두었다. 만약 기한 내 완성하지 못하면 곤장을 쳐서 경계함을 보였는데 이를 '추비(追比)'라고 한다.

州)에서 사람들과 꽃등에 대해 말하는 내용이 나온다. 이 부분은 본래 양주와 전혀 무관한데도 일부러 계주를 폄하하고 양주를 치켜 올리는 내용을 화제로 삼았다. 그 논지는 서울은 등(燈)으로 이름난 도시이고 그중에서도 특히나 왕후가의 화려한 등이 유명하지만 그럼에도 양주의 등보다는 못하다는 것이다.

세상에 한번은 이런 일이 있었습니다. 그들이 등 하나를 꺼내어 켜 들었는데 그 빛이 참으로 기묘하였습니다. 그 순간 온 성에 음악이 울리고 사람들이 구름처럼 몰려 어룡을 분변할 수 없게 되었습니다. 이정도가 되고서야 비로소 '온 하늘에 달 환하고 10리까지 향기 분다'라고 말할 수 있는 것입니다.
世上有一件物事, 他們便做出一盞燈來, 却也奇巧. 此時正是滿城簫管, 人山人海, 魚龍莫辨, 那才叫一天皎月, 十里香風.

이러한 묘사들이 바로 고향에 대한 자부심을 드러낸 것이 아니겠는가? 작품에 사용된 언어도 순전히 소주 북쪽 강 하류 지역의 방언이다. 이러한 점을 미루어 볼 때, 이청을 『도올한평』의 작가라고 판단하는 것은 일리가 있다.

또한 주관적 조건을 고려해도 이청을 『도올한평』의 작가로 판단하는 데 무리가 없다. 이청은 뛰어난 문언소설가이다. 일찍이 『여세설(女世說)』 4권을 편집하여 세상에 내놓은 바 있다. 『여세설』 「범례」에서 드러나는 그의 문학사상은 그가 『도올한평』의 저자라는 사실을 확정하는 데 의미 있는 증거가 된다. 그는 「범례」에서 "패관이나 야담이라도 심오하고 풍자할 만한 것은 모두 넣었다[稗官野記雋永可諷者俱入]"라고 했는데,

『도올한평』에서도 "널리 야사를 수집하고 새로운 이야기를 수록하였다[旁搜野史錄新聞]"라는 표현이 보인다. 뿐만 아니라 『도올한평』은 민간의 기이한 이야기와 전설을 널리 수집하고 상상력과 허구적 구성을 십분 자재로 발휘하여, '심오하고 풍자할 만한 것[雋永可諷]'을 만들어 내었다. 「범례」는 또, "절의는 이루다 기록할 수 없는데, 오직 의리가 마음에서 생겨나서 부드러움으로 그 격렬함을 실행한 자만이 (기록에) 들 수 있다[節義一項不能盡錄, 惟義生于情, 以委婉行其激烈者方入]"라고 하였다. 『도올한평』은 여성의 형상을 도식적인 선악구도에 맞추어 이해하지 않고 정감 있고 생생한 인물로 그렸다. 대의를 깊이 터득한 부여옥(傅如玉), 주인을 권하여 시신을 수습한 후추홍(侯秋鴻), 수절하여 욕을 보지 않았던 욱연옥(郁燕玉), 강개한 성격으로 살신했던 소령서(蕭靈犀) 등은 모두 위에서 말한 '의리가 마음에서 생겨나서 부드러움으로 격렬함을 실행한 자'이다. 『도올한평』에서 작가가 이들을 대하는 태도는 모두 『여세설』이 여인들을 존중하고 기리고 있는 것과 완전히 일치한다. 이청은 진사 출신으로 그 글에 담긴 사상이 해박하고 지혜로우며, 저술 또한 풍부하다. 이런 면에서 그는 세련되고 막힘없는 문필과 짜임새와 무게감 있는 시사(詩詞)를 구현하는 『도올한평』에 어울리는 작가라 하겠다.

7. 만청소설의 작가 고증

만청소설의 작가도 이름보다는 별호 쓰기를 좋아한다. 『신소설(新小說)』 창간호(1902.11)에 실린 소설 『홍수화(洪水禍)』와 『동구여호걸(東歐女豪傑)』의 경우 작가명이 각각 "우진자(雨塵子)", "영남우의여사(嶺南羽衣女士)"라고 되어 있다. 제15호(1905.4)에 실린 『황수구(黃繡球)』의 작가도 "이쇄(頤瑣)"라고 되어 있다. 이들은 겨우 100여 년 전에 나온 작품인데도 작가가 누구인지 전혀 알 수 없는 수수께끼가 되어버렸다.

손계림(孫繼林)의 고증에 따르면, 우진자는 일본 대동학교(大同學校) 학생 주규(周逵)다. 그는 일찍이 『청의보(淸議報)』에 일본 정치소설 『경국미담(經國美談)』의 한역본(漢譯本)을 발표한 바 있다(「『經國美談』的飜譯者周逵」, 『淸末小說から』25). 그렇다면 영남우의여사는 누구일까? 지금까지 장죽군(張竹君)과 나보(羅普)[51]라는 두 가지 설이 있었다. 장죽군 작가설은 아영(阿英)의 추정으로 김익모(金翼謨)의 『금렴시화(金奩詩話)』「장죽군(張竹君)」조를 근거로 한 것이다. 그는 『소설이담·소설인물고략(小說二談小說人物考略)』(상해고적출판사, 1985년판)에서 다음과 같이 말했다.

죽군(竹君) 여사는 본적이 광동이다. 자호(自號)를 '영남우의여사'라 했다. 날 때부터 재기가 뛰어났으며 화장 따위는 하지 않았다. 어려서 기독교 학교

---

[51] 나보(羅普, 1876~1949)의 원명(原名)은 문제(文梯), 자는 희명(熙明), 호는 효고(孝高)·피발생(披髮生)이다. 그는 '강문13태보(康門十三太保)'의 하나로 강유의(康有爲)의 직계 제자이다.

에 들어가 공부를 하여, 영어에도 통달했고 특히나 의학에 정통했다. 평생 독실한 기독교 신자로 그 뜻을 바꾸지 않았다. 연설을 잘하여, 구시대의 풍조가 개화되던 시기에 연단에서 장대한 연설로 우매한 여성들을 일깨웠으니 여사의 업적은 실로 훌륭하다 하겠다. 후에 이평서(李平書)[52] 선생과 상해에 병원을 설립했다. 선생이 자금을 모았고 여사도 온 힘을 기울여 협력했기에 비로소 일이 이루어진 것이다. (…중략…) 여사는 일처리에 뛰어난 수완을 발휘했을 뿐 아니라 모든 문예에도 능숙하였다.『동구여호걸』이라는 제목의 소설 뒤에 쓴 7언 율시 2수를 본 적이 있는데, 넘치는 강개함이 비단 개인적 술회에 그치지 않는다. 그 사(詞)는 이렇다.

정대한 마음이 가닥가닥 나뉘는데	磊落眞情一萬絲,
누구를 위하여 한숨짓고 찡그리나?	爲誰呑恨到蛾眉.
천심은 어찌하여 현황혈을 미워하며	天心豈厭玄黃血,[53]
인사는 흑백기를 평정하기 어렵구나.	人事難平黑白旗.
가을날 찬 구름은 송골매에 서려있고	秋老寒雲盤健鶻,
깊은 봄 울창한 숲 쓸쓸히 시들었네.	春深叢莽殘神魃.
가련하다 박랑사를 지나는 나그네는	可憐博浪過來客,
사구에 갈 수 없음 전혀 알지 못하네.	不到沙丘不自知.

---

52 이평서(李平書, 1854~1927) 초명(初名)은 안증(安曾)이었으나 종각(鍾珏)으로 개명했다. 호는 슬재(瑟齋)이고, 60세 이후에는 차완노인(且頑老人)이라 했다. 강소성 보산(寶山) 고교진(高橋鎭, 지금의 상해시 포동신구)의 의원 집안에서 태어났다. 사후 마을 사람들이 그 시호를 통민선생(通敏先生)이라 했다. 저서에『싱가포르 풍토기(新加坡風土記)』,『차완칠십세자서(且頑七十歲自敍)』,『상해자치지(上海自治志)』등이 있다.

53 현황혈 :『주역』곤괘 상육(上六)에 "龍戰于野, 其血玄黃"이라고 하였다. "용이 들에서 싸우니 그 피가 검고 누르다"라는 뜻으로 군웅(群雄)이 일어나 천하가 어지러워짐을 말하는 것이다.

천화 뿌린 천녀는 후신을 깨닫고   天女天花悟後身,

오가는 이야기들 인과를 말하네.   去來說果後談因.

다정한 금슬은 나를 슬피 여기고   多情錦瑟應怜我,

무수한 바늘은 사람을 헤아리네.   無量金針試度人.

말발굽만 지난 과오 경계를 하노니   但有馬蹄懲往轍,

용혈을 지난 일에 뿌려서는 안 되리.   應無龍血洒前塵.

힘겹게 곡한들 누가 볼 수 있으랴   勞勞歌哭誰能見,

공연히 서풍 대해 눈물만 적시네.   空對西風淚滿巾.

　　나보 작가설은 풍자유(馮自由)가 『혁명일사(革命逸史)』(중화서국, 1981년
판) 제2집 「강문 13태보와 혁명당(康門十三太保與革命黨)」에서 제기한 것
이다.

　　나보(羅普)의 자는 효고(孝高)로, 순덕(順德) 사람이며, 동문수학한 맥맹화
(麥孟華)[54]의 매부다. 무술년 일본에 가서 유학을 했으니, 중국 학생으로 와세
다[早稻田] 전문학교에 들어간 것은(이때는 아직 대학이라는 명칭으로 바뀌
기 전이다) 나보가 처음이다. 서양식 의복으로 갈아입은 후에도 여전히 머리
는 자르지 않고 남겨두었다. 그러므로 자호(自號)를 피발생(披髮生)이라 한
것이다. 신민총보사(新民叢報社)가 출판한 월간 『신소설』 중에 '우의여사(羽
衣女士)'라는 가명으로 낸 장편소설이 있는데 제목이 『동구여호걸』이다. 러시

---

54 맥맹화(麥孟華, 1875~1915) 청 말 유신파(維新派). 자는 유박(孺博), 광동 순덕(順德) 사람
이다. 1891년 변법운동의 기초를 다진 강유위(康有爲, 1858~1927)가 세운 만목초당(萬木草
堂)에 입학하여 양계초 등과 함께 수학하였다. 후에 유신운동의 핵심인물이 된다.

아의 허무당(虛無黨)이 나라를 위해 희생하며 전제군주의 암살을 꾀한 일과 여걸 소피아의 강개한 의기를 생동감 있게 서술했다. 그 선양하고 찬미하는 솜씨가 매우 뛰어났는데, 무엇보다 사람들 입에 오르내린 것은 바로 나보의 조예 깊은 문장이었다. 민국 2년 양계초가 재정부장(財政部長)을 맡았을 때 나보가 광동성 산하 부서의 청장(廳長)을 맡은 바 있다. 민국정부가 성립된 후에는 재정부 세무서장 사작해(謝作楷)가 연달아 나보를 비서로 기용했다. 이 여공자(女公子)는 유럽에서 학문을 마치고 돌아온 후 공산당이라는 혐의로 잡혀 감옥에 갇혔다. 각 방면에서 그의 석방을 위해 노력하여 비로소 풀려났다. 참으로 이전 그 부친이 표창했던 소피아의 염원을 계승했다 할 만하다.

『명인전기(名人傳記)』(1993년 제3기)에 발표한 왕희란(王熙蘭)의 「다정박사 마군무(多情博士馬君武)」를 보면, 마군무[55]의 『장죽군전(張竹君傳)』이 『신민총보(新民叢報)』에서 단번에 성공하자 양계초가 바로 그를 데려다 주요 집필진으로 삼았다고 한다. 후에 자금이 부족하여 원고료를 충분히 줄 수 없게 되자 마군무는 단번에 투고를 멈추었다. 양계초가 속수무책으로 어찌할 바 모르자 나효고가 건의하기를, '여사'라는 필명을 사용하여 멋진 작품을 발표하면 풍류재자 마군무는 분명 원고를 보내올 것이라고 하였다. 마침내 양계초는 '우의여사'라는 가명으로 『동구여호걸』을 출판했다는 것이다. 이리하여 『동구여호걸』의 작가에 대한 세 번째 견해가 생겨나게 되었다.

---

55 마군무(馬君武, 1881~1940) 중국 근대 학자·교육가·정치운동가로, 광서대학(廣西大學)의 창립자이자 제1대 교장이다. 본명은 도응(道凝)이며, 그밖에 마동(馬同), 마화(馬和)라는 이름도 있다. 자는 후산(厚山)이고 호가 군무(君武)이다. 광서 계림(桂林) 사람이다. 마군무는 채원배(蔡元培)와 더불어 그 이름을 떨쳐, '북채남마(北蔡南馬)'라 불렸다.

왕학균(王學鈞)은 「『동구여호걸』작가 영남우의여사 고(『東歐女豪傑』作者嶺南羽衣女士考)」(『청말소설(淸末小說)』제20 · 21호)에서 이 문제를 심도 있게 고증했다. 그는 우선 양계초가 가명을 썼을 가능성을 배제하고, 이른바 '미인계' 고사가 유우생(劉禺生)의 『세재당잡억(世載堂雜憶)』「마군무수급(馬君武受給)」을 근거로 생겨난 것임을 지적했다. 「마군무수급」에 이런 말이 있다.

양탁여(梁卓如)가 일본에서 『신민총보』를 운영했는데, 마군무도 우연히 글을 투고하였으나 게을러 많이 쓰지는 않았다. 『신민총보』에 실을 글이 모자라자, 양탁여의 문하생 나효고가, "저에게 마군무를 잡아올 방법이 있습니다"라고 하였다. 그러고는 광동성의 아무개 여자라는 가명으로 『신민총보』에 시를 투고했다.

梁卓如在日本辦『新民叢報』, 馬亦偶投以文, 顧懶不多作. 『叢報』缺文, 卓如大弟子羅孝高曰, "吾有以縛君武矣." 乃詭爲粵某女子者, 投詩『叢報』.

여기서 '그러고는'이라는 말의 주어는 앞서 '저'라고 했던 나효고이다. 그러나 『마군무시고(馬君武詩稿)』의 자서를 보면, "처음 일본에 갔을 때 매우 가난하여, 매번 글을 써 여러 신문사에 투고하는 것으로 생계를 유지했다. 그래서 임계(壬癸) 연간에 쓴 글이 매우 많다(初至日本時, 頗窮困, 輒作文投諸報館, 以謀自給, 故壬癸間作文最多)"라는 기록이 있다. 마군무는 공부도 해야 했고 생계도 유지해야 했기에 번역으로 생계의 방편을 삼은 것이다. 그는 '게으르지' 않았으며 양계초도 '미인계'를 써서 그가 투고하도록 '속일' 필요가 없었던 것이다.

왕학균은 또 장죽군이 비록 자호를 '영남우의여사'라고 했지만『동구여호걸』의 작가는 아니라고 하였다. 마군무는 일본 유학 후『신민총보』제7호(1902.5.8)에『여사 장죽군전(女士張竹君傳)』을 게재했다. 거기에 "임인 2월 8일 마귀공이 횡빈에서 쓰다[王寅二月八日馬貴公記于横濱]"라는 기록이 있다. 풍자유의『혁명일사』2집의「여의사 장죽군(女醫士張竹君)」과「이평서 70 자서(李平書七十自敍)」에 따르면, 장죽군은 1901년부터 1903년까지 줄곧 광동에서 의료 활동과 학교 경영을 맡아 일했다. 그리고 1904년에야 광동을 떠나 상해로 왔으며, 오자마자 육현(育賢) 여자학교를 운영했다. 이평서는 여자 중서의학당(中西醫學堂)을 창설하고 그녀와 6년간의 계약을 체결했다. 그 후 또 '여성병원[女病院]'을 창설하여 그녀에게 원장직을 부탁했다. 1901년부터 1904년 이전까지, 즉『동구여호걸』이 쓰이고 발표된 기간에 장죽군은 광동과 상해에 있었던 것이다. 1908년 나보는 '영남피발생(嶺南披髮生)'이라는 이름으로 번역소설『홍루영(紅涙影)』의 서문을 썼는데 그 가운데 이런 말이 있다.

예전에 신소설사(新小說社)에서 간행한『동구여걸전(東歐女傑傳)』은 바로 '영남우의여사'의 작품이다. 유럽의 예의 풍속과 남녀의 풍류를 묘사한 것이 미세한 부분까지 남김없이 보여주니 그 필력은 족히 고인을 이었다 할 만하고 그 재주는 족히 당세를 놀라게 할 만하다. 이후 여사가 다른 곳으로 가게 되어 이 매우 기발한 야승(野乘)을 마침내 도중에 그만두게 되니 보던 자들이 안타깝게 여겼다. 지금까지 수년 이래 국내의 문사 중에 마침내 여사를 이어 그것을 하는 자가 없게 되었다.

昔年新小說社所刊之『東歐女傑傳』, 乃嶺南羽衣女士手筆, 摹寫泰西禮俗, 士

女風流, 線毫畢見, 其筆力足以上繼古人, 其才華足以驚動當世. 後以女士他行,

而此絶大絶奇之野乘, 竟報于半途, 閱者惜之.

아영(阿英)의 『만청문학총초(晚清文學叢鈔)・소설희곡권(小說戲曲卷)』(중
화서국, 1960년판)에서 인용한 이 서문은 매우 중요한 정보를 제공하고 있다.
바로 『동구여호걸』이 "중도에서 끝났다"는 것인데, 이것은 "여사가 다른
곳으로 갔기[女士他行]" 때문이다. 장죽군은 『신소설』 제5호가 출판된 1903
년 7월 9일 결코 '다른 곳으로 가지' 않았다. 왕학균의 분석은 이렇다.

> 창간호는 바로 "소설계의 혁명"과 "신소설"의 수창자(首倡者)를 발표하는
> 자리로, (여기에 실린) 작품의 창작 과정 및 작가와 관련하여는 필시 조직을
> 갖추고 사전에 창작을 준비했을 것이다. 당시 상황으로 볼 때 (이들은) 양계초
> 주위의 사람들이며, 일본에 있는 동지가 틀림없다. 이 점은 「중국 유일의 문
> 학 신문 『신소설』[中國唯一之文學報 『新小說』]」이라는 장편의 예고 글에서도
> 볼 수 있다. 해당 글은 『신민총보』 제14호에 발표되었다. 출판 날짜가 광서(光
> 緒) 28년 7월 15일(1902년 8월 18일)이다. 이는 『신소설』 창간호의 정식 창간
> 일보다 3개월 빠른 것이다. 이 장편의 예고 글에서 바로 『동구여호걸』을(『신
> 소설』에 실릴) 중요한 작품 중 하나로 포함하고 있다. 양계초 자신도 문장이
> 뛰어날 뿐더러 자기의 동학 동지 중에 일본에서 망명생활을 하고 있는, 예를
> 들면 '강문 13태보(康門十三太保)'와 그를 따르는 학생들이 기본적인 작가 부
> 대였을 것이다. 비록 아직까지 양계초가 어떤 조직을 가지고 있었으며 어떻
> 게 『신소설』 창간을 기획했는지 분명히 알 수 없지만, 「중국 유일의 문학신문
> 『신소설』」이 쓰였을 당시 창간호의 원고가 기본적으로 갖추어져 있었던 것

은 분명하다. 만약 양계초와 그의 동지들이 멀리 광동에 있는 장죽군과 원고 계약을 하지 않았다면 장죽군이 어떻게 양계초 무리들이 『신소설』을 기획하고 있는지 알았겠는가. 동시에 양계초 무리들은 또 어떻게 멀리 광동에 있는, 게다가 잘 알지도 못하는 장죽군과 원고를 계약했단 말인가?

그것과 비교하면 양계초와 나보가 소설 영역에서 서로 협력하며 일한 기간은 상당히 오래다. 나보가 『신소설』 창간호에 발표한 번역소설 『이혼병(離魂病)』은 그가 직접적으로 『신소설』의 기획과 운영에 참여했음을 드러낸다. 그렇다면 혹시 나보가 "다른 곳으로 갔기" 때문에 『동구여호걸』이 "중도에서 끝난 것"은 아닐까? 광서 29년(1903) 정월, 양계초는 미국으로 가서 총상회(總商會)를 성립하고 나보를 상회총리로 추천하려 하였다. 3월 4일, 그는 밴쿠버에서 서근(徐勤)[56]에게 준 편지에 이렇게 썼다.

효고의 학문과 재능, 굳센 의지와 진실한 마음, 그리고 그 지위는 실로 우리 당 중에서 독보적이네. 비록 경험은 적지만 여러 사람의 도움을 받으면 괜찮을 걸세. 다른 사람은 경험이 효고보다 많을지 모르나 큰일을 총괄하는 데 있어서 일처리를 능숙하게 하는 것은 그를 따를 만한 사람이 없네. 그리고 그는 혁명을 말하지 않는 까닭에 어르신(강유위)도 그를 믿고 칭찬하시니 필시 족히 항중(港中, 홍콩 보황회(保皇會))의 시기함을 잠재울 수 있을 것이네. 아우도 심사숙고한다면 효고 외의 다른 사람은 없음을 알 것이네. 그가 대학당의 초청에 응한다면 소득은 비록 많을 터이나, 경중을 비교하면 상회를 주관하

---

56 서근(徐勤)은 강유의(康有爲)의 만목초당(萬木草堂) 문하생으로 양계초, 맥맹화 등과 수학했다. 후에 유신운동의 핵심인물이 된다.

는 것이 더 나을 것이네.

孝高之學・之才・之毅力・之誠心・之地位, 實吾黨中獨一無二者也. 雖少閱
歷, 然得數人助之則大可矣. 他人閱歷或勝孝高, 至其統籌大局, 措置裕如, 則無
能及彼者也. 而彼以不言革命之故, 長者亦太信之賞之, 必足以消港中之忌. 故弟
熟思之, 舍孝高外無他人. 彼就大學堂之聘, 所得雖多, 然比較輕重, 似不如主持
商會之爲妙也.

—『양계초연보장편(梁啓超年譜長編)』제316항

결과적으로 볼 때, 나보는 일본을 떠나 '다른 곳으로 간 것'이다. 나보
는 「『홍루영』서」에서 부득이하게 작품을 '중도에서 끝낸 것'에 대한 유
감을 드러내었다. 즉 『동구여호걸』의 작가는 나보인 것이다.

이쇄(頤瑣)는 누구인가? 임미(林薇)는 이쇄가 양계초의 가명이라고 보
았다. 그는 「『황수구』의 작가는 누구인가?[『黃繡球』的作者是誰]」(『사회과
학전선(社會科學戰線)』, 1991년 제3기)에서 "『황수구(黃繡球)』에 명백히 드러
나는 단호한 개혁의 종지(宗旨)는 양계초의 거침없는 논저와 매우 흡사
하며 필력도 비슷하다"는 것을 이유로 들었다. 또, 『황수구』 가운데 언
급된 여성해방과 관련한 문제, 공복(公僕)・신당(新黨)・지방자치・민
족주의・훈침자제(熏浸刺提)・촉전기(觸電氣) 등의 개념, 그리고 그가 사
용한 상징과 은유의 기법과 비슷한 것들이 양계초의 작품들에서도 발
견된다고 했다.

『청말소설로부터(淸末小說から)』제70호에 실린 서신균(徐新鈞)의 「이
쇄는 바로 탕보영이다[頤瑣就是湯寶榮]」는 『시보(時報)』 광서 33년 8월 26
일(1907.10.3) 자의 『황수구』 광고를 인용했다.

이것은 사회소설이다. 황수구는 바로 이 책의 주인공인데 일개 시골의 아낙네로 사회개량사업에 힘쓰며 끝없는 고생과 고통을 경험하다가 비로소 성공에 이른다. 그 용기와 인내 그리고 말솜씨가 모두 당대 충사(忠士)의 모범이라 할 만하다. 그는 악덕 지방 관리의 방해, 아역(衙役, 관아 하인)의 탐악(貪惡), 감옥의 어둠, 정치의 부패, 향민의 우매 등을 모두 곡진히 그려내어 마치 종이 위에 살아있는 듯하므로 사람들이 입을 열면 감탄을 금하지 못하였다. 저자는 오(吳) 땅의 명사 이쇄(頤瑣)이다. 문필이 화려하고 우아하며 구성과 주제가 더욱 특별하여 참으로 근일 소설계 가운데 명작이라 할 만하다. 매 권마다 2책으로 되어 있고 가격은 은화 5각(角)이다. 발행소: 상해 기반가(棋盤街) 광지서국(廣智書局).

此社會小說也. 黃綉球卽書中主人公, 以一鄕僻婦人, 歷任社會改良事業, 歷無限艱難困苦, 始底于成, 其勇氣耐心及辯才手段, 均可爲當世忠士之法. 他如劣紳之阻撓, 衙役之貪惡, 牢獄之黑暗, 政治之腐敗, 鄕民之愚蠢, 均能曲爲描摹, 活現紙上, 令人一談一擊節. 著者爲吳中名士頤瑣君, 文筆華瞻, 布局命意, 尤爲不凡, 洵推近日小說界中名作也. 每部二冊, 大洋五角. 發行所:上海棋盤街廣智書局.

양계초는 광동 신회(新會) 사람인데, 광고에서는 이쇄가 '오 땅의 명사'라고 하였으니 '이쇄'가 양계초의 필명이 아님을 알 수 있다. 진옥당(陳玉堂)의 『중국근현대 인물명호 대사전(中國近現代人物名號大辭典)』(浙江古籍出版社, 1993년판) 「탕보영(湯寶榮)」 조의 설명은 이렇다.

(?~약 1932년 이전) 강소(江蘇) 오현(吳縣, 지금의 소주) 사람. 자는 백지(伯遲), 호는 이쇄(頤瑣, 서명이 1905년 『신소설』에 보이고, 소설 『황수구』를

지었는데 이후『소설월보』에 보인다), 실명(室名)은 이쇄실(頤瑣室), 소오선 (小吳船)이다. 상무인서관의 명망 있는 어른으로 총기실(總記室)을 맡았다. 함분루총간(涵芬樓叢刊)의 대부분을 교감했다. 일찍이 유곡원(兪曲園)을 스 승으로 섬겼으며, 시를 잘 해서 이선공(李宣龔)은 시를 지을 때마다 반드시 먼저 그에게 보여 의견을 물었다. 관직에 있을 때 심우종(沈禹鍾)을 도운 일 로 그와 망년지교(忘年之交)를 맺게 되었다. 50여 세에 죽었다.

(?~約1932前) 江蘇吳縣(今蘇州)人. 字伯遲, 號頤瑣(署見1905年『新小說』, 著小說『黃繡球』, 後見『小說月報』), 室名頤瑣室, 小吳船. 商務印書館耆宿, 任 爲總記室. 涵芬樓叢刊, 什九經其校勘. 早年師事兪曲園, 工詩, 李宣龔每得詩必 先與之商榷. 任職時沈禹鍾受其益, 爲忘年交. 卒年五十餘歲.

『청말소설로부터』제72호에 실린 장인봉(張人鳳)의「탕보영(이쇄)에 관 한 몇 가지 사료[關于湯寶榮(頤瑣)的幾件史料」에는 탕보영 사후 상무인출판 사의 동인(同仁)이 펴낸『모집부관계(募集賻款啓)』와 그 아우 탕인(湯寅)[57] 이 찬한「탕보영 사략(湯寶榮事略)」이 실려 있다. 매우 귀중한 자료이다. 『모집부관계』는 탕보영에 대해 다음과 같이 말하고 있다.

탕이쇄 선생은 절개가 고고하고 학문적 조예 또한 깊고 훌륭했다. 선생은 제자백가서를 두루 읽었으며 일찍이 승명(承明)[58]에서 존중을 받았다. 그러

---

57 탕인(湯寅, 1876~1958) 자는 동보(東父), 실명(室名)은 소금은원(小琴隱園), 강소 상주(常 州) 사람이다. 청대 저명 문인화가 탕이분(湯貽汾)의 적계(嫡系) 후손이다. 가학(家學)이 깊 으며, 산수화를 잘했다. 만년에 상해에 살며, 전각(篆刻)과 시문(詩文)에 정심했다. 1925년 엽경생(葉更生), 등둔철(鄧鈍鐵) 등과 상해에서 금석화보사(金石畫報社)를 조직했다.
58 궁중에서 서적을 교열하는 승명려(承明廬)를 말한다.

나 동야(東野)의 시가 궁해지자,[59] 마침내 스스로 일을 그만두었다. 세월은 부질없이 흘러 나이가 들었지만, 마음속 응어리는 여전하였다. 긴긴 날 책을 벗 삼고 늙어서는 그럭저럭 살아갔다. 허약한 몸이 죽을 때가 되니 백약이 무효했다. 빈사(殯舍)는 쓸쓸하고 관만 덜렁 놓였으니, 참으로 인간 세상 참담하고 슬프구나. 그 부인도 고희가 넘은 데다 두 눈까지 보이지 않는다. 자식들은 모두 다 죽었으니 남은 삶을 무엇에 의지하겠는가? 초상을 치르는 것이 걱정이나 부탁할 형제가 없고, 어려운 일을 맡길 만한 이를 찾으니 오직 친구뿐이다. 부디 선생과 아고(雅故)가 있는 사람들은 강개히 넓은 마음을 발하여, 함께 도움의 손을 베풀어 그 부인이 힘입어 의지할 수 있게 하기를 바란다.

湯頤瑣先生節概孤高, 學詣淵懿. 子云博覽, 曾見重于承明. 東野詩窮, 竟自乖于生事. 蹉跎逮老, 块壘猶存. 長日傭書, 耄年取給. 比以屏驅奄盡, 衆藥失靈. 殯舍蕭條, 一棺空寄, 洵極人世之慘怛者矣. 乃其夫人亦逾古稀, 復翳雙目. 所生都盡, 餘息何資? 念喪亂之未平, 終鮮兄弟. 欲緩急之可恃, 唯求友生. 尚望與先生有雅故者, 慨發弘情, 共施援手, 俾其夫人得所扶助, 賴以因依.

이번에는 「사략(事略)」의 기록을 보자.

선형(先兄)의 휘(諱)는 보영(寶榮), 자는 백지(伯遲), 원명(原名)은 국영(鞠榮), 또 다른 자는 백번(伯繁)이다. 7세에 어머니의 가르침을 받들어 성실하고 엄격하게 학문에 임했다. 약관(弱冠)이 되기 전에 오경(五經)을 마치고 서안(瑞安)의 수란학사(漱蘭學使) 황체방(黃体芳)[60]에게 발탁되었다. 그 후에는

---

59 '동야의 시가 궁하다'는 것은 한유(韓愈)의 「송맹동야서(送孟東野序)」에 근거한 것으로 몸이 궁핍해져서 시의 내용도 근심을 노래하게 됨을 말한다.

사장학(詞章學)과 경고학(經詁學, 경전주석학)을 공부하였다. 일찍이 오 땅에서 살았을 때 덕청(德請)의 곡원(曲園) 유월(兪樾)[61]과 호주(湖州)의 견산(見山) 양현(楊峴)[62]에게 학문을 배웠다. 한때 원화(元和)의 건하(建霞) 강표(江標), 같은 마을의 서려(西蠡) 비념자(費念慈),[63] 철령(鐵嶺)의 숙문(叔問) 정문작(鄭文綽) 등과 교분을 맺었는데 정의가 깊고 의기가 상합했다. 가을에 두 차례 방천(房薦)[64]에 응시했지만 이를 위해 뇌물을 쓰지 않았다. 계사(癸巳)년 평향(萍鄉)[65]의 학사(學士) 문정식(文廷式)[66]이 '문학이 그 사람과는 완전히 달라, 지면이 관주로 가득 차니 안타깝구나[文學迥不猶人, 額滿珠遺, 惜哉]' 등의 말로 평했다. 마침내 과거를 포기하고 사방을 주유했다. 강음(江陰)의 소산(筱珊) 무전손(繆荃孫)이 소개하여 무호(蕪湖)의 상추(爽秋) 원창도(袁昶道)의 비서로 들어갔다. 중간에 일찍이 소주지부 가장(可莊) 왕인감(王仁堪)[67]이 그를 막하로 초빙한 바 있고, 상원(上元)의 상문(湘文) 종원한(宗源

---

60 황체방(黃體芳, 1832~1899) 자는 수란(漱蘭), 호는 순은(蓴隱), 별호는 수남(瘦楠)·동구감산노인(東甌憨山老人)이다. 사람들은 서안선생(瑞安先生)이라고 부른다. 서안현성(瑞安縣城, 지금의 나양진) 사람이다. 함풍(鹹豐) 원년(1851)에 거인, 동치(同治) 2년(1863)에 진사가 되어 한림원편수(翰林院編修)부터 좌도어사(左都禦史)까지 두루 관직을 지냈다. 광서(光緒) 11년에는 이홍장(李鴻章)을 탄핵하다가 통정사(通政使)로 강등된바 있다. 후에 금릉(金陵) 문정서원(文正書院)에서 강의하고 만년에 강학회(強學會)에 참여하여 변법도존(變法圖存)을 주장했으며 강음(江陰) 남청서원(南菁書院)을 창립하기도 했다.

61 유월(兪樾, 1821~1906) 덕청(德淸) 사람으로, 자는 음보(蔭甫), 호는 곡원(曲園)이다.

62 양현(楊峴) 청 말 학자이자 서예가로 선박의 운항을 관장하는 총판(總辦)과 송강부사(松江府事)를 역임했다. 예서에 정진하여 한나라의 예기비(禮器碑)를 근거로 한 가늘고 화려한 필치로 일가를 이루었다.

63 비념자(費念慈, 1855~1905) 청대 강소성 무진(武進) 사람. 자는 기회(屺懷), 호는 서려(西蠡), 만호는 예풍노인(藝風老人)이다. 광서 15년 진사이다.

64 과거시험에서 방관(房官)이 추천하는 문권(文卷)이다.

65 평향(萍鄉)은 강서성 서단부(西端部)에 있는 광산 도시. 옛이름은 안원(安源)이다.

66 문정식(文廷式, 1856~1904) 근대 사인(詞人)으로 자는 도희(道希, 道義, 道溪), 호은 운각(雲閣, 芸閣), 별호는 순상자(純常子)·나소산인(羅소山人)·향덕(薌德)이다. 강서 평향(萍鄉) 사람이다. 광동 조주(潮州)에서 나고, 영남(嶺南)에서 자랐으며, 진풍(陳澧)의 제자가 되었다.

67 왕인감(王仁堪, 1848~1893) 자는 가장(可莊)·인암(忍菴), 호는 공정(公定), 민현(閩縣, 지

瀚)⁶⁸은 온처도(溫處道)⁶⁹ 직책으로 그를 초청하였다. 그는 종원한을 돕다가 그가 죽은 후 마침내 사천성 노(瀘) 땅으로 거처를 옮겼다. 개화기에 새로운 학문이 일어나자 신회(新會)의 탁여(卓如) 양계초⁷⁰는 신문을 간행하며 그를 맞이하여 편집을 주관하게 했으나, 정치적 견해가 달라 그만 두었다. 선통(宣統) 원년에 해염(海鹽)의 국생(菊生) 장원제(張元濟)⁷¹를 알게 되어 상무인서 관에 들어오게 되었다. 이때 상해의 문우(文友)들이 조직한 남사(南社)에서 서중가(徐仲可), 엽초창(葉楚傖),⁷² 호박안(胡樸安)⁷³과 창화하며 바쁘게 지 냈다. 신해년(辛亥年)에는 흥침(興沈) 오만운(吳縵雲)의 소개로 남경정부(南京政府)에 들어가, 교육 분야의 한 자리를 맡게 되었다. 그러나 북경의 원세개 가 정권을 장악하자 다시 사직하고 상해로 돌아갔다가, 민국 4년에 다시 상무

금의 복주) 사람. 광서 3년(1877) 진사로 전찬(殿撰)을 제수받고, 소주지부(蘇州知府)가 되었다. 설색화훼(設色花卉)를 잘했다.

68 종원한(宗源瀚, ?~1897) 자는 상문(湘文), 강소 상원(上元) 사람으로, 광서초 절강의 관리가 되어 차례로 구주(衢州), 호주(湖州), 가흥(嘉興)의 부사(府事)를 지냈다. 호주 예벽랑호(潁碧浪湖)에서는 수리(水利)를 일으켰고, 문학과 여지(輿地)에 뛰어났다.

69 온처도(溫處道)는 청대 절강성 행정구획의 하나다. 강희 9년(1670) 항가호(杭嘉湖), 영소대(寧紹臺), 금유엄(金溜嚴), 온처4도(溫處四道)를 절강성 안에 설치하여, 성과 주현(州縣) 사이를 매개했다. 행정장관은 속칭 '도대(道臺)'라고 하는데, 온처도는 온주(溫州)와 처주(處州)를 관할한다. 치소(治所)는 온주이다. 원세개(袁世凱)가 일찍이 이 직무를 맡았다.

70 양계초(梁啓超, 1873~1929) 자는 탁여(卓如), 호는 임공(任公), 음빙실주인(飲冰室主人), 음빙자(飲冰子), 애시객(哀時客), 중국지신민(中國之新民), 자유재주인(自由齋主人) 등이 다. 광동 신회(新會) 사람. 근대 유신파의 대표인물이다. 강유위와 함께 유명한 무술변법(戊戌變法)을 지도했다. 저작을 모아 만든『음빙실합집(飲冰室合集)』이 있다.

71 장원제(張元濟, 1867~1959) 호는 국생(菊生), 절강 해염(海鹽) 사람. 명문가 태생의 청 말 진사로 한림원(翰林院) 서길사(庶吉士)를 거쳐 후에 총리사무아문(總理事務衙門)에서 장경(章京)을 역임했다. 1902년, 그는 상무인서관(商務印書館)에 들어가 편역소(編譯所) 소장, 사장 및 감리(監理), 이사장 등의 직책을 역임했다. 해방후 상해문사관(上海文史館) 관장을 맡았고, 상무인서관의 이사장 직도 이어갔다. 저서에『교사수필(校史隨筆)』등이 있다.

72 엽초창(葉楚傖, 1887~1946) 저명한 남사(南社) 시인, 국민당 관료, 정치활동가. 원명은 단엽(單葉), 종원(宗源), 필명은 소봉(小鳳). 강소 오현(吳縣) 사람이다.

73 호박안(胡樸安, 1878~1947) 문자훈고학자. 원명은 온옥(韞玉), 자는 박안(樸安), 안휘성 경현(涇縣) 사람. 상해대학, 지지대학(持志大學), 국민대학, 군치대학(群治大學) 등에서 강학했다.

인서관에 들어갔다. 민현(閩縣)의 발가(拔可) 이선공(李宣龔),[74] 인화(仁和)의 숙통(叔通) 진경제(陳敬第)[75]와 뜻이 매우 잘 맞았다. 임신년(壬申年) 갑북(閘北)에 변란이 일어나 가산을 거의 다 잃고 집안이 하루아침에 몰락하자 분울한 마음에 병까지 생겼다. 몸과 마음이 모두 쇠해진 상태로 지금까지 겨우 연명만 해오다가 마침내 일어나지 못하게 되었다. 향년 75세이다. 유고에『이쇄실이각시(頤瑣室已刻詩)』4권,『빈향사(賓香詞)』1권이 있다. 이밖에 문집에 수록되지 않은 시문이 있어, 간행을 기다리고 있다. 부인 사씨(史氏)는 □양(□陽) 땅 세족으로, 나이가 이미 77세이다. 자식을 낳았으나 키우지 못하여, 제자 선전(先傳)을 □로 삼았다. 선형은 평생 강직하여, 종신토록 문자로 인한 재앙을 겪었다. 만년에 홀로 분울해하며 세속과 단절했으니 곤궁함이 더욱 심해졌다. 30년 전『급고각한서교정(汲古閣漢書校正)』과『자학변정(字學辨正)』등의 책을 저술하였으나, 원고가 이미 산실되어 남아있지 않고, 시문이 비록 간행되었으나 세상에 널리 알려지지 않았다. 본래 산정(刪正)을 할 생각이었으나 이제는 이미 그리 할 수 없게 되었으니, 문사(文士)의 심혈(心血)이 다만 여기에 있을 뿐이다. 아 슬프다! 바라건대 도 있는 군자는 그의 뜻을 슬프게 여기고 그의 불우함을 가련히 여겨 그를 위해 윤색하여 전한다면 매우 감사할 것이다.

---

74 이선공(李宣龔, 1876~1953) 근대 시인, 복건 민현(閩縣) 사람, 자는 발가(拔可), 호는 관근(觀槿), 실명(室名)은 석과정(碩果亭), 만호(晚號)는 묵소(墨巢). 광서 갑오(1894) 거인, 벼슬은 강소후보지부(江蘇候補知府)에까지 올랐다. 민국 후 상해 상무인서관에서 다년간 근무하고, 상무인서관 사장과 발행소 소장을 지냈다.

75 진경제(陳敬第) 자는 숙통(叔通), 호는 운록(雲麓), 절강 항주 사람. 광서 29년 진사. 일본에 유학하고 헌우회(憲友會)와 광복회(光復會)에 참가했다. 항주에서 최초의 여자학당과 항주『백화보(白話報)』를 창설, 창간하였다. 신해혁명 후 국회중의원(國會衆議院) 의원과 상해상무인서관 이사장 등을 역임했다. 해방 후 중앙정부위원, 전국인민대회 상무부위원장(常務副委員長), 정협부주석(政協副主席)을 지냈다.

先兄諱寶榮, 字伯遲, 原名鞠榮, 字伯繁. 七歲秉母敎, 督課綦嚴, 未冠畢五經, 爲瑞安黃漱蘭學使体芳所拔識. 其後治詞章經詁之學. 嘗居吳中, 問業于德請兪曲園樾, 湖州楊見山峴. 一時訂交, 如元和江建霞標, 同里費西蠡念慈, 鐵嶺鄭叔問文綽, 深相契合. 秋試兩次房薦不售. 癸巳萍鄉文學士廷式□批'文學迥不猶人, 額滿珠遺, 惜哉'等語. 至是棄科擧, 漫遊四方. 江陰繆筱珊荃孫介入蕪湖袁爽秋昶道署爲記室. 中間曾爲蘇守王可庄仁堪羅致幕中, 上元宗湘文源瀚權溫處道招往佐理, 宗故後遂移家于瀘. 維時新學盛典, 新會梁卓如啓超辦報, 邀主編輯, 以政見分岐而去. 宣統元年識海鹽張菊生元濟入商務印書館. 時海上文友有南社之組, 徐仲可, 葉楚傖, 胡朴安唱和無虛日. 辛亥爲吳興沈縵雲介入南京政府, 欲以敎育一席相屬. 嗣以政權北移, 復辭歸海上, 民四復入印書館, 與閩縣李抜可宣龔, 仁和陳叔通敬第極相得. 壬申闢北之變, 損失殆盡, 家况日落, 憤郁多病, 精氣兩衰, 延綿至今, 因是不起. 年七十有五. 遺有『頤瑣室已刻詩』四卷, 『賓香詞』一卷. 尚余集外詩文若干待刊. 嫂史氏, □陽世族, 現年已七十有七矣. 生子未育, 以弟子先傳爲□. 先兄一生耿介, 終身遭遇皆爲文字所厄, 晚年孤憤絶俗, 而困頓尤甚. 三十年前, 尚著有『汲古閣漢書校正』及『字學辨正』等卷, 稿已散失不存. 詩文雖刊而未嘗問世. 本意尚待刪正, 今已不及爲矣. 文士心血, 僅僅于此. 嗚呼痛哉! 尚乞有道君子, 哀其志而憫其遇, 爲其潤色而傳之, 則感德不淺也.

이를 통해 탕보영이 소주 남쪽 지방 사람이 아님을 알 수 있다. 단지 '일찍이 그곳에 살았던 적이 있을' 뿐이다. 또한 장인봉(張人鳳)은 1934년 1월 16일 두아천(杜亞泉)[76] 사후 장원제가 탕보영에게 뇌사(誄詞)를 써달

---

[76] 두아천(杜亞泉, 1873~1933) 원명은 위손(煒孫), 자는 추범(秋帆), 호는 아천(亞泉), 필명은 창부(傖父)·고로(高勞)이다. 회계 창당(傖塘, 지금의 상우) 사람이다. 상무인서관 편역부에서

라고 부탁한 일을 근거로 그가 1934년까지는 생존했음을 증명하였다. 그렇다면 『중국근현대 인물자호 대사전』에 나온 '약 1932년 이전'이라는 몰년은 재고해야 한다.

다년 근무했으며 『동방잡지(東方雜誌)』 등의 주편을 맡았다. 저서에 『인생철학(人生哲學)』, 『박사(博史)』, 『두아천 문선(杜亞泉文選)』 등이 있고 역서에는 쇼펜하우어(Arthur Schopen- hauer)의 『처세철학(處世哲學)』 등이 있다.

제3장
고소설 작가 연대의 확인

1. 『삼국지연의』의 작가 연대 고증

　문학은 시대의 산물이다. 그렇기에 때로는 작가의 생존 시기를 판명하는 것이 그 이름을 밝히는 것보다 더 중요하다. 나관중이 『삼국지연의』의 작가라는 것을 확인하는 것과 그가 살았던 시대를 확인하는 것이 언제나 같은 의미를 지니는 것은 아니기 때문이다. 1980년대, 일각에서는 『삼국지연의』가 명대 후기 작품이라는 주장이 나왔다. 그들의 주장은 현존하는 『삼국지연의』의 판본이 모두 가정(嘉靖) 연간 이후에 나왔다는 '문헌적 근거'를 바탕으로 하고 있다. 이러한 '판본 근거론'의 논리에 따른다면, 가령 명대 판본의 『삼국지연의』가 전부 매몰되고(이것은 결코 놀라게 하려고 일부러 지어낸 말이 아니다. 현재 상황이 이것과 크게 멀지 않다), 가장 유행했던 모평(毛評)『제일기서(第一奇書)』만 남아있어 누군가 이것을 '물증'으로 『삼국지연의』가 청대 사람의 작품이라고 단정한다면 반박할 여지가 없게 된다.

작품의 연대 고증문제 역시 판본의 제서(題署)에서 시작해야 한다. 명대 판본의 경우, 양미생간본(楊美生刊本) 『삼국영웅지전(三國英雄志傳)』과 유영오간본(劉榮吾刊本) 『삼국지전(三國志傳)』은 "원 동원 나관중 연의(元東原羅貫中演義)"라고 제하여, 모두 그를 원대 사람으로 일컬었다. 웅비관본(熊飛館本) 『영웅보(英雄譜)』의 "원 동원 나관중 편차(元東原羅貫中編次)"라는 제와 삼여당본(三餘堂本) 『삼국영웅지전』의 "원 동원 나귀지 연의(元東原羅貴志演義)"라는 제서 또한 모두 그를 원대 사람으로 지목하고 있다. 가정임오(壬午, 1522) 간본 『삼국지통속연의(三國志通俗演義)』는 "진 평양후 진수 사전, 후학 나본관중 편차(晉平陽侯陳壽史傳, 後學羅本貫中編次)"라 썼고, 주왈교간본(周曰校刊本) 『삼국지통속연의』는 "진 평양후 진수 사전, 후학 나본관중 편차, 명 서림 주왈교 간행(晉平陽侯陳壽史傳, 後學羅本貫中編次, 明書林周曰校刊行)"이라 제했다. 이들은 비록 나관중이 살았던 왕조를 명시하지는 않았지만 위의 판본들과 마찬가지로 그를 명대 이전 사람으로 보고 있다.

판본의 제서(題署) 다음으로, 나관중이 활약했던 시대를 증명하는 데 비중 있게 다루어지는 자료는 『녹귀부속편(錄鬼簿續編)』이다.

나관중은 태원(太原) 사람으로 호는 호해산인(湖海散人)이다. 남들과 잘 어울리지 못하는 성품인데, 악부(樂府)와 은어(隱語)는 매우 참신하였다. 나와는 망년지교(忘年之交)를 맺었으나 세상이 어지러워 서로 멀리 떨어져 지냈다. 지정(至正)[1] 갑진(甲辰)에 다시 만났다가 헤어진 지가 60여 년이 되었는데 끝내 그 마친 바를 알 수가 없다.

羅貫中, 太原人, 號湖海散人. 與人寡合. 樂府, 隱語極爲淸新. 與余爲忘年交. 遭時多故, 各天一方. 至正甲辰復會, 別來又六十餘年, 竟不知所終.

『녹귀부속편』의 작가는 지정(至正) 갑진년(甲辰年, 1364) 이전 나관중과 '망년지교'를 맺었고, 갑진년에 이후로 60여 년을 더 살았다고 했으니 나관중과 연배 차이가 컸음을 알 수 있다. 지정 갑진년에 나관중과 '다시 만난 것'이라면, 당시 나이가 20세 이상이었을 것이요, 나관중도 45세는 넘었을 것이다. 노신은『소설구문초』재판 서문에서, "『속녹귀부』로 인해 나관중에 대해 분분했던 의문과 논란이 얼음 녹 듯 풀리니, 이것이 어찌 이전 사람들이 제 마음대로 억측하여 이를 수 있는 바이겠는가![自『續錄鬼簿』出, 則羅貫中之謎, 與昔所聚訟者, 亦遂氷解, 此豈前人凭心逞臆之所能至哉]"라고 했다. '제 마음대로 억측하여' 작가의 생애를 추측한 것이 아니라 명초 인물의 자료를 근거로 그 행적이 판명되었으니 나관중은 행운이라 하겠다.

나관중이 원대 사람이라는 것을 증명하는 또 다른 자료로,『조보봉선생문집(趙寶峰先生文集)』첫 권의「문인제보봉선생문(門人祭寶峰先生文)」이 있다.

지정(至正) 26년 세차(歲次) 병오년(丙午年) 12월 무신(戊申) 삭월(朔越) 12일 기미(己未), 문인(門人) 오본량(烏本良)·정원은(鄭原殷)·풍문영(馮文榮)·나공(羅拱)·방원(方原)·향수(向壽)·이선(李善)·오사도(烏斯道)·

1　지정(至正)은 원나라 마지막 황제 순제(順帝, 1333~1368 재위)의 연호이다.

왕진(王眞)·고녕(顧寧)·나본(羅本)·옹욱(翁旭)·왕환(王桓)·홍장(洪璋)·서군도(徐君道)·방관(方觀)·구선집(裘善緝)·이항(李恒)·옹방(翁昉)·잠인(岑仁)·왕신(王愼)·동혜(童惠)·왕권(王權)·고극유(高克柔)·고훈(顧勛)·왕직(王直)·엽심(葉心)·구중(裘重)·주사추(周士樞)·정신(鄭愼)·모보생(茅甫生) 등은 고(故) 보봉(寶峰) 선생 조공(趙公)의 운구 앞에 제를 올리며 아룁니다. 인생이 천지 가운데 이 도를 밝히는 데 있을 뿐이라. 처음 선생은 몇몇 친우들과 이 도를 밝혀 강의하시고 상사(上師) 양문원(楊文元) 공께서는 반관(反觀)[2]의 이치를 환하게 터득하여 고성(古聖)의 학문을 믿으셨고 이것에서 벗어나지 않으셨습니다. 3대(三代)의 정치를 행할 수 있고 백가(百家)의 말을 모둘 수 있다고 여겨 군건히 서고 의연히 행하였습니다. 세상 사람들이 다투어 그 의론을 훔치며 꾸짖기도 하고 배척하기도 하였지만 선생은 혹하여 어지럽게 떠들지 않으시며 스스로 지키고 뜻을 바꾸지 않으셨습니다. 저희는 선생께 이 학문을 직접 전수받아 그 가르침을 깊이 새기고 있습니다. 이 은혜를 어찌 보답할 수 있겠습니까. 항상 선생의 도가 세상에 행해져 백성들을 널리 구제할 것을 기약하였는데 어찌하여 한번 병이 들자 결국은 돌아가시어 자신의 뜻을 펴지 못하게 되셨단 말입니까. 아, 슬픕니다! 하늘이 선생의 도를 버리려는 것입니까? 아니면 선생의 도가 이미 세상에 있다는 것입니까? 혹은 선생처럼 덕이 있는 분이 또 계신 것입니까? 아, '마음은

---

2 반관(反觀)이란 일종의 유심적(唯心的) 인식론이다. 자신의 감각과 실천을 떠나 이른바 마음과 이치로 세상을 관찰하는 것이다. 송대 소옹(邵雍)의 『관물내편(觀物內篇)』 12에 "이른바 관물이라는 것은 눈으로 보는 것이 아니다. 눈으로 보지 않고 마음으로 보는 것이요, 마음으로 보지 않고 이치로 보는 것이다. (…중략…) 이른바 '반관'이라는 것은 나로 사물을 보는 것이 아니다. 나로 사물을 보지 않는다는 것은 사물로 사물을 보는 것을 말한다. 사물로 사물을 볼 수 있으면 또 어찌 그 사이에 내가 있겠는가[夫所以謂之觀物者, 非以目觀之也; 非觀之以目而觀之以心, 非觀之以心而觀之以理也 (…중략…) 所以謂之反觀者, 不以我觀物也. 不以我觀物者, 以物觀物之謂也, 既能以物觀物, 又安有我於其間哉]"라고 하였다.

생사가 없다'는 것은 선생이 평소 하시던 말씀이셨습니다. 선생의 혼령은 어디에서 와서 어디로 가시며, 무엇이 삶이고 무엇이 죽음입니까? 한 번 제를 올려 슬픔을 고하니 바라건대 선생의 혼령은 살펴주소서.

至正二十六年歲次丙午十二月戊申朔越十二日己未, 門人烏本良·鄭原殷·馮文榮·羅拱·方原·向壽·李善·烏斯道·王眞·顧寧·羅本·翁旭·王桓·洪璋·徐君道·方觀·裴善緝·李恒·翁昉·岑仁·王愼·童惠·王權·高克柔·顧勛·王直·葉心·裴重·周士樞·鄭愼·茅甫生等, 致祭于故寶峰先生趙公之柩曰: 人生天地中, 在明此道而已. 始先生與二三親朋, 講明此道, 上師楊文元公, 有得于反觀灼然, 信夫古聖之學, 不外乎此. 以爲三代之政可行, 百家之言可一, 挺然而立, 穀然而行, 時人爭竊議, 且罘且排, 先生不惑紛呶, 自守不渝. 生等耳聞面命, 獲與斯學, 刻骨銘心, 曷爲可報? 常期先生道行于時, 匡濟斯民, 奈何一疾竟殂, 莫伸己志. 嗚呼痛哉, 是天喪先生之道耶? 先生之道已在于世耶? 抑先生之有同德者存其然耶? 嗚呼, 心無死生, 此先生平生之言. 先生精神, 何往何來, 何生何死. 一奠告哀, 惟神鑒之.

조보봉(趙寶峰)은 원대의 저명한 학자로 이름은 해(偕)이고, 절강성 자계(慈溪) 사람이다. 사람들은 그를 보봉 선생이라 불렀다. 그의 문하 중에 '나본(羅本)'이 있다. 엽봉춘본(葉逢春本), 웅청파본(熊淸波本), 정소원본(鄭少垣本), 정운림본(鄭雲林本), 웅충우본(熊冲宇本), 주왈교본 등에 '나본 관중 편차' 혹은 '관중 나본 편차'라고 쓰여 있는 것과 낭영(郎瑛)의 『칠수유고(七修類稿)』, 전여성(田汝成)의 『서호유람지여(西湖遊覽志餘)』, 호응린(胡應麟)의 『소실산방필총(少室山房筆叢)』 등에서 나관중의 이름을 '본'이라 일컫고 자를 '관중'이라고 한 것, 아울러 나관중이 활동했던 시대와 지

역을 종합해 볼 때 위 글에 나온 '나본'은 나관중일 가능성이 크다. 적어
도 현재까지는 아직 다른 '나본'에 대한 자료가 나오지 않았기 때문이다.
따라서 「문인제보봉선생문(門人祭寶峰先生文)」이 지니는 가치와 중요성
은 적지 않다. 이 글은 나관중이 지정 26년(1366) 이전에 '문인' 신분이었
으며, 자계에서 조해를 제사하는 모임에 참가했음을 분명하게 밝히고
있다. 이때는 지정 갑진년(1364)에 『녹귀부속편』 작가와 '다시 만난' 지 2
년 후이다. 이로써 나관중이 활동한 시간과 지역의 접점이 확인된다. 즉
'호해산인' 나관중은 절강성의 항주와 자혜에서 수년 간 생활했기에 '항
주 사람(杭人)', '월 땅 사람(越人)'이라는 기록이 남은 것이다.

조보봉의 문인 명단을 분석하면 상대적으로나마 나관중의 생몰연대
를 밝힐 수 있다. 사실 조보봉의 문인들을 기록한 명단은 두 개가 남아
있다. 앞서 제문에 나열 된 것 외에 황종희(黃宗羲) 원본, 전조망(全祖望)
보정(補定)의 『송원학안(宋元學案)』 권93에 또 하나의 기록이 나온다.

진문소(陳文昭) · 계언량(桂彦良) · 오본량(烏本良) · 오사도(烏斯道) · 향
수(向壽) · 이선(李善) · 나공(羅拱) · 방원(方原) · 왕환(王桓) · 엽심(葉
心) · 이항(李恒) · 정원은(鄭原殷) · 풍문영(馮文榮) · 왕진(王眞) · 고녕(顧
寧) · 나본(羅本) · 옹욱(翁旭) · 홍장(洪璋) · 서군도(徐君道) · 방관(方觀) ·
구선집(裘善緝) · 옹방(翁昉) · 잠인(岑仁) · 왕신(王愼) · 동혜(童惠) · 왕권
(王權) · 고극유(高克柔) · 고훈(顧勛) · 왕직(王直) · 구중(裘重) · 주사추(周
士樞) · 정신(鄭愼) · 모보생(茅甫生).

두 명단의 인원수와 순서는 같지 않다. 『송원학안』은 진문소를 제일

앞에 두었다. 옹정(擁正) 때의 『자계현지(慈溪縣志)』권3 「명환전(名宦傳)」
에 실린 「진문소」 조 기록을 보면 다음과 같다.

지정 갑오(1354) 진사, 자계 수령이 되어 곤궁함을 잘 해결하고 세력이 거
센 무리들을 쓸어 버려 백성들이 그 은혜를 입었다.

至正甲午進士, 爲慈令, 撫摩窮困, 斥逐豪强, 民被其惠.

또 광서(光緒) 때의 『자계현지』권25 「조해전(趙偕傳)」에는,

읍의 수령 진문소가 그 문하에 들어와 배우기를 청하며 제자의 예를 행했
다. 조해가 백성을 다스리는 일에 대해 알려주니 진문소가 이로써 민심으로
얻었다.

邑令陳文昭詣門請業, 行弟子禮, 偕以治民事宜告之, 文昭是以得民心.

라는 기록이 보인다. 이로 보면 진문소는 조해의 정식 문인이라기보다
현령의 신분으로 단지 '제자의 예'를 행한 것뿐임을 알 수 있다. 황종희
가 근 300년 후에 명단을 작성하며 그를 첫 머리에 둔 것은 아마 그의 사
회적 지위 때문일 것이다.

「문인제보봉선생문」의 명단은 바로 문인들이 제전을 올릴 때 그 자리
에서 직접 작성한 것이다. 『송원학안』과 비교하면 진문소, 계언량 두 사
람이 빠졌는데, 이는 그들이 아직 도착하지 않았기 때문이라 생각한다.
문인들 사이에는 서치(序齒)에 따르는 통례가 있으니 명단은 장유(長幼)
의 순서로 배열했을 것이다. 일례로, 오본량과 오사도 형제는 자계의 유

명한 인물로 당시 '이오(二烏)'라 불렸다. 『송원학안』은 기억나는 대로 두 사람을 함께 놓았는데, 제문은 오히려 첫 번째와 여덟 번째로 떨어뜨려 놓았다. 바로 '서치(序齒)'에 따른 까닭이다. 정량(鄭梁)의 「오사도선생전(烏斯道先生傳)」에 따르면 오사도는 연우(延祐) 원년(1314)에 태어났다. 여섯 번째로 놓인 향수는 『자계현지』 「향수·향박 부자전(向壽向朴父子傳)」을 근거로 추정해 보면 대략 지대(至大) 3년(1310)생이다. 오사도보다 손위이니 그의 앞에 놓인 것이다. 13번째 위차인 왕환은 『자계현지』에 따르면, 홍무(洪武) 4년(1371) 주원장이 편전에 불러 보고는 '노학사(老學士)'라 칭했다 한다. 그때 주원장의 나이가 43세였으니 왕환은 응당 50세 이상이었을 것이다. 홍무 12년(1379)에 왕환이 벼슬을 그만두었는데, 이때 나이가 60이 넘었을 것으로 보면 태어난 해는 연우 6년(1319) 이전이 분명하다. 오사도보다 어리기 때문에 그 뒤에 배치한 것이다. 일설에 24번째의 고극유(高克柔)가 '고유극(高柔克)', 즉 『비파기(琵琶記)』의 작가 고명(高明)을 잘못 쓴 것이라고 한다. 고명은 오사도보다 나이가 많은데 반대로 그 뒤에 두었으니 이는 명단이 장유에 따라 순서를 정한 것이 아니라는 주장이다. 그러나 두 개의 명단을 보면 모두 고극유라고 썼으니 고극유가 '고유극'이라고 하는 말은 근거가 없다할 것이다. 오히려 존사(尊師)의 예에 따라 문인은 스승에 대해 일률적으로 이름을 부른다. 예를 들어, 오본량은 자가 성선(性善)이고 오사도의 자는 계선(繼善)이다. 향수의 자는 낙중(樂中), 왕환의 자는 언정(彦貞)이지만 제문에서는 한결같이 자가 아닌 이름을 썼다. 고명은 자가 칙성(則誠)으로 『유극재집(柔克齋集)』을 저술했다. 그가 만약 조해의 문인이라면 왜 제문에 이름을 쓰지 않고 심지어 자도 아닌 별호를 썼단 말인가. 이는 실상 격식을 크게 벗어나는 일이다. 이런 이유로 고극유가 고명이라고 하는 것과 심지어 나관중과 고칙성이 동학(同學)이라고 주장하는 것은 모두 인정하기 어렵다.

제문에 있는 명단에 나본 즉 나관중은 11번째에 놓여있다. 그 장유의 위차가 향수(1310년생)와 오사도(1314년생) 두 사람과 왕환(1319년 이전 생) 사이에 놓였으니 그의 연배는 분명 향수와 오사도의 아래이고 왕환의 위로서, 그가 연우 2년(1315)에 태어났다고 추정해도 크게 틀리지 않을 것이다. 나관중이 연우 2년생이면 지정 갑진년(1364)에는 50세가 된다. 즉『녹귀부속편』의 작가와 망년지교를 맺기에 적합한 나이인 것이다. 연우 2년(1315)에서 지정 28년(1368)에 걸쳐 원나라가 망했으니, 나관중이 원대에 생활한 것은 53년이 된다. 그러므로 그를 '원대 사람'으로 부르는 것도 틀리지 않다.

일반적으로, 사람들은 과거·현재·미래에 대한 보편적 관념을 가지고 있다. 이러한 시간관념 사이에 상식을 뛰어넘는 오차는 거의 없다. 상당수의 명대 사람들이 나관중을 원대 사람이라고 했다면 그들의 시간관념 속에는 나관중이 살았던 시대가 자기들보다 많이 앞선다는 인식이 들어있는 것이다. 전여성의『서호유람지여』는 심지어 "전당 관중 나본은 남송 때 사람으로 소설 수십 종을 편찬했다錢塘羅貫中本者, 南宋時人, 編撰小說數十種"라고까지 하였다. 전여성은 가정 5년(1526) 진사로, 역사에서는 '박학하며, 전 왕조의 일들을 외워 훤히 안다'고 일컫는 인물이다. 만약『삼국지연의』가 진짜로 가정 연간에 처음 나왔다면 전여성이 읽은 것은 이제껏 알려지지 않은 새로운 책일 것이다. 또한 나관중도 그와 동시대 사람일 터인데, 왜 나관중을 200년 전 남송 시대 사람이라고 거짓말을 하겠는가?

2. 『속금병매』의 작가 연대 고증

통속소설 작가에 대한 자료가 거의 없을 때는 어쩔 수 없이 추론이나 추측에 의지해야 한다. 반대로 자료에서 분명하게 언급하고 있는 사항이라도 결코 그것을 근거로 함부로 단정해서는 안 된다. 『속금병매(續金瓶梅)』의 형성 시기 고증이 이에 대한 전형적인 예이다.

황림(黃霖)은 1988년 『금병매 속서 3종(金瓶梅續書三種)』(齊魯書社, 1988년 판) 서문에서 『속금병매』는 "정요항(丁耀亢)이 순치(順治) 18년(1662) 즉 그의 나이 63세 때 지은 것이다"라고 하였다. 근거는 이렇다.

이 책 첫 권의 「태상감응편 음양무자해서(太上感應篇陰陽無字解序)」에 이르기를, "이제 성천자의 명으로 반포된 『감응편』을 보니 황제께서 직접 서문을 쓰시어 신하들을 경계하셨다. (…중략…) 항(亢)이 불민하여 병으로 서호에 누워 있는데 (…중략…) 풀 수 없는 것으로 그것을 풀었다[以不解解之]"라고 하였다. 서호조사(西湖釣史)의 「속금병매집서(續金瓶梅集序)」에도 "지금 황제가 성명으로 간행 반포한 『태상감응편』에 따라 『속금병매』를 (그것의) 주해(註解)로 삼는다"라고 하였다. 이로써 이 책의 창작시기가 '천자가 『감응편』을 반포한 때'와 멀지 않음을 알 수 있다.[3] 이때 작가는 항주에 있었다.

---

3 『태상감응편』은 도교경전의 하나이지만 유·불·도를 융합하는 사상을 담고 있다. 처음에는 민간에서 유전하던 것이었으나, 내용이 권선징악을 기본으로 하여 인간 언행에 대한 규범윤리와 질서체제 옹호에 도움이 되므로 남송 이후 원·명·청에 이르는 동안 통치자들은 통치와 교화의 수단으로 이 책을 주목했다. 청나라 순치제는 12년에 이 책을 간행하며 직접 「권선요언서(勸善要言序)」를 쓰기도 했다.

장청길(張淸吉)은 「『속금병매』의 형성 시기『續金甁梅』的成書年代」」(1990)에서, '순치 18년'의 괄호 주에 있는 '1662'년은 마땅히 '1661'이 되어야 한다고 지적했다. 또 정요항의 경력을 고찰해 볼 때 그가 항주에서 『속금병매』를 창작하는 것은 불가능한 일이라고 밝혔다.

정요항은 만년에 복건성 혜안(惠安)의 지현으로 부임하던 도중에 잠시 들른 것을 제외하고는 항주에 발걸음을 멈춘 적이 없었으며, 더구나 그곳에서 장기간 지낸 적은 더욱 없었다. 그의 「연보를 자술하여 만가를 대신함[自述年譜以代挽歌]」에는 다음과 같은 기록이 나온다.

기해년(1659) 10월	己亥十月,
왕명을 받들어 (혜안에) 갔다.	捧檄而往(惠安).
집안 재산 모두 털어 왕사에 힘 쏟았다.	空其家資, 王事鞅掌.
오 땅에서 월 땅까지 선박을 빌려 다녔다.	自吳而越, 借居湖舫.
날로 노쇠해지니 벼슬할 마음이 어찌 군세겠는가?	衰病日增, 宦情焉强.
경자년(1660) 4월에 사직을 결심하나	庚子四月, 決志抽簪,
허락하지 않으시니 어찌할 바 몰라서 머뭇거렸다.	投劾不受, 進退逡巡.
동강의 조대, 낭산의 선령을 지나	
강포에 이르렀다.	桐江釣臺, 郎山仙嶺, 抵于江浦.
삼과 대는 무성하고 무이는 아홉 구비지고	杉竹成陰, 武夷九曲,
홍교 천 길에는 도화가 피어나기 시작하며	虹橋千尋, 桃花始放,
황조가 여기저기서 우니 이역의 기후로다.	黃鳥多音, 異域氣候.
섣달 추위 지나 3월에야	
돌아가길 허락받았다.	歲臘方陰, 止此三月, 乃許放還.

산굴에서 구름 피어나오듯 산으로 새 돌아가듯 하니	如雲出岫, 如鳥歸山,
여러 객들 시를 지어 고한함을 칭송한다.	諸客徵詩, 贊其高閑.
신축년(1661) 정월에 부를 얻어 돌아왔다.	辛丑正月, 得賦歸來.

　정요항이 혜안령으로 부임했다가 돌아올 때까지, 기나긴 여정에 비해 소용된 시간은 매우 짧았다. 그럼에도 그 사이에 맺은 수많은 교유(交遊)를 보면 "세상을 떠돌며 분주하게 다니네[飄蓬天涯, 來去侈偬]"라고 할 만하다. 특히 항주에서 머문 시간은 매우 짧은데, 그곳에 있는 동안 나눈 교유와 수답(酬答)이 자못 많다. 더구나 북으로 돌아갈 때는(항주에 도착한 것은 순치 17년 섣달이다) "노자가 다 떨어져, 책을 팔아 길에 올랐으며" 친구들에게 도움을 얻어서야 바야흐로 북으로 돌아갈 수 있었으니 어떻게 항주에 오래 머물며 그곳에서 찬란한 42만여 자의 『속금병매』를 창작했단 말인가? 더구나 순치 18년 정월은, 63세의 정요항이 벼슬을 그만두고 이미 제성(諸城)에 돌아온 때이다. 그의 만사가 이를 증명한다.

3월 16일, 고향 산에 모이니	三月十六, 集于故山,
종족 형제 어울려 즐거워했다.	宗族兄弟, 飮和且歡.
돌아가 노모 뵙고 기쁘게 음식을 들었다.	歸見老母, 喜爲加餐.
다시 향린(鄕鄰)을 초청하고	
채원(菜園)을 수리하며	再邀鄕鄰, 再修菜園,
오솔길과 다리와 담장을 다스렸다.	三徑就理, 長橋短垣.
소나무를 옮기고 국화를 구하며	
이렇게 남은 생을 즐기리.	移松乞菊, 樂此餘年.

맹추(음력 7월) 보름, 둘째가 병으로 죽으니	孟秋之望, 仲子病殞,
애락(哀樂)이 얼마던가! 비환(悲歡)이 순간이라.	哀樂何多, 悲歡一瞬.
세월이 덧없이 흘러가 임인년(강희 원년)이 되었다.	荏苒歲暮, 至于壬寅.

즉, 정요항이 순치 18년에 '항주에서' 『속금병매』를 '창작'했다는 말은 전혀 근거가 없는 것이다.

장청길은 또한 서호조사(西湖釣史)가 순치 경자년(1660) 여름 『속금병매』의 서문을 쓸 때, 이 책을 통독했다고 한 것으로 보아 이미 당시 『속금병매』가 완성되었음을 알 수 있다고 하였다. 이때 정요항은 62세였다. 그렇다면 그가 『속금병매』를 '63세에 지었다'는 주장은 설득력을 잃게 된다. 장청길은 다시 『속금병매』의 창작시기에 대해 순치 11년(1654)에서 순치 15년(1658) 사이, 정요항이 용성(容城) 교유(教諭)를 맡고 있을 때라고 추정하며 그에 대한 근거로 정요항이 용성에서 쓴 시 「무구(無求)」를 들었다.

가지않음 구하지 않으니 이 무슨 연고인가	無求不去緣何事,
화표가 돌아오니 『화서』가 나타나네.	華表歸來有化書.

정요항은 시에서 여러 차례 『화서(化書)』[4]라는 말로 『속금병매』를 지

---

4 『화서』는 당말오대(唐末五代)의 담초(譚峭, 10세기 말)가 지은 도교서(道教書)로, 모두 6권 110편으로 이루어졌다. 내용은 도(道), 술(術), 덕(德), 인(仁), 식(食), 검(儉)으로 나누어 분류했다. 도교이론과 유가사상을 결합하고, 허(虛)에서 신(神)이 되고, 신(神)이 기(氣)가 되고, 기(氣)가 형(形)이 되고, 결국에는 다시 허(虛)로 돌아간다는 사상을 펼치며, 세상의 근원

칭했다. 강희 을사년(1665)에 『속금병매』 사건'으로 체포되어 북경 형부 감옥에 갇혔다가 사면을 받은 후 쓴 「기백자⁵의 시에 차운하여 지록 선생⁶에게 드림[次紀伯紫韻并呈芝麓先生]」에서는,

『화서』가 행한 후에 사람 죽기 어렵고   化書行後人難死,

노벽은 불탔지만 글자는 남아있네.   魯壁雖焚字尚留.

라고 하였고, 「문득 생각나서 벗의 시에 차운하다[漫成次友人韻]」에서는,

『제구(齊丘)』⁷를 비웃으며 바다 뒤로 던지고   堪笑齊丘投海後,

평생 동안 오히려 『화서』 이름 묻노라.   百年猶問化書名.

라고 썼다. 이들은 모두 정요항이 일컫는 『화서』가 다름 아닌 "그 주제가 세상에 대한 권계로 귀일하는[其旨一歸之勸世]" 『속금병매』임을 나타낸다.

을 '허(虛)'에 두었다. '허'는 만물의 본원이자 귀숙(歸宿)이고, '허'와 '물(物)'은 순환전화(循環轉化)하는 관계이며, 이것을 알면 '신은 변화하지 않을 수 없고 형은 낳지 않을 수 없다[神可以不化, 形可以不生]'는 영생(永生)의 경계에 진입할 수 있다는 것이다. 이 책은 상당 분량을 할애하여 사회변화를 서술하고 그것의 원인과 대책을 논하기도 했다.

5   기백자(紀伯紫)는 명망청초의 학자로 왕조가 멸망하자 청조에 벼슬하지 않고 은둔한 것으로 알려진 인물이다.

6   공정자(龔鼎孳, 1616~1673) 자는 효승(孝升), 호는 지록(芝麓), 강서 임천(臨川, 지금의 강서 무주) 사람. 저명한 명대 학자. 박학하고 글을 잘하여 오위업(吳偉業), 전겸익(錢謙益)과 함께 '강좌삼대가(江左三大家)'로 불렸다. 명이 망한 후 변절하여 청에 벼슬하였다.

7   『제구자(齊丘子)』는 『화서』의 별칭. 정식 명칭은 『담자화서(譚子化書)』이다. 오대(五代) 담초(譚峭)가 이 책을 지었다고 전해지는데 일찍이 남당(南唐)의 대신 송제구(宋齊丘)에게 서문을 구하였다. 제구는 몰래 자기가 지었다고 서문에 썼다. 그래서 '제구자(齊丘子)'라는 이름이 있게 된 것이다. 송제구(宋齊丘, 887~959)는 자가 초회(超回)·자숭(子嵩)으로, 예장(豫章, 지금의 남창) 사람이다. 시호는 무축(繆醜), 만년에 구화산(九華山)에 은거하여 구화선생(九華先生)으로도 불린다.

또 순치 13년(1656)에 황제는 성지를 내려『태상감응편』을 간행토록 하였는데, 정요항은 「태상감응편 음양무자해서(太上感應篇陰陽無字解序)」에서,

> 지금 성천자가『감응편』을 반포하라 명하시니 (…중략…) 삼가 황제가 서문을 쓰신『감응편』(의 뜻)을 취하여 다시 그것(『속금병매』)을 간행한다.
> 今見聖天子欽頒『感應篇』, (…중략…) 謹取御序頒行『感應篇』, 而重鋟之.

라고 했다. 서문의 어기로 보건대,『속금병매』는 성천자가 반포한『감응편』과 거의 같은 시기에 쓰인 것이 분명하다. 당시는 정요항이 용성(容城)에서, "3년 동안 매달려 먹을 것을 구하기 어려운 표주박[三年淹系匏難食]"[8](「無求」) 같은 신세로 지낼 때였다. 즉『속금병매』는 그가 용성에 있을 때 지은 것이다.

장청길은 다시 손해제(孫楷第)의『중국통속소설서목(中國通俗小說書目)』「속금병매」 조를 인용했다.

> 사계좌(査繼佐)[9]의『경수당제자출처우기(敬脩堂諸子出處偶記)』「곽훈전(郭勛傳)」(곽훈의 자는 季庸, 順德 사람)[10] 뒤에 있는 부기(附記)에 "곽훈이 책

---

8 『논어』「양화」에, "내 어찌 표주박처럼 한 곳에 매달려 먹지 않고 지낼 수 있겠는가[吾豈匏瓜也哉, 焉能系而不食]"라고 하였다. 표주박은 맛이 쓰다. 그래서 매달아만 놓고 사용하지 않는 것이다. 후에 '표주박'은 은거하며 벼슬하지 않거나 버려져 한가로운 사람을 비유하는 데 쓰였다.

9 사계좌(査繼佐, 1601~1676) 청대 화가이다. 그는 1644~1672년에『죄유록(罪惟錄)』을 썼는데, 이는 명나라 사적에 관한 기전체(紀傳體) 사서이다.

10 곽훈(郭勛, ?~1542)명대 호주(濠州, 안휘 봉양) 사람. 명 개국공신 곽영(郭英)의 6세손으로 1508년에 무정후(武定侯)를 승습했고 익국공(翊國公)에 봉해졌다. 명대 작자 미상의 80회본 장편 소설『수상운합기종(繡像雲合奇蹤)』(일명『영렬전(英烈傳)』)의 작가로 알려져 있으나 확실하지는 않다.

을 갖고 와서는, 무술년에 작별한 후 7년이 지난 작년 가을에서야 비로소『속금병매』를 읽었는데 기이한 행적이 사람의 마음을 울렸다라고 했다'라는 말이 있다. 생각건대, 정요항이『속금병매』를 짓고 사계좌가 교정을 본 듯하다. 즉 사계좌는 일찍이 창작에 참여했으며, 허명으로 교정인 명단에 낀 것이 아니다.

査繼佐『敬脩堂諸子出處偶記·郭勛傳』(勛字季庸,　順德人)後附記云: '勛有書來, 云戊戌一別, 七閱寒暑, 去秋始讀『續金瓶梅』一書, 奇迹動人.'云云. 按: 丁耀亢著『續金瓶梅』, 査繼佐是參訂人. 据此, 査繼佐曾參與著作之事, 不僅虛列名參訂而已.

그리고『성세인연전 신고(醒世姻緣傳新考)』(中州古籍出版社, 1991년판)에서 다음과 같은 평론을 덧붙였다.

손해제 선생이 제시한 사료에서 알 수 있듯, 사계좌는 일찍이『속금병매』의 창작에 참여했고 아울러 책의 교정도 맡았다. 그리고 '무술년' 곽훈과 만났을 때『속금병매』가 만들어진 상황에 대해서도 이야기를 나누었다. 단 사계좌가 당시는 이 책을 갖고 있지 않았기에 곽훈이 읽어 볼 수 없었고, 그래서 '7년이 지난 후인 지난 가을에야 비로소『속금병매』를 읽었다'고 한 것이다. 만약 사계좌가 '무술년' 곽훈과 만났을 때『속금병매』에 대해 전혀 언급하지 않았다면 곽훈이 사계좌에게 보낸 편지에서 그가 수 년 동안 읽고 싶었으나 얻지 못한『속금병매』에 대해 말했을 까닭이 없다. 무술년은 순치 15년(1658)으로, 당시 정요항은 여전히 용성 교유였다. 이로 보건대, 무술년(성천자가『감응편』을 반포한 2년 후)에는 정요항이 용성에서 창작한『속금병매』가 이미 탈고·완성되었음을 알 수 있다.

從孫先生的這則史料可知, 査繼佐曾參與幷參訂了『續金瓶梅』著作之事, 幷在 '戊戌'年與郭勛會面時, 談到了『續金瓶梅』的成書情況. 只是査繼佐當時未携此 書, 因而郭勛未能讀到, 而是'七閱寒暑, 去秋始讀『續金瓶梅』一書'. 儻若査繼佐 在'戊戌'與郭勛會面時根本未言及『續金瓶梅』一事, 郭勛絶對不可能在給査繼佐 的書信中, 談到他數年來欲讀而不得的『續金瓶梅』的. '戊戌'乃順治十五年, 當時 丁耀亢仍爲容城敎諭. 由此可證, '戊戌'之年('聖天子欽頒『感應篇』'後二年), 丁 耀亢在容城創作的『續金瓶梅』已經脫稿成書了.

석령(石玲)은 「『속금병매』의 창작시기 및 기타(『續金瓶梅』的作期及其他)」 (『金瓶梅藝術世界』, 吉林大學出版社, 1991년판)에서 정요항의 큰 아들 정신행 (丁愼行)이 쓴 「걸언소인(乞言小引)」을 인용하며 이렇게 말했다.

(「걸언소인」에서) "용성 광문(廣文)에서 혜안령을 제수 받았으나 병을 이 유로 바로 사직하였다. 민 땅과 월 땅의 명승지를 두루 돌며 붓 가는 대로 야 사(野史)를 지어 잠시 나그네의 회포를 풀었는데 다시 군소(群宵)에 저촉되 어 옥에 갇혔다"라고 하였다. 정요항은 용성 교유에서 혜안 지현이 되었고 부 임 도중에 민·월의 여러 명승지를 둘러본 것이다. 이 기간 동안 정요항이 '붓을 놀려 지은 야사'란 바로『속금병매』이다. 따라서『속금병매』의 창작시 기는 순치 17년(1660) 혜안으로 부임하는 도중이 틀림없다.

"由容城廣文除惠安令, 旋以疾致仕. 歷閩越諸名勝, 縱筆成野史, 聊消旅況, 又 坐觸群宵繫獄", 以爲是丁耀亢由容城敎諭遷惠安知縣, 赴任途中遊歷閩越諸名 勝, 在這期間, 丁耀亢'縱筆成野史', 創作了『續金瓶梅』, 將『續金瓶梅』創作時間 定于順治十七年赴惠安任途中.

『속금병매』의 창작 시기에 대해 팽팽히 맞서는 대표적 입장을 다시 한번 정리해보면 다음과 같다.

① 순치 11년에서 15년(1654~1658) 용성 창작설

② 순치 17년(1660) 혜안 부임 도중 창작설

③ 순치 18년(1661) 항주 창작설

그런데 뜻밖에도 학계의 논쟁과 무관하게 국가 비밀문서 가운데에서 중요한 자료가 발견되었다. 2000년, 중국 제1역사당안관(歷史檔案館)은 당안관에 소장되어 있던 내각(內閣)의 만주어본 비밀문서·이과사서(吏科史書)·형과사서(刑科史書)의 내용을 발표했다. 그 가운데 들어있는 강희 4년 12월 24일 자「형부상서 공정자 등이 정요항을 심문한 제본(刑部尚書龔鼎孳等爲審訊丁耀亢事題本)」[11]에는 강희 4년 8월 24일 산동 안찰사 왕정간(王廷諫)[12]이 정요항을 체포하여 형부로 보내와 심문한 기록이 실려 있다(「順康年間『續金瓶梅』作者丁耀亢受審案」, 『歷史檔案』, 2000년 제2기).

---

11 제본(題本)은 명·청대 주소문(奏疏文) 중 하나이다. 명초에는 주본(奏本)만 사용하다가, 영락(永樂) 22년(1424)에 여러 기관에서 급한 일이 있을 때 공적 업무에 한하여 제본을 써 올리게 하였다. 청대에도 제본과 주본을 병행하다가 건륭(乾隆) 13년(1748)에 주본은 폐지되고, 총독(總督)·순무(巡撫)·장군(將軍)·도총(都統)과 각부 상서(尚書)·시랑(侍郎) 등 고위 문무관리에 한하여 전량(錢糧)·형명(刑名)·병정(兵丁)·마필(馬匹)·지방민무(地方民務) 등 공사(公事)와 관련한 일을 제본으로 보고하게 하였다. 청 말 주절(奏折)이 보편적으로 사용되면서 제본은 복잡하고 느리다는 이유로 광서(光緒) 27년(1901)에 폐지되었다.

12 왕정간(王廷諫)은 자가 염료(念蓼)이며, 지금의 익성현(翼城縣) 당흥진(唐興鎭) 사람이다. 명 숭정(崇禎) 계유(癸酉) 향천(鄉薦), 청 순치(順治) 병술(丙戌) 진사(進士)이다. 병과급사중(兵科給事中), 예우호좌급사중(禮右戶左給事中)을 거쳐 섬서유림병비부사(陝西楡林兵備副使)와 산동안찰사(山東按察使) 등을 역임했다.

심문:『속금병매』는 너 혼자 지은 것이냐? 아니면 또 다른 누군가가 있느냐?

진술:『속금병매』13권은 소인 혼자 지은 것입니다. 소인이 순치 17년에 혼자 썼으며, 결코 다른 사람은 없습니다.

심문: 이 책에 자양도인(紫陽道人)이라는 이름이 있던데 네가 혼자 썼다고 하니 이것은 어찌된 일이냐?

진술: 자양도인은 소인의 자입니다. 결코 다른 사람의 이름이 아닙니다.

　訊丁耀亢:『續金瓶梅』一書是否爾一人撰寫? 或者尚有何人 : 供稱: 此『續金瓶梅』十三卷書, 乃爲小的一人撰寫. 小的于順治十七年獨自撰寫, 幷無他人. 等語. 訊丁耀亢: 此書內有紫陽道人之名字, 而爾供稱獨自一人撰寫, 此事怎講? 供稱: 紫陽道人者, 乃小的表字, 幷非他人之名.

국가 비밀문서 가운데에서 통속소설 작가에 관한 기록을 발견한 것은 소설사상 전무후무한 일이다. 정요항이 스스로 "순치 17년에 혼자 지었다"라고 자백한 이상 작가와 창작시기에 관한 논쟁은 마침표를 찍은 것처럼 보인다. 그러나 문제는 단순하지 않다. 왜냐하면 아직도 적지 않은 의문이 남아있기 때문이다. 정요항의 자백에도 불구하고 여전히 최대 관건은 창작 시기이다. 왜냐하면『속금병매』는 40만 자나 되며 내용 또한 다채로운 대작이기 때문이다.

　다시 정요항의 「연보를 자술하여 만가를 대신함[自述年譜以代挽歌]」을 살펴보자.

기해년(1659) 10월, 왕명을 받들어 (혜안에) 갔다.　　己亥十月, 捧檄而往.

집안 재산을 모두 털어 왕사에 최선을 다했다.　　空其家資, 王事鞅掌.

오 땅에서 월 땅까지 선박을 빌려서 다녔다.　　　自吳而越, 借居湖舫.

날로 노쇠해지니 벼슬할 마음이 어찌 강하겠는가?　衰病日增, 宦情焉強.

경자년(1660) 4월, 사직을 결심하나　　　　　　庚子四月, 決志抽簪,

허락하지 않으시니 어찌할 바를 몰라 머뭇거렸다.　投劾不受, 進退逡巡.

동강의 조대, 낭산의 선령을 지나

강포에 이르렀다.　　　　　　　　桐江釣臺, 郞山仙嶺, 抵于江浦.

삼죽은 우거져 무성하고, 무이는 아홉 구비지고　杉竹成陰, 武夷九曲,

홍교 천 길에, 도화가 피어나기 시작하고　　　虹橋千尋, 桃花始放,

황조는 여기저기서 우는 이역의 날씨이다.　　　黃鳥多音, 異域氣候.

섣달의 추위 지나 3월이 되어서야

돌아감을 허락받았다.　　　　　　歲臘方陰, 止此三月, 乃許放還.

구름처럼 산굴에서 나와 새처럼 산으로 돌아가니　如雲出岫, 如鳥歸山,

여러 객들이 시를 지어 그 고한함을 칭송한다.　諸客征詩, 贊其高閑.

신축년(1661) 정월에 부를 얻어 돌아왔다.　　　辛丑正月, 得賦歸來.

　이에 따르면 정요항은 순치 16년 기해(1659) 10월에 임명을 받았고, 17
년 경자(1660) 4월에는 "노쇠함이 날로 더해져서", 관직을 그만두고 사퇴
를 결심한다. 그러나 "사직서가 받아들여지지 않자" 진퇴양난의 상황이
된다. 순치 17년 12월 27일 자「이부상서 이도 등이 기한이 넘도록 지현
에 부임하지 않은 것을 이유로 정요항의 파면을 청하는 제본[吏部尚書伊
圖等爲請將逾期不接任知縣丁耀亢革職事題本]」에는 다음과 같은 기록들이 나
온다.

복건순무(福建巡撫) 서영정(徐永禎)이 올린 상소에 따르면, 혜안 지현 정요항이 절강에서 병을 핑계로 부임하지 않았다고 합니다.

福建巡撫徐永禎題疏內開, 惠安知縣丁耀亢早已抵浙, 假借患病, 并不到任.

경제보(經題補) 정요항은 16년 7월에 혜안 지현이 되었으니, 그 부임 기한은 17년 5월 20일까지입니다. 그런데 기한에서 반년이 넘도록 부임하지 않았으니, 규율에 따라 파직해야 합니다.

査十六年七月間, 經題補丁耀亢爲惠安知縣, 其領凭內限定于十七年五月二十日到任. 該員已逾限期半年多, 尚未接任. 因此之故, 擬以照例革職.

아직 그의 사직 상소가 처리되지 않은 듯하다. 그가 남긴 시들에 따르면 정요항은 순치 16년(1659) 겨울에 고향 제성(諸城)을 떠나 부임길에 올랐으며(「己亥仲冬至日赴惠安過橡谷丘海石明府載酒候別留詩壁上奉答原韻」), 순치 17년(1660) 정월 상원(上元)에 항주에 도착했다(「元日方山招遊孤山同孫宇臺王仲昭周宋二客放舟」). 그는 이 해 가을에 항주를 떠나 동려(桐廬), 조대(釣臺), 포성(浦城), 무이(武夷)[告病閑居, 因自浦城往遊武夷, 日紀山行, 自纛嶺臺, 較霞嶺險秀百倍矣. 爲庚子十一月旬] 등을 유람하다가 동지에 포성으로 돌아왔다(「自江干買舟從陳憲臺諸子入閩」). 그리고 마침내 '돌아감[放還]'을 허락받아 순치 18년 신축(1661) 정월에 제성으로 돌아온 것이다. 정요항이 항주에서 머문 기간은 기껏해야 7개월이다. 이는 거질의 『속금병매』를 쓰기에 부족한 시간이다. 게다가 당시 그는 그럴 마음도 없었다. 그러니 순치 16년(1659) 겨울에 제성을 떠나 혜안으로 부임하는 도중에 썼다는 것은 더욱 말할 필요가 없다.

상대적으로 장청길의 용성 창작설은 상당히 설득력 있다. 그러나 창작시기와 관련하여, 그가 양백기(鑲白旗)의 관학(官學)으로 있을 때 이미 창작을 준비하기 시작했다는 주장에 대해서는 조금더 살펴봐야 한다. 『속금병매』 제58회 「요양에서 홍호가 휘종을 곡하다[遼陽洪皓哭徽宗]」에는 "온갖 고난을 겪고 죽어가면서도 항복하지 않았던[艱難困苦, 忍死不降]" 화금사신(和金使臣) 홍호(洪皓)[13]의 일이 상세하게 서술되어 있다. 홍호는 압송된 후 이역만리 궁박한 냉산(冷山)에 보내져, 그곳에서 온갖 고생을 하였다. 타타르의 벼슬아치[韃官] 불노아(佛奴兒)는 홍호가 충신인 것을 알고 그를 자기 집에 살게 하며 두 아들을 가르치게 하였다. 홍호는 자작나무 껍질[樺皮]로 종이를 만들고, 흑해(黑海)의 돌로 먹을 만들었다. 또 노관(蘆管)에 녹양(鹿羊)의 털을 다듬어 붓을 만들어 평생 외웠던 4서 5경을 자작나무 종이에 썼다. 그것을 책으로 묶어 아이들을 가르치니, "수많은 타타르 집안의 자제들이 홍호 한 사람을 공양하며, 성인을 얻은 듯 매우 기뻐하였다[千百家韃子供養看一個洪皓, 好似得了聖人一般, 好不快活]." 홍호는 직접 「북곡(北曲)」을 지어 요동(遼東) 사람을 가르친 즐거움을 노래했는데, 그 가운데 다음과 같은 구절들이 있다.

유목 민족에게 인과 의를 말하다.

向窮廬帳說義談仁.

---

[13] 홍호(洪皓, 1088~1155) 자는 광필(光弼), 송대 사인(詞人)으로 휘종 정화(政和) 5년(1115)에 진사가 되어 태주(台州) 영해주부(寧海主簿)와 수주(秀州) 녹사참군(錄事參軍)을 지냈다. 저서에 송나라 사신으로 금나라에 가서 전해들은 이야기를 기록한 『송막기문(松漠記聞)』이 있다.

중화와 오랑캐가 순 임금의 교화를 함께 하고 오거서(五車書)를 읽으니 온 세상이 봄이로다.

東夏西夷舜共文, 統車書, 六合同春.

성현의 책은 본래가 남북의 구분이 없으니, 요양의 미개함을 개척하고 술과 구운 양을 실컷 먹는 것이 검은 모자를 쓰고 요동에 투항한 것(관녕)보다는 유쾌한 일이다.

聖賢書, 南北本無分, 向遼陽開闢了荊榛, 打辣酥吃不盡燒羊嫩, 若比着皂帽投遼還快活得緊.[14]

정요항은 「조모전경소(皂帽傳經笑)」에서, "예전 관녕(管寧)[15]이 난을 피해 요동으로 도망한 것과 홍호가 오랑캐 땅에서 경전을 논한 것을 내 실로 부끄럽게 여긴다[昔管寧以避亂投遼, 洪皓以朔漠談經, 予實愧之]"라고 말한 바 있다. 그가 자기를 "오랑캐 땅에서 성인의 가르침을 행한" 홍호에 빗댄 것은 의심할 여지가 없다. 정요항은 왜 자신을 홍호에 비유했을까? 그 것은 바로 자신의 처신[行藏出處]을 반성하기 위해서이다. 명말청초, 사회는 급변했고 나라는 어지러웠다. 국가존망의 위기에서 절의를 외치며 이민족에게 굴복하지 않고 죽어간 사람들과 비교할 때, 구차히 살기를 바라 새 왕조에 귀순한 '이신(貳臣, 두 왕조를 섬긴 신하)'은 언제나 사람들

---

14 원문의 "大辣酥"[다라쉬]은 몽고어 darasun(酒)을 음역한 것으로 "答剌蘇" 혹은 "打剌孫"이라고도 쓴다.

15 관녕(管寧, 158~241) 자는 유안(幼安), 관적은 북해군(北海郡) 주허(朱虛, 지금의 산동성 임구). 한나라 말기의 학자이자 명사. 조조 때 난을 피해 요동에 가 살면서 수십 년 동안 늘 검은 모자[皂帽]를 쓰고 목탑(木榻)에 앉아 책을 읽어 그의 무릎이 닿은 상이 뚫어졌다고 한다.

로부터 비루한 오랑캐 취급을 당하기 마련이었다. 그러나 모든 일에는 복잡한 이면이 있는 법이다. 비록 후에 사천순무가 된 왕준탄(王遵坦)[16] 의 '공천자 명단'에 정요항의 이름이 들었지만, 그는 청조에 투항하는 것을 후안무치(厚顔無恥)의 짓이라 거절하며 민족적 절의를 분명히 나타냈다. 그럼에도 정요항은 결국 이민족 새 왕조를 섬기지 않을 수 없었고, 따라서 명나라의 유민(遺民)이 될 수 있는 자격을 상실하게 되었다. 정요항의 고향 제성(諸城)은 갑신년에 대순(大順)의 군대가 점령하였고, 5월 대순군이 서쪽으로 철수하자 곧바로 청나라 조정이 접수하여 관리했다.[17] 청 왕조가 명 조정으로부터의 제성 등지를 강탈한 것이 아니었기에, 강남의 사인(士人)들이 청 왕조의 '합법성'에 대해 느끼는 저항감은 상대적으로 약했을 것이다. 순치 5년(1648) 정요항은 입신출세를 목적으로 도성에 이르렀으나, 실제로 내적 갈등은 매우 심했다. 그 해 지은 시에 다음의 구절이 있다.

중원에 선비가 하나 있는데	中原有一士
십 년 동안 벼슬을 하지 못했네.	十年無完冠
머리 위에 관 하나 쓴 적 없는데	鵜鶘不及頂
무슨 일로 갓끈이 흔들리겠나.	纓笠何盤盤

---

16 왕준탄(王遵坦, ?~1647) 자는 태평(太平), 청주(青州) 사람. 명 태복(太僕) 소경(少卿) 왕형(王瀅)의 아들. 청 입관 이후 청조에 투항하여 숙왕(肅王)을 따라 사천 정벌에 참가했고 그 공로로 사천순무(四川巡撫)가 되었다.

17 대순(大順, 1644~1646)은 명말 농민 반란군 지도자 이자성(李自成, 1606~1645)이 틈왕(闖王)이라 자칭하고 세운 나라. 이자성은 북경을 점령하여 숭정을 자살하게 함으로써 사실상 명 왕조를 멸망시켰으나 오래지않아 후금의 도르곤이 투항한 명의 장수 오삼계와 북경을 공략하자 멸망하였다. 청나라는 자신들이 명의 정통성을 이어받은 황조임을 선포함으로써 순조롭게 새 왕조를 건설할 수 있었다.

강가에 아직 남은 오기가 있어	江海存餘傲
축을 타며 장안으로 찾아왔지만	擊筑來長安
형가의 뼈는 이미 썩어버렸고	荊卿骨已朽
이제는 금대(金臺)에 오를 수 없네.	金臺不可扳
처량한 역수의 물가를 보니	蕭蕭易水上
쓸쓸히 마음만 아파오누나.	寥落傷心肝

—「長安冬感雜著和李坦圍太史秋感韻廿四首」제5수

시시로 자신을 형가와 고점리에 빗댈 수밖에 없는 처지는 '아직 남은 오기가 있는[存餘傲]' 그에게 매우 고통스러운 일이었다. "사는 이치 무료히 어그러져서, 노복마저 아첨하라 청하고 있네[無聊生理缺, 奴僕請逢迎]", "궁벽히 당초의 뜻 어그러지니, 강호의 이 생애가 부끄럽구나[避就違初志, 江湖愧此生]" 등의 시구가 자주보이는 것도 그러한 이유이다. 정요항은 명나라 조정에 벼슬을 하거나 명 조정으로부터 은전(恩典)을 받은 적이 없다. 그가 청 조정의 시험에 응하여 벼슬을 한 것은 곤란한 처지에서 자신을 보존하고 향후 보다 진취적인 행동을 하기 위해서였다. 그는 부득이 벼슬에 나갔으나 학문을 넓히는[廣文] 교유(敎諭)의 직책만 맡고 백성을 다스리는[牧民] 유사(有司)의 업무는 하지 않았다. 그는 자신이 만주인 자제들의 선생이라 생각했기에, 마음으로 결코 굴욕감을 느끼지 않았다. 한편으로 그의 직책은 '오랑캐에게 인과 의를 가르치는' 것이니, 어떤 의미에서 한족의 전통문화를 보존하는 것이라 하겠다.

하늘이 은혜로이 백성을 낳으니	天惠生民

운수에 응하여 임금이 되는구나.　　　　　　　　　　　應運爲君

밖으로 만물을 아끼는 은혜를 미루어　　　　　　　外不過愛物推恩

백성에게 베푸니 그 공이 천지에 가득하네.　　　布黔黎功滿乾坤

　이것은 그가 느낀 책임감을 일정 부분 드러낸 것이다. 소설에서는 홍호에 대해,

　　　30년 동안 절의를 지키며 요동의 백성을 가르쳤다. 이는 오히려 성인의 가르침을 오랑캐에게 행한 것이니, 그가 출처에 도가 있고 환난에도 마음을 바꾸지 않았음을 알 수 있다.

　　　有三十年不奪之節, 敎授遼東, 還以聖敎行于蠻夷, 可見他出處有道, 患難不移的作用.

라고 하였다. 뿐만 아니라 그를 기리는 시도 지었다.

　　　초목에 바람 서리 겨울로 드는데　　　　　　草木風霜運入冬

　　　날 추워도 오히려 고송은 남아있네.　　　　歲寒猶自有孤松

　　　희미한 햇살에 과실 몇 개 남았는가　　　　微陽碩果存多少

　　　윤리 강상 지키며 기둥 노릇 하는구나.　　留得綱常砥柱功

　즉 정요항이 비록 혜안 지현에 임명되었으나 병을 핑계로 사직하였으니 그가 청조에서 한 일은 기실 '성인의 가르침을 오랑캐에게 행한' 것뿐이었다. 그는 또한 기축년(己丑年, 1649)에 쓴 시에서, 강산의 주인이

바뀐 슬픔과 고달픈 신세에 처한 아픔을 극진히 한 바 있다.

풍사는 모두 함께 할 수 있지만	風士皆堪共
나에게 집 있음을 어찌 아는가.	安知我有家
의관은 북쪽에서 만든 것이나	衣冠從北制
마음은 남쪽의 중화에 가깝네.	心事近南華
세월은 빨리 지나 별들이 적어지고	歲駛疑星縮
사람은 늘어나고 새들은 시끄럽네.	人多亂鳥嘩
서릉의 송백은 머리 하얗고	西陵松柏禿
해질녘 슬픈 연꽃 몸을 숨기네.	日暮隱悲茄

— 「劉憲石學士春夜招飮次除夕前韻」

그가 『속금병매』를 창작한 것은 사상과 감정의 분출구를 찾기 위해서일 것이다.

정요항은 양백기(鑲白旗)에서 관학 생활을 하였는데, 그곳에서 보낸 시간은 무미건조하면서도 한가로웠다.

나는 봄부터 가을까지 절룩말을 타고 가서 투항하였다. 모래바람과 진흙비를 무릅쓰며 가르친 말들을 모아 『전설록(氈雪錄)』이라 하니, 자비와 선량함을 일깨우고 탐욕과 사나움을 교화시켜 타일 목민의 터로 삼기 위해서이다. 요(遼) 땅 사람들은 미신을 믿어 늘상 신에게 제사지낸다. 선비들이 선생을 초빙할 때마다 양을 구워 바쳤는데, 그 참되고 소박함에는 태고 적의 정성스러움이 남아있었다. 이 또한 귀하게 여길 만하다.

予自春徂秋, 跨塞投旗, 風沙積面, 冒雨衝泥, 以訓蒙之語彙曰『毡雪錄』, 教以慈善, 化其貪鷔, 爲他日牧民地耳. 邊俗信巫, 祭神爲事, 諸生每告假延師, 炙羊爲供, 其眞朴鹿枝, 如太古拳懇, 亦有可貴者.

신묘년(辛卯年, 1651) 2월, 정요항은 양백기에서 양홍기(鑲紅旗)로 옮겼다.[18] 3년을 꼬박 채우고는 직예(直隷) 용성(容城) 교유(敎諭)에 임명되었다.

갑오년(1651) 봄에	甲午之春
북으로 가서 벼슬을 했다.	北行就官
낡은 수레 여윈 나귀	敝車疲驢
살 곳도 마땅치 않았다.	環堵不完
남의 집을 빌려서 머물렀는데	僦屋而居
이렇게 5년을 지냈다.	如是五年

당시 정요항은 글을 쓰고자 하는 욕구도 있었고 시간적 여건도 충분했다. 그의 여러 행적을 고려할 때, 『속금병매』의 창작시기는 순치 5년에서 11년(1648~1654) 사이임을 알 수 있다. 즉 그가 북경에서 관학을 맡았을 때 구성하여 쓰기 시작했고, 용성에서 교위를 지낼 때 완성한 것이다.

순치 17년(1660), 정요항은 『속금병매』 고본(稿本)을 가지고 복건 혜안으로 부임하였고, 부임 도중 항주를 지날 때 '병'이 나서 그곳에 머물게

---

18 팔기(八旗)의 서열은 양황기(鑲黃旗), 정황기(正黃旗), 정백기(正白旗), 정홍기(正紅旗), 양백기(鑲白旗), 양홍기(鑲紅旗), 정남기(正藍旗), 양남기(鑲藍旗)이다.

되었다. 항주에 머무는 동안 그는 작품의 서문을 쓰고, 판각·발행하는 등 출판 관련 일을 마무리하였을 것이다. 『속금병매』의 교정자 사계좌(查繼佐, 1601~1676)는 서호조수(西湖釣叟)라는 이름으로 순치 17년 여름에 「속금병매집 서문」을 썼는데, 그 글에서 "성스럽고 총명하신 지금 황제의 명에 따라 『태상감응편』을 반포하고, 『금병매』를 그것의 해설로 삼는다"라고 했으니 이때 이미 교정작업이 끝났음을 알 수 있다.

『속금병매』는 매우 민감한 내용을 다루었기에, 정요항은 일찍부터 자기변호의 필요성을 인식하고 있었다. 그리하여 그는 「속금병매후집 범례」에서 "앞부분에 『감응편』을 넣고 만세용비(萬歲龍碑)를 새긴 것은 황명으로 반포한 권선서를 부연한 책이 이후 나라에서 금지하는 음서가 되지 않도록 하려는 것이다玆刻首列『感應篇』幷刻萬歲龍碑者, 因奉旨頒行勸善等書, 借以敷演, 他日流傳官禁不爲妄作"라고 거듭 진지하게 밝혔다. '만세(萬歲, 황제)'의 뜻을 받들어 지은 만큼, 그 주제는 매우 '광명정대(光明正大)'할 것이다.

그런데 서문 중의 "지금 황제"라는 표현은 작가로 되어 있는 '자양도인(紫陽道人)'이 당시 사람임을 나타낸다. 또 「태상감응편 음양무자해서」에서는 "순치 경자년 초가을에 서호의 압리 혜안령 낭야 정요항이 삼가 서문을 쓰다是順治庚子孟秋西湖鴨吏惠安令琅邪丁耀亢謹序"라고 하여, 작가의 실명과 신분을 분명히 밝혔다. 강희 3년(1664) 12월 18일 「형부상서 니만 등이 정요항을 출두시켜 엄히 죄를 물어야 한다고 주장하는 제본刑部尙書尼滿等爲丁耀亢一俟到案卽行嚴審議罪事題本」에는,

장달(張達)이 진술하였다. "제성현의 포졸 장전(張銓)이 소인에게 말하기

를, 정요항이 혜안 지현으로 발령받은 후 눈병을 핑계로 부임하지 않고는 항주 서호로 가서는 소설 『속금병매』를 지어 도처에 팔았다고 했습니다."

據張達供, 有諸城縣捕役張銓來與小的言稱, 遷丁耀亢爲惠安知縣後, 借以眼疾而不赴任, 竟至杭州西湖撰寫小說『續金瓶梅』一書, 幷到處售賣.

라는 기록이 보인다. 원래 장달에게 처음 보고한 이는 제성 지현 왕국주(王國柱)의 서리(書吏)였다. 정요항이 그의 요구를 들어주지 않자 포졸 장전을 시켜 『속금병매』를 빌미로 정요항을 무고한 것이다. 장달은 다른 이유로는 정요항에게 타당한 죄명을 씌울 수 없음을 알고 있었고, 무엇보다도 『속금병매』를 읽었기에 그렇게 한 것이다. 강희 3년 12월 18일, 형부상서 니만(尼滿)의 제본(題本)에 의하면 장달의 진술은 다음과 같다.

그 책에는, '휘종제는 만주(manju, 금나라 사람)에게 납치당했다. 만주는 온갖 짐승들을 잡아 날 것과 익은 것을 가리지 않고 모두 먹는다. 휘종제는 핍박을 견디지 못해 어쩔 수 없이 만주처럼 가리지 않고 먹었고, 늘 하늘을 우러러 탄식했다. 휘종제는 낙타똥과 소똥 말똥이 가득한 곳에 누워 지냈으며, 몸에는 양가죽 옷을 걸치고 머리에는 개가죽 모자를 썼다. 비린내가 나는 곳에서 개와 함께 지냈다. 사람은 적고 개는 많다'는 등의 말이 쓰여 있습니다.

該書內寫道, 徽宗帝爲滿洲掠去. 而滿洲獵獲飛禽走獸之後, 不論生熟皆食. 徽宗帝被逼無奈, 亦同滿洲食生熟, 不時仰天而嘆. 又, 徽宗帝躺臥于有駝馬羊糞之地, 身披羊皮袄, 頭戴狗皮帽, 不避腥臭, 與狗同臥. 看得, 人寡而狗多. 等語.

강희 3년 12월 18일 형부상서 니만의 제본에는 이런 말도 있다.

정요항이 쓴 『속금병매』 13권을 조사해보니 비록 이전 금·송 왕조의 일이 지만 금지하는 내용을 썼고, 또 책 중에 '영고탑(寧古塔)', '어피국(魚皮國)' 등의 말이 있으니 해당 감독관으로 하여금 속히 정요항을 잡아 형부로 이송하고 엄히 그 죄를 심문하도록 하는 것이 좋을 듯합니다.

査丁耀亢所撰寫 『續金瓶梅』 十三卷, 雖爲前金宋二朝之事, 但系爲違禁撰寫, 且于書中又有 '寧古塔', '魚皮國' 等語辭. 据此, 擬請敕下該督臣作速緝拿丁耀亢 解送刑部, 以便嚴審議罪.

이로써 정요항의 죄명이 확정되었다.

그런데 왜 정요항은 심문을 받을 때, "순치 17년에 혼자 썼다"라고 했을까? 이유는 간단하다. 그를 무고한 이의 핵심은 '정요항이 혜안 지부로 발령받은 후 눈병을 핑계로 부임하지 않고 항주 서호에서 소설 『속금병매』를 썼다'는 것이었지만, 정부에서 관심을 둔 것은 『속금병매』를 혼자 썼는지 아니면 또 다른 누가 있는지'였기 때문이다. 즉 정부의 목적은 '동당(同黨)'을 추궁하려는 것이었다. 정요항은 이러한 사실을 분명히 알고 있었다. 그가 만약 사실대로, 서문을 쓰고 판각할 사람을 찾아 부탁하기 위해 항주에 갔다고 말한다면 수많은 사람들이 연루될 것이다. 그는 다른 문제들이 생겨나는 것을 막기 위해, 아예 '항주에서 소설을 썼다'고 진술하였다. 이것으로 불필요한 번거로움을 피할 수 있었다. "『속금병매』는 소인이 순치 17년에 혼자 쓴 것입니다", "자양도인이라는 것은 소인의 별칭이지 결코 다른 사람의 이름이 아닙니다"라는 진술내용은 이러한 까닭에서 나온 것이다. 이처럼 문서상의 명백한 기록이라고 하여 언제나 사실을 확정지을 절대적 근거가 되는 것은 아니다.

3. 『수호후전』의 작가 연대 고증

『수호후전』의 작가는 진침(陳忱)[19]이다. 진침 작가설은 이미 확인된 바이므로 의심의 여지가 없다. 그러나 그의 생몰연대와 소설의 창작 시기에 대해서는 조금 더 확실한 논의가 필요하다. 1923년, 호적은 진침의 「약전(略傳)」에서 이렇게 말했다.

진침의 생몰 시기는 현재 고증할 수 없다. 그의 자서는 1608년에 쓴 것으로 되어 있으나, 그들의 시사(詩社)는 1650년에야 시작되었다. 그는 대략 만력 중엽인 1590년경 태어났고 강희 초년인 1670년 경 80여 세의 나이로 죽었다고 추정할 수 있을 것이다. 정성공(鄭成功)이 대만에 근거지를 마련한 것이 1660년인데, 『수호후전』에 쓰인 섬라(暹羅, 태국)는 정성공의 대만을 빗댄 듯하다. 그러므로 진침의 몰년은 강희 연간 즈음으로 추측할 수 있다.

서부민(徐扶民)은 『광명일보』 1956년 7월 1일 자에 실은 「『수호후전』 작가 진침의 애국사상[『水滸後傳』作者陳忱的愛國思想]」이라는 글에서, 진침의 「구가(九歌)」에 나오는 "나는 만력 때 태어났다[我生萬曆時]", "나는 지금 반백이 되었다[我今潦倒垂半百]"라는 구절과 작가 자주(自注)에 나오

---

19 진침(陳忱, 1615~1670?) 명말청초 소설가. 자는 하심(遐心)·경부(敬夫), 호는 안탕산초(雁 宕山樵)·묵용거사(默容居士)이고 오정(烏程, 지금의 절강 호주) 사람. 학식이 깊고 명절을 중시했으며, 경사와 패설야승에 두루 통했고 시 짓기와 전고 인용을 잘 하였다. 명이 망한 후 벼슬에 대한 뜻을 접고, 고염무(顧炎武), 귀장(歸莊), 고초(顧樵) 등 40여 인과 경은시사(驚隱 詩社)를 조직하여 문예운동을 명목으로 비밀리에 반청활동을 펼쳤다. 말년에 가난으로 굶어 죽었다 한다.

는 "임인년 초여름에 짓다[壬寅初夏作]"라는 내용을 근거로 그의 생년을 명나라 만력 36년경으로 추정했다. '반백이 되었다[垂半百]'라는 것은 50세에 가까워졌다는 것이다. 만약 그가 만력 36년(1608) 생이라면 1662년에는 50세가 넘게 된다. 그리하여 대개의 학자들은 '반백이 된' 시점을 49세로 계산하고 그가 만력 41년(1613)에 태어났다고 추정하고 있다.

정공순(鄭公盾)은 「진침과 『수호후전』에 관하여[關于陳忱和『水滸後傳』]」에서 진침의 「동지초집 서(東池初集敍)」를 인용하였다.

숭정(崇禎) 갑술년(甲戌年) 내 나이 20세였다. 남심야사(南潯野寺)에 은거하며 평림(平林)을 마주하고 고묘(古墓)를 베고 누워 쓸쓸하고 아득하게 지냈다. 모닥불을 켜놓고 밤에 독서를 하다가 정(情)과 경(境)이 어우러지면 문득 시심(詩心)이 동했다. 먹고 자고 하기를 3년간 하였으나 망연히 얻은 바가 없었다. 인하여 스스로 날마다 생각하기를, '황벽한 곳에 있으니 견문이 적고 한갓 벽만 바라보고 있으니 무익하다'라고 하여 마침내 이곳저곳을 떠돌기로 결심하였다. 예장(豫章)을 지나고 팔민(八閩)을 거쳐 동로(東潞)와 양월(兩粤)의 끝까지 가고 다시 초(楚)의 길을 빌려 삼상(三湘)과 구택(九澤)을 찾아보고 대강(大江)을 건너 돌아오니 무릇 네 번 성상(星霜)이 바뀌었고 다닌 거리도 수천 리에 달했다. 그 사이 명산대천을 만날 때면 감흥이 없지 않았다. 사람들과 친분을 맺고 해후할 적이면 시를 지어 스스로 이름을 붙인 것이 더할 수 없었다. (…중략…) 어지러운 시국을 당해 두문불출(杜門不出)하기를 2년이 되었다. 마침내 머리 새하얀 가난한 노인이 되었고 귀까지 먹어 세상과 완전히 단절되었다. (…중략…) 30년 세월을 돌아보니 아득히 격세지감이 느껴진다.

崇禎甲戌, 予年二十, 潛居南潯野寺, 面平林, 枕古墓, 蕭條曠茫, 篝燈夜讀, 情
與境會, 輒動吟機, 眠餐不廢者三年, 茫然無得也. 因自念日荒僻寡聞, 而徒面壁
無益, 遂決策浪遊, 歷豫章, 經八閩, 窮東滇兩粵, 復假道于楚, 探三湘九澤, 涉大
江而歸, 凡四易星霜, 跋涉數千里, 而其間逢名山大川, 不無有感發, 至于結納邂
逅以詩自名其家者不可更 (…중략…) 適廥時艱, 閉門掃軌者垂二紀, 竟成皤皤
貧叟, 又苦痛耳聾, 舉世棄絕, (…중략…) 而回首三十年茫茫隔世也.

이로써 진침의 생년이 명 만력 43년 즉 1615년이라는 것이 확인되었
다(『수호전논문집』, 寧夏人民出版社, 1983년판). 「동지시집 서(東池詩集叙)」 청
초 수초본(手抄本)은 현재 북경도서관 선본실(善本室)에 소장되어 있다.

2004년 진회명(陳會明)은 국가도서관 선본실에서 우연히 초본(抄本)
『동지시집(東池詩集)』 5집(集)을 확인했다. 이 책에는 23명의 시인과 100
수에 가까운 시가(詩歌)가 수록되어 있는데, 모든 시인의 자호(字號)를 주
(注) 형식으로 밝혀놓았다. 매 집(集)마다 「소서(小叙)」 혹은 「소인(小引)」
이 있는데 「초집서(初集叙)」와 「4집소인(四集小引)」은 진침이 쓴 것이다.
「동지초집 서(東池初集叙)」의 전문은 다음과 같다.

숭정 갑술년 내 나이 겨우 20세로 남쪽 교외에 있는 야사(野寺)에 은거하고
있었다. 절은 평림(平林)을 면하고 고묘(古墓)를 베고 있는 형세로 쓸쓸하고
아득했다. 모닥불을 켜고 밤에 독서를 하다가 정(情)과 경(境)이 어우러지면
문득 시심(詩心)이 동했다. 먹고 자고 하기를 3년간 하였으나 망연히 얻은 바
가 없었다. 인하여 스스로 생각하기를 '날마다 황벽한 곳에 있으니 견문이 적
고 한갓 벽만 바라보고 있으니 무익하다'라고 하여 마침내 이곳저곳을 떠돌

기로 결심하였다. 예장(豫章)을 지나고 팔민(八閩)을 거쳐 동로(東潞)와 양월(兩粵)의 끝까지 가고, 다시 초(楚)의 길을 빌려 삼상(三湘)과 구택(九澤)을 찾아보고 대강(大江)을 건너 돌아왔다. 무릇 네 번 성상(星霜)이 바뀌었고 다닌 거리도 수천 리에 달했다. 그 사이 명산대천을 만날 때면 감흥이 일었다. 친분을 맺고 해후할 적마다 시를 지어 스스로 그것에 이름을 붙인 것이 부지기수였다. 그 본말을 궁구하니 참으로 다른 것이 많아 낙심하였다. 어지러운 시국을 당해 2년 동안 두문불출(杜門不出)하였다. 마침내 머리 센 가난한 노인이 되었고, 병들고 귀까지 먹어 모름지기 서명하고 필연을 불태워 온 세상과 끊고자 하였다. 그래도 탕자 해림은 배척하지 않아, 때때로 여기저기 돌아다녔다. 탕자는 성품이 지극하고 남보다 빼어났으며, 글을 읽고 도를 배웠다. 세상을 경영할 재주를 지녔으나, 숨어서 때를 기다리지 않고 날마다 시 읊기를 일삼았다. 연못가에 집을 짓고 먼 산의 푸름을 들이며, 자신의 무리가 아니면 안에 들이지 않았다.

경자년 상사일(上巳日, 삼짇날) 후 5일, 연못가에 목작약이 무성히 피어나자 서계(西溪) 환공(幻公)과 여러 자제를 모아, 종일 즐겁게 지내고 각자 근체 형식의 부로 맑은 놀이를 기록했다. 나는 비로소 시에 승정(勝情)이 없어서는 안 된다는 것을 깨달았다. 지난번 두문불출한 것이나 여기저기 떠돌아다닌 것은 모두 기미에 따라 머문 것이 아니라 내 마음에 따라 옮겨간 것이다. 지금 초당(草堂)이 천하 명승지로 손꼽히는 바는 아니지만 넓고 깨끗하니 자다 일어나 노래하기에 족하다. 그대들이 사방의 현자와 호걸보다 낫겠냐마는 그래도 황모(黃茅, 누런 띠풀)와 백위(白葦, 흰 갈대)[20]의 습속이 없음은

---

20 소식은 왕안석이 풍속을 억지로 자기사상에 동화시키려했던 폐단을 비방하며, '황모와 백위가 마른 땅에 나는 것'에 비유한 바 있다. 황모와 백위는 모두 마른 땅에서 자라지 못하는 식

따를 만하다. 그러므로 고인의 성사(盛事)가 부족하지 않고 '난정(蘭亭)'과 '죽림7현' 같은 풍류스러운 모임이라 전할 만하니 더 이상 쓸쓸하지 않다. 내 어찌 다시 지난번처럼 글을 지으며 날마다 여러 군자의 뒤를 따라 다함없는 뜻을 꾀할 수 있을까. 30년 세월을 돌아보니 아득히 격세지감이 느껴진다. 그러나 세상에는 탕자가 있고 땅에는 초당이 있으니 이른바 "문을 나서 찾아가나 친구가 없기에, 발길을 옮기니 다시 그대 집일세"²¹라는 것이다. 묵용거사(黙容居士) 진침(陳忱)이 쓰다.

崇禎甲戌, 予年甫二十, 潛居南坰野寺. 寺面平林, 枕古墓, 蕭條曠茫. 籌燈夜讀, 情與境會, 輒動吟機. 眠餐不廢者三年, 茫然無得也. 因自念曰荒僻寡聞, 而徒面壁無益, 遂決策浪遊, 歷豫章, 經八閩, 窮東漚兩粵, 復假道于楚, 探三湘九澤, 涉大江而歸. 凡四易星霜, 跋涉數千里. 而其間逢名山大川, 不無少有感發, 至于結納邂逅以詩自名其家者不可更僕. 究其源委, 不無甚異也, 爲之撫然. 適膺時難, 閉門掃軌者垂二紀, 竟成皤皤貧叟, 又苦痛耳聾, 須晝字, 欲焚筆硯, 擧世棄絶. 乃湯子海林不擯斥, 時得泛游. 湯子至性過人, 讀書學道, 負經世之才, 而不遵養時晦, 日事吟咏. 築堂池上, 以納遙山之翠, 非其徒侶莫得窺其藩籬. 庚子上巳後五日, 木芍藥盛開池畔, 遂集西溪幻公諸子晏笑終日, 各賦近体以紀清游. 予始悟詩之不可無勝情也, 向之屛居索處與夫遊覽泛愛皆無逗于機而移我情. 今草堂非甲于天下名區, 而空洞瀟洒足以窾歌. 二三子豈過于四方賢豪? 而無黃茅白葦習俗可蹈. 故古人之盛事不乏, 而蘭亭竹林風流蘊籍之可傳者, 不復寥寥. 予安得復如曩時摘詞拾句, 日從諸君子後, 慮未竟之志, 而回首三十年, 茫茫隔世也. 雖

물이다.

21 당대(唐代) 시인 이함용(李鹹用, 약873 전후)의 시 「방우인불우(訪友人不遇)」에 나오는 구절이다.

然世有湯子, 地有草堂, 所謂出門無至友, 動卽到君家矣. 黙容居士陳忱題.

정공순(鄭公盾)의 인용문을 진회명(陳會明)의 교감문과 비교하면 대략 다음과 같다.

정공순 인용문	진회명 교감문
予年二十	予年甫二十
潛居南潯野寺, 面平林	潛居南峒野寺. 寺面平林
因自念曰	因自念曰
不無有感發	不無少有感發
以詩自名其家者不可更	以詩自名其家者不可更僕
又苦病耳聾, 擧世棄絶	又苦病耳聾, 須畵字, 欲焚筆硯, 擧世棄絶 등.

이 기록으로 숭정 7년 갑술(1634)에 진침은 '나이가 겨우 20'이었다는 사실이 확인되었고, 그가 만력 43년(1615)에 태어났음이 분명해졌다. 또한 진침의 또 다른 작품 「중춘 24일은 49세가 되는 생일이다(仲春二十四日爲四十九歲初度)」를 통해 그의 생일이 만력 43년 2월 24일(1615.3.24)임도 알 수 있다(진회명, 「陳忱生平事迹有關問題的辨證」, 『文學遺産』, 2004년 제6기).

『수호후전』의 형성시기에 관하여 대개의 연구자들은 작품 제1회에 나오는 장가(長歌)의 구절 "천년만년 인간세상 한스러움 끝이 없고, 백발노인 등 아래서 옛날 책을 읽는다(千秋萬歲恨無極, 白髮孤燈讀舊編)"를 근거로 삼아 진침이 노년에 지은 것이라고 단정한다. 반면 원행패(袁行霈) 주편의 『중국문학사』에서는 순치 16년(1659), 청나라 조정이 '통해안(通

海案)'²²을 크게 일으킨 후 진침이 화를 피해 사방으로 몸을 숨긴 기간에 쓰인 것이라고 확신한다. 하종미(何宗美)는『명말청초 문인결사 연구(明末淸初文人結社硏究)』에서『수호후전』과 진침의「구가(九歌)」등을 비교하여 다음과 같은 사실을 밝혔다.

「구가」제1수에서 "강남의 반벽(半壁)이 이미 무너졌는데, 작은 조정에 처하여 여전히 살길을 구하네[江南半壁已崩裂, 處小朝廷尙求活]"라고 했는데, 소설 제38회에서도 탄식하며 말하기를, "애석하게도 금수강산이 이제 겨우 동남의 반벽만 남았구나. 고향은 어디 있는가. 조상의 문묘가 멀리 풍연(風煙)에 가로막혔구나[可惜錦繡江山, 只剩得東南半壁! 家鄕何處? 祖宗墳墓遠隔風煙]"라고 하였다. 연청(燕靑)의 말 중에도 "만약 이 동남 반벽이 없었다면 얼마나 더욱 상심했을까[假如沒有這東南半壁, 傷心更當何如?]"라는 것이 있다. 또「구가」제2수에서는 "무릎을 끌어안고 길게 환도(環堵, 작은 나라)를 읊는 중에, 초택(草澤)에 자연히 참 영웅이 나타나네[抱膝長吟環堵中, 草澤自有眞英雄]"라고 하였다. 소설에서는 바로 이준(李俊), 연청, 완소칠(阮小七), 이응(李應) 등을 '초택영웅'으로 묘사하고 있으며, 섬라국(暹羅國)을 작가가 찾고자하는 '작고 깨끗한' 이상국으로 기탁하였다.「구가」는 남도(南都)가 함락된 지 오래지 않아 쓴 것으로, 이때 이미『수호후전』의 기본사상이 형성되었다고 볼 수 있다.

---

²² 통해안(通海案)은 청나라 순치 18년(1661)에 발생한 대옥사로, 진소안(奏銷案), 곡묘안(哭廟案)과 더불어 강남 3대 옥사 중 하나이다. 순치 16년(1659), 정성공(鄭成功)이 숭명(崇明)을 내걸고 남명 정부와 연계하여 난을 일으켰다가 실패하고 대만으로 도주한 사건에 대해 청나라 조정은 사후 이를 '통해(通海)'라 처분하고 철저히 조사·처벌하였는데, 그 과정에서 가혹하게 연좌제를 적용한 결과 무고한 사람들까지 연루되어 화를 당한 사건을 말한다.

『수호후전』은 낙관적 태도를 드러내고 있는데, 이로 보면 이 책의 구상은 순치 2년(1645) 윤6월 장국유(張國維)[23]와 전숙락(錢肅樂)[24]이 소흥에서 노왕(魯王) 주이해(朱以海)를 감국(監國)으로 옹립한 1~2년 사이에 이루어졌을 것이다. 『명사』「장국유전」에 이런 내용이 있다.

남조가 망하고 한 달이 지나 로왕(潞王)이 항주에서 감국(監國)이 되고 며칠이 못되어 나와 항복하였다. 윤6월 장국유가 노왕(魯王)을 태주(台州)에서 조회하고 왕에게 감국이 되기를 청했다. 그날로 소흥으로 옮겨가 장국유를 소부 겸 태자태부·병부상서·무영전대학사로 삼고 해상을 총감독하게 하였다. 총병관 방국안(方國安)도 금화에서 이르렀다. (…중략…) 연이어 부양(富陽)과 우잠(于潛)을 회복하고 강을 따라 요지마다 목성(木城)[25]을 세워 방국안(方國安), 왕지인(王之仁),[26] 정준겸(鄭遵謙), 웅여림(熊汝霖), 손가적(孫

---

23 장국유(張國維, 1595~1646) 자는 옥사(玉笥), 절강 동양(東陽) 사람. 명 천계 2년(1622) 진사로 명말에 응천(應天)·안경(安慶) 등 강남 10부의 순무사와 병부상서를 지냈다. 청나라가 산해관을 넘어오자 끝까지 저항하다가, 순치 2년(1645) 노왕(魯王) 주이해(朱以海)를 감국(監國)으로 옹립했으나 남명의 총병(總兵) 방국안이 배반하여 투항함으로써 일이 어그러지자 「절명서(絶命書)」를 쓰고 순절하였다.

24 전숙락(錢肅樂, 1606~1648) 명말청초 때 근현(鄞縣, 절강성 영파) 사람. 자는 우손(虞孫)·희성(希聲)이고, 호는 지정(止亭)이다. 숭정 10년(1637) 진사로 태창지주(太倉知州)와 형부원외랑(刑部員外郎)을 지냈다. 청나라 군대가 항주로 내려오자 거병하고, 노왕을 감국으로 옹립하였다. 후에 방국안과 왕지인에 잡혀 형세가 어렵게 되었다. 노왕이 바다로 달아나고 정채(鄭彩)가 정권을 잡으면서 아무 것도 할 수 없게 되자 울분을 참지 못하고 죽었다. 청나라 때 충절(忠節)이란 시호가 내려졌다. 저서에『사서존고(四書尊古)』와『정기당집(正氣堂集)』 등이 있다.

25 목성(木城)은 고대부터 사용되던 군사방어시설로 주로 목재를 사용하여 만들었기에 목성이라 이름한 것이며, 전란 중 상황에 따라 단독으로 혹은 연결하여 사용했다. 목성에 관한 기록은『한서』「진탕전」에서부터『청사고(淸史稿)』의 「열전·낭탄」과 「속국사·곽이객」 등에 걸쳐 확인된다.

26 왕지인(王之仁, ?~1646) 자는 구여(九如)이고 파릉(巴陵) 사람이다. 남명 홍광(弘光) 때 영소총병(寧紹總兵)과 통수사(統水師)를 지냈다. 청나라 군대가 절강 동쪽까지 내려오자 표(表)를 받들어 투항했으나, 이내 민중들의 항청의거에 감동받아 투항을 뉘우쳤다. 이에 적극

嘉績), 전숙락의 병영과 연합하여 지구전을 계획했다. 순치 3년 5월, 방국안 등 모든 군대의 군량이 떨어지자 왕은 태주로 가서 배를 탔다. 장국유는 그대로 동양(東陽)을 지켰다.

南都覆, 逾月, 潞王監國于杭州, 不數日出降. 閏六月, 國維朝魯王于台州, 請王監國. 卽日移駐紹興, 進國維少傅兼太子太傅・兵部尚書・武英殿大學士, 督師江上. 總兵官方國安亦自金華至. (…중략…) 連復富陽・于潛, 樹木城緣江要害, 聯合國安及王之仁・鄭遵謙・熊汝霖・孫嘉績・錢肅樂諸營, 爲持久計. 順治三年五月, 國安等諸軍乏餉潰, 王走台州航海, 國維亦還守東陽.

같은 책 「전숙락전(錢肅樂傳)」의 기록은 이렇다.

순치(順治) 2년 대병(大兵)이 항주를 취하자 속군(屬郡)은 대다수 투항했다. 윤6월, 영파(寧波)의 향관(鄉官)은 납관(納款, 투항)을 제의하고 전숙락은 기병을 건의했다. 제생(諸生)[27] 화하(華夏)와 동지령(董志寧) 등이 전숙락을 우두머리로 추대하니, 그 아래로 집결한 사민(士民)이 수만이었다. 전숙락은 이에 기치를 내걸고 병사를 일으켰다. 군(郡)의 감사(監司)와 태수・현령은 모두 도망하고 오직 동지(同知) 하나가 부(府)의 일을 다스리고 있었다. 전숙락은 창고 장부를 찾아 무기를 정비한 후 총병 왕지인과 결맹하고 함께

적으로 노왕을 감국으로 옹립하고 자신은 무령후(武寧侯)에 봉해졌다. 순치 3년(1646) 6월 청군이 전당강을 건너오자 주둔지를 지키다 마침내 주산(舟山)으로 후퇴하여 명나라의 숙로 백(肅虜伯) 황무경(黃斌卿)과 더불어 거병하려 했으나 황무경의 배신으로 가속을 모두 잃고 홀로 오송강구(吳淞江口)로 돌아왔다가, 청병에 의해 남경으로 보내졌다. 왕지인은 투항을 권유하는 초무강남대학사(招撫江南大學士) 홍승주(洪承疇)를 단연히 거절하고 오히려 그를 꾸짖었다. 홍승주는 부끄럽고 무안해 하다가 마침내 왕지인을 죽이라 명하였다. 『명계남략(明季南略)』에 보인다.

27 명대에 시험을 보아 수재(秀才)에 합격하여 입학한 생원(生員)을 제생(諸生)이라 했다.

적에 대항했다. 노왕(魯王)이 태주에 있다는 말을 듣고 거인 장황언(張煌言)을 보내어 감국이 되기를 청하는 표를 올렸다. 소흥과 여요(餘姚)에서도 거병하자 노왕은 이에 소흥으로 가 감국의 일을 맡았다. 전숙락을 우첨도어사(右僉都御史)로 삼아 전당(錢塘)을 수비하게 하고, 다시 우부도어사(右副都御史)에 임명했다. 이때, 왕지인과 대장 방국안에게도 봉작을 내렸다. 영파, 소흥, 태주 3개 군의 전세(田稅)를 식읍으로 사용하라 했으나 지속되지 못하여 항상 군량이 모자랐다. 후에 병부우시랑의 직위를 더해주었다. 다음해 5월, 군량이 떨어지자 모두들 흩어졌다. 노왕은 배를 타고 떠났고 전숙락도 주산(舟山)으로 갔다. 당왕(唐王)이 그를 불렀는데 겨우 경내에 들어왔을 때는 왕이 이미 죽은 후였다. 결국은 해단산(海壇山)에 숨어 살며 산마를 캐어 먹었다. 다음해 노왕이 장원(長垣)에 머물며 그를 병부상서로 삼자, 그는 유기춘(劉沂春), 오종만(吳鍾巒) 등을 천거하여 기용하도록 했다. 다음해 전숙락은 동각대학사(東閣大學士)에 임명되었다. 당왕(唐王)이 죽고 서등화(徐登華)가 부령(富寧)의 수령이 되었다. 노왕이 대학사 유중조(劉中藻)를 보내 공격했다. 서등화가 차마 투항을 결심하지 못하고, "바다에 어찌 천자가 있으며, 배 안에 어찌 국공(國公)이 있으랴?"라며 주저하자, 전숙락은 "장군은 홀로 남송말의 두 황제가 모두 배 안에 있다는 말을 듣지 못했습니까?"라는 편지를 보냈다. 서등화는 마침내 항복했다.

順治二年, 大兵取杭州, 屬郡多迎降. 閏六月, 寧波鄕官議納款, 肅樂建議起兵. 諸生華夏·董志寧等遮拜肅樂倡首, 士民集者數萬人, 肅樂乃建牙行事. 郡中監司守令皆逃, 惟一同知治府事. 肅樂索取倉庫籍, 繕完守具, 與總兵王之仁締盟共守. 聞魯王在台州, 遣擧人張煌言奉表請監國. 會紹興·餘姚亦擧兵, 王乃赴紹興行監國事. 召肅樂爲右僉都御史, 畫錢塘而守. 尋進右副都御史. 當是時, 之仁及大將方國安幷可封爵, 其兵食用寧波・紹興・台州三郡田賦, 不能繼, 恒缺食. 已, 加兵部右侍郎. 明年五月, 軍食盡, 悉散去. 魯王航海, 肅樂亦之舟山. 唐王召之, 甫入境, 王已沒. 遂隱海壇山, 採山薯爲食. 明年, 魯王次長垣, 召爲兵部尙書, 薦用劉沂春・吳鍾巒等. 明年拜肅樂東閣大學士. 唐王雖歿, 而其將徐登華爲守富寧, 魯王遣大學士劉中藻攻之. 登華欲降, 疑未決, 曰, "海上豈有天子? 舟中豈有國公?" 肅樂致書, "將軍獨不聞南宋之末二帝幷在舟中乎?" 登華遂降.

전조망(全祖望)의 「명 고 병부상서 겸 동각대학사 증 태보이부상서 시 충개 전공 신도제2비명(明故兵部尙書兼東閣大學士贈太保吏部尙書諡忠介錢公 神道第二碑銘)」의 기록은 이렇다(『全祖望集彙校集注』, 상해고적출판사, 2000).

이때 독상(督相)[28] 유중조(劉中藻)가 복안(福安)에서 기병하여 복령(福寧)을 공격하자, 총병 서등화는 차마 항복을 결심하지 못하고 사람들에게, "어찌 해상천자(海上天子)가 있으며 주중국공(舟中國公)이 있단 말인가?"라고 하였다. 공이 편지를 보내, "장군은 송나라 말년의 일을 듣지 못했는가? 해상에는 두 명의 왕이 있었고 주중에는 문천상(文天祥)과 육수부(陸秀夫)가 있지 않았던가?[29] 후세에 마침내 그것을 송나라의 복이라 하였으니, 송나라 말년의 일 때문이 아니겠는가?"라고 하자 서등화가 항복했다.

時督相劉公中藻起兵福安, 攻福寧, 總兵徐登華欲降而未決, 謂人曰, "豈有海

---

28 독상(督相)은 군무를 감독 관리하는 총수(統帥)를 말한다.
29 남송 덕우(德祐) 2년(1276) 섭정 황태후와 공종(恭宗)이 원나라에 항복하자 진의중(陳宜中), 장세걸(張世傑)은 익왕(益王)을 받들었다. 당시 익왕은 9살이었다. 진의중과 장세걸은 수십 척의 배에 익왕과 그 동생 광왕(廣王)을 모시고 20만 명의 군대를 태워 천주로 향했다. 문천상은 남송 군의 총지휘를 맡았다. 후에 익왕이 죽자 육수부는 광왕을 왕으로 추대했는데 적군에게 포위되자 어린 황제를 업고 바다에 뛰어들어 죽었다.

上天子? 身中國公?" 公貽之書曰, "將軍不聞宋末乎? 二王不在海上, 文·陸不在

舟中乎? 後世卒以宋祚歸之. 而況不爲宋末者乎?" 登華乃詣彩降.

『명사』 본권(本卷)에 있는 찬(贊)의 내용은 이렇다.

　　갑신년 이후로 명나라의 복이 이미 끝나, 해를 넘기지 못하고 남도(南都)까

지 전복되니 형세가 이미 굳게 정해져 어찌할 수 없었다. 주대전(朱大典)과

장국유 등이 구구한 뜻을 품었으나 한갓 물가에서 이름을 빌려 잠시 버틸 뿐

이었다. 위계질서가 없어지고 일에 기강이 서지 않으니 편안(偏安)[30]이라도

얻고자 하나 어찌 가능하겠는가?

　　自甲申以後, 明祚旣終, 不逾年而南都亦覆, 勢固無可爲矣. 朱大典·張國維等

　　抱區區之義, 徒假名號于海濱, 以支旦夕. 而上替下陵, 事無統紀, 欲以收偏安之

　　效, 何可得乎.

　　청나라 조정의 입장에서 보면 명 왕조는 확실히 대세가 이미 기울어

"한갓 물가에서 이름만 빌려 잠시 버틸 뿐이다." 이미 일말의 희망도 없

는데 "어찌 해상천자(海上天子)가 있으며 주중국공(舟中國公)이 있단 말인

가?" 이것은 바로 당시 사람들이 명나라의 부흥에 대해 지니고 있던 의

구심을 드러낸 것이다. 그러나 "고국에는 배회하는 유로가 남았는데,

신정의 강개함을 몇 사람이나 알까故國栖遲遺老在, 新亭慷慨幾人知"(「過長

生塔院訪沈雲樵徐松之兼呈此山師」)[31]라는 마음을 품고 있던 진침에게, 그것

30　봉건왕조가 중원을 잃고 겨우 보존한 작은 영토에서 구차하게 안주하는 것을 가리킨다.

31　장생탑원을 지나다 심운초와 서송지를 찾아뵙고 겸하여 시를 지어 산사(山師)에게 드린 것

은 "모두 명나라 왕실을 위해 노력하여 신주(神州, 중원)를 회복해야 한다"는 소망의 메시지일 뿐이다. 『수호후전』은 부흥의 희망이 아직 꺼지지 않은 상황에서 쓴 것이 분명하다. 현존하는 『수호후전』의 가장 이른 판본은 8권 40회의 소유당신각(紹裕堂新刻) 『수호후전(水滸後傳)』 대형본(大型本)이다. 「논략(論略)」 1권, 수상(繡像) 24폭이 있으며, 천진도서관 소장 선본목록에 명대 각본이 수록되어 있다(韓錫鐸, 『小說書坊錄』, 春風文藝出版社, 1987). 확실하지는 않지만 이는 강희 갑진년(1664) 유경당(遺經堂) 판본보다 이른 것으로 순치 연간에 판각되었을 가능성이 크다.

4. 『홍루몽』의 작가 연대 고증

『홍루몽(紅樓夢)』은 작가가 조설근(曹雪芹)임을 확인하는 과정에서 여러 차례 논의가 번복되었다. 청대 중엽 이래, 사람들은 대체로 조설근이 조인(曹寅)의 아들이라고 생각했다. 원매(袁枚)[32]는 『수원시화(隨園詩話)』 권2에서 이렇게 말한다.

이다.

32 원매(袁枚, 1716~1797) 청대 건가(乾嘉) 시기의 대표적 시인이자 산문가로, 자는 자재(子才), 호는 간재(簡齋) · 창산거사(倉山居士) · 수원주인(隨園主人) · 수원노인(隨園老人)이다. 전당(錢塘, 지금의 절강 항주) 사람이다. 조익(趙翼), 장사전(蔣士銓)과 더불어 '건륭3대가(乾隆三大家)'로 불린다.

강희 연간, 조련정(曹練亭)은 강녕(江寧)의 직조(織造)였다. 매번 나갈 때마다 팔추(八騶)[33]를 거느렸으며 반드시 책 한 권을 지니고 읽기를 쉬지 않았다. 사람들이 "공은 왜 이다지도 학문을 좋아하십니까?"라고 묻자, 그는 "아닙니다. 나는 지방관이 아닌데 백성이 나를 보면 반드시 일어나니 내 마음이 불안합니다. 그래서 책을 빌려 이목을 가리는 것입니다"라고 하였다. 평소 강녕 태수 진붕년(陳鵬年)과 마음이 맞지 않았는데 진붕년이 죄를 얻자 이에 몰래 상소하여 진붕년을 추천하니 사람들이 이 일로 그를 존경하였다. 그 아들 설근은 『홍루몽』을 지었는데 풍월번화(風月繁華)의 성대함을 갖추어 기록하였다.

康熙間, 曹練亭爲江寧織造, 每出, 擁八騶, 必携書一本, 觀玩不輟. 人問, "公何好學?" 曰, "非也. 我非地方官, 而百姓見我必起立, 我心不安, 故藉此遮目耳." 素與江寧太守陳鵬年不相中, 及陳獲罪, 乃密疏荐陳, 人以此重之. 其子雪芹撰『紅樓夢』一部, 備記風月繁華之盛.

그 후에 나온 진기원(陳其元)[34]의 『용한재필기(庸閑齋筆記)』권8에는 이런 기록이 있다.

이 책은 바로 강희 연간에 강녕 직조 조련정(曹練亭)의 아들 설근(雪芹)이 지은 것이다. 조련정은 관직에 있을 때 어질다는 명성이 있었다. 강녕 지부 진붕년과는 평소 사이가 좋지 않았는데 진붕년이 모함을 당하자 비밀스럽게 상소하여 그를 추천하였으니 사람들이 더욱 그를 어질게 여긴 것이다.

---

33 고대에는 귀족 관리가 외출을 할 때 8필의 기마가 앞에서 인도했는데 이를 '팔추'라고 한다.
34 진기원(陳其元, 1812~1882) 자는 자장(子莊), 호는 용한(庸閑)이다. 절강 해녕(海寧)의 정족지가(鼎族之家)에서 생장했다. 직예주(直隷州) 지주(知州)와 상해 현령 등을 맡았다.

此書乃康熙間江寧織造曹練亭之子雪芹所撰. 練亭在官有賢聲, 與江寧知府陳

鵬年素不相得, 及陳被陷, 乃密疏荐之, 人尤以爲賢.

유월(兪樾)³⁵의『소부매한화(小浮梅閑話)』에 나오는 기록은 이렇다.

이 책의 끝 권에 작가가 스스로 이름을 조설근이라 썼고, 원자재(袁子才, 원
매)의『시화』에서도 '조련정은 강희 연간의 강녕 직조이고, 그의 아들 설근이
지은『홍루몽』에는 풍류번화의 성대함이 잘 갖추어 있다'라고 했으니 (이 책
의 작가가) 조설근이라는 것을 증거할 수 있다.

此書末卷自具作者姓名曰曹雪芹, 袁子才『詩話』云, '曹練亭康熙中爲江寧織造,
其子雪芹撰『紅樓夢』一書, 備極風月繁華之盛', 則曹雪芹固可考也.

원매가 말한 두 가지 즉 '조인의 아들'이라는 것과 '강희 연간 사람'이
라는 점에 대해 모두 동의한 것이다. 조열문(趙烈文)의『능정거필기(能靜
居筆記)』에서는,

조(설근)는 사실 연정(練亭) 선생의 아들로 평소 방랑(放浪)하여 의식(衣
食)을 자급하지 못할 정도에 이르렀다.

---

35 유월(兪樾. 1821~1907) 청 말 학자로 자는 음보(蔭甫), 호는 곡원(曲園)이며 절강 덕청(德淸)
사람이다. 도광(道光) 연간에 진사가 되었으며 한림원편수(翰林院編修)·하남학정(河南學
政)을 지냈다. 만년에 항주 고경정사(詁經精舍)에서 강학했다. 저서에『제자평의(諸子平議)』,
『군경평의(群經平議)』,『고서의의거례(古書疑義擧例)』,『춘추외전국어평의(春秋外傳國語
平議)』,『이아평의(爾雅平議)』,『묵자평의(墨子平議)』,『춘재당수필(春在堂隨筆)』,『소부매
한화(小浮梅閑話)』,『우대선관필기(右台仙館筆記)』,『다향실잡초(茶香室雜鈔)』등이 있고
문학작품으로『칠협오의(七俠五義)』가 있다.

曹實練亭先生子, 素放浪, 至衣食不給.

라고 했으며, 몽치학인(夢痴學人)은 『몽치설몽(夢痴說夢)』에서,

『홍루몽』은 조설근 선생이 지은 것이다. 선생은 내무부 한군(漢軍) 정백기
(正白旗) 사람으로 강녕 직조 조련정 공의 아들이다.

『紅樓夢』一書, 作者曹雪芹先生. 先生系內務府漢軍正白旗人, 江寧織造曹練
亭公子.

라고 하였다. 엽덕휘(葉德輝)의 『서림청화(書林淸話)』에서는,

이 책은 조인의 아들 설근 효렴(孝廉)이 지은 것으로 조(설근)도 역시 내부
의 기인(旗人)이다. 동시대 사람으로 동시대의 일을 기록하였으니 아마 가공
으로 지은 것이 아닐 것이다.

是書爲曹寅之子雪芹孝廉作, 曹亦內府旗人, 以同時人記同時事, 殆非架空之作.

라고 했다. 어떤 사람은 비록 조설근을 『홍루몽』의 작가로 여기지는 않
지만, 작가가 살았던 시대에 대해서는 유사한 견해를 지니고 있다. 예
를 들어 건륭 연간의 진용(陳鏞)은 『저산헌총담(樗散軒叢談)』에서 이렇게
말했다.

『홍루몽』은 실로 재자서(才子書)이다. 처음에는 작가가 누구인지 몰랐는
데, 혹 말하기를 강희 연간 경사(京師)의 모부(某府)에 서빈(西賓)[36]으로 있

는 상주(常州)의 아무개 효렴이 지은 것이라 한다.

『紅樓夢』實才子書也, 初不知作者誰何, 或言是康熙間京師某府西賓常州某孝
廉手筆.

채원배(蔡元培)[37]의 『석두기색은(石頭記索隱)』은 그 첫머리에서,

『석두기』라는 것은 청나라 강희조 때의 정치소설이다. 작가는 민족주의를
매우 강하게 고수하고 있다. 책의 내용을 보면 명나라의 멸망에 대한 애도와
청나라의 과실을 드러내고 있으며, 특히 한족(漢族) 명사(名士)로 청나라에
벼슬한 자에 대해서는 통석(痛惜)한 마음을 나타내었다.

『石頭記』者, 清康熙朝政治小說也. 作者持民族主義甚摯. 書中本事在弔明之
亡, 揭清之失, 而尤于漢族名士仕清者寓痛惜之意.

라고 했다. 유정서국(有正書局) 1912년 석인본에는 "국초(國初) 초본(鈔本)
홍루몽(紅樓夢)"이라고 쓰여 있는데 이는 그 시대가 강희 연간보다 늦지
않음을 분명히 하고자 하는 의도이다. 1920년대 후반, 돈성(敦誠)의 「조
설근에 대한 감회(寄懷曹雪芹)」 시주(詩注)에 쓰인 "설근은 선조 인(寅)이
직조(織造)로 있는 임지에 따라간 바 있다(雪芹曾隨其先祖寅織造之任)"라는
내용과, 양종희(楊鍾羲)의 『설교시화속집(雪橋詩話續集)』에 나온 "설근은

---

36 옛날 손님의 자리는 서쪽에 두었다 하여 이르는 말. 일반적으로 집안의 선생이나 막우(幕友)
에 대한 존칭으로 쓰인다.
37 채원배(蔡元培, 1868~1940) 자는 학경(鶴卿)·중신(仲申)·민우(民友)·혈민(孑民)으로,
절강 소흥(紹興) 사람이다. 민국시기의 혁명가, 교육가, 정치가로 중화민국 초대 교육총장과
북경대학교 총장을 지냈다.

연정(練亭) 통정(通政)의 손자로 평생 시를 지으며 살다가 마침내 불우하게 인생을 마쳤다[雪芹爲棟亭通政孫, 平生爲詩, 大概如此, 竟坎壈以終]"라는 기록이 발견됨에 따라 다수의 학자들은 조설근이 조인의 손자라는 관점을 받아들였다.

사실『홍루몽』의 작가에 대해 말할 때 관건은 조설근이 누구의 아들이냐가 아니라 그가 어느 때 사람이냐는 것이다. 보다 정확한 판단을 위해 원매가 남긴 기록을 다시금 새롭게 검토할 필요가 있다. 원매는 남경에서 살았고, 특히 남경 관련 비화에 대해 훤히 알고 있었기 때문에 그가 지은『수원시화』는 믿을 만한 문헌 사료로 평가된다.『수원시화』권16에는 이런 내용이 있다.

정미년 8월, 나는 손님과 문답을 하다가 진회(秦淮)[38] 벽상에 쓰인 글귀를 보았다.

안개 낀 시냇가에 이슬 꽃이 맺혀있고	一溪烟水露華凝
별원의 피리소리 옥 동아줄 되었구나.	別院笙歌轉玉繩
서늘한 밤하늘에 달 뜨기를 기다려	爲待凉夜新月上
굽은 난간 깊은 곳에 은등을 거두네.	曲欄深處撤銀燈
술잔에는 향기 가득 등두화가 피어나고	飛盞香含豆蔲梢
복숭아 나무에는 희고 푸른 연꽃송이.	冰桃雪藕綠荷包

---

38 남경을 지나 양자강으로 흐르는 운하(運河)의 이름이다. 진(秦)나라 때에 만들었으며 양쪽 기슭은 유람지로 유명하다.

| 뱃사람의 노래에 상강물이 일렁이고 | 榜人能唱湘江浪 |
| 상앗대는 바람 맞아 나무북을 울리네. | 畫槳臨風當板鼓 |

아침 조수 물러가니 저녁 조수 재촉하고	早潮退後晚潮催
오고가는 조수가 하루에도 몇 번인가.	潮去潮來日幾回
밀려가는 조수야 나를 데려가지 못하지만	潮去不能將妾去
밀려오는 조수는 아마 낭군 보내올까.	潮來可肯送郎來

3수 모두 죽지사(竹枝詞)의 풍취가 깊다. 끝에 '취운도인(翠雲道人)'이라고 썼는데 알아보니 바로 직조 성공(成公)의 아들 소애(嘯厓)가 지은 것이다. 그의 이름은 연복(延福)이다. 재주가 이와 같으니 설근(雪芹) 공자와 앞뒤로 눈부시게 빛난다 하겠다. 설근이라는 사람은 조련정 직조의 사군(嗣君)으로, 이미 100년 전 사람이다.

丁未八月, 余答客之便, 見秦淮壁上題云, "一溪烟水露華凝, 別院笙歌轉玉繩. 爲待凉夜新月上, 曲欄深處撤銀燈." "飛盞香含豆蔻梢, 冰桃雪藕綠荷包. 榜人能唱湘江浪, 畫槳臨風當板鼓." "早潮退後晚潮催, 潮去潮來日幾回. 潮去不能將妾去, 潮來可肯送郎來." 三首, 深得竹枝風趣. 尾署'翠雲道人', 訪之, 乃織造成公之子嘯厓所作, 名延福. 有才如此, 可與雪芹公子前後輝映. 雪芹者, 曹練亭織造之嗣君也, 相隔已百年矣.

원매는 현임 강녕 직조 성공(成公)의 아들 성소애(成嘯厓)가 쓴 3수의 「죽지사」를 보았다. 자연스럽게 그 자리에서 전임 강녕 직조 조인의 사군(嗣君) 조설근을 떠올렸고, "이런 재주가 있으니 가히 설근 공자와 앞뒤로 빛날 만하다"고 칭찬한 것이다. 그리고는 바로 탄식하며 "이미 100년 전의 사람이다"라고 하였다. 이 글은 건륭 52년 정미(丁未, 1787)에 쓰인 것이고, 조인이 강녕 직조를 맡은 것은 강희 31년에서 51년(1696~1712) 사이이다. 1696년부터 계산한다면 1787년까지 91년이 되고, 1712년부터 계산을 한다면 1787년까지 75년이 되니 원매가 100년이라고 한 '시간에 대한 감회'는 대략 믿을 만하다. 조설근은 분명 강희 연간 사람이다. 조인의 손자인 조설근이 1715년에 태어난 것을 고증한 연구가 나온 적이 있는데, 그 견해에 따르면 1716년생인 원매와는 겨우 한 살 차이가 난다. 그가 무엇 때문에 한 살 차이의 조설근을 '이미 백 년 전 사람'이라고 했겠는가.

『홍루몽』에도 이와 유사한 내용의 논조가 있다. 제5회 「가보옥은 선녀를 따라 태허환경에서 노닐고, 경환선녀는 보옥에게 홍루몽곡을 들려주다賈寶玉神游太虛境, 警幻仙曲演紅樓夢」에서, 경환선녀는 우연히 녕국공(寧國公)과 영국공(榮國公)의 혼령을 만난다. 두 공이 선녀에게 건네는 말 가운데, "우리 가문은 개국 이래 대대로 공명과 부귀를 이어온 지 이미 100년입니다吾家自國朝定鼎以來, 功名奕世, 富貴流傳, 已歷百年"라는 내용이 보인다. 일반적으로 청나라의 개국은 북경에 도읍한 순치 원년(1644)부터 계산한다. 그로부터 100년이면, 『홍루몽』은 건륭 간에 형성된 것이 된다. 그러나 사실 이러한 계산법은 옳지 않다. 조인이 쓴 잡극 『호구여생(虎口餘生)』서문을 보면, "개국한 이래로 나라 안이 태평한 지 100년이 되었다國朝定鼎以來, 海宇奠安, 迄有百年"라는 말이 있다. 『호구여생』은 강희 32년부터 38년(1693~1699) 사이에 지어졌으니, 만약 순치 원년(1644)을 개국 시점으로 삼는다면 『호구여생』까지의 거리는 겨우 49

년에서 55년밖에 되지 않는다. 100년에서 반이나 부족한 셈이다. 그러나 누르하치[奴爾哈赤]가 후금을 세운 만력 44년(1616)을 개국 연도로 삼는다면,『호구여생』이 쓰인 때는 그로부터 77년에서 83년 뒤가 되니 '거의 100년이 되었다'라고 말할 수 있을 것이다. 주장을 뒷받침할 만한 또 다른 내용을 보자. 아래는『홍루몽』중 초대(焦大)의 공로를 묘사한 장면이다.

그는 어려서부터 태야(太爺)를 따라 서너 차례 출정했는데 시체더미 사이에서 태야를 업고 나와 목숨을 구하기도 했고, 자기 배는 곯으면서도 오히려 먹을 것을 훔쳐 주인을 먹게 하기도 했다. 또 한 번은 이틀 동안 물 한 모금 없었는데 반 그릇 물을 구해 주인이 마시도록 하고는 그 자신은 말 오줌을 마셨다. 이러한 공로와 정분으로 조상 때도 모두 그를 특별히 대했는데 지금 누가 감히 그를 비난하겠는가.

因他從小跟着太爺出過三四回兵, 從死人堆裏把太爺背了出來, 才得了命; 自己挨着餓, 却偸了東西給主子吃; 兩日沒水, 得了半碗水, 給主子吃, 他自己喝馬溺. 不過仗着這些功勞情分, 有祖宗時, 都另眼相待, 如今誰肯難爲他?

이것은 순치 원년(1644)에 청나라 군사가 파죽지세로 산해관을 쳐들어올 때의 상황이 아니다. 바로 거친 황무지를 개척하던 시기의 모습을 그린 것이다. 만력 44년(1616)부터 강희 31년에서 51년(1696~1712)까지는 80에서 96년이 되니, '이미 100년이 되었다'라고 말할 만하다.『홍루몽』은 바로 이 시기에 만들어진 것이다.

『홍루몽』의 모든 판본은 건륭의 황태자였던 영련(永璉)을 피휘(避諱)

하지 않고 있다. 이는『홍루몽』이 건륭 연간에 지어지지 않았다는 작품 내적 증거가 된다.『청사고(淸史稿)』에 따르면,

단혜태자(端慧太子) 영련(永璉)은 고종의 둘째 아들이다. 건륭 3년(1725) 10월, 9세의 나이로 요절하였다. 11월에 유지(諭旨)를 내려 '영련은 황후 소생으로 짐의 적자이다. 총명하고 귀중하며 기우(氣宇)가 특별하여, 황고(皇考)께서 이름을 지어 은근히 종기(宗器)를 계승하라는 뜻을 나타내셨다. 짐이 등극한 후에 삼가 조상의 업적을 이어 친히 밀지(密旨)를 써서 모든 대신들을 불러 건청궁 '정대광명(正大光明)' 편액 뒤에 보관하였다. 비록 아직 책봉하지 않았지만 명하여 황태자로 삼은 것이다. 지금 이미 죽었으니 모든 전례(典禮)를 황태자의 예로 행하라'고 하였다. 곧 황태자로 추증하고 시호를 단혜(端慧)라 하였다.

端慧太子永璉, 高宗第二子. 乾隆三年十月, 殤, 年九歲. 十一月, 諭曰 : '永璉乃皇后所生, 朕之嫡子, 聰明貴重, 氣宇不凡. 皇考命名, 隱示承宗器之意. 朕御極後, 恪守成式, 親書密旨, 召諸大臣藏于乾淸宮"正大光明"榜後, 是雖未冊立, 已命爲皇太子矣. 今旣薨逝, 一切典禮用皇太子儀注行.' 旋冊贈皇太子, 諡端慧.

라고 한다. 이리하여 성지(聖旨)를 내려 '련(璉)' 자를 피휘하도록 명하였다. 만약 조설근이 건륭 연간에『홍루몽』을 지었다면 응당 가이야(賈二爺, 가씨 집안의 둘째 나리)의 이름을 '련(璉)'으로 하지 않았을 것이다. 이는 마치 고의로 황제의 명령을 '위반'하려는 것 같기 때문이다. 게다가 이런 위반은 소설 전개상 아무 필요도 없는 것이다. 이로 본다면『홍루몽』은 최소한 건륭 3년 이전에 완성되었다고 볼 수 있다.

이밖에도『홍루몽』이 건륭 연간에 지어지지 않았음을 증명하는 작품 외적 증거가 있다.『하필서상(何必西廂)』은 일명『매화몽탄사(梅花夢彈詞)』라고도 하는데, 가경(嘉慶) 경신년(1800) 오계당(五桂堂) 소장 판본 첫 권에 있는 서문에 이런 내용이 있다.

> 『하필서상』은 세상에 알려진 지 오래되었다. (…중략…) 동봉외사(桐峰外史) 각본은 또 수십 년 지난 것이라 흐리고 깨진 글자가 많아 특별히 교정을 보고 다시 판각하여 같은 뜻을 드러내었다.
> 『何必西廂』一書, 行世已久. (…중략…) 桐峰外史刻本, 迄今又數十年, 漫漶殘缺, 特爲校正, 重付剞劂, 以公同志.

이 책은 옹정 연간 갑인년(1734)에 동봉외사가 쓴 서문도 실었다.

> 벌써부터 간행하고 싶었으나 행하지 못하다가 친구가 소장하고 있는 본을 잘 다듬고 고쳐서 판각하노라.
> 想已刊而未遍行, 緣就友人藏本繕正付梓.

이 책의 36회에는 이런 말이 있다.

> 집안에서 늘상 일어나는 자잘한 일과 여자아이가 속삭이는 듯한 말을 실정에 가깝고 오묘하게 서술하는 것이 연의(演義)와 전기(傳奇)보다 더욱 쓰기 어렵습니다. 매우 뛰어난 재주를 지닌 재자(才子)가 아니라면 몇 글자도 생각해낼 수 없으니, 세상에 몇 작품이나 전해질 수 있겠습니까? 그러니 소인이

한 단락 힘써 흉내 낸 것을 가지고 어찌 감히 함부로 한유와 두보 등 여러 대
가의 시문을 두루 갖춘 작품과 비교하겠습니까. 이렇게 쓰기 어렵다는 것을
느끼며 끼적인 데 불과합니다. 진짜 『금병매』와 『홍루몽』과 같은 것은 소인
이 알지 못하니 여러분의 가르침을 청합니다.

叙家常鎖事, 及喁喁兒女語, 要得近情入妙, 比演義傳奇, 更難着筆, 若非有十
分本領的才子, 莫想道得只字, 世間傳作, 能有幾部? 所以在下極力摹仿一段, 豈
敢妄比韓杜諸大家詩文, 無體不備, 不過覺得這難着筆的, 還做得來. 到底可眞个
像『金甁梅』·『紅樓夢』, 在下自己不知, 要請敎列位的.

『하필서상』은 『홍루몽』의 모방작이다. 옹정 연간에 이미 완성되었
으니, 『홍루몽』이 옹정 연간보다 이른 시기에 만들어졌다는 것을 증명
하는 것이 아닌가?

『아녀영웅전(兒女英雄傳)』의 경우를 보자. 구위애(邱煒蔓)의 『숙원쵀담
(菽園贅談)』에 이런 말이 있다.

『아녀영웅전』에는 『홍루몽』과 겨루려는 뜻이 있다.

『兒女英雄傳』自是有意與『紅樓夢』爭勝.

『아녀영웅전』도 『홍루몽』의 모방작임을 지적한 것이다. 『아녀영웅
전』에는 옹정 12년(1734)에 쓴 관감아재(觀鑒我齋)의 서문이 있으니, 이
또한 『홍루몽』이 옹정 연간보다 이른 시기에 나왔다는 것을 반증하는
것 아닌가? 어떤 사람은 이 두 편의 서문이 모두 위탁한 것이라고 한다.
그러나 반대로 생각할 수도 있다. 두 책의 서문이 왜 모두 옹정 연간이

라고 위탁했을까? 고인이 시대를 가탁할 경우는 대개 자기 시대에서 먼 때를 빌린다. 매이(梅頤)의 『고문상서(古文尙書)』와 왕숙(王肅)의 『공자가어(孔子家語)』는 차치하더라도, 진침이 『수호후전』을 지으면서 '고송유민(古宋遺民)'이라 가탁한 것만 보아도 알 수 있지 않은가. 『하필서상』는 가경(嘉慶) 경신년(庚申年, 1800) 각본이 있으니, 옹정 12년(1734)년과는 불과 60년 정도 거리가 있을 뿐이다. 본조에 만들어진 각본에 본조를 가탁한 서문을 쓰는 것이 무슨 의미가 있겠는가?

이번에는 『기로등(岐路燈)』을 보자. 장서조(蔣瑞藻)는 『소설고증(小說考證)』에서 『결명필기(缺名筆記)』를 인용하며 이렇게 말했다.

우리 고장의 선배 이녹원(李綠園) 선생이 지은 『기로등』 120회는 비록 완전히 『홍루몽』을 바탕으로 하여 나온 것이지만 인정을 묘사하고 천태를 다 드러낸 것이 또한 세상에 뛰어난 기문(奇文)이다.

吾鄕前輩李綠園先生所撰『岐路燈』一百二十回, 雖純從『紅樓夢』脫胎而出, 然描寫人情, 千態畢露, 亦絕世奇文也.

『기로등』은 『홍루몽』의 구조를 모방하면서 주제를 달리한 작품이다. 분명한 것은 『홍루몽』을 바탕으로 나왔다는 점이다. 조설근에 대해서는 기록 등이 모호하여 그의 진면목을 알기 어렵다. 이와 달리 이녹원은 생애 관련 사료가 분명하다. 그는 강희 46년(1707)에 태어났으며, 건륭 13년(1748)에 『기로등』을 쓰기 시작했다. 만약 『홍루몽』이 참으로 건륭 연간에 이루어졌다면, 이녹원이 『기로등』을 쓰기 시작한 때는 아직 『홍루몽』이 완성되기 전일 것이다. 그렇다면 『기로등』이 어떻게 "『홍루몽』을 바탕으로 나올 수" 있단 말인가. 이로 보아도『홍루몽』의 형성 시기는 건륭 때보다는 훨씬 앞설 것이다.

5. 만청소설의 작가 연대 고증

만청소설은 지금과 시간적으로 그리 멀지 않은 때 이루어졌다. 그럼에도 형성시기를 판정하는 데에는 문제가 있다. 황소배(黃小配)[39]의『경중영(鏡中影)』의 경우, 현존하는 연인본(鉛印本)에 판권(板權)과 관련한 부분이 없다. 그래서 출판연대를 분명히 알기 어렵다. 유존인(柳存仁)은『경중영』이 대영박물관에 들어올 때 찍은 도기(圖記)의 '1907년 7월 6일'을 근거로 출판날짜가 1901년에서 1907년 사이일 것이라고 추측했다(『런던 소견 중국소설 서목제요(倫敦所見中國小說書目提要)』). 안정량(顔廷亮)은, "황세중(黃世仲)이 정식으로 소설 창작에 종사하기 시작한 것은 1902년에서 1903년임이 틀림없다. 그가 최초로 지은 소설은 편폭이 긴『홍수전연의(洪秀全演義)』,『입재번화몽(卄載繁華夢)』및『당인비(黨人碑)』와 지금은 유실되었을『진개연의(陳開演義)』등이다. 소설 창작에 종사한 시기에 황세중은 혁명의 실제 업무와 간행 및 선전 활동에도 종사했다. 이러한 상

---

39 황소배(黃小配, 1872~1913) 청말민초 소설가로 광동 번우(番禺) 사람이다. 그의 또 다른 이름은 황세중(黃世仲)이다. 동맹회(同盟會)에 참가하여, 신해혁명 전에는 홍콩과 마카오 등에서 혁명선전운동에 종사했고, 동맹회 회보의 주편을 맡기도 했다. 1913년 광동군벌(廣東軍閥) 진형명(陳炯明)에게 살해되었다.

황 하에서 장편의 『경중영』을 창작했다는 사실은 참으로 놀랍다. 대영박물관에 이 작품이 소장된 시기와 관련하여 고찰하면,『경중영』의 창작은 늦어도 1906년쯤일 터이고, 인쇄는 대략 1907년 상반기에 이루어졌을 것이다"라고 하였다(「『경중영』소의(小議)」, 일본『淸末小說』제15호).

황소배가 1903년부터 1906년까지『경중영』을 쓸 만한 여유가 없었다는 주장은 옳다. 그러나 여전히 두 가지 가능성이 있다. 하나는 이 소설이 어쩌면 1906년 이후나 1903년 이전에 쓰였을지 모른다는 것이다. 작품의 제1회 설자(楔子)[40]에서는 소설의 재제 원천에 대해 설명하고 있는데 거기에서 냉관시(冷觀時)가 이런 말을 한다.

> 이 늙은 것이 이전에는 염세적인 성격이어서 조국이 심히 쇠약해진 것을 보고 발붙일 곳이 없으니 그저 배를 타고 외국으로 나갈 도리밖에 없다고 여겼습니다. 그렇게 떠난 지 어느새 50년이 된 것입니다. 연전에야 겨우 조국에 돌아왔는데, 와서 보니 어떻게 50년 전보다 한층 더 황량해져 버렸더군요. 이러니 사람이 탄식하지 않을 수 있겠습니까.
> 老漢向有厭世的性兒, 因見祖國衰弱得很, 沒有立足的所在, 沒奈何, 只得浮海往外國去了, 算來也有五十來年. 及年前才回祖國一遭, 怎想隔了五十年, 越發加一倍的荒凉了. 這樣, 難道不令人感嘆麼?

해외에 머물고 있던 황소배는 '연전에야' 겨우 조국에 돌아온 냉관시의 이야기를 듣고 나서야 이 소설을 짓기 시작한다.『경중영』은 자희태

---

40 설자(楔子)는 근대 소설의 구성을 이루는 부분으로, 본 이야기에 앞서 어떤 사건을 이끌어 내기 위하여 따로 설명하는 절(節)을 말한다.

후(慈禧太后)와 광서제(光緒帝)가 북경으로 돌아오는 것으로 끝난다. 이 때가 바로 광서 27년 11월 28일(1902.1.7)이다. 그러니 이 책을 쓰기 시작한 것은 다음해인 광서 28년이 분명하다(양력은 여전히 1902년이다). 시간적으로 매우 가까운 때의 일이고 작가 자신이 해외에 있기에 '사적을 조사할 수 없어, 거짓말 같다'라는 생각이 들어 책의 이름을 『경중영』이라 하였다.

『경중영』의 간행방식에 보이는 두 가지 특징을 통해서도 이 작품이 황소배의 초기 작품이라는 것을 판단할 수 있다.

첫째, 이 작품은 간행물에 연재되지 않았다.

안정량(安廷亮)의 『황소배 작품 계년(繫年)』에 따르면 『홍수전연의』는 1905년 6월부터, 그리고 『당인비』는 1905년 10월부터 『시사화보(時事畵報)』에 연재되었다. 또 『환해원혼(宦海冤魂)』은 1906년 9월부터 10월까지 『소년보(少年報)』에 연재되었고, 『황량몽(黃粱夢)』도 대략 1907년 초반부터 『월동소설림(粤東小說林)』에 연재되었으며 5월부터는 『광동백화보(廣東白話報)』로 옮겨 연재되었고, 6월경부터는 또다시 『중외소설림(中外小說林)』으로 옮겨 연재되었다. 『광동세가전(廣東世家傳)』은 1907년 12월 초에 『사회공보(社會公報)』에 연재되었다. 연재형식은 만청소설과 간행매체가 서로 의존하고 호응한 결과물이다. 당시 소설은 일반적으로 한편으로는 창작하고 한편으로는 게재하는 방식으로 이루어지며, 연재가 끝나면 바로 단행본으로 출판한다. 『경중영』이 간행물에 연재되지 않았다는 사실은, 그가 홍콩에 돌아오기 전인 1902년에 이 작품을 시작했을 것이라는 추정을 가능하게 한다. 그가 홍콩에 돌아왔을 즈음에는 이 책의 원고가 이미 완성되었기에 『순환일보(循環日報)』에서 단행본으로 간행하게 된 것이다.

둘째, 이 책의 제발(題跋)은 무명가가 썼다.

황소배의 주요 작품은 모두 유명한 사람이 제발을 썼다. 1907년에 단행본으로 출판된『입재번화몽』에는 뢰응균(賴應鈞), 화정과객 학려(華亭過客學呂), 만수암 주인(曼殊庵主)이 서문을 썼다.『홍수전연의』1908년 단행본은 장태염(章太炎)이,『환해승침록(宦海昇沈錄)』[41] 1909년 단행본은 황요공(黃耀公)이 서문을 썼다. 그러나『경중영』에는 청대 사람이 써준 서문이 없다. 이는 이 작품이 그가 문명을 떨치기 전에 쓴 초기 작품이기 때문이다.

책에는 또 이런 내용이 있다.

한편 당시 월성(樾城) 지역에 황가예(黃家裔)라고 불리는 선비가 있었는데 몇 년 동안 독서를 하였다. 그는 성품이 다소 기괴하여, 항상 '살면서 부귀를 추구할 필요가 없다'고 말하며 전 세계를 두루 다녔다. 기문일사(奇聞軼事)를 채집하여 크게는 저술하여 책을 만들고 작게는 가화(佳話)를 남기는 것으로 삶의 즐거움을 삼았다. 그는 반평생 동서남북을 다니며 다소의 족적을 남긴 사람이라 하겠다.

且說當日樾城地面, 有個士人喚做黃家裔, 也念過幾年書. 他却有一種奇性, 常道人生倒不必求富貴, 得閱遍環球, 探些奇聞軼事, 大的著成書本, 小的留作佳話, 這便人生的樂處了. 故他半生來東西南北, 也留多少足迹兒.

---

[41] 『환해승침록(宦海升沉錄)』은『원세개(袁世凱)』라고도 한다. 주로 봉건식민지의 암울한 사회상을 폭로하고, 자산계급(資産階級)에 의한 민주혁명사상을 제창하며, 보황파(保皇派)와 입헌파(立憲派)를 규탄하는 내용을 그렸다.

이 부분을 보면 황소배가 남의 이야기를 한다고 하였지만 실제로는 자신의 이야기를 하고 있음을 알 수 있다. 황소배(1872~1912)는 광동 번우(番禺) 사람으로, 이름은 세중(世仲)이고 호는 우산세차랑(禺山世次郎), 필명은 황제적예(黃帝嫡裔)이다. 소설 중에 '월성(樾城)'이라는 지명이 나온다. 월(樾)은『옥편(玉篇)』에 "양수교음(두 나무가 교차하여 그늘진 곳) 아래를 월이라고 한다[兩樹交陰之下曰樾]"라고 되어 있는데, 이는 광주(廣州)를 가리키는 은어이다. 월성 북쪽에는 월수산(越秀山)과 월왕대(越王臺)가 있다. 번우는 명청 시기에 광주부의 치소가 있던 곳이다. 황소배는 번우 대교향(大橋鄉, 지금의 방촌구(芳村區)) 사람이니, 저 '황가예(黃家裔)'로 불린 선비는 분명 '황제적예(黃帝嫡裔)' 황소배 자신일 것이다. 사실 황소배의 청소년기에 관한 직접적인 자료는 충분하지 않다. 현재 알려진 것은 대개 풍자유(馮自由)가 쓴 「『홍수전연의』 작가 황세중[『洪秀全演義』作者黃世仲」(『革命逸史』 제2집)에 나온 다음 내용에 근거한 것이다.

약관 이후 (그는) 고향에 머물 뜻을 두지 못하고 형 백요(伯耀)를 이어 남쪽 바다를 건너 가 생활을 도모했다. 처음 쿠알라룸푸르[吉隆坡]에 도착해서는 어느 카지노에서 서기(書記)를 했다. 그는 글이 뛰어났으므로, 다수의 화교(華僑) 공상(工商) 단체들이 그를 예우하고 존중했다.

弱冠後, 以鄉居不得志, 偕乃兄伯耀先後渡南洋謀生, 初至吉隆坡, 充某賭館書記. 華僑各工商團體以其能文, 多禮重之.

안정량은 「변강유위정견서변언(『辨康有爲政見書』弁言)」에 나온 "이국에 산 것이 거의 10년이 넘는다[囊居異國, 將越十年]"는 말에 근거하여, 그 시기가 1894년 봄보다 늦지 않을 것이라고 추측했다(「黃世仲小傳」,『中國近代文學硏究』, 제3기). 그렇다면 위에서 말한 '약관 후'와 일치한다. 그러나『경중영』의 설명에 따르면 황소배가 바다를 건너 외국으로 간 것은, '늘상 살면서 부귀를 추구할 필요가 없다고 말하며, 전 세계를 두루 다니면서 기문일사(奇聞軼事)를 채집하여 크게는 저술하여 책을 만들고 작게는 가화(佳話)를 남기는 것으로 삶의 즐거움을 삼는' 기괴한 성품의 결과이다. 이로 보면 황소배는 문학을 자기의 숭고한 사업으로 여기고 필생의 목표로 삼았다고 할 만하다. 그러나 이처럼 작품 중에 작가 자신의 처지와 지향을 은근히 빗대어 드러내는 서술방식은 황소배의 다른 소설에서는 매우 보기 드문 것이다. 이는『경중영』이 그의 초기 작품이기에 가능한바, 그는 이 작품을 통해 자신이 문학의 길을 밟기 시작하며 지닌 포부와 지향을 진지하게 공표한 것이다. 만약『경중영』이 그의 후기 작품이라면 책에 드러낸 여러 정황과 설명은 납득하기 어려운 것이 된다.

제4장
고소설 작가 자호(字號)의 확인

1. 자호의 기원과 고소설 작가의 자호

옛사람의 호칭에는 이름과 자(字), 호(號)의 구별이 있다. 『예기(禮記)』 「단궁 상(檀弓上)」에서는,

> 어려서는 이름을 부르고, 관례를 하면 자(字)를 부르고, 50이 되면 백씨(伯氏) 나 중씨(仲氏)로 부르고 죽으면 시호(諡號)를 부르는 것이 주나라의 법도이다.
> 幼名, 冠字, 五十以伯仲, 死諡, 周道也.

라고 했고 「소(疏)」에서는,

> 명(名)은 이름의 본질이다. 태어나 만약 이름이 없다면 분별할 수 없기 때 문에 처음 태어나 3개월이 되면 이름을 붙인다. 그래서 유명(幼名)이라 한다.

名以名質, 生若無名, 不可分別, 故始生三月而加名, 故云幼名也.

라고 했다. 사람이 이름을 가져야하는 이유는 바로 '분별'하기 위해서이다. 그렇다면 왜 태어나 3개월이 되었을 때 이름을 붙이는가? 반고(班固)의 『백호통(白虎通)』 「성명(姓名)」에서는 그 이유를 이렇게 설명한다.

천도는 한결같으나 만물에는 변화가 있으니 사람은 태어나 3개월이 되면 눈이 따뜻해지고 웃을 수 있으며 다른 사람과 서로 의사소통을 할 수 있게 된다. 그러므로 그가 비로소 앎이 있게 되기 때문에 이름을 붙여주는 것이다. 그렇기에 『예복전(禮服傳)』에서는 '아이가 태어나 3개월이 되면 아비는 조상의 사당에서 그의 이름을 짓는다'라고 하였다.

天道一時, 物有變, 人生三月, 目煦亦能笑, 與人相更答, 故因其始有知而名之. 故『禮服傳』曰, '子生三月, 則父名之于祖廟.

명명(命名)은 매우 진지하고 엄숙한 일로서 부친이 직접 이름을 정해야 한다. 『예기』 「곡례 하(曲禮下)」의 기록을 보면,

군자는 부모가 돌아가신 후에는 이름을 고치지 않는다.
君子已孤不更名.

라고 했고 「소(疏)」에서는,

'부모가 돌아가신 후에는 이름을 고치지 않는다'라는 것은 이름을 고쳐 바

꾸지 않고 다시 새로운 이름을 짓는다는 것이다. 그렇게 하는 까닭은, 이름이란 아비가 지은 것인데 아비가 지금 이미 죽었다고 만약 그 이름을 바꾼다면 그 아비를 버리는 것과 같기 때문이다.

己孤不更名者, 不復改易, 更作新名. 所以然者, 名是父之所作, 父今已死, 若其更名, 似遺棄其父.

라고 했다. 『진호집(陳皓集)』에서는,

이름이라는 것은 처음 태어나 3개월이 되는 때에 아비가 붙여주는 것이다. 아비가 죽은 후 그것을 고치는 것은 효자가 차마 할 수 없는 일이다.

名者, 始生三月之時, 父所命也. 父沒而改之, 孝子所不忍也.

라고 했다.

그렇다면 이름이 있는데 왜 또 자(字)를 붙이는가? 『예기』「단궁 상」의 「소(疏)」에서는 이렇게 말한다.

관례 후 자(字)를 부르는 것은 사람이 스무 살이 되면 (성년으로서) 부모가 될 수 있기에 친구들이라도 그 이름을 함부로 불러서는 안 되기 때문이다. 그래서 관례를 하고 자를 붙여준다.

冠字者, 人年二十, 有爲人父之道, 朋友等類, 不可復呼其名, 故冠而加字.

『백호통』「성명」의 설명은 이러하다.

사람에게 자(字)가 있는 것은 어째서인가? 덕을 높이고 업적을 밝히며 어른이 되었음을 공경하는 것이다. 그래서 『예기』 「사관경(士冠經)」에 이르기를, '손님은 북면(北面)을 하고 자를 불러 아무개 백씨(伯某甫)라고 한다'라고 하였으며 또 이르기를, '관례를 하고 자를 붙여준다'라고 했으니 그 이름을 공경하는 것이다.

人所以有字何? 冠德明功, 敬成人也. 故『禮·士冠經』曰, '賓北面, 字之曰伯某甫.' 又曰, '冠而字之.' 敬其名也.

자는 관례 때 부친의 친구들이 붙여주니 자를 붙이는 것 또한 매우 엄숙한 일이다. 『백호통』 「성명」에서는 또 이렇게 말한다.

혹 그 이름에 의거하여 자를 지으니 이름을 들으면 바로 그 자를 알고 자를 들으면 바로 그 이름을 알 수 있다. 만약 이름이 사(賜)라면 자는 자공(子貢)이고 이름이 리(鯉)면 자는 백어(伯魚)인 것이다.

或旁其名爲之字者, 聞名卽知其字, 聞字卽知其名, 若名賜字子貢, 名鯉字伯魚.

여기서 말하는 바는 '자'와 '이름'이 의미상 연관이 있어야 한다는 것이다. 단목사(端木賜)의 자가 자공(子貢)이고, 공리(孔鯉)의 자가 백어(伯魚)인 경우가 그 예이다. 이런 예는 무수히 많다. 「이소(離騷)」에는 이런 말이 있다.

아버지는 나 태어난 때를 헤아려 　　　　皇覽揆余于初度兮,

나에게 좋은 이름 지어주시니 　　　　　肇錫余以嘉名.

이름은 정칙(正則)이요   名余曰正則兮,

자는 영균(靈均)이라 하셨다.   字余曰靈均.

  굴원(屈原)은 이름이 평(平, 正則)이고 자가 원(原, 靈均)이니, 바로 '그
이름에 의거하여 자를 지은 것'이다. 삼국시대 인물을 보면 제갈량(諸葛
亮)의 자는 공명(孔明)이고 조조(曹操)의 자는 맹덕(孟德)이다. 또 주유(周
瑜)의 자는 공근(公瑾)이니 모두 사람들이 이름을 들으면 바로 그 자를
알 수 있고, 자를 들으면 바로 그 이름을 알 수 있다.

  호(號)는 이름과 자 이외의 별칭이다. 그래서 별호(別號)라고도 한다.
왕지춘(王之春)의 『초생수필(椒生隨筆)』에 이런 말이 있다.

  옛사람에게 자(字)는 있었지만 호(號)는 없었다. 별호가 누구에게서 시작된
것인지는 알 수 없다. 별호가 매우 많은 사람의 경우, 다행히 이름이 전해진다
해도 후대인은 누가 누구인지 알지 못할 것이다. 정판교(鄭板橋) 선생은 '팔대
(八大)는 이름이 천하에 가득한데 석도(石濤)는 그 이름이 우리 양주(揚州)를
벗어나지 못하니 어째서인가? 팔대는 오로지 감필(減筆)만 사용했고 석도는
미용(微茸)을 사용했을 뿐이다. 게다가 팔대는 다른 이름이 없어 사람들이 쉽
게 기억했으나, 석도는 굉제(宏濟)라고도 하고 청상도인(淸湘道人)이라고도
하며 또 고수화상(苦水和尙)·대척자(大滌子)·할존자(瞎尊者)라고도 하는
등 별호가 매우 많아 번다하고 어지럽다. 팔대는 그냥 팔대이고, 판교는 그저
판교이니, 나는 석공을 따를 수 없겠다'고 했다. 이 말이 매우 타당하다.

  古人有字無號, 別號不知始自何人. 然別號太多者, 幸而名傳, 後人將不知誰何
矣. 鄭板橋先生云, '八大名滿天下, 石濤名不出吾揚州, 何哉? 八大純用減筆, 石

濤微耳. 且八大無二名, 人易記識; 石濤曰宏濟, 又曰淸湘道人, 又曰苦水和尙,

又曰大滌子, 又曰瞎尊者, 別號太多, 翻成擾亂. 八大只是八大, 板橋亦只是板橋,

吾不能從石公矣.' 此論極當.

별호는 일반적으로 '이름'이나 '자'와 의미상의 연관이 없고, 대부분 본인이 처한 상황이나 정서에 의거하여 짓는 것이다. 예를 들어 도연명(陶淵明)의 호는 '오류선생(五柳先生)'이고, 구양수(歐陽脩)의 호는 '육일거사(六一居士)', 주탑(朱耷)의 호는 '팔대산인(八大山人)'이다. 소설가의 별호로는 풍몽룡(馮夢龍)이 '묵감재주인(墨憨齋主人)', 능몽초(凌濛初)는 '즉공관주인(卽空觀主人)', 이어(李漁)는 '각세패관(覺世稗官)', 포송령(蒲松齡)은 '유천거사(柳泉居士)'이다. 모두 임의로 마음 가는 데 따라 각각의 의미를 담은 것이다.

"별호가 매우 많아 번다하고 어지러운데" 게다가 어떤 문헌 사료들은 이름과 자, 호의 사용을 구분하지 않아 왕왕 사람들로 하여금 헷갈리게 한다. 일례로『제성현지(諸城縣志)』권36「문원(文苑)」「정요항전(丁耀亢傳)」을 보자.

순치 4년 경사(京師)에 들어와 순천에서 발탁되어 양백기(鑲白旗) 교습(教習)이 되었다. 그때 이름난 공경인 왕탁(王鐸), 부장뢰(傅掌雷), 장탄공(張坦公), 유정종(劉正宗), 공정자(龔鼎孳)는 모두 그와 친구가 되어 매일 육방(陸舫)에서 시부를 읊으니 이름이 크게 뜨르르했다.

順治四年入京師, 由順天拔貢充鑲白旗教習. 其時名公卿王鐸·傅掌雷·張坦公·劉正宗·龔鼎孳皆與結交, 日賦詩陸舫中, 名大噪.

여기에 나오는 명단 가운데 왕탁, 유정종, 공정자 3인은 '이름'을 사용했고 전장뢰, 장탄공 2인은 '자'를 사용했다. 왕탁(1592~1652)의 자는 각사(覺斯)이고 호는 십초(十樵)·치암(痴庵)·석초(石樵)·맹진인(孟津人)이다. 유정종(1594~1661)은 자가 가종(可宗)이고 호는 헌석(憲石)·안구인(安丘人)이다. 공정자(1615~1647)는 자가 효승(孝升)이며 호는 지록(芝麓)·합비인(合肥人)이다. 부장뢰는 바로 부유린(傅維鱗, ?~1667)인데 원명(原名)은 유정(維禎)이고 자가 장뢰(掌雷)이며 호는 겸재(歉齋)·영수인(靈壽人)이다. 장탄공은 장진언(張縉彥)이다. 생몰년은 알지 못하며 자가 탄공(坦公)으로 신향(新鄕) 사람이다. 사람들의 이름을 나열할 때는 호칭을 일관되게 적도록 주의해야 한다. 어떤 때는 이름을 썼다가 어떤 때는 자를 썼다가 해서는 안 되며, 특히 '자'와 '호'를 섞어 써서 대상에 대한 정보가 불분명해지거나 오해가 생기게 해서는 더욱 안 될 것이다.

2. 『수호후전』작가의 자호 고증

진침의 자는 하심(遐心)이고 호는 안탕(雁宕) 혹은 안탕산초(雁宕山樵)이다.

호적(胡適)은 『수호속집양종(水滸續集兩種)』 서문에서 이렇게 말했다.

고힐강(顧頡剛)은 왕왈정(汪曰楨)의 『남침진지(南浔鎮志)』에 집록된 진침의 유작시 3편으로부터 '명 진침 경부(明陳忱敬夫)'라는 기록을 얻었다.

頡剛從汪『志』裏輯得陳忱的遺詩三首 : 明陳忱敬夫

고힐강은 이것을 근거로 진침의 자가 경부(敬夫)임을 알 수 있다고 했고, 마침내 후대 학자들은 이 설을 믿고 따르게 되었다. 이에 대해 조경심(趙景深)은 1940년에 쓴 「『수호후전』 작가의 시[『水滸後傳』作者的詩]」 첫머리에서 이런 질문을 던졌다(『中國小說叢考』, 齊魯書社, 1983).

이것은 대개 왕왈정(汪曰楨)의 『남침진지(南浸鎭志)』가 잘못 안 것이다. 왜냐하면 『명시기사(明詩紀事)』 중에 분명히 진침의 시 「향곡산인이 경부에게 시를 주니 청신한 것이 읽을 만하여 함께 찾아 가다[香谷上人投詩敬夫淸新可讀因同過訪]」가 있기 때문이다. 이것은 응당 향곡상인이 경부에게 준 시를 진침이 보고, 청신하고 읽을 만하다 여기고 이로 인해 흠모하는 마음이 생겨 경부와 함께 향곡상인을 방문한 일을 말한 것이다. 만약 경부를 진침 그 자신이라고 해석한다면 진침은 또 누구와 '함께' 방문했다는 말인가? 그렇기 때문에 나는 마땅히 또 다른 사람이 있다고 생각한다.

這大約是汪『志』弄錯了; 因爲『明詩紀事』中分明有一首陳忱的「香谷上人投詩敬夫淸新可讀因同過訪」, 這當然是說香谷上人投詩給敬夫, 被陳忱看見, 覺得淸新可讀, 因生欽慕, 就與敬夫一同去訪問香谷上人. 倘若解釋作陳忱他自己, 那麼陳忱又'同'誰去訪問呢?

풍보선(馮寶善)은 한발 더 나아가, 경부를 진침의 자라고 한 것은 온전히 고힐강의 부주의함과 호적의 불성실함 즉 원서의 내용을 확인하지 않은 탓이라고 했다. 그는 왕왈정(汪曰楨)의『남침진지(南浸鎭志)』를 조사하여 고힐강이 근거로 삼은 자료의 출처가 권4「구항(衢巷)」문(門)「서촌(西村)」조(條)임을 알아냈다. 편자(編者)는 진침 등이 지은 서촌과 유관한 시를 인용하여 주석을 달았는데 시제(詩題)에 다음과 같은 기록이 있다.

> 명나라 진침(陳忱)의 경부 이거서촌(敬夫移居西村), 형전 서촌(邢典西村), 동세희 서촌만보(董世熙西村晚步), 심겸 침계잡억시(沈謙浸溪雜憶詩), 기단 촌중(紀端村中), 장감 침계도가(張鑒浸溪棹歌)
>
> 明陳忱敬夫移居西村, 邢典西村, 董世熙西村晚步, 沈謙浸溪雜憶詩, 紀端村中, 張鑒浸溪棹歌.

편사(編寫)한 체례(體例)를 보면 시인은 이름을 시제로 삼고 있음을 알 수 있다. 즉 '경부 이거서촌(敬夫移居西村)'은 바로 진침의 시제로, 왕왈정은 절대로 '경부'를 진침 자신이나 그의 자로 보고 있지 않다. 다른 방지(方志)나 시선(詩選), 필기(筆記)를 살펴도 진침의 자를 경부로 말한 것은 이제껏 없었다.

풍보선의 최대 발견은 경부가 진침과 동향이며 경은시사(驚隱詩社)의 사우(社友)인 오초(吳楚)의 자라는 것을 밝혀낸 것이다. 귀안(歸安) 사람 양봉포(楊鳳苞)의『추실집(秋室集)』권5「기오초(記吳楚)」조에 다음의 내용이 실려 있다.

> 오초(吳楚)의 자는 경부(敬夫)로 서림촌(西林村) 사람이며 오정(烏程)의 제생(諸生)이다. 시 읊기를 즐기고 종담파(鍾譚派)[1]를 좋아하여 동설(董說)이[2]

그를 일컬었다. 일찍이 민성(閔聲)과 당시(唐詩)를 뽑아『영운집(嶺雲集)』을 만들고 거기에 오강(吳江)의 오종잠(吳宗潛)이 서문을 써서 세상에 유행했다. 오초가 사화(史禍)에 연루되자 민성과 오종잠도 모두 하옥되었다. 이때 사안(史案)에 연루된 사람 중에 문사가 많았다. 모든 사람이 감옥에 갇혀 형을 받게 되자 강개함을 시로 지으며 서로 수작했는데 어느 것에도 고통스러워하거나 동정을 호소하는 말은 없었다. 후에 각각 사면을 받아 돌아가게 되자 민성은 여러 사람의 시를 모아『원비고취편(圓扉鼓吹編)』을 만들었다고 한다.

吳楚, 字敬夫, 西林村人, 烏程諸生. 耽吟咏, 好鍾譚派, 董說稱之. 嘗偕閔聲選唐詩『嶺雲集』, 吳江吳宗潛序之行世. 及楚預史禍, 聲・宗潛悉下獄. 時以史案係累者多文士. 諸人鋃鐺挫犴, 慷慨賦詩, 互相酬答, 皆無困苦乞憐語. 後各免歸, 聲合諸家詩抄爲『圓扉鼓吹編』云.

오초와 진침의 교유는 진침의 시로 증명할 수 있다. 앞서 말한「경부이거서촌(敬夫移居西村)」이나「향곡산인이 경부에게 시를 주니 청신한 것이 읽을 만하여 함께 찾아 가다[香谷上人投詩敬夫淸新可讀因同過訪]」는 진침의 시 가운데 오초와 교유한 것을 기록한 작품들이다. 또 양봉포의『추실집(秋室集)』권1「서남산초당유집후(書南山草堂遺集後)」에는 다음과 같은 내용이 실려 있다.

---

1 명나라 담원춘(譚元春, 1586~1637)과 종성(鍾惺, 1572~1624)을 함께 '종담(鍾譚)'이라 칭한다. 모두 경릉(竟陵, 지금의 호북성 천문시) 사람이다. 이들은 '경릉파(竟陵派)'의 창시자이자 대표적 인물이다.

2 동설(董說, 1620~1686) 자는 약우(若雨), 호는 서암(西庵)・월함(月函)・누상노인(漏霜老人)으로, 절강 오정(烏程, 지금의 오흥) 사람이다. 명말청초의 문학가인데, 명이 망한 후 성을 임(林)으로 바꾸어 이름을 임호자(林鬍子)라 했다. 저서에 소설『서유보(西遊補)』와 편년체『칠국고(七國考)』가 있다.

명나라 사직이 막을 내린 후 초췌히 실직한 선비 중에 절개를 지키면서 글에 능한 자들이 서로 이끌어 시사를 결성하고 옛나라와 옛임금에 대한 감회를 펼쳤다.

明社旣屋, 士之憔悴失職, 高蹈能文者, 相率結爲詩社, 以抒其舊國舊君之感.

그 가운데 '경은시사'의 사원(社員) 명단이 실려 있는데 거기에 안탕 진침이 들어 있다. 또 심동(沈彤)의 『진택현지(震澤縣志)』 권38 「구사(舊事)」에는 '경은시사'의 창시사로 오종잠 등이 실렸고 오초도 시사의 성원으로 되어 있다. 두사람 다 명나라 조정의 일민(逸民)으로 반청의식을 지니고 있는 것이다. 강희 2년에 발생한 '명사안(明史案)'에 오초가 개입되었다. 이 문자옥안(文字獄案)에 대하여는 진침도 깊은 불만을 표시하여 일찍이 「금언(禽言)」 시 4수에 자신의 분개함을 기탁한 바 있다. 두사람은 동일한 시대, 동일한 고장에 살면서 유사한 시가(詩歌)의 주장을 가지고 있었으며 공동의 친구들도 있던 것이다. 이처럼 진침의 시 가운데 나오는 경부가 바로 그 오경부임을 고증한 것(「진침의 자는 경부인가?(陳忱字敬夫嗎)」, 『명청소설연구』, 1999 제4기)은 오래된 통설의 잘못을 바로잡을 뿐 아니라 진침의 교우관계를 이해하는 데 새로운 단서를 제공한다.

2004년 진회명(陳會明)은 『동지시집(東池詩集)』을 구하여 그것의 초집(初集)에 실린 「창화(倡和)」에서 다음의 내용을 발견했다.

오초(吳楚), 원명(原名)은 심일(心一), 자(字)는 경부(敬夫), 호(號)는 노계(鹵溪).

오초는 「동지삼집소서(東池三集小叙)」도 썼는데, 이는 끝부분의 '서계 오초가 쓰다[西溪吳楚題]'라는 제로 확인된다. 『동지시집』에는 오초의 시가 모두 8수 수록되어 있다. 진회명의 공헌은 진침의 자가 '경부'라고 여겼던 잘못을 철저하게 바로잡은 것뿐 아니라 진침의 「동지초집서(東池初集叙)」의 전문을 초록하여 그 서문 뒤에 쓰인 '묵용거사 진침이 쓰다[默容居士陳忱題]'라는 말을 근거로 진침의 자호(自號)가 '묵용거사'라는 사실을 발견한 일이다. 진회명은 이렇게 말했다.

> '묵용거사(默容居士)'라는 말의 출전은 응당 『주역』일 것이다. 『주역』 「계사(繫辭)」에서 '군자의 도는 나올 때가 있고 물러날 때가 있으며, 침묵할 때가 있고 말할 때가 있다[君子之道, 或出或處, 或默或語]'라고 했다. 이는 군자의 처세지도(處世之道)에 두 가지가 있는데 하나는 '말하는 것' 즉 나와서 벼슬하는 것이요, 다른 하나는 '침묵하는 것' 즉 물러가 은둔하는 것이라는 의미이다. 사서(史書)의 전고를 훤히 알고 마음대로 활용할 수 있으면서 뜻이 견고한 유민(遺民), 진침으로 말한다면 이 '묵용거사'는 진정 명실상부한 이름이라 하겠다(陳會明, 「진침의 생평사적 및 관련 문제에 대한 변증[陳忱生平事迹有關問題的辨證]」).

진회명은 '묵용거사'가 진침의 자호라는 점은 이론의 여지가 없는 것이라고 단정했다.

진침의 자가 아닌 것을 진침의 것이라고 보았던 경우 외에, 진침의 자를 '다른 진침'의 것으로 오해할 때도 있었다. 노신은 1923년 12월 28일 호적에게 보내는 편지에서 이렇게 말했다.

『사고서목(四庫書目)』「소설류존목(小說類存目)」에『독사수필(讀史隨筆)』 6권이 실려있는데, 그 제요(提要)에 "진침(陳忱) 찬(撰), 침(忱)의 자(字)는 하심(遐心), 수수(秀水) 사람"이라고 했습니다. 바로『가흥부지(嘉興府志)』「수수문원전(秀水文苑傳)」을 살펴보았더니 과연 진침이 있었는데 자는 용단(用亶)이며 순치 때 부방(副榜)이었고 일찍이 주죽타(朱竹垞)에게 시를 배웠으니 안탕산초(雁宕山樵)와는 동일인이 아님을 알 수 있습니다.『사고제요』가 매우 잘못되었습니다(『魯迅硏究月刊』, 1990 제12기).

그는『소설구문초』의『수호후전』조에서 또 이렇게 말했다.

청초(淸初) 절강(浙江)에는 두 명의 진침(陳忱)이 있었다. 하나는 안탕산초(雁宕山樵)로 자가 하심(遐心)인 오정(烏程) 사람이고 다른 하나는 자가 용단(用亶)인 수수(秀水) 사람으로『성재시집(誠齋詩集)』,『불출호정록(不出戶庭錄)』,『독사수필(讀史隨筆)』,『동성명록(同姓名錄)』을 지었다. 모든 책은『양절유헌록(兩浙輶軒錄)』「보유(補遺) 1」과 광서 때의『가흥부지』권53「수수문원(秀水文苑)」에 보인다. 청의『사고전서총목』권143 자부(子部) 소설류존목(存目)에는『독서수필』6권이 수록되어 있는데 그 제요에서 '국조에 진침이 지었다. 침의 자는 하심(遐心)이고 수수(秀水) 사람이다'라고 했으나 이는 두 사람을 동일인으로 오해한 것이다. 근일 호적이『수호후전』서문에서 왕왈정(汪曰楨)의『남침진지(南潯鎭志)』를 인용하여 안탕산초의 사적과 저작을 자못 상세히 기록했다. 왕왈정의『남침진지』에서는 도광(道光) 연간에 범래경(范來庚)이 편수한『남침진지』에도 진침이『독사수필』을 지은 것으로 되어 있었다고 했는데 그 잘못은『사고서목제요』와 똑같다.

3.『홍루몽』작가의 자호 고증

홍학(紅學)에 관심이 있는 사람이라면 누구나『홍루몽대사전(紅樓夢大辭典)』「조설근」조의 다음 내용을 익히 알고 있을 것이다.

조설근(曹雪芹, 약 1715~약 1763) 이름은 점(霑), 자는 몽완(夢阮), 호는 설근(雪芹)·근계(芹溪)·근포(芹圃).

그러나 아마도 대개는 상술한 조설근의 이름과 자 및 호에 대한 정보가 주로 '의천(宜泉) 선생이 저술한'『춘류당시고(春柳堂詩稿)』「제근계거사(題芹溪居士)」소주(小注)의 "성은 조(曹), 이름은 점(霑), 자는 몽완(夢阮), 호는 근계거사(芹溪居士)"에서 나왔다는 사실은 잘 모를 것이다. 가장 일찍 이 자료를 발견한 왕리기(王利器)는 1955년에 쓴『조설근 생평 재고[重新考慮曹雪芹的生平]』에서 이 자료가 조설근 생평 연구의 4대 문제를 해결했다고 말했다. 그 중 하나가 설근이 '성은 조이고, 이름은 점이며 자는 몽완, 호는 근계거사'임을 확인한 것이다. 기실『춘류당시고』소주의 핵심 내용은 다음 세 가지이다.

① 명(名) : 조근계(曹芹溪) 명 '점(霑)'

② 자(字) : 조근계(曹芹溪) 자 '몽완(夢阮)'

③ 호(號) : 조근계(曹芹溪) 호 '근계거사(芹溪居士)'

이 세 항목에 나오는 이름은 '조근계'이다. '조설근'이 아닌 것을 기억하자. 설명이 필요한 것은 『춘류당시고』에 실린 4수의 저명한 시 즉 「조근계를 그리며(懷曹芹溪)」, 「조설근의 「서교신보게폐사」의 원운에 화답하여(和曹雪芹「西郊信步憩廢寺」原韻)」, 「근계거사에게 쓰다(題芹溪居士)」, 「근계거사를 걱정하다(傷芹溪居士)」 중 「근계거사를 걱정하다」의 제목 아래에 첨가된 소주이다.

> 「근계거사를 걱정하다(傷芹溪居士)」: 그 사람은 평소 성품이 방달(放達)하고 술을 좋아하며 시화(詩畵)를 잘했는데 나이 50이 안 되어 죽었다.
>
> 其人素性放達好飮, 又善詩畵, 年未五旬而卒.

4수의 시 중 3수는 조근계와 관련이 있고 1수는 조설근과 관련된다. 그러나 시 가운데는 소주에서 말한 '시화를 잘 한' 조근계가 바로 조설근 즉 『홍루몽』을 쓴 조설근이라는 것을 분명히 밝힐 증거가 없다. 그럼에도 양자를 동일 인물로 보는 것은 진중하지 못한 태도이다. 백 번 양보해서 저 조근계가 조설근이라고 친다 해도 그의 이름과 자, 호 모두가 모순되며 말이 되지 않는 부분이 많다.

먼저 '이름'을 보자. 우리는 『홍루몽』의 모든 판본에 찬인(撰人)이 쓰여 있지 않다는 것을 알고 있다. 더구나 조설근의 이름이 점(霑)이라는 기록은 존재하지도 않는다. 『오경당중수조씨종보(五慶堂重修曹氏宗譜)』에도 '조점(曹霑)'이란 이름은 나오지 않는다. '조점'은 돈성(敦誠)의 「조설근(점)에 그리움을 부치며(寄懷曹雪芹(霑))」에서 가장 먼저 보인다. 그러나 돈성이 조설근에 대해 한 말에는 수많은 오류가 있었으며 게다가 그는 이제껏 조설근이 『홍루몽』을 썼다는 말을 한 적이 없다. 가장 중요한 한 가지는 돈성이 말한 설근의 이름 '점'과 『춘류당시고』에서 말한 이름 '점', 이 두 글자의 서법(書法)이 같지 않다는 것이다.

이번에는 '자(字)'에 대해 말해보자. 조설근의 자 '몽완(夢阮)'은 유일무이하게 『춘류당시고』에서만 보인다. 왕리기(王利器)는 「조설근 생평 재고[重新考慮曹雪芹的生平]」에서 다음과 같이 말했다.

'몽완(夢阮)'이라는 자는 내 생각에 아마도 조설근의 인생관을 대표하는 표지인 듯하다. 완(阮)은 어쩌면 완적(阮籍)[3]을 가리키는 것일 수 있는데, 조설근이 완적과 같은 유형의 인물에 대해 지닌 경앙(景仰)은 『홍루몽』에도 나온다. (…중략…) 조설근은 완적 같은 인물을 선택하여 그 스스로 '표덕(表德)'의 최고 경계(境界)로 삼았다 하겠다. 이는 자신의 광(狂)·오(傲)·방달(放達)함에 완적의 현실불만적 백안(白眼)을 끌어와 천고의 동조자로 삼은 것이다. 돈성은 『사송당집(四松堂集)』 권상(卷上) 「증조근포(贈曹芹圃)」(즉 설근)에서 "완보병의 백안이 사람 향해 기우니[步兵白眼向人斜]"라고 썼다. 또 권하(卷下)에서는 "행장(荇莊)이 초당에 들러 술과 연구를 명하니, 즉석에서 검안 앞부분의 『문적집』을 시제로 삼았다. ― 이 문집은 내가 고인을 추모하고 그려 그 유필(遺筆)을 기록 편집하여 만든 것이다[荇莊過草堂, 命酒聯句, 卽檢案頭『聞笛集』爲題 ― 是集乃余追念故人, 錄輯其遺筆而作也]"라고 했다.

---

3 완적(阮籍, 210~263), 중국 삼국시기 조위(曹魏) 말년의 시인으로 자는 사종(嗣宗)이며 하남 개봉 사람이다. 보병교위(步兵校尉)를 역임한 바 있어 완보병(阮步兵)이라 불린다. 사상면에서는 노장(老莊)을 숭상하고, 정치면에서는 겸퇴충허(謙退沖虛)와 근신피화(謹愼避禍)의 태도를 취했다. 혜강(嵇康)·상수(向秀)·유령(劉伶) 등 일곱 사람과 벗이 되어 죽림 아래 모여 한껏 호쾌하게 즐기니 세상 사람들이 그들을 죽림칠현(竹林七賢)이라 불렀다.

연구(聯句)에는 "완보병보다도 소광하다[狂于阮步兵]"라는 말도 나온다. 원주(原注)에는 "또한 근포를 이른다[亦謂芹圃]"라고 했다. 돈민(敦敏)의 『무재시초(懋齋詩鈔)』「증근포(贈芹圃)」에는 "한 번 크게 취하면 백안을 비스듬히 뜬다[一醉酕醄白眼斜]"라 했다. 완적의 인생관이 조설근의 광오하고 방달함에 적지 않게 영향을 주었기에, 이러한 '표덕'의 자를 지었다고 볼 수 있다. 친구들도 모두 이것을 가지고 그를 추대하였으니, 돈민·돈성 형제가 거듭 조설근을 완적에 비유한 것도 우연이 아닐 것이다.

夢阮一字, 我想可能是代表曹雪芹人生觀的標幟. 阮或許是指的阮籍, 曹雪芹對于阮籍這一類型人物的景仰, 在『紅樓夢』中也有說明. (…중략…) 曹雪芹選擇了阮籍這樣一个人物, 作爲他自己"表德"的最高境界, 這是由于他自己的狂·傲·放達, 和阮籍那一雙不滿意現實的白眼, 正好引爲千古同調. 敦誠『四松堂集』卷上"贈曹芹圃"(原注 : 卽雪芹)寫道 : "步兵白眼向人斜." 又卷下"荐庄過草堂, 命酒聯句, 卽檢案頭『聞笛集』爲題 ── 是集乃余追念故人, 錄輯其遺筆而作也". 聯句有云 : "狂于阮步兵." 原注云 : "亦謂芹圃." 敦敏『懋齋詩鈔』的「贈芹圃」寫道 : "一醉酕醄白眼斜." 如此看來, 我想可能是, 由于阮籍的人生觀, 或多或少地影響了曹雪芹的狂·傲和放達, 因而他起了這樣一个"表德"的字, 從而他的朋友也都以此相推, 敦敏敦誠弟兄一再以阮籍比擬曹雪芹, 我想不是偶然的.

그러나 이러한 추정은 옛사람이 이름과 자를 짓는 통례에 전연 부합하지 않는다. 『예기』「단궁 상」「소(疏)」에,

사람이 스무 살이 되면 아비가 되는 도가 있게 되므로 친구들이 그 이름을 (함부로) 불러서는 안 된다. 그리하여 관례를 하면서 자를 짓는 것이다.

人生二十, 有爲人父之道, 朋友等類, 不可復呼其名, 故冠而加字.

라는 말이 있다. 자(字)는 사람이 스무 살이 되면 '아비가 되는 도' 즉 성인으로서 자식을 두게 될 수 있기에 지어주는 것이다. 그런데 조설근 부친의 친구들이 모여 조설근을 위해 '몽완(夢阮)'이라는 자를 지어주고 그가 완적의 '광오방달(狂傲放達)'을 법 받아 현실에 불만을 가지도록 종용했다는 것은 상황상 절대 불가능한 일이다. 만약 정말로 조설근이 자기의 '광오방달'을 표현하기 위해 지은 것이라면 '몽완'은 기껏해야 자호가 될 뿐이다.

이제 '호(號)'에 대해 살펴보자. 조설근의 호 '근계(芹溪)'도 『시고(詩稿)』의 앞부분에서 나왔다. 돈씨 형제가 그의 호를 '근포(芹圃)'라고 했기 때문에 일반 사람들도 이상하게 여기지 않았고, '근포'와 '근(芹)' 자가 겹치니, '근계'를 또 하나의 호로 주장하는 설이 공존해도 무방하다고 여긴 것이다. 사실 '포(圃)'는 채소를 심고 기르는 경작지로 '설근(雪芹)'과 관련이 있으나 '근계'는 지명이다. 이제껏 '근(芹)'과 '계(溪)'를 연결한 전고(典故)를 들어본 적이 없다. '근계'라는 '호'도 또한 『시고』에서 만들어낸 것이다. 청 말 몽고인 파로특은화(巴嚕特恩華)의 『팔기예문편목(八旗藝文編目)』의 기록에 따르면, 『춘류당시고』는 한군(漢軍) 흥렴(興廉)이 지은 것으로 "흥렴은 원명이 흥의(興義)이고 자는 의천(宜泉)이며 양황기(鑲黃旗)에 속한 가경(嘉慶) 기묘년(己卯年, 1819) 거인이다. 관직은 후관지현(侯官知縣)과 녹항동지(鹿港同知)를 지냈다[興廉原名興義, 字宜泉, 隸鑲黃旗, 嘉慶己卯擧人, 官侯官知縣, 鹿港同知]." 『민후현지(閩侯縣志)』 권60 「직관(職官)」 6 「후관지현」에는,

> 흥렴, 한군 양황기 사람, 거인, 도광 29년(1849)에 부임.

> 興廉, 漢軍鑲黃旗人, 擧人, 道光二十九年任.

이라는 기록이 있다. 『대만통지(臺灣通志)』 「정적(政績)」에도,

> 흥렴, 자는 의천, 한군기 거인. 함풍 8년(1858) 민현에서 발탁되어 녹항동
> 지에 부임함. 병사를 스승처럼 가르치고 백성을 자식처럼 사랑함. 3년 만에
> 찬송하는 소리가 길에 가득함. 동치 3년(1864) 다시 부임함.

> 興廉, 字宜泉, 漢軍旗擧人. 咸豐八年, 由閩縣擢任鹿港同知. 教士如師, 愛民
> 如子. 比三年, 頌聲載路. 同治三年, 復來任.

이라는 기록이 보인다. 『춘류당시고』의 작가 흥렴이 가경 기묘 때의 거
인이라면 그와 사귄 조근계는 분명 『홍루몽』의 작가 조설근은 아닐 것
이다. 『춘류당시고』 유고(遺稿)는 의천의 적손 장개경(張介卿)이 광서 15
년(1889)에 판각했는데 그 가운데 수록된 증회인시(贈懷人詩)는 모두 60
여 수나 되며, 거기에는 나이가 많고 지위가 높은 '하공선생(夏公先生)',
'동선생(董先生)', '구양선생(歐陽先生)' 뿐 아니라 평배(平輩)와 만배(晚輩)
인 '이사형(李四兄)', '오삼형(吳三兄)', '섭긍당(葉肯堂)', '복운암(卜雲庵)' 등
이 포함되어 있으나, 시의 제목 아래 주를 붙여 그 사람의 성씨와 명호
(名號) 및 생평과 경력을 설명한 것은 하나도 없다. 유독 「제근계거사(題
芹溪居士)」와 「상근계거사(傷芹溪居士)」 두 수만이 예외적으로 분명하게
"성은 조(曹), 이름은 점(霑), 자는 몽완(夢阮), 호는 근계거사(芹溪居士). 시
와 그림에 뛰어남", "그 사람의 성품이 방달하고 술을 좋아하며 시와 그

림을 잘했으나 50이 안 되어 죽었다"라고 덧붙이고 있다. 이것은 책 전체의 체례에도 어긋나며 상정(常情)도 거스르는 것이다. 이는 장개경이 임의로 덧붙인 것이라고 여겨지기에 그것이 드러내고 있는 조설근의 이름과 자, 호는 더욱 믿기 어렵다.

제5장

고소설 작가 관적(貫籍)의 확인

1. 『삼국지연의』 작가의 관적

관적(貫籍)의 확인은 고소설 작가 고증의 중요한 내용이다. 다수의 명대 간본 『삼국지연의』에는 "동원 나관중 편차(東原羅貫中編次)"라는 말이 쓰여 있다. 홍치(弘治) 갑인년(甲寅年, 1494) 용우자(庸愚子)의 『삼국지통속연의』 서문에도 "동원 나관중(東原羅貫中)"이라 했다. 그런데 이는 『녹귀부속편(錄鬼簿續編)』의 "나관중 태원인(羅貫中太原人)"이라는 기록과 모순된다. 『녹귀부속편』은 속수(俗手)가 베낀 것이며, '태(太)' 자는 아마도 '동(東)' 자 초서에 대한 오해일 것이라는 주장이 '동원(東原)' 설의 입장이다(劉知漸, 「重新評價『三國演義』」, 『社會科學研究』 1982년 제4기). '태원(太原)' 설을 주장하는 측에서는 『녹귀부속편』의 작가와 나관중은 '망년교(忘年交)'이므로, 그 사실이 바뀌지 않는 이상 나관중에 대한 그의 기록이야말로 분명 가장 권위 있고 신뢰할 수 있는 것이라고 강조한다

(孟繁仁,「『錄鬼簿續編』與羅貫中種種」,『三國演義學刊』제2집).

'동원'설과 '태원'설을 절충한 입장도 있다. 그에 따르면 역사상 3개의 태원군이 있었고, 각각은 지금의 산서(山西), 영하(寧夏), 산동(山東) 지역에 속했다. 『녹귀부속편』에서 말한 '태원'은 아마도 동진(東晋)과 유송(劉宋) 때에 설치한 '동태원(東太原)' 즉 산동의 태원일 것이고, 이는 실제 '동원'과 같은 곳이다. 『녹귀부속편』의 작가는 생경한 고지명(古地名) 등을 사용하기 좋아했다. 그러므로 나관중의 관적도 다소 낯선 지명을 사용한 것이다. 궁극적으로 '태원'은 바로 '동원'이라는 것이다(劉穎,「羅貫中的籍貫 : 太原卽東原解」,『齊魯學刊』1994년 증간).

산서 태원설을 고집하는 학자는 '고토성(故土性)'을 중요한 방증으로 삼는다. 일례로 나관중이 창작한 소설과 희곡은 제재 선택에서 모두 산서(山西)·태원(太原)과 관련이 있다. 『삼국연의』에서 가장 특색 있고 성공적으로 형상화된 인물 관우(關羽)는 산서 해주(解州) 사람이고,『수당양조지전(隋唐兩朝志傳)』의 중심인물 이연(李淵) 부자는 태원에서 기병하여 천하를 탈취했다. 특히『잔당오대사연의전(殘唐五代史演義傳)』은 "진왕(晋王) 이극용(李克用)과 이존효(李存孝)가 산서를 무대로 펼친 활동을 묘사하는 데 전체 책 60회 중 거의 절반의 분량을 할애하고 있다." 송대부터 이극용과 이존효의 이야기는 산서에 광범위하게 전파되고 전해졌다. "나관중은 원적(原籍)이 태원으로 어려서부터 이러한 사회 환경에서 생활하여 눈과 귀에 익숙할 정도로 역사적 고사와 민간의 전설을 접했다. 그래서『잔당』을 짓게 된 것이다"(孟繁仁,「羅貫中試論」,『三國演義文集』, 中州古籍出版社, 1985년판).

어떤 학자는 비교적 거침없는 태도로, 나관중의 호 '호해산인(湖海散

人'에서 보듯 그는 각지를 두루 돌아다녔을 것이기에 태원 사람일 뿐 아니라 동원(東原), 항주(杭州), 전당(錢塘), 중원(中原), 여릉(廬陵) 사람도 되니 이는 연구할 필요가 없다고 주장하기도 한다. 이런 절충적 의견까지도 각 분야에서 일시적으로 수용되며, 다양한 학설이 병존하는 상태가 여전히 지속되고 있다.

이런 가운데 '태원' 설을 주장하는 연구자는 원대(元代) 태원의 나씨(羅氏) 일족을 힘써 추색하고, 아울러 원대 우집(虞集)의 『도원학고록(道園學古錄)』 권10 「제진양나씨족보도(題晉陽羅氏族譜圖)」를 근거로 태원시(太原市) 청서현(清徐縣)에 세거(世居)하는 나씨 가족과 『나씨가보(羅氏家譜)』를 찾았다. 가보(家譜)는 청대 동치(同治) 임신년(壬申年, 1872) 남관사당(南關祠堂)에서 중수(重修)한 것으로 첫머리 「청원나씨가보서(清源羅氏家譜序)」에 "대명(大明) 융경(隆慶) 원년(元年) 정축(丁丑) 길단(吉旦) 태원부(太原府) 학공생(學貢生) 제대동유학(除大同儒學) 훈도정인(訓導正印) 수찬(修纂)"이라는 기록이 있다. 만력(萬曆) 8년, 만력 46년, 건륭(乾隆) 11년, 건륭 59년, 가경(嘉慶) 14년, 함풍(咸豊) 6년 등 수차에 걸쳐 거듭 기록되었다. 가보에 따르면 첫대 시조 나중상(羅仲祥)이 오대(五代) 후당(後唐, 924~936) 시절 청서(清徐)에 낙적(落籍)한 이래, 나씨가는 태원의 명망 있는 씨족이고 큰 가문이었다. 『나씨가보』 제6대 나금(羅錦)은 "아들 6명을 낳았는데 재취(才聚), 차자(次子, 出外), 재증(才增), 재삼(才森), 재보(才寶), 재창(才倉)이다." 그 둘째 아들은 가보에 이름이 적혀있지 않고 주를 달아 '출외(出外)'라 했다. 연구자는 이것이 유루(遺漏)에 의한 것이 아니라 가보에서 제명당한 것이라고 여긴다. 봉건시대의 가족 규범에 따르면 모든 자제는 복예(僕隸), 배우(俳優), 하류(下流), 승도(僧道) 및 범죄자가 되면 가보에 실을 수 없었다. 나금의 둘째 아들이 제명당한 원인은 연구해볼 만하다.

청초 영웅 이뢰(李雷)의 고사를 다룬『선악도전전(善惡圖全傳)』이라는 소설이 있다. 그 작품의 제21회는 강호에서 '취천신(醉天神)'이라 불리는 장사에 대해 그리고 있는데, "영웅(英雄) 호한(好漢)으로 나관중의 영랑(令郎)이며 이름은 나정(羅定)이라 한다. 대개 명사수로 손꼽힌다"라고 했다. 『선악도』가 지목한 나관중의 '영랑' 나정은 뜻밖에도『나씨가보』 제8대 재증(才增)의 셋째 아들 '정(定)'과 그 이름이 일치한다. 재증 또한 공교롭게도 나금의 셋째 아들이다.『나씨가보』의 세계(世系)에 따르면 나정은 바로 나금에게 제명당하여 '출외'된 둘째 아들의 조카이다. 소설이 오랜 시간 '말류'로 여겨졌고, 특히 나관중이 '난을 선동하고[倡亂]' '도적질을 가르친[誨盜]'『수호전』의 찬수(纂修)에 참여한 것으로 여겨진 것을 고려하면 그는 분명『나씨족보』에서 제명된 나금의 차자일 것이다. 외부사람이 그의 조카 나정을 아들로 오해하는 것은 충분히 그럴 만하다(孟繁仁・郭維忠,「太原『羅氏家譜』與羅貫中」,『文學遺産』, 1988년 제3기).

당연한 말이지만, 신중한 학자라면『선악도』의 '소설가언(小說家言)' 과 소설 속 나정이『나씨가보』의 나정이라는 것, 더 나아가 나관중이 『나씨가보』에서 제명된 나금의 차자인 것을 쉽게 믿을 수 없을 것이다. 그 중에는 실제로 우연적 요소가 너무 많기 때문이다. 그럼에도 만약 나관중의 생평 문제를 해결하려면 다시 진지한 태도로 가보에 주의를 기울여야 할 것이다. 왜냐하면 역사서에서 나관중에 대한 자료를 찾는 것은 불가능하며, 호가 '호해산인'인 나관중 또한 그 종적을 알 수 없기 때문이다. 그렇다고 지하에 비밀스레 숨겨진 문물을 발견하기란 더욱 기대할 수 없다. 여러 측면을 비교해볼 때 태원『나씨가보』속 공란으로 남아 있는 나금의 차자 자리에는 필경 나관중이 들어가야 한다. 진짜 조카인 나정까지 확인되어 함께 논의 되고 있으니, 이는『조씨종보(曹氏宗譜)』에 이름이 나오지 않을 뿐 아니라 채워들어 갈 공란도 없는 조설근의 상황과 비교한다면 몇 배는 더 낫지 않은가. 우리는 한 쪽에는 후하고 다른 한 쪽에 박할 필요가 없다. 시대가 많이 흘렀고 또 그 시대가 평탄하지 않았던 것을 고려하여, 항렬이나 촌수 계산에서 발생하는 오차에 대해 너무 가혹하게 따지거나 까다로운 조건을 요구하지 말아야 한다.

2.『청우헌필기』작가의 관적

부주의로 인해 작가의 관적을 그릇 이해하는 것은 항상 있는 일이다.『청우헌필기(聽雨軒筆記)』(4권)에는 "청량도인 술(淸凉道人述)"이라는 기록이 있다.『필기소설대관(筆記小說大觀)』『청우헌필기』「제요」에는 "이것은 호가 청량도인인 덕청 서군이 쓴 것이다(是爲德淸徐君號淸凉道人所著)"라고 했다. 그 성씨만 말했을 뿐 본명은 언급하지 않았다. 원행패(袁行霈)와 후충의(侯忠義)의『중국문언소설서목』에도 "(淸) 徐□ (淸凉道人) 撰"이라고 되어있다. 심소(沈玿)의「『청우헌속기(淸雨軒續紀)』발(跋)」의 기록은 이렇다.

예전 치리(檇李, 절강성 가흥 서남쪽)의 서계방(徐季方)이 지은『견문록(見聞錄)』4권은 육리(陸離)하고 표묘(縹緲)한 것이[1] 해내의 놀랄만한 이서(異書)로 오진방(吳震方)이 일찍이『설령(說鈴)』중에 써 넣었다. 도인(道人)과 계방(季方)은 모두 절서(浙西)지방 생으로, 두 사람은 계통이 모두 동해에서 나왔고 유람한 자취가 같으며 지은 책도 유사하니 후생을 밝게 비춘다고 할 만하다.

昔檇李徐季方著『見聞錄』四卷, 陸離縹緲, 海內驚爲異書, 吳震方曾叙入『說鈴』中. 道人與季方同生浙西, 系皆出于東海, 遊迹相同, 而所著之書相類, 可謂後生輝映也已.

심소의 발문에서 말한 서계방(徐季方)은 바로 서악(徐岳)이다. 그는 강희 연간 사람으로 평생 문달(聞達)을 추구하지 않고 해내를 두루 다니며 보고 들은 일을 기록하여『견문록』이라 했다.『성찬(姓纂)』에 의하면 '서씨는 멀리 동해에서 나왔고[徐氏望出東海]' 심소도 청량도인과 서악의 "계통이 모두 동해에서 나왔다[系皆出于東海]"고 했으니 청량도인의 성이 서(徐)라고 한 것은 틀림없다 하겠다.

『중국역대소설사전(中國歷代小說辭典)』권3(雲南人民出版社, 1993년판) 부록1「소설가소전(小說家小傳)」,「청량도인」조(谷世棟 撰)의 기록은 이렇다.

성은 서(徐), 이름은 승렬(承烈), 호는 청량도인(清凉道人), 청 건륭 때 서오(西吳) 사람.

---

[1] 육리(陸離)는 '여러 빛이 눈부시게 아름다우며 뒤섞여 많고 성한 모양'을 나타내고 표묘(縹緲)는 '끝없이 넓고 멀어서 있는지 없는지 알 수 없을 만큼 어렴풋한 것'을 묘사하는 말이다.

여기서는 청량도인의 이름을 승렬(承烈)이라 했다. 타당성에 대해 충분히 고찰해야 하나 논의의 편의를 위해 우선 이 말을 따르면, 그가 서오(西吳, 지금의 강소 진강) 사람이라는 설명은 심소의 발문에서 "도인과 계방은 모두 절서(浙西) 지방 생"이라고 한 것과 다르다(서악은 절강 가흥부 가선현 사람이다). 이는 『청우헌필기』 권1 제1조 「보제후 강계(保濟侯降乩)」에서 "우리 마을 초산 기슭에 보제후 대공의 사당이 있다吾邑焦山之麓, 保濟侯戴公祠在焉"라는 기록을 근거로 한 것이다. 강소성 진강(鎭江)에 있는 초산(焦山)은 큰 강에 홀로 우뚝 솟아 금산(金山)과 마주하고 있어 천하에 이름이 났다. 그러나 권2 「곽박묘(郭璞墓)」에서는, "금산은 진강 성 밖에 있는데, (…중략…) 나는 그 아래를 세 번 가보았다金山在鎭江城外, (…중략…) 予過其下者凡三"라고 기록하고 있다. 이는 절대 그 지방 사람의 말투가 아니다. 때문에 단지 '우리 마을의 초산'이라는 한 구절에 의거하여 그를 진강 사람이라고 단정하는 것은 곤란하다. 권1 「모생기술(某生奇術)」에도 이런 말이 나온다.

우리 마을 건원사(乾元寺)는 오강산(吳羌山) 북쪽 기슭에 있는데 그곳은 배산임수(背山臨水)의 지형으로 현(縣)의 성이 언덕과 마주하고 우뚝 솟아 있어 마치 병풍을 두른 듯하다.

吾邑乾元寺在吳羌山北麓, 其地背山面河, 縣城聳峙隔岸, 若屛宸然.

『지명대사전(地名大辭典)』「오강산」 조에는,

절강 덕청현(德淸縣) 동남쪽 1리 떨어진 곳에 있다. (…중략…) 오강산(吳

羌山)이라고 한다. 구지(舊志)에 오균(吳均)의 「입동기(入東記)」를 인용하여 '한(漢)나라 때 고사(高士) 오강(吳羌)이 왕망(王莽)의 난을 피해 이 산에 은거해 살았다. 그래서 이름 붙인 것이다'라고 했다.

여기서 말한 '우리 마을'은 바로 덕청(德淸)을 가리킨다. 다시 앞서 인용한 「보제후강계」 조를 살펴보면 마을 사람이 대공의 사당을 짓기 위해 사포(乍浦)에 가서 거목(巨木)을 사들인 일을 기록하고 있다. 사포는 절강성의 유명한 항구로 평호현(平湖縣)에서 동남쪽으로 30리 떨어진 곳에 있다. 설령 진강(進講) 사람이 목재를 사려 한다 해도 응당 이곳까지 가지는 않았을 것이다. 그러나 덕청은 사포와 매우 가깝다. 그러므로 여기서 말하는 초산은 진강의 초산이 아닐 것이다.

민국(民國) 21년 정삼총(程森總)이 찬(纂)한 『덕청현신지(德淸縣新志)』 권1 「여지지(輿地志) (1)」, 「산수(山水)」를 살펴보면 '현성산(縣城山)' 아래에 봉황산(鳳凰山), 시정산(市亭山), 초산(焦山)을 나열했다. 초산에는 후주(後注)로 "돌로 된 사람 머리 형상으로 지금은 측백나무 옆 희대 앞에서 갈라져 있다. 한 척 넘게 땅밖으로 비스듬히 나온 모양이고 매끄럽다石人頭, 今已折在柏樹側戲臺前, 出地尺餘, 欹斜光滑"라고 적었다. '현남산(縣南山)' 아래에는 오강산을 첫머리로 나열했으니 덕청에 또 하나의 초산이 있는 것이 분명하다. 오강산에도 후주로 "건원산이다. 송나라 때 심인사(沈麟士)가 이곳에 은거하며 강학을 했는데 따르며 배운 자가 수백 인이었다. 당시 사람의 시구에 '오강산 안에는 현사가 있어, 문을 열고 가르치자 성시가 됐네'라는 말이 있다. 후에 산 남쪽에 사당을 세웠다即乾元山, 劉宋沈麟士隱居于此, 講經授徒, 從學者數十百人, 時人爲之語曰, '吳羌

山中有賢士, 開門教授若城市.' 後建祠于山陽」라는 설명을 붙였다.

또 『현지』 권3 「건치지(建置志)」, 「현사(賢祠)」에는 혜안(惠安) 보제현우후묘(保濟顯佑侯廟)의 기록이 나오고, 권10 「예문지」에는 옹정 연간의 지현(知縣) 전학수(錢學洙)의 「중수 보제현우후 묘비(重修保濟顯佑侯廟碑)」가운데 나오는 "후(侯)의 이름은 계원(繼元), 자는 승조(承祖), 읍의 초산(焦山) 사람이다"라는 말이 수록되어 있다. 이것은 『청우헌필기』 권2 「엽류이후(葉柳二侯)」에서 말한 "읍성 계동(溪東)에 보제후(保濟侯) 사당이 있는데 송대 대계원(戴繼元) 공의 제사를 지내는 곳이다. 사전(祀典)에 실려 있다[邑城溪東有保濟侯祠, 祀宋戴公繼元, 載在祀典]"라는 말과 일치한다. 그리고 이 조목에서 "옆에 짝하고 앉아 있는 두 사람은 섭후와 유후이다[旁有偶坐者二人焉, 曰葉侯・柳侯]"라고 언급한 내용은 『현지』 「현사」의 "후의 형상은 금빛 얼굴로 황색을 숭상하는데 섭후의 형상은 홍색을 숭상하고 유후의 형상은 녹색을 숭상한다[侯像金面尚黃, 葉像尚紅, 柳像尚綠]"라는 기록에 부합한다. 그러므로 서승렬은 절강 덕청 사람이라 단정할 수 있다.

3. 『수호전』, 『서유기』, 『금병매』, 『홍루몽』 작가의 관적

작품에 나오는 방언이나 토속어의 사용 정황을 살펴보는 것은 작가의 관적을 판단하는 데 자주 사용하는 방법이다. 1980년대 흥화(興化)의 백구(白駒)에서 발견한 시내암의 유물은 순식간에 소설연구의 이슈가 되었다. 그러나 뜻밖에도 원적이 염성(鹽城)인 권위 있는 아무개 선생이 이렇게 반문했다. "나 자신이 소북(蘇北)사람인데 왜 『수호전』에서 한 구절도 흥화 지방 말을 찾아내지 못한 걸까?" 그러자 흥화의 문사(文史) 연구자 장병소(張丙釗)는 글을 통해 상황이 결코 이와 같지 않음을 지적했다. 『수호전』 51회 「삽시호 뇌횡이 백수영을 때려죽이다挿翅虎枷打白秀英」에는 다음의 내용이 나온다.[2]

> 뇌횡(雷橫)이 대노하여 그 자리에서 욕을 하며 말했다.
> "이 못된 것이 감히 나를 모욕해!"
> 백옥교(白玉喬)가 말했다.
> "당신은 삼가촌(三家村) 백정이라던데, 뭐 그리 대단하게 구는 거지!"
> 어떤 이가 갈도(喝道)[3]를 알아보고 말했다.
> "쓸모없는 것! 이 사람은 본현의 뇌도두(雷都頭)시다."
> 백옥교가 말했다.
> "무서운 것은 여근두(驢筋頭) 뿐입죠."
> 그때까지 참고 앉아 있던 뇌횡은 자리에서 바로 희대(戲臺)로 뛰어 내려가, 백옥교를 덥석 붙잡고 한 차례 주먹질과 발길질을 하니 바로 입술이 터지고 이가 부러졌다.
>
> 雷橫大怒, 便罵道 : "這忤奴怎敢辱我!" 白玉喬道 : "便罵你三家村使牛的, 打

---

2 뇌횡은 송강의 고향인 운성현의 마병도두로, 사람이 어질고 재물을 우습게 아는 호걸이다. 90노모를 봉양하고 있었는데, 하루는 모친을 모시고 백옥교와 백수영 부녀의 공연을 보다가 돈이 없어 구경 값을 내지 못하게 되자 다음에 가져다주겠다고 양해를 구한다. 그러나 어린 백수영이 그 모친을 모욕하자 참지 못하고 앉았던 의자를 들어 백수영을 때려죽인다.
3 높은 관원이 행차할 때 앞에서 소리 질러 행인들을 피하게 하던 일, 또는 그 일을 맡은 사람을 말한다.

甚麼緊!" 有認得的喝道 : "使不得! 這个是本縣雷都頭." 白玉喬道 : "只怕是驢筋

頭." 雷橫那里忍耐得住, 從坐椅上直跳下戲臺來, 揪住白玉喬, 一拳一脚, 便打得

唇綻齒落.

사람들은 '뇌도두(雷都頭)'를 말하고 있는데, 백옥교는 왜 '여근두(驢筋
頭)'라고 기롱했을까. 종래로 그것에 주목하고 의문을 품은 독자는 없었
는데, 김성탄만이 평비를 달며 이렇게 말했다.

> 뇌려도근두(雷驢都筋頭)는 입에서 나오는 대로 함부로 만들어낸 말로 차마
> 입에 담을 수 없을 만큼 악독한 말이다.
> 雷驢都筋頭, 隨口相混成句, 惡毒不可言.

무엇이 '입에서 나오는 대로 함부로 만들어낸 말'인가? 장병소는 음
운학적 관점에서 이것을 다음과 같이 분석했다.

> 중고시대의 음 '뢰(雷)'는 회운(灰韻)이고, '려(驢)'는 어운(魚韻)이다. (…중
> 략…) 중고 시대의 음과 보통화 중에 뢰(儡)·루(累)·루(壘)·뢰(磊)·루
> (泪)·류(類) 등 일련의 글자는 '뢰(雷)' 자와 성모·운모가 모두 같다. 그러나
> 흥태(興泰) 일대의 구어에서는 성모와 운모가 오히려 '려(驢)' 자와 같다. 이
> 런 독법은 흥화의 동남쪽 지방과 태주(泰州)의 동쪽과 남쪽 일대에 국한되며
> 그 경계는 매우 분명하다. 흥태 일대의 구어에서 '뢰(雷)'와 '려(驢)' 두 글자가
> 섞여 읽히는 현상은 우연이 아님을 알 수 있다.
> 中古音'雷'灰韻, '驢'魚韻. (…중략…) 在中古音和普通話中, 儡·累·壘·磊·

泪・類等一組字和'雷'字聲母韻母皆同. 但在興泰一帶的口語中, 聲母韻母却和
'驢'字相同. 而這種讀法, 僅限于興化東南鄉和泰州以東以南一些地方, 界限十分
明顯. 可見, 在興泰一帶口語中, '雷', '驢'二字混讀的現象不是偶然的.

　홍화와 태주 일대에서는 '뢰(雷)'와 '려(驢)'의 음이 같기 때문에, '뇌도
두(雷都頭)'에서 '여도두(驢都頭)' 이것이 다시 '려근두(驢筋斗)'가 된 것은
오히려 자연스러운 현상이라는 것이다(「『수호전』의 언어로 본 작가의 관적 문
제[從『水滸傳』的言語看作者的籍貫問題]」, 『明淸小說硏究』 제2집). 이것은 『수호
전』 작가의 관적을 고증하는 데 좌증(左證)을 제공할 뿐 아니라 백옥교
라는 시장통 무뢰배의 성격을 이해하는 데에도 도움이 된다.

　『서유기』에 회안(淮安) 방언이 많은가 여부 또한 오승은이 작가인가
를 판정하는 데 관건이 되었다. 1967년 일본학자 소천환수(小川環樹)가
출판한 『중국소설사연구』에서는 '청조 학자의 고증을 근거로 명본 『서
유기』는 분명 오승은의 작품'이라고 했다. 추정의 방증인 방언 문제에
대해서는, 오옥진(吳玉搢)과 정안(丁晏) 두 사람이 "모두 산양(山陽) 사람
이기 때문에 이러한 추정은 비교적 신빙성이 있다. 그러나 두 사람이 모
두 실례를 들고 있지 않아 현재는 긍정적인 결론을 내릴 방법이 없다.
장래 방언학 방면에서 실제 사례를 들어 증명할 수 있다면 『서유기』의
작가가 오승은이라는 설의 유력한 방증이 될 것이다[均爲山陽人, 因此這種
推斷似較可信, 但二人均未擧出實例, 目前無法作出肯定的結論. 將來如能在方言學
方面證實這一點, 卽可作爲『西遊記』作者爲吳承恩說的有力旁證]"라고 하였다.

　이 문제에 대해 비록 많은 사람들이 탐구에 참여하고 토론을 펼쳤지
만 대개는 어휘 분석에서 시작하면서 왕왕 사람들에게 사이비(似而非)

적 인상을 주었다. 장배항(章培恒)은 일찍이 회안 방언이라고 여겼던 어휘 7개를 사례로 그중 최소한 4개는 회안 방언이 아니라고 했다. 그는 또 10개의 예를 열거하여 『서유기』에 상당량의 오어(吳語)가 있다는 것과 오옥진이 "책에 우리 고장 말이 많다"라고 했던 말과 완규생(阮葵生)이 "이 안의 방언과 속어를 살펴보면 모두 회상(淮上) 지방의 사투리와 소문이다"라고 했던 말이 부적절하다는 것을 증명했다. 이것에 대하여 사외(謝巍)는 명대 회안은 봉양(鳳陽)[4]・회안(淮安) 등 4부(府) 3주(州)의 조운(漕運)을 총감독하고 겸하여 순무(巡撫)하는 주절(駐節) 지방이므로 회안방언은 강회(江淮) 방언을 대표하는 것이며, 또한 오승은은 선대가 오(吳) 지방에서 관리를 하고 상업도 했기 때문에 두 가지 방언에 정통했을 가능성이 있다고 해석했다.

방언학자 안경상(顔景常)은 또 다른 연구방법을 시도하여 작품에 나오는 시가(詩歌) 운(韻)의 종류를 고찰한 후 "『서유기』 삽입시가의 압운은 바로 방언운(方言韻)이다. 고체시・사(詞)・부(賦)뿐 아니라 근체시도 방언운을 사용하고 있다"라고 지적했다. 그는 또 음운학 이론을 적용하여 『서유기』의 음운 종류를 세밀하게 분석한 후 "『서유기』 안에는 지사(支思)와 차차(車遮) 양 부(部)가 없고 단지 17개의 서성운부(舒聲韻部)만 있다. 지사와 제미(齊微)는 구분되지 않으며 차차와 가마(家麻)가 구분되지 않는다"라고 했다. 그런 후 북방어 및 오어(吳語)와 비교할 때 『서유기』의 운류(韻類) 계통은 북방어가 아니며 오어에도 속하지 않고 회해화(淮海話, 소북 북부의 강회화)에 속한다고 했다. 따라서 "음운학적 각도에서

---

4 안휘성(安徽省) 회하(淮河) 유역에 있는 도시로, 명 태조가 세력을 일으킨 곳이다. 곡류가 주산물이며 명승고적이 많다. 성 남쪽에는 명태조의 고비(考妣)를 매장한 효릉(孝陵)이 있다.

볼 때『서유기』의 작가는 응당 회안 사람 오승은이어야 한다"는 결론을 끌어냈다(「『西遊記』詩歌韻類和作者問題」,『明淸小說研究』, 1988년 제3기). 안경상의 연구는 경험과 직관의 판단 수준을 초월하여 비교적 이론적이고 전면적이며 높은 수준을 갖추고 있어 방언을 운용하여 작가 신분을 확인하는 것의 성공적 범례라고 하겠다.

『금병매』의 방언 문제는 훨씬 더 광범위한 관심과 격렬한 논쟁을 불러 일으켰다. 산동화(山東話)·하북화(河北話)·하남화(河南話)·강소화(江蘇話)·절강화(浙江話) 모두에 지지자가 있다. 좀더 세분하여 노서화(魯西話)·예북화(豫北話)·기남화(冀南話)·회북화(淮北話)·소남화(蘇南話) 설도 각각 지지하는 주장이 있다. 예를 들어 작가가 가삼근(賈三近)이라고 주장하는 장원분(張遠芬)은『금병매』에 사용된 방언이 노남(魯南) 지방의 것이라고 했다. 그는 「위자운(魏子雲)[5]의『금병매사화주석』변증(魏著『金瓶梅詞話注釋』辨證)」에서 78회의 「좋은 일은 잘 안 되고 나쁜 일은 곧 잘 된다(要好不能够, 要歹登時就)」를 예로 들면서 다음과 같이 말했다.

이것은 노남 지역 속담으로 사람 사이 관계에서, 잘 돼야 하는 일은 곤란을 겪게 되고[要好不能够] 잘 안 돼야 하는 일은 곧 잘 됨[要歹登時就]을 말한다.

此爲魯南一帶俗語, 是說人與人的關係, 要處好是很困難的(要好不能够), 要惡化馬上就能做到(要歹登時就).

---

5 위자운(魏子雲, 1918~2005)은 작가 겸 고소설연구가이다. 안휘 숙현(宿縣) 사람으로 대북사범대학(台北師專) 부교수, 국립예전(國立藝專) 희극과(戲劇科) 겸임교수를 지냈다. 저서에『금병매탐원(金瓶梅探原)』,『금병매사화주석(金瓶梅詞話注釋)』,『금병매편년기사(金瓶梅編年紀事)』,『금병매의 출판과 연변(金瓶梅的問世與演變)』,『금병매심탐(金瓶梅審探)』 등이 있다.

이 주장에 대해 위자운은 「나의『금병매사화주석』[我的『金瓶梅詞話注釋』]」에서 이렇게 말했다.

　나보다 뛰어난 해석이다. 그러나 이런 말의 유행은 결코 노남 지역에 국한되지 않는다. 이는 보편성을 지닌 말로 전국에서 모두 사용된 것이다.
　所正比我解說得好. 不過, 此一語詞的流行, 并不限于魯南, 乃一普遍性的語詞, 全國皆有.

　두 사람의『금병매』방언 공방은 대단하다. 독자들은 이런 '변증'을 보면서 방언에 대한 지식을 넓히는 것은 물론 방언의 독특한 맛을 이해하게 된다. 그러나 정작 작가의 원적 연구는 실종된 느낌이고, 여전히 어떻게 해야 할지 막막할 뿐이다.

　홍학(紅學) 연구 영역에서 방언은 훨씬 더 뜨거운 화제이다. 일찍이 1979년 대불범(戴不凡)은 「『홍루몽』작가에 대한 의혹을 밝히다[揭開『紅樓夢』作者之謎]」라는 글에서 20개의 '정통' 오어(吳語) 어휘와 6개 조의 '소주화 해음자(蘇州話諧音字)'를 논거로 들어 원작자가 '가볍고 맑고 부드럽고 아름다운 오 지방 말투[吳儂軟語]'를 사용하는 '석형(石兄)'임을 증명했다. 1982년 추광춘(鄒光椿)은 「『홍루몽』에 민강(閩腔)이 있다[『紅樓夢』裏有閩腔]」를 쓰면서 현재도 복주(福州) 사람들의 입에 살아있는 106조의 어휘를 들고 이를『홍루몽학간(紅樓夢學刊)』에 투고했다. 해당 간행물은 회신을 통해 '민어(閩語)를 이해할 수 없어서' 실을 수 없다고 했다. 그래서 작가는 이를 자비로 출간한『급취집(急就集)』에 수록했다.

　최근 센세이션을 일으킨 것은 등우돈(鄧牛頓)의 관점이다.『홍루몽』이

상어(湘語)를 사용하여 쓰였다는 것이다. 그는『홍루몽』에 다량의 호남(湖南) 방언 어휘가 존재한다고 말하고, 자와자(磁瓦子)·낭모자(娘母子)·목극(木屐)·양범(樣范)·지습(漬濕)·익발(益發)·호생(好生)·편생(偏生) 등 19개의 예를 들어 증명하고『장사방언사전(長沙方言詞典)』의 해당 어휘와 비교했다. 그는 또『홍루몽』에 나타나는 언어현상을『현대한어방언개론(現代漢語方言槪論)』과 대조하여『홍루몽』에 나타나는 호남 방언의 어경(語境)을 밝혔다. 이를 종합하여 그는 2003년 8월 6일 자『중화독서보(中華讀書報)』에「『홍루몽』은 상토상음에 근거하고 있다『紅樓夢』植根湘土湘音」라는 글을 내어, "『홍루몽』의 원작자는 조설근이 아니고 호남지방에서 장기간 생활한 경험이 있는 인사(人士)이다. 이 작가는 호남에서 태어났거나, 그곳에서 생장했거나, 아니면 유소년 시기 집안 식구를 따라 호남에 들어왔거나, 어린 시절을 호남에서 생활하고 청장년기에 다른 지역으로 옮겨 간 사람일 것『紅樓夢』的原始作者不是曹雪芹, 而是一位有在湖南長期生活經歷的人士：這位作者, 或出生于湖南, 土生土長; 或幼年少年時期, 隨家庭進入湖南; 或從小在湖南長大, 靑壯年時期遷徙異地"임을 증명했다. 이러한 상황이 되자 누군가 이렇게 외쳤다. "다시는 방언을 가지고『홍루몽』을 괴롭히지 마라."

이러한 주장은 타당한가?『수호전』에서『금병매』,『서유기』에서『홍루몽』까지 연구자들은 소설 안의 방언에 대해 수많은 글을 썼다. 놀랍게도 수많은 언어학자가 이러한 변설(辨說)을 주고받으며 몇몇 문제를 해결했다. 그러나 대다수는 여전히 해결되지 않은 채로 남아있다. 그렇기에 전문가들은 이렇게 따져 물어야 한다. 이런 논쟁에서 이기려고 다투는 것과 증명해야 하는 문제를 모두 증명하는 것이 소설 작품 자체에 어떠한 보탬과 손실을 주는가?

다시 처음으로 돌아가자. 방언 연구는 작가 고증에 도움이 될 뿐 아니라 작품 감상에도 그만큼 유익하다. 중국은 국토의 면적이 넓어 방언이 복잡하고 풍부하다. 일반 독자는 내용과 인물에만 주의를 기울이고, 이해하지 못하는 방언은 보고도 그냥 지나친다. 작가의 관적을 고증하기 위해 방언을 연구하게 된 때부터는 그동안 유의하지도 않았던 수많은 견해들이 합당한 해석을 얻었다. 더구나 방언을 고찰하고 운용하는 방법을 터득했으니 일정 성과가 있다 하겠다. 『홍루몽』으로 말하면 작품에는 분명 상당한 분량의 방언 어휘가 존재한다. 그것은 최소한 작가가 일찍이 어떤 방언 지역을 다녔는지 혹은 어떤 방언을 사용하는 인사와 접촉했는지를 이해하는 데 도움을 준다. 이에 대한 답을 얻기 위해 『홍루몽』에서 방언이라 여겨지는 어휘 1,000개를 가려 뽑아 하북, 산동, 강소, 호남, 복건 등의 인사들, 이왕이면 방언학자들에게 나눠주고 골라내게 해도 좋을 것이다. 그것들 중 대다수 사람이 선택한 어휘를 제외하고 가장 마지막에 남는 것이 진정으로 고유하고 독창적인 방언일 것이다.

제6장
고소설 작가 경력의 확인

1. 사서(史書)에 근거한 문언소설 작가의 경력 고증

'역사상의 인물을 평가하기 위해서는 그가 산 시대를 연구해야 한다'는 지인논세(知人論世)의 관점에서 보면, 작가의 경력을 확인하는 것은 중요한 의의가 있다. 이른 시기의 문언소설 작가는 일반적으로 역사적 인물이 많아 사서(史書)에 실린 내용을 근거로 그의 생평과 사적을 확인할 수 있다. 일례로 『현괴록(玄怪錄)』의 작가 우승유(牛僧孺, 780~848)는 정치적으로 혁혁한 지위를 지녀, 『구당서(舊唐書)』와 『신당서(新唐書)』에 그의 전기(傳記)가 있다. 우승유는 자가 사암(思黯)으로 안정(安定) 순고(鶉觚, 지금의 감숙 영대현 동북) 사람이다. 수나라 복야(僕射) 우홍(牛弘)의 후손으로, 태어나 얼마 안 되어 부모를 잃었다. 어려서부터 재주가 있다고 이름났으며 지괴(志怪)를 좋아했다. 정원(貞元) 21년(805) 진사로 급제했고, 원화(元和) 3년(808) 현량방정과(賢良方正科)의 대책(對策)으로 이종민(李宗閔) ·

황보식(皇甫湜)과 함께 1등을 했는데, 대책문에서 조목조목 당시의 실정(失政)을 지적했다. 성품이 강직하여 재상의 일도 말하기를 꺼리지 않아 재상을 노하게 했다. 이궐(伊闕)의 위(尉)로 부임했다가 다시 하남(河南)의 감찰어사가 되었다. 누차 고공원외랑(考功員外郞)과 집현전(集賢殿) 직학사(直學士) 직을 맡았다. 장경(長慶) 원년(821) 호부시랑(戶部侍郞)을 제수받았으며 다음해에는 본관(本官) 동중서문하평장사(同中書門下平章事)가 되었다. 개성(開成) 3년(838) 좌복야(左僕射)에 제수되었고, 무종(武宗)이 왕위에 오른 후 회창(會昌) 2년(842)에는 태자소보(太子少保)가 되었다가 다시 태사(太師)가 되었으나 회창 4년(844)에 순주원외장사(循州員外長史)로 폄적되었다. 선종(宣宗) 대중(大中) 원년(847)에 다시 부름을 받아 태자소사(太子少師)가 되었다. 문집 5권이 있다. 그가 지은 『현괴록』은 『신당서』「예문지」,「병부(丙部) 소설가(小說家)」에 10권이라고 기록되어 있는데 이미 오래전에 산실되었다. 현재는 명대 진응상(陳應翔) 각본 4권 44사(事)와 『태평광기(太平廣記)』에서 인용한 일문(佚文) 31편(篇)이 남아있다. 『태평광기』에는 『유명록(幽明錄)』 일문(佚文)을 『현괴록』이라고 잘못 기재한 것이 있다.

또 다른 예인 『이견지(夷堅志)』의 작가 홍매(洪邁, 1123~1202)도 정사(正史)에 전기가 있다. 홍매는 자가 경려(景廬), 호는 용재(容齋), 만호(晩號)는 야처노인(野處老人)이다. 요주(饒州) 파양(鄱陽, 지금의 강서 파양) 사람이다. 어려서부터 책을 보는 대로 외웠고 그 읽은 범위도 매우 넓어 패관(稗官) 우초(虞初)와 석노(釋老) 방행(傍行)이라 할지라도 섭렵하지 않은 것이 없었다. 소흥(紹興) 32년(1162) 금나라에 사신으로 갔을 때 적국(敵國)을 대하는 의례로 글을 썼다. 금나라 사람이 '배신(陪臣)'[1]이라는 두 글자를 고치라고 명했으나 불가하다 고집하여 금나라 사람들에게 곤욕을 당했다.
아침부터 저녁까지 물 한 모금 안 먹었는데, 마침내 풀려나 돌아온 후에
는 오히려 '금나라에 사신 가서 명을 욕되게 했다(使金辱命)'고 하여 파직
되었다. 융흥(隆興) 원년(1163) 천주(泉州)의 지부로 나갔다가 후에 길주(吉
州)·공주(贛州)·무주(婺州)·건영(建寧) 등의 주부(州府)를 거쳐 부문각
대제(敷文閣待制)로 옮겼다가 부문각직학사(敷文閣直學士)가 되었다. 순희
(淳熙) 13년(1186) 한림학사(翰林學士)에 부임했다. 가태(嘉泰) 2년(1202) 단
명전학사(端明殿學士)로 벼슬을 마감하고 80세의 나이로 생을 마쳤다. 시
호는 문민(文敏)이다. 홍매는 넓은 학식으로 효종(孝宗)의 지우(知遇)를 얻
었고 그의 문(文)은 여러 체를 갖추었다고 일컬어졌다. 사관(史館)에서 근
무한 후에 『사조제기(四朝帝紀)』를 편수했고 『사조사(四朝史)』를 편찬했
다. 저서에 『야처유고(野處類稿)』 2권과 『용재수필(容齋隨筆)』 5집 74권 및
『이견지』 등이 있다.

　또 다른 예를 보자. 『열미초당필기(閱微草堂筆記)』의 작가 기윤(紀昀, 1724
~1805)은 청대 문단(文壇)의 영수(領袖)로, 생평과 경력에 대한 자료가 매
우 많다. 기윤은 자가 효람(曉嵐)·춘범(春帆)이고 자호는 석운(石雲)·관
혁도인(觀弈道人)이다. 직예(直隷) 헌현(獻縣, 지금의 하북 헌현) 사람이다. 부
친 기용서(紀容舒)는 운남(雲南) 요안(姚安)의 지부를 지냈고 형 기소(紀昭)
는 건륭 때의 진사로 관직이 내각중서(內閣中書)에 이르렀다. 건륭 12년
(1747) 기윤은 24세의 나이로 순천(順天) 향시(鄕試)에 응시하여 거인(擧人)
1등에 뽑혔고, 건륭 19년(1754)에는 정시(廷試) 2갑(甲) 2등이 되어 진사를

1　신하국 혹은 신하국으로 갖추어야 할 예라는 의미이다.

하사받고 서길사(庶吉士)를 거쳐 한림원편수(翰林院編修)를 제수 받았다. 후에 산서(山西) 향시(鄕試) 정고관(正考官)・회시(會試) 동고관(同考官)・순천(順天) 향시(鄕試) 동고관(同考官)에 충원되었고, 복건(福建)을 시학(視學, 학사시찰)하였다. 건륭 28년(1763) 시독(侍讀)의 지위에 올랐으며 건륭 33년(1768)에는 귀주(貴州) 도균부(都勻府) 지부(知府)를 제수 받았다. 같은 해 인친(姻親) 노견증(盧見曾)이 공금 횡령의 혐의로 죄를 얻었는데 기윤이 그 사실을 누설했다가 우루무치(烏魯木齊)로 수자리에 보내졌다. 건륭 36년(1771) 풀려나 돌아와 다시 편수(編修)가 되었다. 건륭 38년(1773)에는 사고전서관(四庫全書館)을 열어 총찬(總纂)이 되었다. 건륭 41년(1776) 시독학사(侍讀學士)에 발탁되었고 이후 내각학사・병부시랑・예부시랑・병부상서・협판대학사(協辦大學士)를 역임하고 태자태보의 직을 더했다. 시호는 문달(文達)이다. 기윤은 유교 전적에 통달했고 백가(百家)를 두루 알았으며,『사고전서』의 총찬을 맡았을 때는 교정과 정리를 하면서 매 책마다 모두 제요(提要)를 작성하여 간수(簡首)의 첫머리에 두니 사람들이 이를 대수필(大手筆)이라 칭했다. 또 황명으로『간명목록(簡明目錄)』을 편찬했는데 그 평가가 정확하고 세밀하다. 기윤의 벼슬길은 순조로웠으며 청요(淸要)의 관직에 거하며 일대 문단의 거장으로 공공연히 인정받았다. 소설 창작은 순전히 만년에 "옛날의 들은 것을 추적하는 것으로 잠시 시간을 보내는(推尋舊聞, 姑以消遣歲月)" 견흥(遣興)의 일이었다. 그는 「관혁도인자제(觀弈道人自題)」에서,

| 평생의 심력을 앉아서 소모하니 | 平生心力坐鎭磨, |
| 종이 위 안개 구름 눈 앞에 가득하네. | 紙上煙雲過眼多. |

책 창고 쌓으려도 이제는 늙어버려　　　　　　似築書倉今老矣,

다만 응당 귀신 말로 동파나 되보려네.　　　　只應說鬼似東坡.

라고 하여 작가로서의 황홀한 심경을 드러냈다. 그는 연이어 작품을 지었는데 『난양소하록(灤陽消夏錄)』 6권은 건륭 기유년(己酉年, 1789)에, 『여시아문(如是我聞)』 4권은 건륭 신해년(辛亥年, 1791)에, 『괴서잡지(槐西雜志)』 4권은 건륭 임자년(壬子年, 1792)에, 『고망청지(姑妄聽之)』 4권은 건륭 계축년(癸丑年, 1793)에, 『난양속록(灤陽續錄)』 6권은 가경 무오년(戊午年, 1798)에 지었다. 모두 1,200여 칙(則)이다. 가경 5년(1800)에 문인 성시언(盛時彦)이 기윤의 동의를 얻어 합편(合編)하여 『열미초당필기』 24권으로 출간했다. 열미초당은 작가의 북경 호방교(虎坊橋) 관저(官邸)에 있는 서재 이름이다.

2. 지괴소설 작가의 경력 고증

　정치적 지위가 한 등급 낮은 인물에 대하여는 사서(史書)에서 단서가 될 자료를 찾아내야 한다. 동진(東晉) 시기에 '지괴'를 이름으로 한 소설집들이 한꺼번에 등장했다. 예를 들면 조비(曹毗)의 『조비지괴(曹毗志怪)』, 식씨(殖氏)의 『식씨지괴기(殖氏志怪記)』, 공씨(孔氏)의 『공씨지괴(孔氏志怪)』, 조대지(祖臺之)의 『조대지지괴(祖臺之志怪)』 등이다. 『태평어람(太平御覽)』에 인용된 것에도 『지괴(志怪)』, 『지괴집(志怪集)』, 『허씨지괴(許氏志怪)』, 『잡귀신지(雜鬼神志)』가 있고, 『옥촉보전(玉燭寶典)』에 인용된 것에는 『지괴』, 『잡귀지괴(雜鬼志怪)』가 있으며 『북당서초(北堂書鈔)』에 인용된 것으로는 『지괴집』, 『잡귀신지괴(雜鬼神志怪)』 등이 있다. 이들 지괴를 지은 소설가의 생평과 경력은 사서의 자간(字間)이나 행간(行間)을 통해서 약간의 단서를 찾을 수 있을 따름이다.

여러 가지 흔적을 통해 보면 조비(曹毗)가 가장 중요한 인물인 듯하다. 조비는 자가 보좌(輔佐)이고 초국(譙國, 지금의 안휘 박현) 사람이다. 그는 이들 지괴 소설 작가 중 유일하게 『진서(晉書)』 「문원전(文苑傳)」에 실린 인물이다. 조비의 고조는 위나라 대사마 조휴(曹休)이고 부친 조식(曹識)은 우군장군(右軍將軍)을 지냈다. 조비는 어려서부터 문적(文籍)을 좋아했으며 사부(詞賦)를 잘 지었다. 군(郡)에서 효렴(孝廉)으로 천거되어 낭중(郎中)을 제수 받았고 채모(蔡謨)가 추천하여 좌저작랑(佐著作郎)이 되었다. 이후 부친 상(喪)으로 인해 관직을 그만두고 복(服)을 마친 후에는 구장령(句章令)이 되었다가 태학박사(太學博士)로 부름을 받았다. 건흥(建興) 4년(316) 봄에는 계양(桂陽)의 장석(張碩)이 신녀(神女) 두란향(杜蘭香)과 인연 맺은 것을 가지고 2편의 시를 지어 조롱하였고, 아울러 「속난향가시(續蘭香歌詩)」 10편을 지었는데 문채가 뛰어났다. 연이어 또 한 편의 「두란향별전(杜蘭香別傳)」을 남겼다. 그의 작품 중 「양도부(揚都賦)」는 유천(庾闡)의 「양도부」에 버금간다. 여러 차례 상서랑(尙書郎)과 진군대장군종사중랑(鎭軍大將軍從事中郎), 하비태수(下邳太守)를 지냈다. 저서 15권이 세상에 전한다. 『진서(晉書)』 권23 「악지 하(樂志下)」에 이런 기록이 있다.

태원(太元) 중에, 부견(符堅)²을 격파하고 또 그 악공(樂工) 양촉(楊蜀) 등을 얻었는데, 한가한 때 구악(舊樂)을 익히니 사상금석(四廂金石)이 비로소 갖추어졌다. 이에 조비(曹毗)·왕순(王珣) 등으로 하여금 종묘가시(宗廟歌詩)를 증조(增造)하게 하였다.

太元中, 破苻堅, 又獲其樂工楊蜀等, 閑習舊樂, 于是四廂金石始備焉. 乃使曹毗·王珣等增造宗廟歌詩.

글 뒤에 조비가 지은 「종묘가시」11수가 실렸는데 고조(高祖) 선제(宣帝)부터 애제(哀帝)까지 다루었다. 이로써 그가 태원 4년(379) 부견을 파할 때까지 살아있었음을 알 수 있다. 왕국보(王國寶)는 일찍이 문제(文帝) 앞에서 왕순(王珣)을 일컬어 "당금의 명류(當今名流)"라고 했는데(『진서』권75「王湛傳」부록「王國寶傳」), 조비는 당시 문단에서의 지위와 명성이 그보다 상위였을 것이다. 『진서』「문원전」사신(史臣)의 찬(贊)을 보면,

조비는 비적(秘籍)에 침연하고	曹毗沉研秘籍,
낮은 직책에 몸을 낮추며	跼足下僚,
아름다운 강신(降神)의 노래를 짓고	綺靡降神之歌,
경쾌한 「대유(對儒)」의 의론을 폈다.	朗暢「對儒」之論.

라고 하였다. 장형(張衡)의 「서경부(西京賦)」에서는,

아름다운 것들이 아니면	匪唯觀好,
비서(秘書)들이 있는데	乃有秘書,
소설이 9백편으로	小說九百,
본래 우초에서 온 것이라.	本自虞初.

라고 하였다. 조비가 침연(沉硏)한 '비적(秘籍)'은 응당 소설과 관련 있을 것이다. 이런 점을 고려할 때 그가 신괴한 이야기에 특별한 애호가 있었음을 분명히 알 수 있으니, 그런 그가 자기 책에 '지괴'라는 이름을 붙인 것은 일면 매우 자연스런 일이라 하겠다. 그의 지위와 명성은 이러한 창작 방식이 문단에 광범위한 영향을 미치고 심지어 일군의 모방작이 생겨나는 대유행을 형성하게 하는 데 당연히 기여했을 것이다. 현재 남아있는 자료에서 우리는 조비가 비교적 이른 시기에 '지괴'를 자기의 소설집 이름으로 채용한 사람이며 아울러 일군의 지괴 소설집이 유행하는 데 적극적인 추동작용을 하였던 사람임을 추정할 수 있다.

조비 이외의 또 다른 주요 인물이 바로 조대지(祖臺之)이다. 조대지는 자가 원진(元辰)이며 범양(范陽) 계(薊, 지금의 북경 서남) 사람으로, 일설에는 범양 준(遵, 지금의 하북 내수현 북쪽) 사람이라고도 한다. 그는 조충지(祖沖之)의 조부로, 동진(東晉) 효무제(孝武帝) 태원(太元, 376~396) 때 상서좌승(尚書左丞)을 지낸 바 있다. 태원 말(395) 중서령 왕국보(王國寶)는 평소 부귀를 믿고 교만했는데 일찍이 표기참군(驃騎參軍) 왕휘(王徽)의 연회 자리에서 조대지에게 심하게 주사를 부렸다. 소매를 걷고 큰 소리를 내며 심지어 술잔과 악기들을 집어던졌으나 조대지는 끝까지 감히 한 마디도 못했다. 이 일을 저찬(褚粲)이[3] 탄핵하자 황제가 조서를 내려 왕국보의 방자함을 더 오래 놔둘 수 없고 유약한 조대지도 역시 감사체(監司體)가 아니라고 하여 아울러 관직을 박탈하였다(『진서』 권75 「왕담전」 부록 「왕국보전」). 안제(安帝, 397~418) 때는 관직이 시중(侍中)·광록대부(光祿大夫)에 올랐으며 저서에 문집 16권이 있다. 조대지는 『지괴』 2권을 저술했는데 『수지(隋志)』 「사부(史部) 잡전류(雜傳類)」와 『신당지(新唐志)』 「병부(丙部) 소설가류(小說家類)」에 들어가 있다. 『지괴』 중에 융안(隆安, 397~401) 때의 일이 기록되어 있어, 그와 조비가 동시대 사람임을 알 수 있다. 그들은 모두 현재 알려진 가장 이른 시기에 '지괴'로 자기의 소설집 이름을 삼은 사람들이다.

공씨의 『지괴』는 또 하나의 작가를 고증할 수 있는 작품이다. 『수서』 「경적지」 「사부 잡전류」에 『지괴』가 수록되어 있는데 "4권, 공씨가 지었다(四卷, 孔氏撰)"라는 주(注)가 달렸다. 『신당서』에는 「병부 소설가류」에 들어가 있는데 제목이 『공씨지괴』로 바뀌었고, 『예문유취(藝文類聚)』에는 『공씨지괴기(孔氏志怪記)』라고 되어 있다. 『태평광기』 권276에서는 「진명제(晋明帝)」 1칙(則)을 인용하면서 "공약의 『지괴』에서 나왔다(出孔約『志怪』)"라는 주를 달았다. 이로 인해 공씨의 이름이 약(約)임을 알 수 있다. 『세설(世說)』 「배조(排調)」 유효표(劉孝標)의 주에서는 『공씨지괴』의 내용 중, 간보(干寶)가 부친의 여종이 다시 태어난 것에 감응하여 『수신기(搜神記)』를 지은 일을 인용하였다. 『진서』가 「간보전(干寶傳)」을 수록했으니 공약의 책이 『수신기』 이후에 지어졌으며 또한 간보의 영향을 받아 비교적 이른 시기에 '지괴'를 서명으로 삼았다는 사실을 알 수 있다.

3   당시의 어사중승(御史中丞)을 일컫는 말이다.

또 다른 예인 『관세음응험기(觀世音應驗記)』3종은 중국에서는 이미 오래 전에 유실되었다. 1943년 일본에서 초본(抄本) 한 축(軸)을 발견했는데 필사연대가 가마쿠라시대(鎌倉時代, 1192~1333)로 추정된다. 이는 대략 남송 소희(昭熙)에서 원대 지순(至順) 연간에 해당한다(孫昌武, 「『觀世音應驗記』校點說明」).

『관세음응험기』에는 "송(宋) 상서령(尙書令) 북지(北地) 부량(傅亮) 자(字) 계우(季友) 찬(撰)"이라는 기록이 있다. 『수서』「경적지」「잡전류」에 수록된 것은 제목이 『응험기』라고 되어 있고 "송(宋) 광록대부(光祿大夫) 부량(傅亮) 찬(撰)"이라 하였다. 이 책의 「소서(小序)」에 이런 기록이 있다.

사경서(謝慶緒)가 지난번에 『관세음응험기』 1권 10여 사(事)를 지어 선군(先君)께 보내왔다. 내가 예전 회토(會土)에서 살았을 때 병란을 만나 그것을 잃어버렸다. 지난번 이곳으로 돌아와 그 글을 찾았으나 마침내 다시는 남아있지 않게 되었다. 그중 7조목은 모두 기억하고 있고 나머지 일은 기억할 수 없어서 소회로 다시 이것을 기록하여 동신지사(同信之士)를 기쁘게 할 뿐이다.

謝慶緒往撰『觀世音應驗記』一卷十餘事, 送與先君. 余昔居會土, 遇兵亂失之. 頃還此境, 尋求此文, 遂不復存. 其中七條具識, 餘事不能復記其事. 故以所懷者更爲此記, 以悅同信之士云爾.

사부(謝敷)는 자가 경서(慶緒)로 회계(會稽, 지금의 절강 소흥) 사람이다. 대략 진(晉) 애제(哀帝) 융화(隆和) 원년(362) 전후에 활동하였다. 성격이 침정(沈靜)하고 과욕(寡慾)하며 태평산(太平山)에 들어가 10여 년을 지냈으므로 사람들이 그를 은사(隱士)라고 하였다. 부량(傅亮, 374~426)은 자가

계우(季友)이고 북지(北地) 영주(靈州, 지금의 영하 영무) 사람이다. 경사(經史)를 널리 섭렵했으며 특히 문사(文辭)를 잘 했다. 의희(義熙) 중에 여러 차례 중서황문시랑(中書黃門侍郎)을 지냈다. 유유(劉裕)[4]가 진선(晋禪)을 받고자 하니 부량이 그 뜻을 알고 청하여 입보(入輔)하게 하였다. 송(宋)이 들어서자 명(命)을 보좌한 공(功)으로 성현공(成縣公)에 봉해졌다가, 바로 중서성(中書省)에 들게 되었다. 유유가 죽자 보정대신(輔政大臣)이 되었다. 소제(少帝)가 실덕하자 서선지(徐羨之)와 함께 그를 폐위하고 문제(文帝)를 맞아 즉위하게 하니, 산기상시(散騎常侍)와 개부의동삼사(開府儀同三司)가 더해졌다. 마침내 폐위 사건으로 인하여 원가(元嘉) 3년(426)에 송 문제에게 죽임을 당했다. 저술에 「연신론(演愼論)」과 「감물부(感物賦)」 등이 있다.

『속관세음응험기(續觀世音應驗記)』에는 "송(宋) 태자(太子) 중사(中舍) 오군(吳郡) 장연(張演) 자(字) 경현(景玄) 찬(撰)"이라고 쓰여 있다. 그는 「소서」에,

나는 어려서 집안의 가르침으로 인하여 대법(大法)을 획봉(獲奉)했다. 매번 영이(靈異)를 흠복(欽服)할 때면 아득히 탄식하고, 주위들은 이야기를 남몰래 기억하여 품고 있었다. 오래도록 그것들을 못 엮고 있다가 지난번 부씨(傅氏)의 기록을 보게 되었다. 내 마음과 부합하니 즉시 들은 바를 기록하여 그 책 뒤에 붙이고 동호인에게 전한다.

演少因門訓, 獲奉大法, 每欽服靈異, 用兼緬慨, 竊懷記拾, 久而未就. 曾見傳氏所錄, 有契乃心, 卽撰所聞, 繼其篇末, 傳諸同好云.

---

4 송무제이다. 동진의 장수 출신으로 어지러운 정국에서 세력을 잡아 남조의 송을 세웠다.

라고 적었다. 장연은 자가 경현(景玄)으로 장무도(張茂度, 裕)의 아들이다. 오군(吳郡) 오땅(강소성 소주) 사람으로 관직이 태자중사인(太子中舍人)에 올랐으며 대략 송 문제 원가(元嘉) 전후로 활동하였다. 저서에 문집 8권이 있다.

『계관세음응험기(系觀世音應驗記)』에는 "제(齊) 종사중랑(從事中郎) 오군(吳郡) 육고(陸杲) 자(字) 명하(明霞) 찬(撰)"이라는 기록이 있고, 「소서」에는 다음의 내용이 쓰여있다.

예전 진(晉)의 고사(高士) 사경서(謝慶緒)가 관세음의 응험사(應驗事) 10여 조목을 기록하여 안성태수(安成太守) 부원(傅瑗, 자는 叔玉)에게 주었다. 부씨 집안은 회계(會稽)에 살았는데 후손이 난을 만나 그것을 잃었다. 그 아들 송(宋) 상서령(尚書令) 부량(傅亮, 자는 季友)이 그나마 7개 조목을 기억하고 있어서 그것을 기록해두었다. 조고(祖舅) 육고(陸杲)는 태자중사인(太子中舍人) 장랑(張演, 자는 景玄)이 기록한 별도의 10조를 구하여 부씨가 지은 것의 뒤에 이어 붙였다. 이렇게 합하여 17조로 된 것이 지금 세상에 전한다. 육고는 다행히 석가의 유법(遺法)을 구하여 어려서부터 믿음을 받아들였는데, 경(經) 중의 관세음에 대한 내용을 보고는 더욱 공경하는 마음이 생겨났다. 또한 근세에 서첩(書牒)과 지식이 영전(永傳)하는 것과 그 말에 위신제사(威神諸事, 관음의 위신력이 일마다 드러남)한 것이 수 없이 많음을 보고 성령(聖靈)이 지근한 데 있음을 더욱 절실히 깨닫고 감격하였다. 사람마다 마음에는 감통할 수 있는 성(誠)이 있으며 성리(聖理)의 말씀에는 반드시 그것을 일으킬 수 있는 힘이 있음을 믿어, 감통할 수 있음으로 반드시 일으키기를 구해야 한다. 어떠한 인연도 영향(影響)만한 것은 없는 것이다. 선남선녀여, 사람이라면 이에 힘쓰지 않을 수 있겠는가. 이제 제(齊) 중흥(中興) 원년(元年)에 이 책 69조를 삼가 짓고 부량과 장연의 저작에 잇는다. 연결하여 뒤따르니 이는 사람들이 그들의 것과 이것을 함께 보도록 함이다. 뒤에 오는 밝은이가 들은 바를 이어가 또한 나의 뒤에 이어붙인다면 신기함이 세상에 전해지고 믿음을 널리 할 수 있을 것이다.

昔晋高士謝字慶緒記觀世音應驗事十有餘條, 以與安成太守傅瑗字叔玉. 傅家在會稽, 經孫恩亂, 失之. 其子宋尙書令亮字季友猶憶其七條, 更追撰爲記. 杲祖舅太子中舍人張演字景玄又別記十條, 以續傳所撰, 合十七條, 今傳于世. 杲幸邀釋迦遺法, 幼便信受. 見經中說觀世音, 尤生恭敬. 又睹近世書牒及智識永傳, 其言感神諸事, 盖不可數, 益悟聖靈極近, 但自感激. 信人人心有能感之誠, 聖理謂有必起之力, 以能感而求必起, 且何緣不如影響也. 善男善女, 人可不勖哉. 今以齊中興元年, 敬撰此卷六十九條, 以係傅張之作, 故連之相從, 使覽者幷見. 若來哲續聞, 亦卽綴我後, 神奇世傳, 庶廣飧信.

육고(陸杲, 459~532)는 자가 명하(明霞)이고 오군(吳郡) 오(吳) 땅 사람이다. 어려서부터 학문을 좋아했으며 서화(書畵)를 잘하였다. 제(齊)에서 군법조행참군(軍法曹行參軍)에 뽑혔으며, 양(梁)에 들어가서는 표기기실참군(驃騎記室參軍)이 되었고 어사중승(御史中丞)을 거쳐 나와서는 의흥태수(義興太守)를 지냈다. 대(臺)에 있을 때는 강어(强御)를 두려워하지 않는다 일컬어지고, 군(郡)에 있어서는 관혜(寬惠)하여 아래 백성들에게 칭송되며 평소 불법을 믿고 계율을 정심으로 지켰다. 대중통(大中通) 초에 지위가 양주(揚州) 대중정(大中正)에 올랐는데 특진이 더해진 것이다. 저서에 『사문전(沙門傳)』30권이 있다.

이로 본다면 현존하는 3종의『관세음응험기』는 실제로 2개의 책이다. 즉 하나는 사부가 지은 것으로 부원에게 전해졌다가 전란으로 유실되어 부량과 장인이 앞뒤로 기억에 의거해 써 놓은 것이고 다른 하나는 육고가 "근세에 서첩과 지식이 영전하는 것을 보고" 별도로 지어 덧붙여 이룬 것으로 그 중에는 육고가 직접 경험한 일도 적지 않다. 두 책은 파란만장한 창작 과정을 거쳤다. 그것들은 비교적 사회적 지위가 높고 문화적 수양이 높은 불교 신자 사인(士人) 집안의 몇 대가 송(宋)에서 제(齊)까지 대략 250년간(362~601)에 걸쳐 완성한 불교 선전 작품이라 하겠다.

3. 지방지를 활용한 작가의 경력 고증

지방지(地方志)가 착안한 것은 본 지역의 역사 연혁으로, 주의를 기울여 유문(遺聞)을 찾고 실록(實錄)을 힘써 보아 정사(正史)가 빠뜨리고 놓치거나 의도적으로 버린 수많은 재료를 담아 모음으로써 작가 고증에 매우 큰 가치를 지닌다. 일례로『고승(觚賸)』의 작가 유수(鈕琇)는 24년간의 벼슬살이 동안 중원에서 서북지방으로, 또 다시 서북에서 남월(南粤)로 두루 다니며 평생을 7품 지현(知縣)에 머물렀다.『청사(靑史)』「열전(列傳)」에 입전(立傳)은 되었지만 내용은 너무나 소략하다. 그러나 그가 지현을 맡았던 하남 항성(項城)·섬서 백수(白水)·광동 고명(高明)의『현지(縣志)』에서 비교적 상세한 자료를 찾을 수 있다.『항성현지(項城

縣志)』권3 「질관표(秩官表)」 「지현」에서 말하기를 그는 "성심으로 백성을 어루만졌고 베옷을 입고 채소를 먹으며 고군자의 풍도가 넉넉하였다. 관할 지역의 가난을 제거하느라 자기의 주머니는 텅텅 비었다心勞撫宇, 衣布食蔬, 饒有古君子風, 報內艱去, 囊橐蕭然"라고 하였다. 『백수현지(白水縣志)』권3 「관사지(官師志)」 「열전」에는 다음의 기록이 보인다.

임인년(壬寅年)에 사악한 기운이 크게 일어나 간민(奸民)이 기회를 틈타 침략하였다. 유수가 법을 행하여 끝까지 다스리니 경내가 숙연해졌다. 또 내탕(內帑) 3,000금과 초량(楚粮) 500석을 발하여 진휼할 것을 청하니 유망(流亡)이 마침내 모이게 되었다. 유수는 일처리를 강력하게 하면서도 너그럽고 평온한 마음을 지니고 있으니 원망하는 사람이 없었다.

壬寅歲大祲, 奸民乘機動掠. 琇執法窮治, 境內肅然. 又請發內帑三千金・楚粮五百石以賑, 流亡遂集. 琇遇事剛決, 存心平恕, 故同無怨者.

『고명현지(高明縣志)』권11 「환적전(宦績傳)」의 기록은 이렇다.

고명은 산의 경계가 녹동(鹿峝)・조막(皂幕)의 여러 봉우리와 연결되어 있으니, 약경(藥徑)을 통해 도적이 출입했다. 유수가 정치(情致)하자 여러 도적의 괴수 중 본거지를 다 기울여 나온 자가 24명이었다. 상관에게 청하여 면사패(免死牌) 하나씩을 주고 수어(守御)로 하여금 속죄하게 하였다. 가난한 이의 생계를 도모하여 먹을 것을 주고 살 터를 마련해 주니 여러 도적이 죄짓지 않을 것을 다짐했다. 이 때문에 마을에 걱정하고 조심할 바가 없어졌다. 물의 경계는 장가(牂牁)에 이어져 있는데 매번 서강(西江)이 불면 그 주위가 쉽게 터졌다. 유수는 수리하고 중축하며 기근을 해결하면서 간간이 재물을 내어 도우니 읍에 수재(水災)가 줄어들었다. 특히 고한(孤寒)을 장려했는데, 의숙(義塾)과 교사(敎士)를 두어 갑을을 시험하니 선비들이 모두 진작되었다.

> 高明山界連鹿崗・皂幕諸峰, 通藥徑, 盜所出入, 琇以情致, 諸盜魁傾巢而出者二十四人, 請之上官, 人給免死牌一, 使守御贖罪, 貧者計口授食, 卜室居之, 諸盜戒勿犯, 由是邑無警. 水界連牂牁, 每西江漲則其圍易決, 琇修築維謹, 間損金以助之, 邑鮮水災. 尤好獎勵孤寒, 設義塾敎士, 課其甲乙, 士皆振.

모두 유수가 훌륭한 관리로서 임직 시 관용(官用)을 아끼고 세금을 줄였으며 수리를 일으키고 유망(流亡)을 모아들인 사실과 '품행이 강직하고 청렴하여' 백성의 호평을 받았음을 표명한 것이다.

또 다른 예로 두강(杜綱)을 살펴보자. 그는 화본소설(話本小說) 『오목성심편(娛目醒心篇)』과 강사소설(講史小說) 『북사연의(北史演義)』・『남사연의南史演義』의 작가이다. "옥산(玉山) 초정노인(草亭老人) 편차(編次)"와 "옥산(玉山) 두강초정씨(杜綱草亭氏) 편차(編次)"라는 판본의 제서(題署)를 통해 그가 옥산 사람이며 호는 초정노인임을 알 수 있다. 강서(江西)에 옥산현이 있고, 강소(江蘇)에는 곤산현(昆山縣) 서쪽 경계 시냇가에 옥산초당(玉山草堂)이 있는데 당시 오중제일(吳中第一)로 일컬어져 곤산을 옥산이라고도 불렀다. 두강은 도대체 어디 사람인가? 그의 생평은 어떠한가? 이에 대한 답을 얻기 위해 지방지를 고찰할 필요가 있다. 도광(道光) 병술년(丙戌年, 1826) 『곤신양현지(昆新兩縣志)』 권27 「문원(文苑) 2」의 내용을 보자.

두강(杜綱)은 자가 진삼(振三)으로 어려서 보제생(補諸生)으로 이름이 났다. 당시는 경생가(經生家)가 고문(古文)을 다스리지 않은 지 오래였는데, 두강이 홀로 백가(百家)를 위아래로 통달하여 유은(幽隱)하고 난궁(難窮)한 처지에서도 매번 전인(前人)도 생각하지 못했던 독견(獨見)을 펼쳤다. 동시(童試)[5] 때 곤산령(昆山令) 허치(許治)의 알아줌을 받아 허치의 아들 조춘(兆椿) 형제와 동학(同學)했다. 후에 조춘(兆椿)이 송강(松江)의 군수로 나가게 되었을 때, 수시로 왕래하면서도 절대로 사적인 부탁을 하지 않으니 조춘이 더욱 그를 공경하고 사랑했다. 저서에 『근시집(近是集)』이 있다. 동읍(同邑)의 제세기(諸世器)가 서문을 쓰고 간행했다.

　杜綱, 字振三, 少補諸生有聲. 時經生家久不治古文, 綱獨上下百家, 于幽隱難窮之處, 輒抒其獨見, 發前人所未發. 童試時受知昆山令許治, 令與子兆椿兄弟同學. 後兆椿出守松江, 時時過訪, 絶未嘗干以私, 兆椿益愛敬焉. 所著有『近是集』, 同邑諸世器爲序而行之.

『현지』에 따르면 두강은 강소(江蘇) 곤산(昆山) 사람이며, 자는 진삼(振三)이고 별호는 초정(草亭)임을 알 수 있다. 『현지』에 기록된 바 허치에게 인정을 받았던 일을 고려하면 그의 생몰 연대에 대한 약간의 단서를 찾을 수 있다. 『곤신양현지』 권14 「직관(職官)」 「곤산지현(昆山知縣)」을 보면 "허치(許治), 초야(肖野), 한양인(漢陽人), 건륭(乾隆) 기미(己未) 진사(進士)"라고 되어 있다. 『송강부지松江府志』 권43 「명환전(名宦傳)」에는

5　명대에는 과거의 규모가 더욱 커지고 지원자도 많아 단계를 더욱 세분화했다. 크게 동시(童試)·향시·회시·전시 등 네 단계로 나누고, 합격자도 생원(生員)·거인(擧人)·공사·진사 등으로 구분했다. 동시는 과거의 첫 단계로 천민을 제외하고 누구나 응시할 수 있었다. 나이를 불문하고 시험에 참가한 사람 모두를 동생(童生)이라 불렀다. 시험 장소는 단계적으로 올라가, 동시는 현과 부(府)에서, 향시는 성도(省都)에서, 회시와 전시는 수도에서 거행됐다.

"허치(許治), 자(字) 소야(宵野), 운몽인(雲夢人). 건륭(乾隆) 4년 진사(進士), 22년 곤산(昆山)에서 화정(華亭) 지현으로 옮김"이라고 하였다. 허치가 곤산현령을 지낸 것은 건륭 19년에서 22년이니 두강이 동생시(童生試)에 참여한 것이 바로 이때임을 알 수 있다.

명청(明清)의 과거제도는 나이를 막론하고 생원(生員) 시험에 응시한 사람을 동생(童生)이라 하였다. '어려서 보제생(補諸生)으로 이름이 났다'는 기록에 따르면 그 당시 두강은 분명 나이가 어렸을 것이다. 동생시는 현시(縣試) · 부시(府試) · 원시(院試)의 3단계를 포함하며, 축(丑) · 미(未) · 진(辰) · 무(戊)가 세고(歲考)가 되고, 인(寅) · 신(申) · 사(巳) · 해(亥)가 과고(科考)가 된다. 허치가 곤산에 부임해 있던 3년을 나누어 살펴보면 건륭 19년이 갑술, 20년이 을해, 21년이 병자년이다. 과고(科考)와 세고(歲考)의 임무는 같지 않으나 모두 우등한 수재를 향시(鄕試)에 참가하도록 보송(保送)해야 하므로 '녹과(錄科)'라고 한다. 허치가 아들 조춘과 두강을 동학하게 한 상황으로 볼 때 두강이 참가한 것은 아마 건륭 19년(1754)의 세고일 것이다.

『덕안부지(德安府志)』「허치전(許治傳)」을 살피면 허치에게는 아들이 3명 있었는데 즉 조계(兆桂) · 조춘(兆椿) · 조당(兆棠)이다. 또 『덕안부지』「인물(4)」「은일(隱逸)」과 『운몽현지략(雲夢縣誌略)』「예문(藝文)」「전(傳)」그리고 『덕안부지』「인물(2)」「사적(仕迹)(하)」와 『덕안부지』「인물(2)」「문학」에 기재된 내용을 살펴보면 허치가 곤산지현으로 있던 기간에 허조계는 13~16세, 허조춘은 7~10세, 허조당은 3~6세라는 것을 추산할수 있다. 두강은 응당 허조계와 나이가 비슷하거나 조금 연장일 것이니 건륭 7년(1742)이나 그보다 조금 이른 시기에 태어났을 것이다.

허조춘은 건륭 37년(1772)에 진사가 되었고 59년(1794)에 송강의 지부가 되었다. 곤산이 송강에서 그다지 멀지는 않으나 '수시로 방문할' 수 있었던 것은 두강이 아직은 정력이 왕성한 시기임을 설명하는 것이다. 그가 건륭 57년에 『오목성심편』을 완성하고 58년에는 『북사연의』, 60년에 『남사연의』를 완성한 것과 관련지으면 나이가 60을 넘지 않았을 것이다. 만약 그가 1742년생이라면 그때의 나이는 53세가 된다. 『북사연의』 이본 중에는 가경 2년(1797) 두강의 친한 벗 허보선(許寶善)의 자이헌(自怡軒) 중간본(重刊本)이 있는데 그 안에는 두강의 죽음과 관련한 내용이 전혀 드러나 있지 않으니 그가 당시까지 여전히 건재했을 것이라 추측할 수 있다. 두강은 일생 과거에 합격하지 못하고 포의로 여생을 마쳤으나 동학 허조춘이 송강의 지부를 하고 있어도 두강은 '절대 사사로운 부탁을 하지 않았다'고 하니 매우 고상한 성품이라 하겠다. 이처럼 지방지는 주요 작가에 대한 이해를 넓히는 데 많은 기여를 할 수 있다.

4. 작품 내적 증거를 활용한 하위층 작가의 경력 고증

대다수 소설가는 정단(政壇)과는 전혀 무관한 하위층 출신이다. 이들의 경력은 관방(官方)의 기록에서는 찾을 수 없기에 작품 안에서 내적 증거를 찾아야 한다. 『청쇄고의(靑瑣高議)』의 찬집자(撰輯者) 유부(劉斧)의 경우, 사서(史書)에는 그에 관한 자료가 없고 『청쇄고의』를 통해서 그의 신세(身

世)를 엿볼 뿐이다. 후집(後集) 권3 「거어기(巨魚記)」에 "가우(嘉祐, 1056~
1063) 연간 나는 통주(通州) 옥리(獄吏)로 계셨던 가친을 모셨다"라는 기록
이 있다. 이로써 그의 선인(先人)이 일찍이 통주 옥리를 지냈음을 알 수 있
다. 후집 권3 「정설(程說)」에는 다음의 기록이 있다.

정설(程說)은 자가 잠도(潛道)이며 담주(潭州) 장읍(長邑) 사람이다. 집이
매우 가난했다. 정설은 물건을 만들어 그날그날 생계를 유지했는데, 여가가
나면 바로 학사(學舍)에 가서 수업을 받았다. 사군자(士君子)가 그것을 듣고
그 뜻을 매우 안타깝게 여겼다. 호의자(好義者)가 그에게 미백(米帛)을 주어
곤궁함을 도와주니, 정설이 더욱 학문에 힘쓸 수 있었다. 경력(慶歷) 연간에
담주에서 장원으로 추천받고 과거에 급제하여 침주(郴州) 옥관(獄官)을 제수
받았다. 교체일에 중전(中銓, 이부)으로 가서 전임명령을 받고 수하(隋河)의
남쪽 작은 마을에 묵었다.

程說, 字潛道, 潭州長邑人, 家甚貧. 說爲工以日給其家, 暇則就學舍授業, 士
君子聞之, 頗哀其志, 好義者與之米帛, 以助其困, 說益得以爲學. 慶歷間魁荐于
潭, 次擧及登第, 授郴州獄官. 替日赴調中銓, 泊于隋河之南小巷中.

편(篇)의 뒤에 보충하여 덧붙이기를,

정설은 나의 선친과 같은 관직을 지냈고, 서울의 거처 또한 서로 이웃하여
서 자세히 알 수 있는 것이다.

程說與余先子嘗同官守, 都下寓居, 又與比鄰, 故得其詳也.

라고 했다. 유부의 부친이 경력(慶歷)⁶ 연간에 정설과 함께 호남성 침주(郴州)에서 옥관을 지낸 사실을 알 수 있다. 또 함께 변경(汴京)에 와서 후관(候官)을 거쳤고 그런 후 강소성 통주에 가서 다시 옥관이 된 것이다. 후권 권9 「악어신설(鰐魚新說)」을 보면,

희령(熙寧) 2년(1069) 나는 연고가 있어 해상(海上)에 가서는 먼저 그 일을 알아본 후 악어의 모양에 대해 살피고자 했다.

熙寧二年, 余有故至海上, 首詢其事, 又欲識鰐魚之狀.

라는 기록이 있다. 이 편은 『당서(唐書)』 「한유전(韓愈傳)」을 읽고 지은 것으로 '해상'은 광동(廣東) 조주(潮州)를 가리킨다. 전집 권4 「왕적전(王寂傳)」에는,

희령(熙寧) 연간 내가 태원(太原)에서 변경(汴京)으로 오는데 길이 역 아래로 나 있었다.

熙寧中, 余自太原來汴京, 道出驛下.

라고 했다. 전집 권9 「시연청격(詩淵淸格)」에서는,

나는 예전 오강(吳江)을 들를 때마다 항상 제공(諸公)의 시를 보았다.

余向過吳江, 常觀諸公詩.

---

6   경력(慶歷)은 건륭 연간이다. 건륭제의 이름을 피휘하기 위해 '홍력(弘曆)'을 '경력(慶曆)'으로 바꾸었다. 건륭연간에 장조(張照)가 쓴 「악양루기(嶽陽樓記)」에도 피휘하여 경력(慶曆)이라 했다.

라고 쓰여 있다. 후집 권9 「인록기(仁鹿記)」에는,

나는 일찍이 상수(湘水)와 형주(衡州)를 두루 다니며 동정(洞庭)으로 내려
갔다가 운몽(雲夢)[7]으로 들어간 바 있다.

余嘗游湘共衡, 下洞庭, 入雲夢.

라고 했으니, 유부의 종적이 북으로는 산서, 남으로는 광동, 서로는 호
남, 동으로는 강소 등 거의 전 중국에 걸쳐있음을 알 수 있다. 유부와 교
제한 사람들은 대부분 그 시절의 재예지사(才藝之士)였다. 전집 권3 「교
랑행(嬌娘行)」을 보면,

내 벗 손차옹(孫次翁)은 어려서부터 재주가 뛰어나고 얽매임이 없어 귀족 가
문들이 그 이름을 사모하여, 당세의 위인(偉人)들이 모두 그와 사귀었다. 하루
는 「교랑행」이라는 것을 가지고 와 내게 보여주었는데 그 뜻이 크고 맑았으며
문장이 풍성하고 아름다워 가상(嘉尙)하게 여길 만하기에 문집에 싣는다.

余友孫次翁, 幼負才不羈, 貴家多慕其名, 所與往還皆當世偉人. 一日, 出所爲
「嬌娘行」示余, 意豪而淸, 文富而麗, 有足嘉尙, 因載于集.

라고 했고 「교랑행」 서문에서는,

---

7   운몽현(雲夢縣)은 호북성 중부 북쪽에 위치해 있다. 동으로 효창현(孝昌縣)과 접하고, 서로
     는 응성시(應城市)와 강을 사이두고 마주하며, 남으로는 한천현(漢川縣)과 접하고, 북으로
     는 안육시(安陸市)와 이어졌다. 운몽은 춘추전국시대 초나라에 속했던 늪지이나, 동정호 근
     방의 커다란 호수와 연못을 한데 일컬어 또한 운몽이라고 했다.

희령(熙寧) 병인년에 나는 항주와 소주에서 북으로 강을 건너 의진군(儀眞郡)에 들러 소상지봉(瀟湘之逢)을 갖고 각기 그 회포를 풀고는 마침내 「교랑행」을 지었다.

熙寧丙寅歲, 余自杭及蘇, 北渡江, 過儀眞郡, 有瀟湘之逢, 各盡所懷, 遂作「嬌娘行」.

라고 했다. 여기에 잠시 말을 더하면, 희령 연간에는 병인년이 없으니 아마 갑인이나 병진의 오기인 듯하다. 갑인년은 희령 7년인 1074년이고 병진년은 희령 9년인 1076년이다. 이제 다시 전집 권9 「시참(詩讖)」의 기록을 보자.

내 벗 장행퇴 옹(張行退翁)은 도하(都下) 사람으로, 어려서부터 배우기를 좋아하여 당세의 호걸 예장거(曳長裾)·유장옥(游場屋)과 더불어 명성이 자자했다.

余友張行退翁, 都下人也, 幼好學, 與當世豪傑曳長裾·游場屋, 藉藉有聲.

후집 권1 「화품(畵品)」에서는,

구양개(歐陽介)는 나와 이기(二紀, 12년이 一紀)의 친구로, 함께 붙어 다닌 것이 하루 이틀이 아니다. 구양개는 본래부터 학문을 무척 좋아하여 여러 차례 유사(有司)에게 천거를 부탁했으나 오래도록 이루지 못했다. 부모와 족중(族重)을 돌아보니 주머니에는 백 금(百金)도 없었다. 그래서 허벅지를 치며, '대장부가 이 세상에 나서 마땅히 비단 이부자리에 눕고 솥을 늘어놓고 먹어야 하니, 설령 백수박사(白首博士)가 된다 해도 족히 말할 바가 있겠는가! 나는 또 부모를 섬기고 처자를 돌봐야 하니 그런 후에 예전에 품었던 뜻을 말하리라'고 탄식했다. 인하여 더욱 전신(傳神)에 힘쓰며 단청(丹靑)을 그리니, 그 붓놀림의 신기함이 심장(心匠)의 경지에 들어가는 듯했다. 비단 위에 그리면 아득히 천진함을 빼앗아오며, 생평지용(生平之容)을 얻고 언소지화(言笑之和)를 온전히 했으니 한 시대의 묘수(妙手)가 모두 그의 문하에서 나왔으므로 사군자가 그를 추중하였다.

> 歐陽介與余有二紀之舊, 從游固非一日也. 介初甚好學, 屢求薦于有司, 久而未售. 回顧親老族重, 囊無百金之直, 乃拊髀嘆曰, '大丈夫生當重裀臥, 列鼎食, 設使爲白首博士, 有何足道哉! 吾且事父母, 畜妻子, 然後言昔日之志.' 因寫丹靑, 尤工傳神, 落筆神奇, 想入心匠, 移之縑素, 迥奪天眞, 旣得乎生平之容, 又全乎言笑之和, 一時妙手, 皆出其下, 士君子推重焉.

라고 하였다. 유부는 비교적 높은 문화적 소양을 갖춤으로써 당세의 문인들과 사귈 수 있었음을 알 수 있다.

또 다른 예로『취다지괴(醉茶志怪)』의 작가 이경진(李慶辰)은 단지 그의 자가 소균(筱筠)이고 별호가 취다자(醉茶子)이며 천진(天津) 사람이라는 것만 알려져 있었다. 그러나 책 안의 사소한 내용을 근거로 대략 한두 가지를 엿볼 수 있다. 권1「절옥이칙(折獄二則)」에는 그의 7대조 이각(李珏)에 대해 자가 덕패(德珮)로 일찍이 태창(太倉)의 주목(州牧)이었음이 기록되어 있다. 또 권2「천관(天官)」에는 그의 백조(伯祖) 수팽(壽彭)이 과거 의창(宜昌)의 태수를 역임했고 그 딸은 바로 작가의 곽씨고(郭氏姑)라는 기록이 있다. 권1「택선(宅仙)」에서는 "옛날 우리 집이 잘 살았을 때는 신선이 창고를 지키었다(昔予家盛時, 有仙爲守倉廩)"라고 하였다. 이씨의 선대가 일찍이 여러 대에 걸쳐 관직에 있으면서 한 때 흥성했던 시기가 있었으나 적어도 이경진의 부친 대에 와서는 퇴락하기 시작했음을 알 수 있다. 권2 「택선」에서는 또 "내 고거를 소씨에게 임대하였다(予故居賃居邵姓)"라고 하였고, 「남의온(藍衣媼)」에서는 "내 고거를 하씨에게 임대하였다(予故居賃居夏姓)"라고 했다. 고거(故居)를 임대하는 것이 이씨 집안의 주요한 경제적 소득원이 되었음을 알 수 있다. 이경진은 제생(諸生) 신분으로 여러 차례 북위(北闈)의 향시에 참가했지만 모두 거인에 뽑히지 못했다. 권2 「귀시(鬼市)」에서 스스로 말하기를 "경오년 향시 후에 친구 두셋과 짝이 되어 함께 갔다(庚午鄉試後, 予二三友結伴同行)"라고 하였다. 이때의 경오년은 응당 동치 9년(1870)일 것이다. 만약 당시 이경진의 나이가 25세라면 그는 도광 25년(1845)에 태어났을 것이며『취다지괴』가 출판된 광서 18년(1892)에는 대략 47세쯤 되었을 것이다.

소설 작가의 생활 경력을 분명하게 밝히는 데 있어서 소설이 묘사하여 드러내고 있는 지리적 형세 또한 연구자의 주의를 끈다.『수호전』에는 적지 않은 지리상의 오류가 보인다. 일례로 제16회에서는 양지(楊志)가 생신강(生辰綱, 생일 선물)을 가지고 북경 대명부(大名府)를 출발하여 동경(東京)으로 가는데[8] 오히려 길을 빙 둘러 산동 제주(濟州) 지계(地界)의 황니강(黃泥崗)을 돌아가야 한다고 했다. 제36회에서는 송강(宋江)이 운성(鄆城)에서 강주(江州, 九江)로 유배를 가는데 양산박(梁山泊)을 지난다고 하였다. 이는 모두 작가가 산동의 지리와 형세에 대해 잘 알지 못함

---

8 북경 대명부의 양중서는 동경에 있는 장인 채태사에게 보낼 생신강을 양지에게 호송하게 하는데, 양지 일행은 조개 일당의 꾀에 빠져 황니강에서 생신강을 탈취당한다.

을 말해준다. 이 때문에 한바탕 웃음거리가 되기도 했다.

그러나 '방랍 토벌[征方臘]' 장면의 지리 묘사는 매우 구체적이고 상세하며 또한 정확하다. 마성생(馬成生)은 「『수호전』 '방랍 토벌'의 지리 묘사에 관하여[論『水滸』'征方臘'的地理描述]」라는 글에서 항주 전투·목주(睦州) 전투·청계(靑溪) 전투의 지리 묘사를 고증하고 크게는 성시(城市) 작게는 향촌(鄕村)까지 모두 매우 상세하고 정확하다는 점과 사서(史書)의 '방랍 토벌' 관련 기록이 오히려 더 소략하다는 사실을 밝혀냈다. 따라서 『수호전』의 이 부분 지리 묘사는 작가가 실제 생활 속에서 가져왔다는 주장이다.

항주는 대도시로 그곳을 지나는 인구가 매우 많기에 일단 차치해둔다 하더라도, 목주 일대는 매우 편벽하여 그 지리와 형세를 다른 지방 사람이 알기 쉽지 않다. 제97회에서 송강이 오룡령(烏龍嶺)에서 크게 손실을 입고 대대로 이곳에 사는 노인에게 길을 묻는데 노인이 작은 오솔길을 가리키며 "오룡령을 지나가면 바로 동관(東管)으로, 목주(睦州)에서 멀지 않습니다. 바로 가면 북문이지만 돌아서 서문을 지나면 다시 오룡령입니다[過烏龍嶺去, 便是東管, 取睦州不遠, 便到北門, 却轉過西門, 便是烏龍嶺]"라고 하였다. 그래서 송강은 직접 정장(正將)과 편장(偏將) 12명과 수행 마병(馬兵)과 군병(軍兵) 만 명을 거느리고 길을 안내하는 노인을 따라 갔다. 말의 방울을 모조리 떼어내고 군사들도 재갈을 물고 질주했다. 고개를 반쯤 넘었을 때는 이미 군병들이 길을 막고 있었다. 송강은 즉시 이규(李逵)·항충(項充)·이충(李衷)을 불러 적병을 죽이며 들어가게 하니 길을 지키던 적병 300~500명이 모두 이규 등에게 죽임을 당했다. 사경(四更) 쯤에는 이미 동관에 이르렀다. 그 지역에 사는 문사(文史)

관련 업무 담당자 방장재(方長才)는 「목주·『수호전』과 시내암[睦州·水滸與施耐庵]」이라는 글에서 다음과 같이 말했다.

저는 1949년부터 지금까지 오랜 기간 목주성(睦州城, 지금의 매성(梅城))에서 생활했습니다. 이곳에 거주하며 일을 한 지 거의 40년 동안 여러 차례 오룡산에 올랐고 오룡산 근처를 사방팔방 다녀봤지만 단지 매성에서 항주로 가는 방향만 알 따름이었습니다. 보병과 기병이 지나려면 서문을 나서서 오룡령으로 가는 길 하나만 있을 뿐입니다. 1984년 6월 인민대회 대표를 선출하러 대판(大販, 오룡산 북면)에 갔을 때 비로소 오룡산 북쪽 대판촌 앞에서부터 산마루의 죽림사(竹林寺)·목화사(睦和寺)를 거쳐 산 남쪽의 반가(潘家) 평제(坪濟) 용암(龍庵)을 지나는 소로가 곧장 동관으로 이어진다는 것을 알았습니다. 산마루에 오래 살았다는 그 곳 노인의 말을 빌리면 예부터 이 산마루에 사는 사람과 산에 거주하는 스님 및 사냥꾼 이외에 일반 사람은 매성과 대판에 살아도 모르는 길이라고 했습니다.

상술한 지리 묘사에 대한 고증은 작가의 경력을 밝히는 데 도움을 준다. 마성생(馬成生)은 다소 보수적인 입장에서 "작가가 만일 '방랍의 난을 토벌'한 이 지역 내에서 생장하지 않았더라도 최소한 이 지역에서 상당 기간 살았을 것이다"라고 추정했고, 방장재를 위시하여 보다 적극적인 쪽에서는 "단지 시내암이나 나관중처럼 장사성(張士誠)의 막료(幕僚)였던 사람만이 장사성이 일찍이 전쟁을 치렀던 목주 지방의 정치와 지형지세, 수륙 교통과 물산(物産), 풍속과 민정, 역사와 장고(掌故) 및 방랍이 난을 일으킨 정황을 포함하여 오룡신(烏龍神)의 전설 고사 등에 대해 비교적 잘 알 수 있고, 그런 인물이어야 비로소 이처럼 정확하고 생동감 있게 묘사할 수 있다. 특히 장사성은 원나라 지정 18년에 엄주(嚴州) 공격을 시작으로 지정 23년 신성(新城) 전투에서 패할 때까지 장장 7년 동안 목주를 공격 점거하기 위해 지피지기(知彼知己)해야 했고 그 막료들은 휘주(徽州)·순안(淳安)·건덕(建德)·동려(桐廬)에서 항주까지의 각종 정황에 대해 손바닥 보듯 해야 했다"라고 주장하였다. 일반 독자들이 『수호전』 내 방랍의 난을 정벌한 부분의 묘사가 역사상 장사성이 목주를 공격한 과정과 매우 흡사하다는 것과 『수호전』이 묘사한 오룡묘(烏龍廟) 오룡신의 내력이 현지의 민간 전설과 완전히 일치한다는 것 등을 안다면 매우 흥미롭게 여길 것이다.

제7장
고소설 작가 고증의 방향

1. 호적(胡適)의 과학적 작가 고증

고소설 작가 고증과 관련한 연구에서 어떤 경우는 성공적인 성과로 학술계의 인정을 받는 반면, 고증의 결과와 주장이 발표 즉시 모든 사람들로부터 단번에 부정되거나 일시적으로 파문을 일으켰다가 빠르게 잊히는 경우도 있다. 또 어떤 노력은 비록 최종적인 성과는 없다 하더라도 사람들에게 모종의 희망을 주는 반면, 단지 귀중한 시간과 정력만 낭비한 시도도 있다. 이러한 상황들을 접하면 다음과 같은 문제를 제기하게 된다. 즉 소설 작가를 고증하는 데 의거해 따를 만한 준거나 규칙이 있는가? 이 분야의 작업이 추구하는 정확한 방향은 무엇인가?

'소설고증학'의 창시자 호적(胡適)은 1921년 『홍루몽고증(紅樓夢考證)』에서, '구홍학(舊紅學)'에 대해 맹렬한 공격을 시작했다. 그는 이렇게 말했다.

『홍루몽』의 고증은 쉽지 않다. 첫째는 자료가 매우 적기 때문이고 둘째는 지금껏 이 책을 연구한 사람들이 모두 잘못된 길을 걸어갔기 때문이다. 어찌하여 잘못된 길을 가게 되었는가? 그들은 『홍루몽』의 저자와 시대, 판본 등을 고증할 수 있는 자료를 찾는 쪽으로 가지 않고 오히려 허다 상관없는 사소한 역사적 사실을 긁어모아 『홍루몽』의 내용에 결부시켰다. 그들은 결코 『홍루몽』을 고증한 것이 아니라 사실은 수없이 『홍루몽』을 견강부회(牽强附會)했을 뿐이다.

『紅樓夢』的考證是不容易做的，一來因爲材料太少，二來因爲向來研究這部書的人都走錯了道路．他們怎樣走錯了道路呢？他們不去搜求那些可以考定『紅樓夢』的著者·年代·版本等等的材料，却去收羅許多不相干的零碎史事來附會『紅樓夢』的情節．他們幷不曾做『紅樓夢』的考證，其實只做了許多『紅樓夢』的附會！

호적은 여기에서 처음으로 고소설의 고증 방법에 대한 문제를 제기했다. 물론 이것은 전면적인 제안이라 하기에 충분하지 않다. 고소설의 고증은 작가, 판본, 본사(本事, 내용의 출처나 사실)라는 세 방면을 포괄한다. 옛사람이 한결같이 소설을 '패사'로 본 것은 소설의 제재가 대부분 역사나 혹은 역사와 밀접한 관련이 있는 것들에 근원을 두고 있기 때문이다. 그래서 사소한 역사적 사실을 긁어모아 소설을 고증하는 것도 소설 고증의 정당한 범위에 속한다. 그것이 견강부회적인 미학(謎學)이냐 아니냐는 별도로 논할 일이지만, "우리들은 단지 믿을 만한 판본과 믿을 만한 자료에 근거하여 이 책의 작가가 도대체 누구이며, 작가의 사적(事迹)과 가세(家世)는 어떠하고, 언제 책을 썼으며, 일찍이 이 책에 다른 종류의 판본이 있었는지 여부와 이 판본들의 내력이 어떠한지를 고증해야 한다"는 의견은 매우 일리가 있다. 호적은 이 글의 결미에서 다음과 같이 말했다.

　　이상은 『홍루몽』의 '저자'와 '판본'이라는 두 가지 문제에 대한 나의 답안이다. 나는 우리가 『홍루몽』의 고증을 했다고 생각한다. 우선 이 두 가지 문제를 대상으로 고증에 착수했으며 우리가 할 수 있는 범위에서 자료를 수집하여 운용하고 참고하며 호증(互證)했다. 그런 후 몇 가지, 비교적 이치에 가장 가까운 결론을 추출할 수 있었다. 이것이 고증학의 방법이다. 이 글에서 나는 곳곳마다 일체의 선입견을 버리고, 처처마다 증거를 찾겠다는 목적 하나만을 지닌 채, 순간순간 증거를 존중하여 그 증거가 우리를 상당한 결론에 이르도록 안내하게 하였다.

　　以上是我對于『紅樓夢』的'著者'和'本子'兩个問題的答案. 我覺得我們做『紅樓夢』的考證, 只能在這兩个問題上着手; 只能運用我們力所能搜集的材料, 參考互證, 然後抽出一些比較的最近情理的結論. 這是考證學的方法. 我在這篇文章裏, 處處想撇開一切先入之成見; 處處存一个搜求證據的目的; 處處尊重證據, 讓證據做向導, 引我到相當的結論上去.

　　호적의 언술은 과학적 요소를 포함하고 있다. 우선 그는 증거를 찾는 임무를 제시했다. 증거는 반드시 믿을 만한 것이어야 한다. 그는 진실성이 담보된 믿을 만한 증거라야 정확한 결론을 끌어낼 수 있다고 강조했다. 이러한 인식은 인식의 객관 규율에 부합하는 것이다. 동시에 그는 증거와 고정관념의 관계를 처리할 때 마땅히 곳곳마다 끼어드는 선입견을 버리고, 증거를 존중하여 그 증거가 우리를 상당한 결론에 이르도록 안내하게 해야 한다고 말한다. 이런 인식도 인식의 객관 규율에 부합하는 것이다. 세 번째로 그는 또 가능한 한 힘껏 모든 관련 자료를 수집하고 아울러 '참고하며 호증(互證)'하여 그것들 사이의 내적 연관을 찾아내고 '그런 후 비교적 이치에 가장 가까운 결론들을 추출'해야 한다고 했다. 이런 인식은 훨씬 더 인식의 객관 규율에 부합한다. 마지막으로 호적은 만약 새로 발견한 증거가 증명한 결론이 틀린 것이라면 곧장 바로잡아야 한다고 말한다. 이런 태도도 과학적 정신에 합치된다. 모든 정황에서 볼 때 1920년대 이후 고소설의 작가와 판본의 고증은 기본적으로 호적이 획정(劃定)한 '정당한 범위'에서 호적이 제출한 '과학적 방법'을 운용한 것이었다. 현대적 스타일의 소설고증학을 기초한 호적의 역사적 공헌은 응당 인정받아야 한다.

이러한 호적의 과학적 정신이 지닌 진실성을 의심해서는 안 되지만, 시대적 한계와 특히 그가 신봉했던 '유용함이 곧 진리'라는 실용주의로 인해 그의 믿음과 행동은 항상 불일치한 상태에 놓였고 이것은 조설근에 대한 고증에서 더욱 두드러지게 드러났다.

호적은 1921년 3월 『홍루몽고증』을 쓸 때 도광 4년(1824) 각본(刻本) 『수원시화(隨園詩話)』를 보았다. 이 책에는 "그 아들 설근이 『홍루몽』을 썼는데 풍월번화의 성대함을 모두 기록했다〔其子雪芹撰 『紅樓夢』一部, 備記風月繁華之盛〕"라는 기록 뒤에 "그 가운데 있는 이른바 대관원(大觀園)이라는 것은 바로 나의 수원(隨園)이다〔中有所謂大觀園者, 卽余之隨園也〕"라는 구절이 첨가되어 있다. 또 원본에 있던 "명 아재가 읽고 선망하였다〔明我齋讀而羨之〕"를 삭제하고 "아재가 썼다 한다〔我齋題云〕"를 "설근이 주었다고 한다〔雪芹贈云〕"로 고쳤는데, 호적은 이것을 근거로 『홍루몽고증』 초고(初稿)에서 다음과 같이 말했다〔耿雲志 編, 『胡適遺稿及秘藏書信』, 黃山書社, 1994년판〕.

우리들이 현재 가지고 있는『홍루몽』관련 방증 자료 중에서 이것이 가장 이른 시기의 것이라고 생각한다. 근대 사람이 이것을 인용할 때는 매번 전문을 다 기록하지 않는다. 그들은 대개 이 자료의 중요성에 대해서도 완전히 이해하고 있지 않았다. 여기에 기재된 내용은 다음 몇 가지 점에서 중요한 의미를 지닌다.

① 우리는 이것을 통하여 건륭 시기의 문인이『홍루몽』을 조설근 작이라고 인정했음을 알 수 있다.

② 우리는 이것을 통하여 조설근이 조련정(趙楝亭)의 아들임을 알 수 있다 (『시화(詩話)』에는 조련정(曹練亭)으로 잘못 쓰여 있다).

③ 이것은 대관원이 바로 후대의 수원(隨園)임을 말해주고 있다(이 말은 전대 사람이 대개 믿지 않았으나 사실 매우 중요하다. 아래에서 상세히 논하겠다).

④ 조설근 본인에 대한 방증 자료는 이것뿐이다. (…중략…) 조설근의 사실(事實)은『수원시화』를 제외하고 별도의 믿을 만한 자료가 없다.

당시 호적이『수원시화』의 문헌적 가치에 대해 상당히 큰 의미를 부여하고 비중있게 여겼음을 알 수 있다. 그러나 얼마 지나지 않아 호적은 다른 자료를 발견하게 되고, 그 결과 원매(袁枚)의 말에 의문을 품게 된다. 그는 1921년 11월의『홍루몽고증』개정고(改正稿)에서 이렇게 말했다.

조인(曹寅)은 도대체 조설근과 어떠한 관계에 있는 사람인가? 원매는『수원시화』에서 조설근이 조인의 아들이라고 했다. 100년 넘도록 여러 사람들이 이 말을 믿었고 심지어 나의 이『고증』책 초고에서조차 이 말을 신뢰했다. 현재 우리는 조설근이 조인의 아들이 아니며 그의 손자라는 사실을 알고 있다. 이러한 큰 오류를 처음으로 개정한 것은 양종희(楊鍾義) 선생이다. 양 선생은 『팔기문경(八旗文經)』 60권을 편찬했고 『설교시화(雪橋詩話)』 3편을 저술하는 등 팔기 문헌과 장고(掌故)를 가장 잘 아는 사람이다. 그는 『설교시화』 속집 권6 23쪽에서 이렇게 말했다.

경정(敬亭, 청나라 종실 돈성(敦誠)의 자)이 (…중략…) 일찍이 「비파행전기(琵琶行傳奇)」 일절(一折)을 지었는데 조설근[霑]이 이에 대해 "백거이의 시령이 응당 매우 기뻐하여, 만소로 하여금 공연하게 할 것이다[白傳詩靈應喜甚, 定教蠻素鬼排場]"[1] 라고 쓴 구절이 있다 했다. 설근은 통정(通政) 조련정(趙棟亭)의 손자로 평생 시를 지으며 이러구러 지내다 마침내는 불우하게 생을 마쳤다. 경정이 지은 설근의 만시에 "우귀의 유문은 이하를 슬퍼하고, 녹거에 삽을 들고 유령을 장례하네[牛鬼遺文悲李賀, 鹿車荷鍤葬劉伶]"라는 시구가 있다. 여기에서 우리는 세 가지 사실을 알 수 있다.

① 조설근의 이름은 점(霑)이다.
② 조설근은 조인의 아들이 아니고 손자이다(『중국인명대사전』 990쪽에 "이름은 점(霑), 조인의 아들"이라고 되어 있는데 『설교시화』에 근거하여 바로잡아야 할 듯하다).
③ 청나라 종실 돈성의 시문집 안에 반드시 조설근과 관련한 자료가 있을 것이다.

1 　백부(白傳)는 백거이가 만년에 태자소부(太子少傅)를 하였기에 붙여진 이름이다. 시령(詩靈)은 시인의 영령(英靈)이다. 만소(蠻素)는 백거이가 사랑했던 두 명의 시첩 소만(小蠻)과 번소(樊素)로 이들은 가무에 뛰어났다고 한다. 죽은 백거이도 매우 기뻐하여 자신의 애첩들에게 「비파행전기」를 공연하게 할 것이라는 뜻이다.

돈성은 자가 경정이고 별호는 송당(松堂)으로 영왕(英王)의 후예이다. 그의 일사(軼事)도『설교시화』초2집에 산발적으로 보인다. 그의 저작에『사송당집(四松堂集)』시 2권, 문 2권이 있고『초료헌필주(鷦鷯軒筆塵)』1권이 있다. 그의 형은 이름이 돈민(敦敏)이고 자는 자명(子明)으로『무재시초(懋齋詩鈔)』를 남겼다. 나는 그 후 여러 곳을 다니며 두 사람의 문집을 구했는데 생각했던 것과 달리 쉽지 않아 지금껏 발견하지 못했다. 나는 올 여름 상해에 가 편지로 양종희 선생에게 여쭈었더니, 그가 답하기를 일찍이『사송당집』이 있었는데 신해년 이후 유실되었다고 하였다. 매우 실망스러웠지만 양 선생이 이미『사송당집』을 근거로 조설근이 조인의 손자라고 했으니 이 말은 의심할 바가 없을 것이다. 또 돈성의 형제가 모두 조설근과 친한 친구였기에 그들의 증견(證見)은 당연 믿을 만하다.

—『胡適紅樓夢硏究論述全編』, 93~95쪽

호적은 "조설근이 그 선조 조인의 직조(織造) 부임에 따라갔다"는 것에 동의했지만 기실 조설근이 조인의 "직조 부임"에 따라갈 수 있었는지를 고증하지는 못했다. 원매의 말에 따르면 조설근은 조인의 아들로 강희 연간에 살았기에 그러한 '풍월 번화의 성대함'을 경험할 수 있었다. 조설근이 만약 조인의 손자라면 호적은 그가 1719년 즉 조인 사후 7년에 태어났다는 것을 인정해야 하는데 그렇다면 어떻게 그가 조부 조인의 직조 부임에 따라갈 수 있다는 말인가? 호적은 당시에 실제로 이러한 허점을 발견하고 이렇게 해석했다.

이 점에 대하여 우리는 공개적으로 이 한 구절을 밝혀야 한다. 조인은 강희

5년(1712)에 죽었으니 건륭 갑신년까지의 거리가 51년이나 된다. 조설근은 필시 조인을 보지 못했을 것이다. 돈성의 「조설근에 대한 그리움을 부치며[寄懷曹雪芹]」라는 시 주석에서는 "조설근이 일찍이 그 조부 조인의 직조 부임에 따라갔다"라고 했는데 이에는 약간의 착오가 있다. 조설근은 그의 부친 조부(曹頫)의 강녕(江寧) 직조 부임에 따라 간 것이다. 조씨 집안은 3대에 4명이 직조를 맡았는데 조인이 가장 유명할 뿐이다. 돈성은 만년에 책을 엮으면서 이 사실을 소주로 첨가했는데 그 때는 이미 조인이 죽은 지 70년이 더 지난 때라서 돈성과 원매가 모두 착각을 한 것이다.

—『胡適紅樓夢研究論述全編』, 135쪽

이미 "돈성과 원매가 똑같이 오해를 했다"라는 사실을 인정했지만 의거할 만한 판본이 없는 상황에서 돈성의 말에 대해 '소소한' 교감을 하는 것, 즉 "조설근이 일찍이 그 선조 조인의 직조 부임에 따라갔다"를 "조설근은 그의 부친 조부의 강녕직조 부임에 따라갔다"로 수정하는 것은 이미 그 스스로 지적한바 "판본을 버리고 공담(空談)으로 교감하는 미로"에 빠진 것이다. 호적은 진원(陳垣)의 『원전장교보석례(元典章校補釋例)』에 쓴 서문에서 "교감의 필요성은 잘못을 발견하는 데서 시작되며 잘못의 발견은 반드시 서로 다른 판본의 비교에 의거해야 한다"라고 하였다. 또 "오류를 개정하는 것은 가장 어려운 작업으로 주관적 개정(改定)은 아무리 공교롭더라도 결국에는 사람들의 마음을 완전히 설득할 수 없다. (…중략…) 어떤 글에서 글자 하나를 개정하는 것은 아무리 일리가 있어도 반드시 가능한 범위 내에서 실증(實證)을 제시해야 하고 모든 실증을 거치지 않은 개독(改讀)은 모두 단지 가정이고 억측일 뿐이다"라고 하였다(『校勘學釋例』, 上海書店出版社, 1997년판).

그가 돈성의 글에 가한 개정은 "다른 판본과의 비교에 의거하지" 않은 것이다. 더욱이 "가능한 범위 내에서 실증을 제시하"도 않았다. "조설근이 그 조부 조인의 직조 부임에 따라갔다"는 말에서 조인을 따라 "부임에 간 것"은 존재했던 사실을 말한 것이고, "그 선조 조인"은 두 사람의 관계를 말한 것임을 호적은 생각지 못했다. 기억의 법칙에서 볼 때 사실 자체의 기억은 크게 잘못되지 않지만 사람과 사람의 관계에서는 종종 착오가 발생한다. 만약 조설근이 조인을 따라 '부임에 간 것'이 지칭하는 바를 사실로 인정한다면 "그 선조 조인"이 지칭하는 관계는 부정해야 한다.

호적이 『홍루몽』의 저자에 대해 쓴 6개의 결론을 다시 보자.

① 『홍루몽』의 저자는 조설근이다.

② 조설근은 한군(漢軍) 정백기(正白旗) 사람으로 조인의 손자이며 매우 부귀한 집에서 태어나 번화하고 화려한 생활을 했다. 문학과 예술에도 유전(遺傳)과 환경을 가지고 있었다. 그는 시를 잘 하고 그림에도 능했으며 한 무리의 팔기 명사들과 왕래했으나 생활은 매우 가난하고 고달팠다. 그는 뜻을 얻지 못하여 술 마시고 방랑하는 생활을 하였다.

③ 조인은 강희 51년에 죽었다. 조설근은 대개 이때쯤 태어났거나 조금 후에 태어났을 것이다.

④ 조씨 집안이 매우 번성했을 때는 4차례나 황제를 접대하였다. 그러나 이후 집안이 점차 쇠퇴하였고 휴공(虧空, 부채)으로 인한 죄를 입어 몰락하게 되었다.

⑤『홍루몽』은 조설근이 파산으로 집안이 기울어진 이후 가난하고 곤궁한 가운데 쓴 것이다. 창작 시기는 대략 건륭 초에서 건륭 30년 전후이며, 책을 다 완성하지 못하고 조설근은 죽었다.

⑥『홍루몽』은 진사(眞事, 사실)를 은거(隱去)한 한 편의 '자기서술[自叙]'이다. 책 속의 견(甄)·가(賈) 두 보옥(寶玉)은 바로 조설근 자기의 화신인 것이다. 견씨와 가씨의 두 집안은 바로 당시 조설근의 모습이다.

앞의 5개 조항은 잠시 논의에서 미뤄두는데, 이는 믿을 만한가 아닌가를 막론하고 그나마 약간의 '증거'를 갖추었기 때문이다. 그러나 6번째의 증거는 어디에 있는가? 소설의 첫 부분에 "작가 자신이 일찍이 한바탕 몽환(夢幻)을 겪은 후 진사(眞事)를 은거(隱去)한 것이라고 하였다"는 말이 있다. 호적은 생각해보지 않았다. 만약『홍루몽』에 쓰인 모든 내용이 작가의 진실한 '자기서술'이라면 그것은 절대 '진사를 은거한 것'이 아니다. 만약『홍루몽』이 실록이라면 그것과 생활의 원형을 구별짓는 것은 단지 가정(賈政)과 조부(曹頫), 가보옥과 조설근이 다르다는 것뿐이 된다. 그렇다 해도 그것은 '진사를 은거한 것'이 아니며 단지 '진명(眞名)을 은거한 것'일 뿐이다. 채원배는 당시 이렇게 반박했다.

책에서 이미 진사를 은거했다고 했는데, 이 말은 결코 단지 실명만 숨긴 것이 아니라는 뜻이다. 그렇다면 책에 서술된 일을 사실로 여겨서는 안 된다. 또 보옥을 작가 자신의 그림자라고 한다면 하필이면 왜 견보옥과 가보옥 두 사람으로 만들었단 말인가?

이러한 질문들에 대해 호적은 답변할 방법이 없었다. "선입관을 버려야 한다"고 주장했던 호적도 반대 방향으로 달려가기 시작했고 그 또한 "상관 없는 사소한 역사적 사실을 수없이 긁어모아 『홍루몽』의 내용을 견강부회"하였다. 그렇기에 "가정(賈政)은 바로 조부(曹頫)이고, 가보옥은 바로 조설근 즉 조부의 아들이 된다"는 결론이 나온 것이다. 심지어 "조설근 사후에 또 표령(飄零)한 신부(新婦)가 있었으니 이는 설보채(薛寶釵)인가 아니면 사상운(史湘雲)인가?"(「『홍루몽고증』 발문跋『紅樓夢考證』」)라는 '추측'도 나왔다.

호적은 안타깝게도 자신이 제시한 소설 고증의 과학적 방법을 훌륭하게 실천하지는 못했다. 그러나 연구방법론을 창시한 그의 공적은 기억해야 할 것이다.

2. 위자운(魏子雲)의 역사·사회·훈고적 작가 고증

위자운(魏子雲)은 20여 년간 『금병매』의 작가와 형성 연대에 대한 탐구에 전념했으며 그의 연구는 대륙과 대만 등 전 지역 학술계에 광범위한 영향을 미쳤다. 그는 이렇게 말한다.

고증은 가장 매혹적인 학문이다. 고증을 해야 하는 문제는 그것이 무엇이든 모두 자신의 미궁(迷宮)을 가지고 있어서 당신이 뚫고 들어왔다가 다시 뚫고 나가기를 기다린다. 뚫고 나갈 수 없다면 들어가지 마라. 일단 들어갔다면 인내심으로 고난을 극복하고 지혜로써 출구를 찾아야 한다. 나오지 못하면 미궁 속에서 죽게 될 테니 말이다.

—『독서수의편(讀書須疑篇)』

고증학이 지닌 고락을 잘 알고 있는 말이라 하겠다. 위자운은 "역사를 기점(基點)으로, 사회를 인자(因子)로, 훈고(訓詁)를 방법으로 삼는" 고증의 원칙을 제시하였다.

고증학적 작업에 종사하면서 만일 역사적 기반과 사회적 요인 및 훈고적 방법이라는 3대 원칙을 결여한다면, 필경 논점이 역사에 기반하고 있는지를 등한시 하게 될 것이며 논점과 관련 있는 사회적 요인이 논점의 입론에 부합하는지 여부를 살피지 않게 될 것이다. 거기에 다시 훈고적인 훈련까지 결여한다면 설령 그 논저의 글이 풍부한 자료와 완성된 이념 구조를 지니고 있다고 해도 바다 위 신기루처럼 태양을 볼 수 없을 것이다.

—『금병매의 작가 문제[金甁梅的作者問題]』

입론(立論)이란 고증의 영역 안에서 한 가지 새로운 논점을 창립하는 것으로, 이를 위해서는 먼저 역사에 기반하고 있는지 여부를 살펴야 한다. 이것은 "집을 짓는 것과 같아서 반드시 먼저 건축 부지를 마련한 다음에 기술자를 불러 모으고, 재료를 준비한 후 부지 위에 계획한 집을 지어야 한다. 만약 건축 부지를 확보하지 못했다면 아무리 훌륭한 기술자를 불러 모으고 좋은 재료를 갖추었다 하더라도 헛수고이다. 그저 산

만한 재료를 한 무더기 쌓아놓은 것에 불과할 뿐이다."

『금병매』의 형성에 관한 논점 중 하나에 '집체창작설'이 있다. 그 대략은 다음과 같다.

> 그것은 '대 명사나 대 문학가가 독자적으로 서재에서 만들어낸 것이 아니라 동시간대 혹은 다른 시간대의 수많은 예인 집단이 창출해낸 것이다. 그것은 하나의 집체창작으로, 단지 가장 마지막 단계에서 문인의 윤색과 가공을 거친 것뿐이다.
>
> ─ 반개패, 『금병매의 형성과 작가[金瓶梅的産生和作者]』

이 관점의 영향력은 매우 커서 상당 부분의 사람들이 찬성을 표시했다. 중국소설사상 『수호전』・『삼국지연의』・『서유기』는 모두 민간전설에서 시작하여 문인의 정리 가공과 재창작의 과정을 거친 것이다. 게다가 『금병매』에는 "독자 여러분 들어보시오[看官聽說]"와 같은 설서인(說書人)의 말투가 다수 남아 있고 매 회마다 사곡(詞曲)과 쾌판(快板)[2]이 삽입되어 있다. 또한 책의 내용이 중복되고, 무관하거나 불합리한 부분이 있으며 인물의 나이와 중대한 사건의 발생 시간이 전도되거나 어지럽게 섞여 있다. 때로는 전대 사람의 사곡(詞曲)・잡극・전기(傳奇)・설창(說唱)을 대량 모방하기도 하였다. 게다가 『금병매사화』라는 제목의 '사화(詞話)'라는 두 글자는 그것이 설창 예술을 기본으로 쓰인 것이 아닌가라는 의심을 품게 한다. 이런 의견은 성립될 수 있는가? 우

---

[2] 중국 곡예(曲藝) 중 하나. 쾌판은 작은 대나무 조각으로 만든 '주판[板兒]'을 가지고 반주하면서 판소리처럼 설창 즉 창과 아니리를 섞어 연행한다. '쾌판서(快板書)'라고도 한다.

선 역사적 근거를 가지고 검증해보자.

『금병매사화』에는 설화인(說話人) 말투의 문구가 적지 않게 등장하나 이것은 단지 작가가 설화인의 말투를 모방하여 지어낸 것임을 말할 수 있을 뿐이다. 만약『금병매사화』가 진정 설서인의 대본이라면 어째서 '금병매' 이야기를 기록한 것이 하나도 출현하지 않는단 말인가? 생각해 보아라, 이 책이 만약 설서인의 입을 빌려 사회에 구전되었다면 응당 대단히 유행한 소설이 아니었겠는가? 그런데 어째서 그 사실을 기술한 사람이 하나도 없단 말인가? 가정 연간에 설서인의 입을 통해 전파된 것은 고사하고 그것을 문자로 기술하여 세상에 전한 만력 24년(1596)부터 그것이 출판된 때(1617)까지 20여 년이나 된다. 그런데도 지금까지 설서인이 그것을 구비 설창 형식인 평서(評書)[3]로 연행했다는 기록을 발견할 수 없다. 우리는 빠르면 송원시대에『청면수(靑面獸)』·『화화상(花和尙)』·『무행자(武行者)』라는 '소설(小說)'과『삼국지평화(三國志平話)』라는 '강사(講史)'가 와사(瓦肆)와 구란(勾欄)[4]에서 공연되었다는 것을 알고 있다. 그러나 이제껏 그 어떤 것도『금병매』와 관련한 설화의 기록은 발견할 수가 없다. 만력 24년 원중랑(袁中郎)은 편지를 써서 동기창(董其昌)에게 물었다. "『금병매』는 어디서 얻었는가?" 그리고 다시 물었다. "후편은 어디에 있는가?"

원소수(袁小修)의『유거시록(游居柿錄)』에도 이런 말이 있다.

---

3 평서(評書)는 설창 문예의 하나로, 쥘부채·손수건·딱따기 등의 도구를 사용하며 주로 장편의 고사를 이야기하는 것이다.
4 와사(瓦肆)와 구란(勾欄)은 송대 도시에서 유행하던 것으로 전문적으로 서민들에게 오락과 기예를 제공하던 장소이다.

지난번에 태사(太史) 동사백(董思白)을 만나 함께 소설 가운데 아름다운 것에 대해 이야기를 하였다. 사백이, "최근에 나온 소설에 제목이 『금병매』라 하는 것이 있는데, 참 좋더이다"라고 하여 내가 그것을 몰래 읽어보았다.

往晤董太史思白, 共說諸小說之佳者. 思白曰, '近有一小說, 名『金瓶梅』極佳.' 予私識之.

이러한 기록들은 모두 원씨 형제가 그때까지 소설 『금병매』를 읽어본 적이 없으며 심지어 『금병매』 고사조차도 들어본 적이 없다는 사실을 말해준다. 이로 보면 『금병매』 이야기가 설서인의 대본이라는 것은 역사적 근거가 부족한 주장임을 알 수 있다.

문학작품은 시대를 반영한다. 토지가 젖지 않으면 푸른 이끼가 자랄 수 없듯 명조(明朝)의 가정·융경·만력 연간같이 안일하고 음란한 사회가 없었더라면 『금병매』 같은 음서(淫書)가 나올 수 없었을 것이다.

— 위자운, 「난릉소소생을 논함[論蘭陵笑笑生]」

이 의견에 절대 다수의 연구자들이 동의할 것이다. 시대와 사회를 요소로 삼아 『금병매』가 지닌 정치 풍자성과 아울러 작가까지 고찰한 것은 독특한 안목을 보여준다. "가정·융경·만력 3대는 음란하고 퇴폐적인 사회로서 음서와 춘화(春畵)를 공식적으로 금지하지 않았기 때문에" "『금병매』와 같은 종류의 책은 가정·융경·만력 3대의 사회에서 필요로 한 책"이었다. 때문에 심덕부(沈德符)가 말한 대로 "이런 책은 반드시 사람들이 찍어 간행했을 것"이고, "판각되자마자 집집마다 전해졌을 것이다."

그러나 예상과 달리 만력 24년(1596)부터 20여 년 동안 아무도 『금병매』를 "찍어내지" 않았다. 이는 "당시 사회에서 발생하기 어려운 현상"이다. 『금병매』가 늦도록 간행되지 않은 것은 아마도 작품이 은연중에 만력 황제의 총애를 받았던 정귀비(鄭貴妃)가 '폐장입유(廢長立幼)'를 기도했던 사건[5]에 대한 풍자를 담고 있으며 그 때문에 정치적 압력을 받았을 것이라는 주장을 방증한다. 숭정 연간이 되자 시대가 변하여 『금병매』는 앞뒤로 사가(四家)에 의해 간행되었으니 이로써 그것의 간행 여부가 기실 작품의 '음서적 성격'과는 그다지 큰 관련이 없었음을 설명할 수 있다. 소설의 성립 배경에 대한 위와 같은 탐색은 사회적 요인을 중시하기 때문에 비교적 설득력이 있다. 이 문제는 성공적으로 해결되어, 작가 고증이 비로소 역사적 근거를 지니게 되었다.

훈고는 사의(詞義)에 대한 해석을 가리킨다. 작가를 고증하는 과정에서 고대 사료(史料) 가운데 관건이 되는 사어(詞語)에 대한 훈고적 훈련이 부족하여 대의(大意)를 소홀히 한다면 아마도 커다란 실수를 범할 것이다. 다시 원중랑이 동사백에게 보낸 편지의 한 부분을 보자.

한 달 전 석궤(石簣)가 찾아와 5일 동안 극담(劇譚)을 했습니다. 그러고는 바로 오호(五湖)에 배를 띄우고 72봉 절승지를 구경했습니다. 유람을 마치고

---

5 만력제는 후궁에게서 얻은 5명의 아들이 있었다. 황제는 왕씨의 소생 장남 주상락(朱常洛, 1582~1620)이 아닌 정귀비 소생의 삼남 주상순(朱常洵)을 태자로 세우려 했으나 신료들은 장유(長幼)의 순서를 무시하는 것은 불가하다며 격렬히 반대했다. 이로 인해 황태자 책립은 19년이나 미루어졌고 1601년에야 비로소 주상락이 황태자 위에 올랐다. '폐장입유(廢長立幼)'란 정귀비가 배후에서 장남을 폐위하고 삼남을 태자로 세우려 했던 것을 말한다.

다시 아재(衙齋)로 돌아와서, 하늘 끝 땅 끝까지 두루 돌아다닌 것에 대해 빠짐없이 말해주었는데 병마(病魔)가 이 때문에 조금 물러갔답니다.

一月前, 石簣見過, 劇譚五日. 己乃放舟五湖, 觀七十二峰絶勝處. 游竟復返衙齋, 摩霄極地, 無所不談, 病魔爲之少却.

여기에서 "오호에 배를 띄운 것"은 누구인가? 도석궤(陶石簣) "혼자 유람한 것"인가 아니면 원중랑과 "함께 유람한 것"인가? 해답은 이렇다. "원중랑의 「동사백(董思白)」에는 근본적으로 도석궤와 '함께' 동정을 유람했다는 기록이 없다. 이것은 '석궤'를 주어로 시작한 말이 '빠짐없이 말해주었다'까지 계속 이어짐을 의미한다. 결코 원중랑과 함께 간 것이 아니다"(黃霖, 『關于『金瓶梅』傳世的第一个信息』).

물론 이것은 지엽적 문제로 치부할 수 있다. 또 『금병매』가 세상에 알려진 것과 관련한 최초 정보의 시기가 만력 24년이든 23년이든 중요하지 않을 수 있다. 그러나 이 모두가 『금병매』의 형성에 대한 핵심 논의와 무관하다 말해도, 심덕부의 『만력야획편(萬曆野獲編)』에 보이는 두 개의 문구는 따져보지 않을 수 없다. 하나는 위에서 언급한 '얼마 후(未幾時)' 세 자이다. 글자만으로 보면 만력 34년에 3년을 더하니 만력 37년이다. 원소수(袁小修)가 서울에 올라가 회시(會試)를 본 때가 만력 38년임을 고려한다면 『금병매』 초각본은 만력 38년 경술(庚戌)에 나온 것으로 추정할 수 있다. 그런데도 '얼마 후'가 모호한 개념이라는 이유로 고려하지 않았다. 또 하나는 『만력야획편』이 『금병매』의 창작시기에 대해 언급한 것이다. 『만력야획편』은 『금병매』가 이미 전본(全本)을 갖추었다는 사실을 드러낸 가장 이른 시기의 사료이다. 사료를 운용할 때는 그것이 언제 쓰였는지, 그것을 믿을 수 있는지, 은휘나 왜곡은 없는지에 대해 특별히 주의해야 한다. "마중량(馬仲良)이 이때 오관(吳關)의 상권을 장악하고 있었는데[馬仲良時権吳關]"라는 말에서의 '이때'가 만력 41년이니, 이 단락의 말이 이때 쓰인 것이라고 판단할 수 있지 않은가?

또 분석해보자. 『만력야획편』 초편은 만력 34년에, 속편은 만력 47년에 완성되었다. 그러나 오늘날 보는 『만력야획편』 30권은 원래의 모습이 아니다. 청 강희 39년(1700) 동향(桐鄉)의 전방(錢枋)이 편집하여 도광 7년(1827)까지 내려온 것을 전당(錢塘)의 요조은(姚祖恩)이 다시 간행하면서 한데 묶어 정리하여 인쇄한 후 유통시켰다. 그 과정에서 권질(卷帙)이 34권으로 늘어났기 때문에 더욱 신중하게 고찰할 필요가 있다.

『만력야획편』은 『금병매』에 대해 언급하면서 『옥교리(玉嬌李)』도 함께 거론했다.

중랑(中郎, 원굉도)이 또 말하기를 『옥교리(玉嬌李)』라는 것이 있는데 이 또한 같은 명사(名士)의 손에서 나왔으며 전서(前書, 『금병매』)와 인과응보의 구조를 취하고 있다고 했다. 무대(武大)는 후세에 음부(淫夫)가 되어 위아래를 가리지 않았고, 반금련 또한 하간(河間)의 아낙이 되어 마침내는 극형을 당했으며 서문경은 어리석은 남자로 처첩들이 외간 남자와 사통하는 것을 좌시하니 이로써 윤회에 착오가 없음을 보여준 것이다. 중랑 역시 얻어들었을 뿐 직접 보지는 못했다. 작년 서울에 갔을 때 공부(工部) 육구(六區) 구지충(邱志充)에게서 우연히 얻어 보았다. 겨우 수권(首卷)뿐이었으나 매우 외설스럽고 윤리를 저버린 내용이라서 차마 더 볼 수 없었다. 황제는 완안대정(完顔大定)을 칭했으나 귀계(貴溪, 하언)와 분위(分宜, 엄숭)가 서로 얽혀 싸운 것 또한 은연중에 가탁했다. 가정(嘉靖) 신축(辛丑) 서상(庶常) 제공(諸公)의 성명을 그대로 쓴 것은 더욱 놀랍다. 읽기를 그만두고 다시 펴보지 않았으나 필봉(筆鋒)은 자횡(恣橫)하면서도 감창(酣暢)하여 『금병매』보다 나은 듯하다. 구지충이 다른 지역으로 나가고 난 후는 이 책이 어디에 있는지 알 수가 없다.

中郎又云, 尚有名『玉嬌李』者, 亦出此名士手, 與前書名設報應因果. 武大後世化爲淫夫, 上蒸下報; 潘金蓮亦作河間婦, 終以極刑; 徐門慶則駿憨男子, 坐視妻妾外遇, 以見輪回不爽. 中郎亦耳剽, 未之見也. 去年抵輦下, 從邱工部六區志充得寓目焉. 僅首卷耳, 而穢黷百端, 背倫滅理, 幾不忍讀. 其帝則稱完顔大定, 而貴溪分宜相構亦暗寓焉; 至嘉靖辛丑庶常諸公, 則直書姓名, 尤可駭怪, 因棄置不復再展, 然筆鋒恣橫酣暢, 似尤勝『金瓶梅』. 邱旋出守去, 此書不知落何所.

'구공부(邱工部)'는 윗글에서 인용했던 사조제(謝肇淛)의 「금병매 발」에 나오는 인물이다. 즉 "구제성에게 10분의 5를 얻어[于丘諸城得其十五]"라는 구절의 '구제성(丘諸城)'인 것이다. 구지충(丘志充)은 제성(諸城) 사람으로 만력 41년에 진사가 되었고 만력 47년에 공부 낭중(工部郎中)에 임명되었으며 48년에는 하남(河南) 여녕지부(汝寧知府)로 나갔다. 공자의 이름이 구(丘)이기 때문에 청대 옹정 3년의 공자를 피휘(避諱)하라는 규정에 따라 '구(丘)'를 '구(邱)'로 바꾸었다. 글 가운데 "이 책이 어디에 있는지 알 수가 없다"라는 말은 의심스럽다. "이 책이 이미 구지충의 손에 있었는데 구지충이 직무이동으로 인하여 옮겨갔고 이 책은 함께 가져가지 않았다. 그런데도 이 책을 볼 수 없었다는 것은 결국 원래 구지충의 것이 아니었다는 말이다. 심덕부는 구지충에게 있었던 책이 빌려온 것이라는 설명도 하지 않았다. 빌려온 것이라면 주인이 있을 것인데 어찌하여 단정적으로 '이 책이 어디에 있는지 모른다'고 말할 수 있단 말인가. 이왕 '이 책이 어디에 있는지 모른다'고 말했다면 분명히 이미 이 책이 결국 어떻게 되었는지 모른다는 것을 단언하고 있는 것이다."(위자운, 『금병매탐원(金瓶梅探原)』)

기실 구지충은 만력 48년 하남(河南)의 여녕지부(汝寧知府)로 옮겨간 이후 바로 종2품 포정사(布政司)로 승진하였다. 그러나 뜻밖에 천계 7년 (1627) 뇌물을 써서 경당(京堂)을 뚫으려 꾀했다는 일로 체포되어 사형이 논해지다가 숭정 5년(1632)에 가서야 사형을 당한다. "이 사건으로 추측하건대, 심덕부가 『만력야획편』 중의 『금병매』 관련 단락을 쓴 것은 응당 천계 7년 이후일 것이다. 이렇게 본다면 『만력야획편』의 이 내용은 다른 사람이 편집하여 쓴 것이거나 아니면 심덕부 자신이 구실을 만들기 위해 고의로 쓴 것일 가능성이 크다."(위자운, 「도본준의 금병매 발(金瓶梅跋)」) 이러한 추측은 '어디에 있는가(落何所)?'에 대한 훈고 가운데서 나온 것이다. 가령 구지충이 체포되어 사형에 처해지지 않았다면 책은 자연 그의 손에 있었겠으나, 이제 사람은 죽고 집은 망했으니 당연 다른 사람의 처소에 '떨어졌을[落]' 것이다.

역사적 근거와 사회적 요인 그리고 훈고적 방법이라는 3대 고증원칙에 의거하여 위자운은 다음과 같은 결론을 끌어냈다.

『금병매』는 만력 연간에 형성되었다. 필사로 전해지던 시대의 『금병매』는 정치 풍자 소설이었기 때문에 20여 년 동안 간행되지 못했다. 만력 말년 혹은 천계 초년에 비로소 간행된 『금병매사화』는 비록 원본을 개작한 것이지만 여전히 정치 풍자적 내용이 남아 있기에 감히 발행할 수 없었다. 숭정 초년에 와서 다시 개작을 거친 후에야 비로소 공개적으로 판매가 가능해졌다. 『금병매』의 작가는 도융(屠隆)이지만 오늘날 읽을 수 있는『금병매사화』는 이미 도융의 원본이 아니다.

매우 구체적인 결론을 내리고 있지만, 다수 연구자들은 지금까지도 이것을 인정하지 않고 있다. 특히 '두 차례 개정이 되었다'는 말과 '도융이 작가다'라는 말에 찬성하는 사람은 극히 드물다. 그럼에도 이것은 우리가 역사적 근거와 사회적 요인 그리고 훈고적 방법이라는 3대 원칙 및 그것들 사이의 유기적 통일성에 대해 총체적으로 긍정하는 것을 가로막지는 않는다. 이러한 이성적 사유를 바탕으로 개괄적이나마 고소설 작가고증학의 방향을 정할 수 있기 때문이다. 설령 이러한 구체적 결론에 찬성하지 않는 사람이라도 이 원칙에서 출발하여 하나하나 그 증거와 증명들을 반박해야 한다. 그래야 비로소 진정으로 자기 관점을 견고하게 세울 수 있게 될 것이다.

3. 유동(劉冬)의 종합적 총체적 작가 고증

『수호전』은 중국 사람들 사이에 매우 널리 유전(流傳)되는 작품이다. 그런데도, 다음과 같은 비판이 여전히 존재한다.

시내암에 대한 역사가 끝내 이렇게 깜깜하다는 것은 용인할 수 없다. 문학을 연구하는 사람은 그의 역사를 분명하게 밝힐 책임이 있다.

— 유동, 「시내암과 『수호전』[施耐庵與『水滸傳』]」, 『문예보(文藝報)』
제21호, 1952

1951년부터 유동(劉冬)은 시내암에 대한 의혹을 벗겨내기 위하여 부지런히 노력했다. 그는 중화인민공화국 성립 이래로 가장 먼저 시내암의 신세(身世)에 대한 의혹을 벗겨 낼 새로운 자료와 관점을 제시한 사람이다. 그는 40년 동안 가장 성실히 힘쓰고, 최선을 다해 탐색했으며 무엇보다 이 방면에서 작업하는 사람들을 추동하고 지도한 핵심 인물이다. 많은 연구자들이 그의 수많은 연구업적을 탁월하게 평가하며 인용한다. 설령 시내암에 대해 의심쩍은 태도를 지닌 사람이라도 결국 유동의 논변(論辯)을 주요 상대로 여기게 되었다. 이처럼 '시내암 연구' 역역에서 유동이 지니는 지위는 학술계가 공인하는 바다.

그동안 유동이 진행한 시내암에 대한 탐색과 고찰을 살펴보겠다. 사람들은 당연히 수많은 구체적 자료와 이 자료들에서 끌어낸 결론을 기대할 것이다. 확실히 1952년에 발표한 「시내암과 『수호전』[施耐庵與『水滸傳』]」은 소북(蘇北)의 흥화(興化)와 대풍(大豊)에 있는 시내암의 무덤과 사당, 그리고 『흥화현속지(興化縣續志)』 소재 「시내암묘지(施耐庵墓誌)」와 「시내암전(施耐庵傳)」 등 몇몇 신자료를 제공함으로써, 같은 시기에 발표된 정정화(丁正華)·소종린(蘇從麟)의 조사보고와 더불어 시내암의 생평에 대해 대략적인 윤곽을 그려내었다. 그 내용은 이렇다.

시내암, 이름은 언단(彦端) 또 다른 이름은 자안(子安)으로 원말(元末) 진사이다. 전당(錢塘)에서 2년 동안 벼슬살이를 하다가, 후에 벼슬을 버리고 소주(蘇州)에서 생활한다. 장사성이 오(吳) 땅을 점거하고 찾아왔으나 응하지 않고 화를 피해 강음(江陰)으로 옮겨 가 살다가 다시 흥화(興化)로 돌아와서 백구장(白駒場)에 가 사니, 백구진(白駒鎭)과 시가교(施可橋) 일대는 시내암이 소주에서 흥화로 옮겨 와 처음으로 살게 된 곳이 된다. 회안(淮安)에서 죽고 흥화의 시가교에 묻혔다. 첫째 부인은 계씨(季氏)이고 둘째 부인은 신씨(申氏)이다. 아들 양(讓)은 자가 이겸(以謙)이고 손자 문욱(文昱)은 자가 경룡(景朧) 혹은 술원(述元)이라고 한다.

이상의 윤곽은 향후 시내암에 대한 탐색과 고찰이 진일보할 수 있는 기반을 마련했을 뿐 아니라 앞으로의 연구를 위해 어떻게 기존의 고정된 연구방식을 깨어야 하는지 그 방향을 명확히 지적해주었다. 즉 직접 민간에 가서 민간에 속해 있는 위대한 작가의 풍부한 자료를 발견하는 것이다.

1952년의 글은 약간의 사회적 반응을 끌어냈다. 일례로 인민문학출판사 1952년 초판 『수호전』은 본서의 「이 책의 작가에 관하여[關于本書的作者]」라는 글에 해당 자료를 인용하면서 확신에 찬 어조로 이렇게 설명했다.

이 두 개의 문헌으로 볼 때 시내암이 역사적 인물이라는 것은 의심할 여지없는 사실이며, 『수호전』이 시내암의 창작품이라는 것도 전혀 의심할 바가 없다.

그러나 이러한 주장의 영향력은 전문가들의 냉담한 무시 속에서 너무도 빨리 사라져버렸다. 그리고 유동 자신은 장장 20년에 달하는 재난에 빠져 더 이상 시내암을 돌아볼 여유가 없게 되었다. 만약 그 후의 새로운 상황이 등장하지 않았다면 1952년의 발견은 기껏해야 식사 후 한가한 시간의 이야깃거리나 사람들에게 한 번 웃을 거리를 제공하는 것에 불과했을 것이다.

그러나 뜻밖에도 1958년 시가교(施可橋)의 시내암 묘지 부근에 있는 시양(施讓)의 묘에서 네모난 벽돌로 된 지조석(地照石)이 출토되었다. 지조석(地照石)은 "대명(大明) 경태(景泰) 4년 2월 을묘(乙卯) 삭(朔) 월유(越有) 15일 임인(壬寅)"에 쓰였음을 분명히 기록하고 있었다. 이는 정정화(丁正華)가 보고했던 『시씨족보(施氏族譜)』의 부록, 즉 회남(淮南) 일학도인(一鶴道人) 양신(楊新)이 쓴 「고처사 시공(양) 묘지명(故處士施公(讓)墓誌銘)」에 쓰인 날짜 "경태(景泰) 4년 세차(歲次) 계유(癸酉) 2월 을묘(乙卯) 15일 임인(壬寅)"과 완전히 일치한다. 지조석의 출토는 시내암[言壇]의 아들 시양(施讓), 손자 시문욱(施文昱)의 존재를 증명하는 것이다. 그리고 1978년 시내암 묘지 부근에서 또다시 「처사 시정좌 묘지명(處士施公廷佐墓誌銘)」이 출토되었는데 그 묘지명은 5대에 걸친 사람들을 모두 기록하고 있다. 1대 고조 원덕(元德), 2대 증조 언단(彦端), 3대 조 이양(以讓), 4대 부 경□(景□), 5대 정좌(廷佐). 이것은 또 한 번 '언단→이양→경□로 이어지는 3대가 존재했음을 객관적으로 증명한다.

특히 주목할 것은 묘지명의 1대 원덕에는 기술된 사략(事略)이 없는데 오직 2대 언단의 이름 아래에만 "원 말 병란이 일어나자 소주로 떠돌았으며, 세상이 평온해지자 고향 홍화를 그리워하여 백구에 돌아와 조부

이양을 낳았다[會元季兵起, 播流蘇家之(播浙遂家之), 及世平, 懷故里興化, 遂白駒, 生祖以讓]"라고 기술한 점이다. 이는 시씨 일족이 외지로 떠돌다 다시 홍화로 돌아와 백구에 정착한 언단을 시조로 여기고 있다는 사실을 설명한다. 이 또한 정정화가 보고했던 진광덕(陳廣德) 「시씨족보서(施氏族譜序)」 중의 "백구장의 시내암 선생은 명나라 홍무 초에 소주에서 홍화로 돌아왔다가 다시 홍화에서 백구장으로 옮겨가 살았다[白駒場施氏耐庵先生, 于明洪武初由蘇遷興化, 復由興化徙居白駒場]"라는 기록, 시잠(施埁) 「건사기술(建祠記述)」의 "우리 일족의 시조 내암 공은 명초 소주에서 홍화로 돌아왔다가 후에 백구장으로 옮겼으니 한 뿌리에서 지파가 나뉜 것이다[吾族始祖耐庵公, 明初自蘇遷興, 後徙白駒場, 由一本而分支派別]"라는 기록 그리고 "소주에서 돌아온 시씨의 조종[蘇遷施氏宗]"이라는 세계(世系) 목패(木牌)와 부합한다. 시내암의 가계는 유동과 정정화 등이 1952년에 윤곽을 간략히 묘사했고, 1958년과 1978년에 출토된 문물(文物)이 뒤를 이어 이를 실증함으로써 사람들에게 신뢰를 주게 되었다. 그 윤곽의 묘사가 타당하고 충분한 근거를 갖추게 된 것이다.

제11회 삼중전회(三中全會, 3차 중국공산당중앙위원회 전체회의) 이후에야, 유동은 비로소 결과물을 내놓았다. 1980년 3월에 완성한 「시내암 생평 탐고(施耐庵生平探考)」라는 글은 『중화문사논총(中華文史論叢)』 1980년 제4기에 실렸는데, 여기에서 그는 근 30년 동안 감감했던 시내암 탐고(探考)의 과제를 다시 새롭게 언급하며 일정을 시작했다. 뒤이어, 그는 여러 차례 소북(蘇北)의 홍화·대풍·회안, 소남(蘇南)의 소주·강음·상숙·사주(沙洲), 산동의 운성(鄆城), 절강의 건덕·순안(淳安)을 다니며 조사를 진행했고, 1982년에는 전국적으로 3차례나 시내암 관련 문물사료의 고찰과 관련

좌담회를 주재하고 참가했다. 그리고 「시내암 4세손 시정좌 묘지명 고실(施耐庵四世孫施廷佐墓誌銘考實)」·「소살조룡(笑煞雕龍), 괴살조충(愧煞雕虫) ─시내암 유곡 〈추강송별〉 3독(施耐庵遺曲〈秋江送別〉三讀)」·「시내암 문물사료 변증(施耐庵文物史料辨證)」·「시내암 생평 탐고 산기(施耐庵生平探考散記)」 등 주요 논문을 연이어 발표했다. 그는 자신의 학술적 논점을 한층 더 충실히 완성해가는 동시에 장기간의 고찰과 탐색 과정에서 채용했던 방법을 점차 체계화했다. 이것은 이후 유동의 시내암 연구에서 가장 중요한 의의를 갖게 되는 것이면서 동시에 사람들이 가장 소홀히 여기거나 심지어 오해하기 쉬운 공헌이다.

유동의 방법은 바로 '종합적이고 총체적이며 체계적인 분석법'이다. 유물주의 반영론에 따르면 『수호전』의 작가 시내암은 "수십 년 동안 살았으므로 그 기간의 생활 중에 남긴 흔적이 분명 적지 않을 것이다." (「시내암 문물 사료 변증」, 『강해학간(江海學刊)』, 1983년 제4기) 이러한 흔적들은 지하에서 출토된 문물에서 나타나기도 하고 혹은 역대로 필사되어 전해진 사료에서 확인되기도 하며 혹은 민간에서 구전되는 전설에서 드러나기도 한다. 표현 형식은 다르지만 그것이 시내암의 '흔적'이라는 점은 동일하다. 사람들이 문자로 된 필기를 지나치게 중시하고 구전되는 전설을 경홀히 하는 경향을 겨냥하여, 유동은 이렇게 말했다.

과거 필기는 대부분 전설적 기록에 불과했던 것이다. 그렇다면 현재 민간의 구전에 남아 있는 전설은 바로 아직 기록되지 않은 '필기'가 된다. 그 가치는 절대 한두 마디로 말살할 수 없다. 시내암과 관련한 수십 칙(則)의 전설은 지금 사람들도 여전히 이야기하고 있으며, 산동의 운성(鄆城), 강소의 강음

(江陰)·사주(沙洲)·흥화(興化)·대풍(大豊)·회안(淮安)과 절강의 청전(青田) 지방에 분포되어 있다. 최소한 이것은 시내암이 실제로 존재했고 이 지방들에서 활동했다는 매우 중요한 증거가 된다. 이는 마치 물위에 드리워진 나무 그림자가 물결이 일렁이는 크기에 따라 형상이 변하는 것과 같다. 바람이 없을 때의 그림자는 완전한 실제 모습에 가까워지지만 파랑이 클 때는 그림자가 거의 보이지 않게 되는 것이다. 그러나 언제나 진짜 나무는 언덕 위에 있으며 그것이 그림자의 근원임은 부정할 수 없는 사실이다.

— 「시내암 문물 사료 변증」, 『강해학간』, 1983년 제4기

이것은 결코 모든 자료를 가벼이 믿어도 된다는 의미가 아니다. 반대로 그는 모든 자료에 대해 반드시 감정(鑑定)을 해야 하고 심지어 감정의 '조건이 더욱 까다로워야 한다'고 주장한다. 그러나 그는 "한두 가지 의심스럽고 부정적인 사항을 붙잡은 후 그것을 가지고 곧장 전면을 부정하는 방법"은 단호히 반대한다. 그리고 전체 자료에 대해 총체적으로 사고하고 분석할 것을 주장한다. 그가 주장하는 방법의 정수는 우리의 연구 대상인 시내암을 한 사람, 즉 일정한 시간과 공간에서 살았던, 피와 살을 가지고 있는 입체적인 하나의 산 사람으로 여기고 종합적이고 총체적이며 체계적인 분석을 하는 데 있다. 즉 한 면에서는 종적으로 서로 다른 시간대에 시내암이 남긴 종적이 하나의 완정한 인생 궤적을 완성하고, 그것들이 흔적 없이 연결될 수 있는가를 고민한다. 또 한 면에서는 횡적으로 같은 시간대에 이루어진 시내암과 다른 인물의 교류 관계가 그의 지향과 어울리는지 혹은 충돌하는지를 고심한다. 이 두 측면에서 유동은 다량의 자료를 세밀히 연구하고 타당한 분석을 기반으

로 합리적 판단을 도출했다. 실제로 여러 가지 요소가 모두 매우 정확하게 한 사람의 신상에서 생생하게 일치하는 것을 증명하였다. 단언컨대 "우리가 실증해야하는 것은 시내암 그 사람이지, 시내암일 가능성이 아닌 것이다."

총체적 사고와 분석은 마음이 하고 싶은 대로 따르는 신기한 마술이 아니라 엄숙한 태도와 견실한 학문적 소양을 기초로 하는 진정한 탐구이다. 여러 자료들은 모두 시내암이 과거 장사성의 진영에 참여했었다는 사실을 드러내는데, 이 말이 믿을 수 있는 것인지를 판명하려면 우선 원말명초의 역사적 분위기를 결합하고 '시대적 검증'을 거쳐야 한다. 역사 기록에 따르면 장사성은 오(吳) 땅을 점거한 후 "동남의 선비들을 모두 기용했다[東南之士, 咸爲之用]." 양유정(楊維楨)·유사제(俞思齊)·진기(陳基)·왕봉(王逢)·고계(高啓)·노연(魯淵) 등이 모두 장사성과 일정한 관계가 있다. 그들 다수가 장사성에게 진정한 환상을 가지고 있었고 동시에 장사성 집단이 날로 교만하고 사치스러워지는 것에 대해 실망했다. 이런 모순된 심리 상태는 시내암의 유곡(遺曲) 「추강송별(秋江送別) – 노연과 유량에게 주다[卽贈魯淵劉亮]」에 매우 분명히 드러나 있다.

당시에 만난 일을 기록하니 옥수(玉樹)와 겸가(兼葭)요 금란(金蘭)과 부용(芙蓉)으로 응함에 소리가 같도다.

記當年邂逅相逢, 玉樹兼葭, 金蘭芙蓉, 應也聲同.

노연과 유량 두 사람 모두 과거 장사성에게 벼슬했다. 그들이 시내암과 만났을 때 피차간의 심사가 매우 좋았던 것을 보면 응당 장사성의 막하에 들어간 지 얼마 되지 않은 때이리라. 그러나 곧이어 작가는 "오 년 동안 부러진 가시나무 따라다녔고, 천 리길을 바람 맞은 쑥대 쫓아다녔네[五年隨斷梗, 千里逐飄蓬]"라는 슬픔과 탄식을 드러낸다. 단경(斷梗, 부러진 가시나무)과 표봉(飄蓬, 바람 맞은 쑥대)은 원래 정처 없이 표류하는 처지를 비유하는 것이나, 여기서는 모두 장사성이 뿌리 없는 나무와 근본 없는 부평초처럼 스스로 잘못 길에 들어 맹목적으로 여기저기 떠돌았으나 결과적으로 아무런 성과가 없었음을 빗댄 것이다. '천 리(千里)'는 대략적인 거리이고, '오 년'은 사실적 햇수이다. 홍화에서 소주까지가 대략 1,000리이다. 노연은 장사성이 오왕(吳王)이라 칭하는 일에 대해 간언하고 사직했는데, 그때가 지정 23년이니 이를 거꾸로 계산하면 그가 장사성의 막하에 들어간 해는 응당 지정 18년이 된다. 이것은 "시내암이 언제 어디서 무슨 일을 했는지에 대한 구체적 지점(支點)을 처음으로 얻은 것이다." (「笑煞雕龍, 愧煞雕蟲」, 『강해학간』, 1983년 제2기) 이 구체적 지점은 믿을 만한가? 1961년에 발표된 자료에, 고적(顧逖)이 시내암에게 준 시가 있다.

강남에서 온 그대 나루를 묻는데　　　　　　　　　君自江南來問津,

서로 만나 웃으니 옛날의 동료라네　　　　　　　　相逢一笑舊同寅.

고적(顧逖)은 홍화 사람인데, 소남(蘇南)에서 홍화로 돌아온 시내암을 보고 '강남에서 왔다'라고 했으니 자연 의심할 바가 없다. 고적은 지정 연간의 진사로 지정 19년에서 22년까지 송강(松江) 동지(同知)를 맡았고 후에 가흥로(嘉興路) 동지로 옮겨갔다. 모두가 장사성의 통치 하에서였으니, 비록 명분과 의리상으로는 원나라 왕조 통치 체계 하에서 벼슬한 것이지만 시내암을 '동인(同寅)'⁶으로 부른 것은 타당하다. 이것은 사변(事變)적 측면에서의 호증(互證)이 된다. 노연은 홍무 9년에 쓴 「기산 노씨 종보 자서(岐山魯氏宗譜自序)」에서 자신이 장사성 무리에 참여한 내력을 추술(追述)했다. 여기에는 도식적(涂飾的)인 구절들이 적지 않다. 예를 들면 다음과 같은 것들이다.

> 강절(江浙)의 유학부제거(儒學副題擧)에 임명되었는데, 승상의 명령이었다[任江浙儒學副題擧, 丞相命也].

> 장사성이 오 땅을 점거한 후 예를 갖추고 초빙하여 국자박사(國子博士)에 제수했다. 그 말을 듣고 놀라고 두려워 광간질(狂癎疾)이 일어났다. 저자에서 머리 풀고 노래를 부르기도 하였다. 겨울 10월에는 두려움과 걱정으로 또 다시 수척해지니 마침내 그 명령을 거두었다.
> 張士誠據吳, 以禮來聘, 除國子博士, 聞之驚悸是狂癎疾, 或披髮行歌于市, 冬十月患怔怖復患羸疾, 遂解.

노연은 왜 개인의 역사적 문제를 모호하게 가리려 했을까? 이유는 마음에 걱정이 있어서이다. 이러한 관점에서 볼 때 왕도생(王道生)이 「시내암묘지(施耐庵墓誌)」에서 언급한 내용, 즉 시문욱(施文昱)이 회안(淮安)으로부터 시내암 묘장(墓葬)의 대영(大營)을 옮겼을 때 그가 "그 가세(家世)를 물으니 숨기며 말하려 하지 않았다. 그의 뜻을 물으니 또 한숨

---

6 '동인'이란 신하된 신분으로 다 같이 외경(畏敬)하는 호칭으로, '동관(同官)'이라는 뜻이다.

만 쉬고 한탄할 뿐이었다[問其家世, 諱不肯道; 問其志, 則又唏嘘嘆惋]"라는 말
은 매우 진실하고 간절한 것이다. 또한『고본수호전(古本水滸傳)』종권
(終卷)의 "들판에서 몸을 잃은 가련한 어린 아이[草莽失身怜赤子]"라는 시
구는 시내암 그 자신의 고단한 일생에 대한 고도의 개괄이며, 비창한
심경에 대한 절실한 묘사이다.

실패하지 않았다면 장사성은 일대의 영걸(英傑)이 되었을 것이다. 그러나
그는 원 말(元末) 군웅들이 중원을 차지하려는 쟁투에서 실패하였다. 이기면
왕이 되고 지면 도적이 된다. 그러므로 단지 '초망(草莽)'이라 부를 수밖에 없
는 것이다. 그 자신 장사성의 부대에 참여하고 막료가 되었기에, 승리한 명나
라 정권 앞에서 자책하는 말투로 과거를 돌아볼 따름이다. '실신(失身)'이라
고 말하지 않는다면 또 무엇이라 말하겠는가? 무엇이라 하든, 강굴한 시내암
은 결코 터럭만큼도 비굴한 모습을 보이거나 아첨하지 않았다. 그는 시종 자
기가 어린애의 순수한 마음을 품고 있었다고 굳게 믿었다.

張士誠不失爲一代英傑, 然而他在元末的群雄逐鹿中失敗了. 勝則爲王敗爲賊,
故只能以'草莽'稱之. 自己參加了張士誠的部隊, 充作幕僚, 在勝利的明政權面前,
也只能以自責的口氣去回首往事, 不說'失身', 又說什麼呢? 但無論如何, 倔強的
施耐庵幷沒有絲毫的奴顏與媚骨, 他始終認定, 自己是懷着一顆赤子之心的!
— 「들판에서 몸을 잃은 가련한 어린 아이[草莽失身怜赤子]」,
『명청소설연구』, 1988년 제1기

이것은 또 정서적 측면에서의 호증이 된다. 시내암은 원말명초의 동
란을 겪었다. 그는 장상성과 매우 지극하고 친밀한 관계였다. 이러한

결론은 한두 가지 사소한 자료를 가지고 추단한 것이 아니고 역사적 분위기에 대한 총체적 사고를 통해 체득한 것이다. 그것이 역사적 진실이라고 말한다면 누가 부당하다고 할 수 있겠는가?

시내암이 원말의 진사였다는 문제에 관해 가보(家譜)나 묘지(墓誌), 목주(木主)에 모두 명확한 기록이 있었다는 것은 일단 논외로 하고, 단순히 산동 운성(鄆城)의 전설만 가지고 말해도 총체적 사고의 작용을 설명할 수 있다. 운성의 민간 전설에서 따르면, '시내암은 강남(江南)의 재자(才子)로 태정(泰定) 연간에 대도(大都)에 와서 시험을 보았으나 합격하지 못했고 국자감 사업(司業) 유본선(劉本善)의 추천으로 운성현 훈도(訓導)가 되었다. 유본선 역시 강남 사람으로 연우(延祐) 연간에 운성에 와서 종사(宗師)를 맡았다. 그는 이 지방을 사랑하여 태정 원년에는 자신의 조상을 이곳으로 이장했다'고 한다. 이러한 전설이 '황당무계'한가 아니면 '그럴듯한가?' 유동은 직접 운성 오점촌(吳店村)에 가서 실지(實地)를 고찰해 보니 유본선 선영의 비는 태정 원년에 세웠고 명문(銘文)은 국자감 좨주(祭酒) 채문연(蔡文淵)이 지은 것이었다. 채문연의 사적은 『원사(元史)』에 기록되어 있다. 좨주의 신분으로 부수(副手)인 사업 유본선의 선영 비에 명(銘)을 지어준 것도 타당하다. 『원사』 본기 제30 태정 원년에 이런 기록이 있다.

3월 정해(丁亥) 초하루. (…중략…) 무술(戊戌), 정시(廷試) 진사에게 팔자(八刺)를 하사했다. 장익(張益) 등 84명이 급제했는데 출신(出身, 벼슬자리)에 차이를 두었다. 회시(會試)에서 낙제한 사람에게도 차등을 두어 교관(敎官)을 하사했다.

三月丁亥朔. (…중략…) 戊戌, 廷試進士, 賜八剌・張益等八十四人及第・出
身有差. 會試下第者, 亦賜敎官有差.

회시에서 낙방한 사람까지도 추천하여 훈도로 삼았다는 일이 시간
과 지역 그리고 사유(事由)에서 모두 역사적 근거가 있다. 산동은 시내
암의 고향이 아니라는 사실을 알아야 한다. 그 지역 사람은 과장되게
수식하여 스스로를 뽐낼 필요가 없다. 그러나 운성과 흥화는 거리가 멀
다. 두 지역 전설 사이에 서로 이어질 가능성은 거의 없다. 그런데도 이
렇게 딱 맞아떨어진다는 것은 결론적으로 두 이야기가 뜬금없지 않으
며 모두 객관적 사실의 곡절이 반영된 이야기임을 설명한다.

1982년 10월 어떤 학자가 상숙(常熟) 하양산(河陽山)에도 시내암의 묘가
있다는 글을 발표했다. 이 글을 쓴 본의는 흥화 시내암 및 여러 가지 전설
이 믿을 만한 것이 아니라는 것을 반증하려는 데 있다. 유동은 이 소식을
듣고 매우 흥분하여 두 번이나 강음(江陰), 사주(沙洲), 상숙에 가서 조사
를 진행했다. 하양산의 시내암 의관총(衣冠塚)에 관한 내력 이외에도 시
내암이 강음(江陰) 축당(祝塘) 서가(徐家), 화산(花山) 하가(夏家), 사주(沙洲)
양대(楊舍) 대요도가(大窯陶家) 및 하양산 서가(徐家)에서 교서(敎書)로서
글을 가르친 종적을 밝혀냈다.

『서씨가보(徐氏家譜)』의 내용에 따르면, 서기(徐麒)는 지정 21년에 태
어났다. 추정컨대 시내암이 축당에서 글을 가르친 것은 지정 26년이나
27년일 것이다. 또 왕봉(王逢)이 노연에게 준 시를 통해 노연이 그 사이 강
음의 황당(璜塘)에서 글을 가르쳤다는 사실을 알 수 있는데 그렇다면 시
내암과 노연은 강음에서 두 번 만났을 가능성이 있다. 이렇다면 시내암

이 지정 23년 장사성의 막하를 떠난 후 "세상이 평온해지자 고향 흥화를 그리워하여 백구에 돌아오기[及世平懷故里興化逐白駒]"까지의 시간적 공백이 메워진다. 그 중 왕봉이 장사덕(張士德)[7]을 그리워하는 시에 관한 고증과 장사덕이 사로잡힌 장소인 '호교(湖橋)'에 대한 전겸익(錢謙益)의 고증은 시내암이 노연과 유량에게 써 준 또 하나의 일시(佚詩)에 나오는 "그리움에 마주 하니 서글픔이 이는데, 하물며 하교에서 배 떠나려 하는 데야[相思相見總生愁, 況是河橋欲去舟]"라는 구절을 합리적으로 해석할 수 있게 했다. 처음에는 조금의 의미도 없어 보이고 심지어 실증에 불리한 자료로 여겨지던 것이 총체적 사고를 거쳐 결과적으로는 그것의 가치를 드러내게 된 것이다.

그러나 모든 사람이 이러한 연구방식에 동조하는 것은 아니다. 시내암에 대한 탐색과 고찰에서 보여준 유동의 연구방법에 대해 이해와 찬성은커녕 '정규적이지도, 과학적이지도 않다'며 비난하는 사람도 있었다. 그러나 오히려 이러한 사람들에게 상술한 연구태도와 연구방법이 더욱 필요하고 고찰할 가치가 있는 것이라 생각한다. 일례로 문물 사료의 진위 판단은 진지한 점검이 필요하다. 마음속에 선입관을 가지거나 '모든 것은 거짓이나 가짜일 것이라고 생각하는' 태도는 버려야 한다. 이런 사람들의 모든 의심은 한 곳에 귀결된다. 바로 시씨 집안에서 '가문의 영광'을 위해 시내암을 끌어다 조상으로 만든 것이라는 점이다. 그리하여 가보(家譜)의 '자(字) 내암(耐庵)'이라는 세 글자를 행간에 쓰는 등의 일은 분명 후대 사람이 덧붙인 것이라 추단한다.

7　장사덕(張士德, 약1322~1356) 본명은 장구육(張九六), 강소성 태주(泰州) 사람. 원 말 반란군의 영수 장사성(張士誠, 張九四)의 친동생이다.

유동이 민속학적 상식에 근거하여 지적한 것처럼 만약 유명한 사람을 끌어다 조상으로 삼아 가문을 영광스럽게 하려 했다면 시대적으로 멀어서 논란의 근거가 없는 공자의 제자 시지상(施之常)이 가장 적합할 것이다. 진광덕(陳廣德)의 「시씨족보서」에는 경태 연간 양신(楊新)이 시양(施讓)을 위해 쓴 묘지명에 "시씨가 선현 시지상 선생님의 후예를 위해 남긴 여러 가지 말씀을 모두 실지 않는다[施氏爲先賢施子之常之裔種種遺說皆未載]"라는 말이 있다고 언급했다. 시씨가 이것은 취하지 않았으면서 가까운 시기에 조금의 지위도 없는 소설가를 조상으로 취했다는 것은 납득하기 어렵다.

> 족보를 보면 흥화 백구(白駒) 시씨(施氏)의 시조가 소주에서 옮겨온 시언단(施彥端)임을 명확하게 알 수 있다. 관계가 없는 '유명인' 시내암을 시언단과 한 사람으로 만든다는 것은 절대 불가능하다. 그렇게 하는 것은 직접적으로 자신의 할머니 계씨(季氏)와 신씨(申氏)를 욕되게 하는 일이며 이는 결국 자신들 스스로를 모욕하는 일이기 때문이다.
>
> 興化白駒施氏按族譜確知其蘇遷始祖爲施彥端, 絕不可能把一箇無關的'名人'施耐庵與彥端合二爲一. 那樣就直接汚辱了祖姚季氏與申氏, 從而也汚辱了自己.
>
> —「시내암 문물 사료 변증」

문물이 출토됨에 따라, 의심어린 눈초리를 지닌 사람들은 시언단의 존재를 인정할 수 있는지 여부에 주목하기 시작했다. 그리고 바로 어느 본 가보(家譜)에 '자 내암'이라는 세 글자가 행간에 쓰인 것에 집중하였다. 유동은 1952년 조사단의 조사원 중 한 사람인 서방(徐放)의 소개로 당시 7~8본의 족보를 얻었다. 모든 본에 '자 내암'이라는 세 글자가 옆에 쓰여 있었다. 이는 족보를 베껴 쓰는 사람이 공히 엄숙한 자세로 필사에 임했다는 증거이다. 즉 "그들 모두 하나의 조부본(祖簿本)을 근거로 엄격하게 필사한 것이며 결코 임의로 고치거나 바꾸지 않은 것이다."

거짓이라 여기며 의심을 품는 태도와 상응하는 것은 절대적이고 고립적이며 분할적인 연구 방법이다. 예를 들어 단지 '통례'만 인정하고 특수한 사례를 인정하지 않는다거나, 꾸며 낸 '일정한 격식'을 가져다가 복잡한 사물에 덧씌워 조금이라도 맞지 않으면 바로 후대 사람이 지어낸 것으로 단정하는 태도이다. 시내암과 관련한 수많은 문물 사료를 마주한 그들은 먼저 1952년에 발표한 자료를 최근에 새로 발견한 자료와 함께 인위적으로 분리한 후 이른바 '의문점'과 '허점'을 가지고 앞의 자료를 모두 부정한다. 새로 발견한 문물 사료에 대해서는 비록 "그것의 진실성은 의심할 바 없는 것"이라 인정하지만 고립적으로 개개의 문물을 대할 때는 그것이 '무엇을 증명할 수 있는지', '무엇을 증명할 수 없는지' 찔끔찔끔 하나하나 부정적인 증거를 제시하다가 갑자기 또 전체 자료의 가치를 모두 말살해 버린다. 어떤 경우는 주관적 기준으로 자료들을 몇 가지로 나누고 시내암에 관련하여 최소한 세 가지 전술(傳述) 계통이 있다고 말하기도 한다.

① 시언단(施彦端), 자(字) 내암(耐庵).

② 시내암(施耐庵), 휘(諱) 자안(子安), 자 내암(耐庵).

③ 시내암(施耐庵), 원명(原名) 이(耳).

이들은 외견상 객관적인 소개처럼 보이지만 스스로 '명(名)'과 '자(字)' 사이의 '모순'을 찾았다고 여기고 대담하게 전반적인 부정을 하고 있는 것이다. 그러나 오히려 복잡한 사물이 서로 다른 측면과 서로 다른 층차를 포함하고 있다는 것은 생각하지 못하고 있다.

> A = B, A = C, A = D라고 한다면 A = B, C, D가 된다. 이것은 매우 간단한 이치이다. 자안(子安)이 내암과 같다고 한다면 내암은 자안(子安), 이(耳), 언단(彦端), 조서(肇瑞)와 같은 사람이 된다. 즉 한 사람이 여러 개의 이름을 가진 것뿐이다. 이치는 매우 간단하다. 무엇이 이름이고, 자이고 호인가에 대해서는 구체적인 내용을 한 번에 분명히 하기는 어렵지만 그것이 유력한 부정의 논거를 이루지는 못한다.
>
> — 「시내암 문물 사료 변증」

형식적 모순으로 본질적 모순을 대체하는 것, 그리하여 전반적인 부정에 도달하려는 것은 회의론자의 공통된 목적이다.

사실이란 매우 무정한 것이다. 시내암 연구에 있어서 천추의 공로와 죄과를 정하는 데 후인의 평설을 기다릴 필요 없이 이미 쓰라린 교훈이 바로 앞에 있었다. 만약 1952년 중앙문화부가 파견하여 보낸 조사단이 엄청난 양의 자료를 보고 멋대로 '시내암의 그림자와도 관련이 없다'라고 공표하지 않았다면, 당시 그들이 북경으로 가지고 온 엄청난 원자료를 잃어버리지 않았을 것이며 아래 열거할 이후의 비극도 온전히 피할 수 있었을 것이다.

내가 여기에서 말하고자 하는 첫 번째 사건은 시양(施讓) 묘의 발굴이다. 만약 1952년의 조사가 대체로 시내암과 시양, 시문욱으로 이어지는 세계(世系)의 존재를 긍정하고 시씨 분영(墳塋)에 대해 필요한 보호조치를 했다면 시양의 묘는 결코 1954년에 파헤쳐졌다 입구가 막히는 일은 없었을 것이다. 더욱이 1958년 묘전(墓磚)을 탈취 당하고 돼지우리가 되어버리는 일은 일어나지 않았을 것이다. 1962년 조진의(趙振宜)와 주정량(周正良) 등이 쓴 보고서에 따르면 출토된 유물은 대략 동전(銅錢)과 자전(瓷磚, 자기벽돌), 자주충(瓷酒盅, 자기 술잔) 및 약간과 글자가 새겨진 네모난 벽돌 6개, 그리고 시양의 지조석(地照石)이었다. 지조석이 발견되었다면 묘지명도 필시 함께 출토되었을 것이다. 시양의 묘지명은 경태 4년에 양신이 쓴 것으로, 그것은 여러 시씨 가보(家譜)에 실려 있다. 그 안에는 "선공(先公) 내암이 원나라 지순(至順) 신미(辛未)에 진사가 되었으나 고상하여 벼슬하지 않았다. 국초에 부르는 교서가 내려왔으나 굳게 사양하고 나가지 않았으며 은거하고『수호』를 지어 스스로 근심을 풀었다先公耐庵, 元至順辛未進士, 高尙不仕, 國初, 徵書下至, 堅辭不出, 隱居著『水滸』自遣" 등의 내용이 있다. 만약 당시 지방에서 조금이라도 시내암의 문물을 중시하는 분위기가 있었더라면 결코 그것이 헌신짝처럼 버려지는 일은 없었을 것이다. 이처럼 확실한 증거를 두고도 눈앞에서 호기를 놓치고 영원히 재로 만들어 버렸으니 참으로 유감스러운 일이라 하겠다.

두 번째 사건은 시정좌(施廷佐) 묘지명의 출토이다. 1978년 가을 시가교(施可橋)의 농민이 무심결에 묘혈(墓穴)을 파내었다가 묘전(墓磚) 세 개와 푸른 꽃문양의 도자기 병 등을 발견했다. 세 개의 묘전은 모두 뒷면에 글자가 새겨져 있었는데 그 중 하나에 팔괘가 그려져 있고 다른 하나에는 '씨(氏)' 자 모양이 쓰여 있었다. 사람들이 그것을 소중하게 여기고 보관할 줄 몰라 두 개는 다른 기와조각들이 있는 곳으로 가져가 내팽개쳐 부수어 장 앞의 강물 속에 던져 버렸다. 남은 하나가 바로 '처사(處士)시공정좌(施公廷佐) 묘지명(墓誌銘)'인데 사람들이 집으로 가져가 장아찌 항아리의 뚜껑으로 사용했다. 그러다 어린 아이가 물건으로 긁고 갈아서 뒷면은 이미 반들반들하게 되었고 앞면의 문자도 심각하게 손상되었다. 중간의 열 한 글자는 완전히 마모되었고 처음 몇 줄에 있는 많은 핵심 글자도 확인할 수 없게 되었다. 특히 "曾元季起兵, 播流蘇家之"인지 아니면 "播浙遂家之"인지는 지금도 여전히 알 수 없고 보충할 방법도 없다.

세 번째 사건은 시씨(施氏) 사당(祠堂)에 있던 석비(石碑)의 소재이다. 시씨의 사당에는 원래 비문이 여러 개 있었는데, 1946년 전쟁으로 인해 훼손되었다. 당시 사람들의 기억에 따르면 비석에 분명 '시내암'이라는 글자가 있었다고 한다. 1954년 양의관(楊宜官)은 사당 폐허에서 '시자안(施子安)'이라는 세 글자가 새겨진 비석 조각을 하나 얻어 지금까지 보관하고 있다. 만약 당시 상하가 협력하여 수색했다면 결과는 훨씬 더 대단했을 것이다.

이밖에도 1958년 흥화현 합탑향(合塔鄉)에 새로 건립된 대촌(大村)에서 출토된 양준과(楊俊科)의 묘지명이 있다. 거기에는 "시내암의 친구[耐庵之友]"라는 글자가 적혀 있는데 이를 목격한 사람이 매우 많았다. 글자를 잘 모르는 비구니도 그 자리에서 묘전의 가치를 알아보았다. 그러나 그것을 중시하는 사람은 없어 마찬가지로 사람들이 가져다 장아찌 항아리 뚜껑으로 사용했으며, 후에는 어디로 갔는지 알 수 없게 되었다. 조사에 따르면 양준과는 백구(白駒) 양씨의 제2세조로, 전하는 말에 시내암과 교분이 매우 두터웠다고 한다. 또 1952년 조사단이 강음(江陰) 화시(華市) 손곤남(孫坤南) 선생을 찾아가 시내암과 허서(許恕)[8]가 막역한 친구였으며 그 아들 허윤(許潤, 자는 택산(澤山))의 청에 응해 『허씨종보(許氏宗譜)』의 서문을 써주었던 사실을 알아냈다. 당시 아직 손곤남 선생에게서 시내암과 허서의 일에 대해 듣지 못한 부분이 있었다. 3년 후인 1982년 나는 유동 선생을 따라 강음에 가서 이 일을 추적하며 인터뷰를 하다가 손곤남 선생이 '문화대혁명' 중에 박해를 받아 죽었다는 사실을 알게 되었다. 단서가 끊어진 것이다.

사주(沙洲) 하양산(河陽山) 영경사(永慶寺) 동쪽에도 시내암의 의관총(衣冠塚)이 있다. 묘비에 '시내암의 묘(施耐庵之墓)'라는 예서체의 다섯 글자가 새겨져 있고, 옆면에는 왕발(王勃)의 「등왕각서(滕王閣序)」 중의 8구가 새겨져 있다. 조금 아래는 '한 줄기 바람이 등왕각에 불어 오고一帆風送滕王閣', 뒤에는 '임술년 가을 8월 보름壬戌之秋桂月望日'이라는 시구가 쓰여 있다. 이 묘와 비석 또한 지금은 남아있지 않다.

명나라 홍무 연간에 운성현 주장(周莊) 거인(擧人) 주문진(周文振)은 일찍이 강남(江南) 원주(袁州)의 지부(知府)를 지낸 인물로 저서에 『주탁필기(周鐸筆記)』가 있다. 그 가운데 시내암이 원나라 태정(泰定) 연간에 시험을 보러 대도(大都)에 갔다가 낙방한 후 운성에 돌아와 훈도를 맡았던 일에 관한 기록이 있다. 『주탁필기』는 후에 손찬정(孫贊亭, 자는 襄臣)의 손에 들어갔다. '문화대혁명' 기간 중 그의 장서 세 상자가 태워졌는데 그

---

8   허서(許恕, 1374년경) 자는 여심(如心)이고 강음(江陰) 사람으로 생몰년은 미상이다. 지정(至正) 연간에 추천을 받아 등강서원산장(澄江書院山長)에 제수되었으나 응하지 않았고, 세상이 어지러워지자 자취를 숨기고 해상(海上)에서 약을 팔며 산승(山僧) 야인(野人)들과 벗하며 지냈다 한다. 저서에 『북곽집(北郭集)』6권과 보유(補遺) 1권이 있다.

가운데『주탁필기』도 있었다. 이상의 여러 가지는 비록 모두 실제 본 사람이나 그 말을 들은 사람이 증인이 될 수는 있지만 원물(原物)을 잃어버렸으니 전문가들이 '조사해본 결과 확실한 근거나 증거가 없다'는 말로 단번에 무효화 할 수 있는 것이다. 그러나 「시양 묘지명」의 유실과 「시정좌 묘지명」의 훼손은 증거가 확실하기 때문에 결코 태연히 처리하고 말아서는 안 될 것이다.

40년 동안 분분했던 찬성과 반대, 양 측면의 연구과정에서 얻은 교훈은 하나로 귀결된다. 바로 이미 얻어낸 소소한 문물 사료를 매우 소중히 아껴야 한다는 것이다. 있는 그대로의 소박하고 객관적인 태도로, 총체적인 사고 방법을 운용하는 것이 바야흐로 시내암에 대한 의혹을 해결하는 데 반드시 거쳐야할 길인 것이다.

'미상(未詳)'의 소설사를 깨우는 작업, 작가고증학

　현존하는 한국의 고소설은 대략 1,000여 종에 달한다고 한다. 이에 비해 이름이 알려진 소설작가는 김시습(1435~1493), 채수(1449~1515), 심의(1475~?), 신광한(1484~1555), 임제(1549~1587), 조위한(1567~1649), 최현(1563~1640), 권필(1569~1612), 허균(1569~1618), 윤계선(1577~1604), 권칙(1599~1667), 정태제(1612~1669), 김만중(1637~1692), 조성기(1638~1689), 홍세태(1653~1725), 김려(1675~1728), 이정작(1678~1758), 안석경(1718~1774) 박지원(1737~1805), 이옥(1760~1812), 김소행(1765~1859), 목태림(1782~1840), 심능숙(1782~1840), 정기화(1786~1827), 서유영(1801~1874?), 남영로(1810~1857), 박태석(1835~?), 정태운(1849~1909) 등 채 30인이 안 된다(조광국, 「한국고전소설의 작자」, 『한국고전소설의 세계』). 게다가 이중 몇몇은 아직 논란 속에 있다. 나말여초의 전기(傳奇)를 소설의 효시로 볼 때, 우리의 고소설은 천년이 넘는 역사를 지닌다. 15세기 『금오신화』를 소설의 시작으로 본다 해도 그 역사가 짧지 않다. 그 시간만큼 우리의 문화사를 이끄는 데 공헌한 소설작가가 적지 않을 것이나, 안타깝게도 대다수의 고소설 앞에는 '작가미상', '시대 미상'이 별호인양 따라붙는 형편이다.

　소설은 삶과 시대의 산물이라 하는데, 작가와 시기를 알 수 없는 상태에서 작품의 특징과 의미를 연구하는 작업은 얼마나 갑갑한 일인가.

작품을 쓴 이와 그것이 향유된 시간이 지워진 고소설을 접하는 마음이란, 장님이 죽은 코끼리를 만지는 것과 같을 터이다. 때문에 모든 연구자에게는 '작가 고증'의 로망이 있다. 수백 년간 아무도 찾지 못했던 '확실한 증거'를 손에 쥐고 『춘향전』의 작가는 아무개이다'라고 외칠 수 있다면 얼마나 행복할까? 그러나 숨어있는 작가를 찾아내고 가려진 시대를 드러내는 작업이 너무도 고된 줄 알기에, 또한 선뜻 뛰어드는 데 주저하는 실정이다. 때문에 연구자 자신도 '미상'의 소설사에 미안한 마음이 적지 않다.

이러한 상황은 중국 학계 역시 마찬가지다. 그런데 최근 고소설 작가 고증의 필요성을 진지하게 성찰하고 그동안 이루어진 작가 고증 연구사례를 종합적으로 정리하여, 고소설 작가 고증의 기본 방향을 제시한 저서가 출간되었다. 이 귀한 작업은 다름아닌 중국 홍학(紅學, 홍루몽 연구)의 대가인 구양건 교수가 쓴 『고대소설작가간론(古代小說作家簡論)』(山西出版社, 2005)이다. 이 책에서 저자는 역대 고소설 작가 고증의 다양한 성과를 기반삼고, 그 스스로 시도하고 참여했던 고증사례를 더하여 고소설 작가 고증의 문제를 점검하고 해결점을 모색했다. 그는 작가의 신분·연대·자호·관적·경력 등의 고증을 위해 작품의 제서와 서발, 사서와 지방지는 물론 작품 내 방언과 수사적 추리까지 동원한 사례를 제시했다. 그리고 중국의 근현대 대표적 고증학자인 호적·위자운·유동의 고증방법을 소개하고 그 한계를 점검하며, 앞으로 고소설 작가고증학이 나갈 바를 제안했다. 이 책은 『삼국지』, 『수호전』, 『서유기』, 『금병매』, 『홍루몽』 등 중국의 5대 기서를 중심으로 중국 고소설 작가고증사의 현장을 보여주며, 구체적 고증방법은 물론 시행착오까지 오롯이 전달하여 작가 고증을 위한 기본 지침서의 성격을 지니기에, '원론'이라는 이름을 붙였다.

한 가지 흥미로운 자료는 『수호전』의 작가 시내암을 고증하는 과정에서 언급된 『정강패사』이다. 이 책은 정강지난(靖康之難)에 대해 기록한 것이지만, 정사에 나오지 않는 소설류 이야기를 다수 수록했다. 그 서문은 3부분으로 나누어지는데, 마지막 단락의 서문을 쓴 이가 조선의 태종이다.

중원의 혼란이 송 휘종(徽宗)과 흠종(欽宗) 때 절정에 달해, 자손이 번성하나 치욕 또한 커서 이전 역사에서 찾아볼 수 없는 정도였다. 이 책은 오랫동안 대장(大藏)에 보존되어왔다. 짐은 왕위에 오르기 전 동년(同年)의 집에서 초본을 본바 있는데 구두도 뗄 수 없었다. 왕위에 오른 후 모든 고부(故府)를 조사하여 이 책을 얻으니, 선대 충렬왕(忠烈王)의 인장이 찍혀 있었다. 아마도 백 년 전에 전사한 것인 듯하다. 사변(事變)을 살펴보니 시종이 모두 갖추어져 있어서 송·금의 행위가 나라를 다스리는 자에게 거울이 될 만하였다. 정사(正史)는 두 왕조 사이를 떨어뜨려 놓고 내용 또한 번잡하여 꿰뚫어 이해하기 어렵다. 틈이 날 적마다 고증하고 기워서 유신(儒臣) 유(游)에게 한 권으로 만들게 해 자손만대에 경계로 삼고자한다. 신사(辛巳) 3월 상사(上巳)에 유덕(遺德)이 쓰다.

中土禍患至宋徽欽而極, 子孫蕃衍, 恥辱亦大, 前史未有也. 是編久存大藏, 朕微時見轉鈔本于同年家, 差脫不可句讀. 踐阼後檢諸故府, 得此, 有先忠烈王圖印, 是百年前傳寫來, 披覽事變, 終始咸悉. 宋金所爲, 皆有國者金鑒. 正史隔越兩朝, 卷帙繁博, 無此融會貫通, 暇當考征芟補, 命儒臣游爲一書, 爲萬世子孫戒. 辛巳三月上巳遺德筆.

유덕(遺德)은 태종 이방원의 자로, 그는 1401년, 즉 왕위에 오른 다음해에 이 책을 읽고 서문을 쓴 것이다. 태종이 본 『전강패사』에는 고려조 충렬왕의 인장이 있었다고 하니 이 책의 한국 내 유입 시기와 내력을 짐작할 수 있다. 태종은 정사가 패사보다 번잡하고 이해하기 어렵게 되어있음을 지적하며 『정강패사』의 내용이 국왕의 거울이 될 만하다 여겼다. 뿐만 아니라 이를 다시 고증하고 보충하여 한 권으로 만들어 자손만대에 전할 것을 명령하는데, 이는 정사와 대립적 위치에 있는 패사 즉 소설에 대한 조선 초 공적 인식의 일면을 새롭게 드러내준다. 이처럼 작가 고증작업은 직·간접적으로 소설이 향유되던 시대를 깨우고 담당층과 향유자를 구체적으로 발견해냄으로써 무채색의 소설사에 색을 입히는 일이라 하겠다.

이 책을 읽다보면 어려운 여건 속에서 소설작가들을 발견해온 우리 선학들의 노고가 겹쳐진다. 그분들이 애써 일군 소설사의 고증적 토대를 바탕으로, 한국 고소설의 작가 고증 방법론에 대한 다양한 시도와 이론적 고찰이 적극 이루어져야 하리라는 과제와 책임을 스스로에게 지워본다. 이러한 과제 앞에서 나태해지지 않도록 독려해주시는 선생님들께 진심으로 감사드린다. 정년 후에도 '스스로를 채우는 일'에 시간을 보내신다는 정하영 선생님의 말씀은 언제나 마음 따끔한 채찍이다. 석박사 과정에서 학문의 속도보다 방향의 중요성을 일깨워주신 이혜순, 성기옥, 강진옥 선생님께 이루 다 못하는 감사를 드린다. 처음 번역한 고소설 문헌학 시리즈를 보시고, 부족한 공부의 안목을 넓혀줄 것이라 격려해주셨던 임형택 선생님께서 이 책을 보시면 무어라 하실지 부끄럽다.

소명출판의 박성모 사장님께는 특별한 인사를 드린다. 저자의 서문이 2010년 10월로 되어 있음을 보고 의아했을 독자가 있을 것이다. 이 책의 초고가 이루어지고 저자의 서문까지 갖추어진 지 4년이 훌쩍 넘어서야 출간될 수밖에 없었던 사정을 기억하고, '중국 고소설 문헌학 총서'가 이어질 수 있도록 배려해 준 소명출판에 감사하는 마음을 잊지 않기 위해 서문의 날짜를 고치지 않았다. 열악한 인문학술서의 출판 상황과 그럼에도 식지 않는 고마운 열정이 이 책의 저자서문과 출간일 사이에 '시간주름'을 이루고 있다. 이 책은 이전에 나온 『중국 고소설 목록학 원론』과 『도연명을 그리다』와 더불어 오는 11월 북경대학에서 열리는 '제1회 국제 번역가 대회'에 초청되어 전시될 것이다. 전 세계의 동양인문학술번역서들 사이에서 이 책이 당당히 자리하도록 만들어준, 소명출판의 공홍 편집부장님과 최지선 선생께도 감사를 전한다.

2014년 한가위 달빛 아래[秋月揚明輝]

시습재(時習齋)에서 김수연 쓰다.